国家社科基金
后期资助项目

艾丽丝·沃克的混杂性书写研究

A Study on the Hybrid Writing of Alice Walker

王秀杰 著

中国社会科学出版社

图书在版编目（CIP）数据

艾丽丝·沃克的混杂性书写研究／王秀杰著．—北京：中国社会科学出版社，2020.1

ISBN 978-7-5203-6757-8

Ⅰ.①艾… Ⅱ.①王… Ⅲ.①艾丽丝·沃克—小说研究 Ⅳ.①I712.074

中国版本图书馆 CIP 数据核字（2020）第 115868 号

出 版 人	赵剑英
责任编辑	史慕鸿
责任校对	赵雪姣
责任印制	王 超

出　　版	中国社会科学出版社
社　　址	北京鼓楼西大街甲 158 号
邮　　编	100720
网　　址	http://www.csspw.cn
发 行 部	010-84083685
门 市 部	010-84029450
经　　销	新华书店及其他书店
印　　刷	北京君升印刷有限公司
装　　订	廊坊市广阳区广增装订厂
版　　次	2020 年 1 月第 1 版
印　　次	2020 年 1 月第 1 次印刷
开　　本	710×1000　1/16
印　　张	15.25
插　　页	2
字　　数	274 千字
定　　价	88.00 元

凡购买中国社会科学出版社图书，如有质量问题请与本社营销中心联系调换
电话：010-84083683
版权所有　侵权必究

国家社科基金后期资助项目
出版说明

　　后期资助项目是国家社科基金设立的一类重要项目，旨在鼓励广大社科研究者潜心治学，支持基础研究多出优秀成果。它是经过严格评审，从接近完成的科研成果中遴选立项的。为扩大后期资助项目的影响，更好地推动学术发展，促进成果转化，全国哲学社会科学工作办公室按照"统一设计、统一标识、统一版式、形成系列"的总体要求，组织出版国家社科基金后期资助项目成果。

全国哲学社会科学工作办公室

序

艾丽丝·沃克是著名的美国当代族裔女性作家之一，1982年发表《紫颜色》，翌年获得代表美国文学最高荣誉的三大奖项——普利策奖、美国国家图书奖和全国书评家协会奖，成为美国历史上第一位获此殊荣的黑人女性作家。《紫颜色》作为当代美国文学的经典，奠定沃克在美国文学史上的重要地位。1985年，美国导演斯皮尔伯格将《紫颜色》改编成电影，获十一项奥斯卡奖金像奖提名，为沃克赢得广泛的声誉。一般读者和评论家将沃克视为美国非裔女性作家，《紫颜色》也被誉为美国黑人女性文学成就的一座高峰，著名的文学批评家布鲁姆将沃克誉为"一位完全代表了我们这个时代的作家"。实际上，沃克的生活背景复杂多元，根据她的访谈和自传体散文，沃克不仅有白人祖先，还有一位印第安人祖先，现实生活中还有一位黑白混血的女儿。沃克在其诗集《马儿使风景更美丽》的开篇诗歌《献祭》中对她的家史进行了描述，并在自传体散文中多次表明自己的美国人、美国黑人和美国印第安人身份，在小说创作中亦鲜明地呈现美国黑人与美国印第安人相似的世界观，强调美国印第安文化与哲学观念对自己批判性思想和想象性创作所发挥的影响。因此，沃克的小说不仅留有受主流文化熏陶之痕，还体现美国黑人和美国印第安传统文学与文化元素的交融，展现三种文化相互交织的混杂景致。

沃克的作品关注黑人及所有少数族裔群体所面临的种族压迫、女性生存和身份认同等问题，渴望同与之断裂的文化的过去重建联系。沃克说自己写小说是出于身为美国黑人-印第安成年女性的责任意识，由此自觉为美国黑人和美国印第安等族裔妇女代言，履行艺术家的责任与使命。沃克对政治的敏感、对美国黑人与美国印第安传统文化和历史的关注以及所受西方文学经典之影响，使其作品富于内涵。她的创作可以被视作一种社会象征行为，而其文本，尤其是文本中对叙事、神话、宗教、人物塑造等文学元素的独特驾驭反映了沃克的创作思想及其对族裔身份的自我意识，凸显其对多元种族和文化身份以及自我完整的执着追求。

目前，国内外许多学者从不同角度对沃克及其作品进行研究，取得许多重要成果，其中包括著名的文学批评家布鲁姆主编的《艾丽丝·沃克》和盖茨主编的《艾丽丝·沃克：批评的视角，过去与现在》等。他们分别从性别、种族、文化、妇女主义、叙事学等视点切入，审视沃克作品中的情节发展和人物之间的复杂关系，发掘文本中所隐含的政治无意识。这些批评研究论证深刻、见地精辟，但大多将沃克的作品置于美国黑人、女性的文化批评语境中，鲜少关注沃克作品中的美国印第安文化元素。

王秀杰的专著《艾丽丝·沃克的混杂性书写研究》借助霍米·巴巴的"混杂"理论以及与该理论密切相关的模拟、含混和第三空间等概念来架构其理论研究的框架，从叙事、神话、宗教、人物身份四个方面系统分析沃克小说的混杂性书写特征，不仅阐释文本中黑人和白人种族文化之间的混杂，还探究美国黑人与美国印第安文化之间盘根错节的勾连，阐释美国主流文化、美国黑人文化以及美国印第安文化三者杂糅的独特魅力。本书不仅依据巴巴的混杂理论中之殖民者与被殖民者之间的混杂机制对沃克的文本进行分析，还对巴巴的理论运用进一步延伸，将沃克作品中所体现的美国印第安元素纳入研究之中，分析作品中美国黑人和美国印第安人审美与哲学思想的呼应与对话，审视沃克文本中美国黑人与美国印第安这两个族裔文化群体在主流文化空间中进行边缘处混杂所采取的文学策略与创作意识，厘清沃克为建构自己的混杂性文化身份所确立的文学书写模式，为沃克及其作品的研究开拓一个新的互文性分析场域，形成新的批评工具。

《艾丽丝·沃克的混杂性书写研究》按照小说的构成要素布局谋篇，通过呈现各个要素的混杂性书写，描画沃克建构自己混杂性身份的漫长之旅。本书阐释沃克叙事视角的多元与"众声喧哗"，分析神话的模拟性表演，探究宗教信仰的"第三空间"以及小说人物对混杂性种族与文化身份的确认，深挖沃克混杂性书写中所蕴含的权力机制，继而深入沃克复杂的人生与创作世界。

王秀杰在南京大学攻读博士学位时，选择沃克作为她的研究对象，本书是在她的博士学位论文的基础上修改、扩展而成。王秀杰勤奋好学，刻苦用功，认真研读艾丽丝·沃克的所有文本以及与文本研究相关的后殖民批评理论，建构起论文的框架和论点。经过3年多的努力，她于2013年顺利完成学业。王秀杰博士毕业后去杭州电子科技大学任教，在搞好教学的同时继续开展美国文学研究。她一直保持着对学术研究的热情和兴趣，潜心读书求新知，脚踏实地做学问，发表多篇学术论文，并获批国家社科基金后期项目资助课题和浙江省哲学社会科学规划重点项目等数项课题。作为王秀杰的导师，我为她取得的成绩感到高兴。衷心祝愿她在学术道路上砥砺前行，不断有新的成果问世。

王守仁
2019 年 10 月于南京大学

目　录

导　论 …………………………………………………………………（1）

第一章　混杂性叙事：美国黑人、印第安文学的文本表征………（24）
　第一节　解构性模拟：模糊白/黑文本的边界 ………………（25）
　　一　重复模式下的布鲁斯叙事 ……………………………（26）
　　二　意指的猴子与传统的重复和修正 ……………………（36）
　第二节　边缘处的混杂：美国黑人文本的印第安性书写 …（47）
　　一　黑人的百衲被碎片与印第安的圆 ……………………（48）
　　二　美国黑人文本与印第安文本的呼应 …………………（60）

第二章　混杂性神话：文化语境的能动性表演 ………………（73）
　第一节　边缘与中心：黑白边界的恶作剧策略 ……………（75）
　　一　游走于边界的黑人恶作剧者 …………………………（75）
　　二　对传统书信体文学样式的恶作剧表演 ………………（80）
　第二节　融合与混杂：美国印第安神话下的黑人圣丑 ……（84）
　　一　印第安语境下的黑人女性圣丑"哈尤卡" ……………（85）
　　二　印第安语境下的黑人"堕落"女人 ……………………（91）

第三章　混杂性宗教：宗教信仰的第三空间 …………………（99）
　第一节　含混与模拟：对主流基督教思想的挑战与超越 …（101）
　　一　含混与模拟对基督教思想的挑战 ……………………（102）
　　二　混杂性上帝与异质性信仰机制建构 …………………（117）
　第二节　差异性第三空间：美国黑人、印第安"异教"
　　　　　信仰的显化 …………………………………………（130）
　　一　美国黑人－印第安民族信仰的人性指归 ……………（131）
　　二　印第安宗教信仰的身心疗愈 …………………………（146）

第四章　混杂性身份:美国黑人－印第安身份认同 …………… (160)
　第一节　双重的自我:黑白种族、文化边界的对抗与协商 ……… (161)
　　一　非洲人/美国人双重自我的对抗与协商 ……………… (162)
　　二　跨越白/黑边界的协商与希望 ……………………… (171)
　第二节　多元的混杂:对美国黑人－印第安身份的认同 ……… (181)
　　一　美国黑人－印第安"文化混血儿"的自我确认 ………… (182)
　　二　美国黑人－印第安种族混血儿的身份认同 …………… (195)

结　论 ………………………………………………………… (210)

参考文献 ……………………………………………………… (214)

后　记 ………………………………………………………… (233)

导　　论

　　美国历史上最具隐蔽性的联系中包含了美国黑人与美国印第安人的共同经历，他们为美国文明的发展作出了巨大贡献，美国文明的三元世界——印第安世界、欧洲世界、黑人世界（美国黑人）由此日益融为一体[1]。美国黑人与美国印第安民族的跨文化联系以其志趣、价值观和文化中的共性为特征，胡克斯（bell hooks）誉之为美国黑人和美国印第安人"对自然、生命和祖先的共同敬畏和尊重"[2]。贝尔·胡克斯写道："让我们牢记，在两族人民相遇之初，美国黑人和美国印第安人彼此不同，但在同一世界大家庭中，他们实为一体。"[3][4] 当美国黑人与美国印第安人的汇聚成为两族人民协同发展之源时，一些历史因素导致两族关系开始紧张和失衡。如一些文学作品所影射的那样，虽然共享的文化观念和历史境遇促进了美国黑人和美国印第安人之间的跨文化交往，白人主流群体的种族歧视观念与政治思想一直在离间两族人民的手足之情，消抹彼此经历的交融与和谐。康拉德·肯特里弗斯（Conrad Kentrivers）在诗中写道：

　　　　所有黑色与美丽的事物
　　　　你的印第安祖母编织着悲惨的故事，
　　　　直至大海吞噬了你和所爱的悲伤

---

[1] Jack D. Forbes, *Africans and Native Americans: The language of Race and the Evolution of Red-Black Peoples.* 2rd ed. Urbana: University of Illinois Press, 1993, pp. 6 – 25.

[2] bell hooks, *Feminist Theory from Margin to Center.* Boston: South End Press, 1984, p. 180.

[3] Ibid.

[4] 这种跨文化联系的古代风俗在福布斯（Jack D. Forbes）所述的圭亚那故事中得以印证，其中一则是关于古代非洲和美洲神灵的一次会面。根据福布斯的故事，这是黑人第一次令美洲人听到他们的声音。这次会面后，众神协议共享彼此的领地，并建立紧密合作的友好关系。参见 Jack D. Forbes, *Africans and Native Americans: The language of Race and the Evolution of Red-Black Peoples.* 2rd ed. Urbana: University of Illinois Press, 1993, p. 6。这些相互联系与交流对美国的文化与文学影响深远。

无论港口和其他鲜有黑人弟兄知晓。①

针对美国黑人与美国印第安人的关系，福布斯（Jack D. Forbes）如此表述："尽管美国黑人和印第安人有着复杂血统……由于种族主义强行对其进行族裔分化，原本复杂的族裔传统因而变得简单化。"② 福布斯呼吁学者对此境况进行补救，将浅显单一的白人/非白人等种族划分还原为精确、多元的现实存在。艾丽丝·沃克（Alice Walker，1944— ）（以下简称"沃克"）的作品，无论是诗歌、散文，还是小说，正是对福布斯呼吁的积极回应。她的作品不仅反映沃克自己的美国黑人和印第安等多元种族身份，还以叙事、神话、宗教、人物的多元身份等文学元素为符号，再现两族人民在历史与现实中的交互融通，揭示两族人民因被剥削、被奴役、被压迫的历史所致的被消声、被边缘、被遗忘的相似境遇。

然而，目前有关美国文学中的种族和文化关系的问题研究大多关注黑人/白人的两极划分，并未揭示美国社会或文学中跨种族、跨文化的历史画面。作为一个具有多元种族和多元文化特性的国家，美国自建国伊始便以美国印第安民族的多样性为特征，这些美国印第安人民为了自身的生存一直与其他文化背景的族群进行着不同形式的接触，其中多数为美国黑人。因此，要想对美国文学进行相对全面动态的理解，学界有必要重新审视那些颠覆了简单的黑/白极化的文本，复原渗透于文化、信仰、群体以及美国身份等诸多方面的混杂景致。沃克在其作品中进行了此种多维书写，以此凸显自身混杂性身份的主体意识。

沃克的生活背景富于多元性。她出生在美国佐治亚州伊顿敦一个普通的南方乡村佃农家庭，母亲具有大部分印第安血统，"是切诺基人，有着印第安人的真正信仰"③；父亲虽是美国黑人，但具有部分白人血统。沃克在其诗集《马儿使风景更美丽》（*Horses Make A Landscape More Beautiful*）的开篇诗歌《献祭》（"Dedication"）中记录了这段家史：

献给两位几乎消逝无踪（的祖先）：

---

① Stephen Henderson, *Understanding the New Black Poetry: Black Speech and Black Music as Poetic References*. New York: Morrow, 1972, p. 258.
② Jack D. Forbes, *Africans and Native Americans: The Language of Race and the Evolution of Red-Black People*. Urbana: University of Illinois Press, 1993, p. 271.
③ Alice Walker, *In Search of Our Mothers' Garden: Womanist Prose*. New York: Harcourt Brace Jovanovich, 1983, p. 16.

我的"部分"切诺基血统的曾外祖母
　　泰鲁拉（Tallulah）（祖母鲁拉）
　　我母亲方面的
　　关于她
　　只有一事
　　周知：她的头发很长
　　可身坐其上；
　　还有我的白人（盎格鲁－爱尔兰?）
　　曾祖父
　　我父亲方面的
　　不知姓名
　　或许是沃克（Walker?）
　　他唯一被记住的行为
　　强奸了
　　一个孩子
　　我的曾祖母
　　生下他的儿子,
　　我的曾祖父,
　　她那时十一岁。(xi)

沃克的家史折射出美国人、美国黑人和美国印第安人复杂交融的过去，但沃克敢于呈现"完全、真实的自己"[1]，将自己视为有着黑人、印第安人和白人的三重身份，并在文集中写道："我们是北美印第安人和白人的混血儿。我们是黑人，不错，但我们也是白人，我们还是印第安人。"[2] 沃克认为，承认祖先是因为"我们记得他们/因为容易忘记：我们不是第一个/受苦、反抗、战斗、热爱和死亡；我们拥抱生活时所具有的尊严/即便有苦痛与伤悲，衡量所逝去的一切"[3]。沃克的第一任丈夫是白人，他们是密西西比第一对跨越黑白种族婚姻的合法夫妻，并育有黑白混血的女儿。这种复杂多元的种族文化背景丰实了沃克的文学创作。

　　沃克与文学的结缘可追溯至其童年的创伤。八岁时，在与哥哥们玩

---

[1] Alice Walker, *Living by the Word*. New York: Harcourt Brace Jovanovich, 1988, p. 82.
[2] Ibid., pp. 81–82.
[3] Alice Walker, *Revolutionary Petunias & Other Poems*. New York: Harcourt, 2001–2002, p. 1.

"西部牛仔"游戏时,假扮印第安人的沃克被哥哥的玩具手枪打伤了眼睛,造成右眼永久失明。这一事件对沃克而言犹如噩梦,影响了沃克的整个人生:

> 正是从这时起,我从一个孤独、寂寞者的立场,从被遗弃者的立场,开始真正观察人生,开始真正注意各种关系,开始耐心等待它们的结局。我感到自己不再是小姑娘了,是大人了。还因为自己难看,内心羞愧难当,我退缩到孤独的角落,阅读故事,开始写诗。①

这一突发事件令沃克快乐的童年戛然而止,却在某种意义上奠定了她未来从事创作的基础。此外,这次游戏喻示了沃克对自身印第安部分的本性接纳:沃克因"扮演"印第安人而受伤,此伤事出偶然,但细致想来,"作为印第安人"对沃克别有寓意,不只作为文化脚本的儿童游戏记录了印第安人(以及"假扮"印第安人的沃克)受伤的宿命,历史还告诉人们,奴隶制、跨种族和跨文化融合已将美国黑人、美国印第安人和美国人紧密相联。

沃克真正步入文坛再次源于其人生创伤,第一部诗集《昔日》(Once, 1968)标志着沃克文学生涯的开端。诗集中的大部分诗歌皆是关于沃克的意外怀孕、堕胎、亲情的冷漠和绝望中企图自杀的痛苦经历。当沃克鼓足勇气直面人生时,她便"一组组地写诗"②,寻找那种赋予生命并维护生命的独特表达。沃克坦言:"当我高兴时(或既不高兴也非哀伤时)写论文、短篇小说和长篇小说。诗歌,即使是愉快的诗歌,也是悲伤积聚的产物。"③ 写作因此成为沃克的一种倾诉方式,同时也是一种生存方式。温切尔(Donna Haisty Winchell)就此断言,沃克"已经将其作品视为祈祷,就像她的《昔日》一样拯救了她的生命"④。

沃克将其人生经历和意识形态融入自己的创作之中,创造出"妇女主义"(womanism)一词,阐述自己的人生理念:

> 妇女主义者……是一位黑人或有色人种的女权主义者。通常具有

---

① John O'Brien, ed., *Interviews with Black Writers*. New York: Liveright, 1973, p. 331.
② Alice Walker, *In Search of Our Mothers' Garden: Womanist Prose*. New York: Harcourt Brace Jovanovich, 1983, p. 249.
③ Ibid.
④ Donna Haisty Winchell, *Alice Walker*. New York: Twayne Publishers, 1992, p. 115.

不同寻常的、有冒险精神的、大胆的或不受拘束的行为。有责任心、敢担当、认真；爱其他女性（性爱或非性爱的）。……也会爱具有独立个性的男人（性爱或非性爱的）；对人类（男女包括在内）的生存与整体完整负责。……非分裂派……不同肤色的种族犹如一个花园，各种颜色的花朵都会在这里开放。……妇女主义者和女权主义者如紫色和淡紫色。①

沃克的"妇女主义"诠释了一种理想的女性生存状态，彰显有色女性的生存智慧，重视不同种族和不同民族文化对女权主义产生的影响，强调女权主义的差异性和多元性。

沃克对政治的敏感、对美国黑人与美国印第安传统文化及历史的关注成为其创作之源，文学硕果累累。自1968年第一部诗集《昔日》问世以来，沃克已出版作品30多部，其中包括《格兰奇·科普兰的第三次生命》(The Third Life of Grange Copeland, 1970)、《梅丽迪安》(Meridian, 1976)、《紫颜色》(The Color Purple, 1982)、《宠灵的殿堂》(The Temple of My Familiar, 1989)、《拥有快乐的秘密》(Possessing the Secret of Joy, 1992)、《父亲的微笑之光》(By the Light of My Father's Smile, 1998) 和《现在是敞开心扉之际》(Now Is the Time to Open Your Heart, 2004) 7部长篇小说；《爱情与烦恼》(In Love & Trouble, 1973) 等3部短篇小说集；《寻找母亲的花园》(In search of Our Mother's Gardens, 1983)、《以文为生》(Living by the Word, 1988) 等8部散文集；《昔日》(Once, 1968)、《革命的牵牛花》(Revolutionary Petunias, 1973)、《马儿使风景更美丽》(Horses Make a landscape Look More Beautiful, 1984) 等7部诗集。此外，沃克还编辑了赫斯顿 (Zora Neale Hurston) 的作品，并在其他期刊杂志上发表诸多文章。

沃克在诗歌、散文、长短篇小说等各领域成就显著：短篇小说集《爱情与烦恼》获得国家艺术和文学研究院罗森塔尔奖；诗集《革命的牵牛花》获得莉莲·史密斯奖和国家图书奖提名；长篇小说《紫颜色》更是夯实了沃克的文学声誉，获得1983年度代表美国文学最高荣誉的三大奖项——普利策奖、美国国家图书奖和全国书评家协会奖，沃克由此成为美国历史上第一位获此殊荣的黑人女作家。《紫颜色》被称为永恒的经

---

① Alice Walker, *In Search of Our Mothers' Garden: Womanist Prose*. New York: Harcourt Brace Jovanovich, 1983, pp. 11–12.

典,已被译成20多种文字,是世界上被重读次数最多的文学作品之一[①]。在20世纪80年代的美国文坛上,《紫颜色》荣登《纽约时报》畅销书榜长达一年半之久。女权主义者,《妇女》杂志的编辑斯泰纳姆(Gloria Steinem)认为,这部小说"能将一个强大的声望转变为举国皆知的通俗与文学事件"[②]。普雷斯科特(Peter Prescott)在《新闻周刊》上评论道:"我敢说《紫颜色》是一部具有永久意义的美国小说。"[③] 而就作者沃克,赫尔(Gloria Hull)早在1982年《紫颜色》出版之际便将沃克视为"黑人女性文学'复兴运动'的灵魂人物之一"(vi);美国著名文学批评家布鲁姆(Harold Bloom)誉之为"一位完全代表了我们这个时代的作家"[④]。

沃克写道:"写小说是我身为美国黑人–印第安成年女性的责任意识。"[⑤] 从此言可知,沃克自觉担当美国黑人和印第安等族裔妇女的代言人,履行艺术家责任感,以其所受性别和种族双重压迫的政治与生存境况为素材,描写她们的"爱与恨、欢乐与悲伤、幻想与绝望,歌颂她们顽强的生存能力与在逆境中奋斗的坚强意志"[⑥]。沃克还以伤感、怀旧的笔触再现美国黑人和印第安人民与自然万物的亲缘关系,将在基督教思想中"受人类管辖"的自然提升至与上帝等肩的高度,强调自我完整的精神追求,如王逢振之言,沃克"敬畏整个世界……懂得按照自己的方式生活"[⑦]。

沃克不仅敬畏世界,她还将文学创作"根植于对自然和人类的爱"(AWL,xx),并且为了未来,"去拯救那些不寻常的生命"[⑧]。沃克的确为美国乃至世界文坛拯救了一个不凡的生命——赫斯顿,正是沃克将赫斯顿

[①] 美国图书馆协会(ALA)公布的一项研究报告称,黑人女作家艾丽丝·沃克的小说《紫颜色》与莎士比亚戏剧一起,是世界上被重读次数最多的文学作品,参见 http: www.eduww.com/Article/Show Article。

[②] Reinking Jeff, "Alice Walker." *Critical Survey of long Fiction*. Ed. Frank Northen Magill. Pasadena, California: Salem Press, 1983, p. 29.

[③] Ibid.

[④] Gloria Hull, "Introduction to All the Women Are White, All the Black Are Men, But Some of Us Are Brave." *Black Women's Studies*. Eds. Gloria T. Hull, Patricia Bell Scot, and Barbara Smith. New York: The Feminist Press, 1982, p. 1.

[⑤] Alice Walker, *The Warrior Marks: Female Genital Mutilation and the Sexual Blinding of Women*. New York: Harcourt, 1993, p. 37.

[⑥] 王守仁:《新编美国文学史》第四卷,上海外语教育出版社2002年版,第303页。

[⑦] 同上书,第135页。

[⑧] Alice Walker, *In Search of Our Mothers' Garden: Womanist Prose*. New York: Harcourt Brace Jovanovich, 1983, p. 226.

从被埋没、被淡忘的历史尘埃中发掘出来,重新编辑和出版赫斯顿的作品,从而引发学界对赫斯顿作品和创作思想的研究热潮。美国少数族裔女作家倾向寻找一位女性祖先来发现自己的创造力。之于沃克,她将赫斯顿视为自己的"文学之母",震撼于赫斯顿作品中所洋溢的"种族的健康,一种黑人是完整、复杂、未被损毁的人的意识,这种意识在众多黑人创作和黑人文学中前所未有"①。在《寻找母亲的花园》中,沃克阐明与赫斯顿的文学关联和承继意义:"一个民族不能抛弃自己的祖先,如果祖先被遗忘了,作为艺术家,作为未来的见证者,我们有责任将其寻回。"②

沃克对自己多元祖先的认同延至对文学祖先的多元认定。在沃克所列出的文学先辈名单中,赫斯顿位列第一,其次是图默(Jean Toomer)③,沃克称之为小说家、诗人、幻想家,是一位关心女性并与沃克有着同样美国黑人和印第安混合血统的男人。此外,白人作家伍尔夫和福克纳也包含其中。可见,沃克的文学传统跨越多重边界,她对血缘和文学祖先的强调源自一种强烈的使命感,并将自己融入这些文化的历史脉传之中。

罗伯特·伯纳(Robert En Berner)认为,"过去的五百年,美国文化不断呈现互相渗透的复杂景致。这个现象将会一直持续下去。如果我们要了解美国意识这个概念,就必须了解这一点"④。沃克的作品可谓发掘美国意识的窗口之一,她的文学世界过去与现在同现、现实与梦幻并存、黑白边界模糊、黑人与印第安民族文化互融,凸显多元传统和多重声音交织混杂的丰富内涵。然而纵观国内外学界对沃克的研究,尽管沃克的名字频繁见诸美国黑人和女权主义的研究中,她文本中的印第安元素却鲜有提及,使研究缺失客观性和全面性。

就国外研究而言,研究成果较为突出的有哈罗德·布鲁姆主编的《艾丽丝·沃克》(*Alice Walker*),该书收录学者20世纪80年代发表的13

---

① Alice Walker, *In Search of Our Mothers' Garden: Womanist Prose*. New York: Harcourt Brace Jovanovich, 1983, p. 85.
② Alice Walker, *When I Am Laughing I Love My Self*. New York: The Feminist Press, 1979, p. 61.
③ 沃克在自己的文集中强调,图默是对她影响很大的作家之一,他的《甘蔗》是她最喜欢的两部作品之一,另一部是赫斯顿的《眼望上苍》。沃克写道:"我 1976 年才阅读《甘蔗》,但它令我震撼。我狂热地爱它,没有它,我简直无法生存。"(Alice Walker, *In Search of Our Mothers' Garden: Womanist Prose*. New York: Harcourt Brace Jovanovich, 1983, p. 259.)
④ En Robert L. Berner, *Defining American Indian Literature: One Nation Divisible*. Lewiston: E. Mellen Press, 1999, p. 119.

篇文章；亨利·路易斯·盖茨（Henry Louis Gates, Jr.）主编的《艾丽丝·沃克：批评的视角，过去与现在》（*Alice Walker: Critical Perspectives Past and Present*）、艾肯那·迪耶可（Ikenna Dieke）主编的《艾丽丝·沃克评论文集》（*Critical Essays on Alice Walker*）以及唐纳·温切尔（Donna Haisty Winchell）的专著《艾丽丝·沃克》（*Alice Walker*）等，其中沃克的黑人、女性意识为学界的关注重点。学界对沃克创作的评价褒贬不一，观点各不相同。一方面，一些女性批评家从黑人女性主义视角对沃克赞誉有加，如黑人女评论家巴巴拉·史密斯（Barbara Smith）认为：

> 沃克有意且真实深入地揭示黑人妇女生活的恐怖本质……这是很有意义的，因为像沃克这样如此深入地揭示黑人妇女的人生经验，在黑人文学、女性文学乃至美国文学中皆为罕见。因此，沃克对这些经验的每一点真实叙述都是一种创新。①

巴巴拉·克里斯琴（Barbara Christian）分析了沃克的前两部小说《格兰奇·科普兰的第三次生命》和《梅丽迪安》中的自杀、杀婴、谋杀、性爱以及种族压迫等议题，将沃克的作品喻为"百衲被"，指出沃克塑造了"面对南方社会的多重压迫仍能顽强生存的黑人女性胜利者形象……是重新定义'女性'和深化'人类经验'的当代黑人女作家之一"②。玛丽·海伦·华盛顿（Mary Helen Washington）对沃克的《格兰奇·科普兰的第三次生命》《梅丽迪安》和诗歌进行解读，根据沃克作品中的"三类女人"③将两部小说的所有女性人物对号入座，描画女性从麻木到内省的自我发展过程。华盛顿称沃克为"黑人妇女的'辩护士'，为了捍卫一个事业或一种立场而发言和写作"④。

---

① Barbara Smith, "The Souls of Black Women." *Ms. Ms*, Magazine Corporation, 1974, p. 42.
② Barbara Christian, *Black Women Novelist: The Development of a Tradition, 1892 – 1976*. California: Greenwood Press, 1980, p. 32.
③ 在著名散文《寻找母亲的花园》中，沃克按照黑人妇女的成长历史把她们分为三类：第一类是身心皆麻木的黑人妇女；第二类是那些有机会接触外面世界而拒绝本族文化的另类妇女；第三类是新兴黑人妇女，她们创造性地继承了母辈传统。这些妇女或因身心备受煎熬而萎靡无知，或因抛弃民族传统、追求白人文化而身陷囹圄、自我分裂，或如新女性那样追寻人生出路。无论何种道路，经过几代人的努力，她们都不甘压迫、与命运抗争，最终找到自我的生存完整。沃克将自己对"完整生存"的追求倾入所塑造的人物中，特别是黑人女性人物塑造之中，以颂扬女性的不屈斗志（参见 *ISO*, 341 – 344）。
④ Mary Helen Washington, "An Essay on Alice Walker." *Alice Walker: Critical Perspectives Past and Present*. Eds. Henry Louis Gates Jr., and K. A. Appiah. New York: Amistad, 1993, p. 33.

另一方面，男性批评家多从男权意识出发，对沃克创作持攻击之词，认为沃克的作品"危害了黑人社会传统习俗和伦理道德，必须从学校的教科书中清除出去"[1]。有评论者认为，沃克的作品存在"瓦解社区团结、改写种族主义、丑化黑人男士形象"之嫌。[2] 也有学者觉得沃克在黑人女性的塑造方面具有"一种强烈的恶魔意识"[3]。还有学者将沃克的作品与沃克现实生活中的真人真事联系起来，认为沃克作品中"所有与沃克主人公有性爱关系的男人都可能是沃克父亲的面具"[4]。类似批评林林总总，不一而足。

邦妮·布兰德林（Bonnie Braendlin）针对学界对沃克的评述指出，诸如"嫉妒、憎恨"等评价有些片面，"体现一种男权机制"[5]。沃克本人亦专门撰文辩言：

> 自儿时起，我就对黑人男性情感中的浓浓慈爱充满依赖，并在我的作品中充分体现。每当我在人生之旅中驻足，寻求健康、完整、真实和创造性时，这种情感如影随形。马利（Bob Marley）、德勒穆斯（Ron Dellums）、曼德拉（Nelson Mandela）、黑麋鹿（Black Elk）等大量健在或已逝的黑人和印第安男性与我同行……更为重要的是，内心中我对黑人男性的情感尤为亲切。他们不屈不挠、内心温柔、热爱自由。[6]

可见，沃克并非憎恨所有黑人男性，她所反感的是那些压迫、欺凌女性同胞的黑人男性。在其小说中，读者清晰可见多位可亲可敬的黑人男性形象：《格兰奇·科普兰的第三次生命》中改过自新的慈祥祖父格兰奇、《紫颜色》中尊重女性的塞缪尔、《宠灵的殿堂》中善良体贴的海尔先生以及《拥有快乐的秘密》中疗愈女性创伤的皮尔瑞等，他们均具有令读

---

[1] Trudier Harris, "On *The Color Purple*, Stereotype, and Silence." *Black American Literature Forum*. 18 (Winter 1984): 156.

[2] Duke U. P. "Alice Walker's *The Temple of My Familiar* as Pastiche." *American Literature*. Vol. 1. March 1996, p. 69.

[3] Sandra Adell, *Literary Masters: Toni Morrison*. Detroit: Thomson Cake, 2002, p. 73.

[4] Philip M. Royster, "In Search of Our Father's Arms: Alice Walker's Persona of the Alienated Darling." *Black American Literature Forum*. Vol. 20, No. 4 (winter 1986): 367.

[5] Bonnie Braendlin, "Alice Walker's *The Temple of My Familiar* as Pastiche." *American Literature*. 68.1 (1996): 47.

[6] Alice Walker, *The Same River Twice*. New York: Scribner, 1996, p. 23.

者钦敬的良善与担当。评论者之所以有失客观地评论，如盖茨所言，源于"他们宁愿关注黑人女作家的生活，对作家本人及作品略而不论"[1]，因而造成对作品超越文本内容的主观臆断。

此外，沃克的妇女主义思想也备受国外学者青睐。埃兰（Tuzyline Jita Allan）的专著《妇女主义与女性主义美学》（Womanist and Feminist Aesthetics，1995）将妇女主义作为"身份形成"（identity formation）模式的主线，认为沃克既表现与所尊重的两位白人女作家伍尔夫和奥康纳在种族与文化上的差异，又意识到自己与她们的关联。这种公开的亲和性突出了沃克妇女主义工程的规范性[2]。在布鲁姆文集中，沃克的妇女主义思想更是学者们的关注热点：威利斯（Susan Willis）研究了沃克作品的女性角色，冠之以"革命的牵牛花"之名；萨多夫（Dianne Sadoff）审视沃克对母系文学传统的需求，宣称赫斯顿为其"文学之母"。还有文章探讨沃克作品中体现妇女主义思想的女同性恋关系。然而，作为文集主编的布鲁姆在前言中自言对沃克的文化与文本缺乏了解，却定论沃克是"代表时代的作家"[3]，这种对沃克作品的主观评价影射了学界对沃克研究的先入为主和有失客观的研究现实。

学者还从文化批评的视角将沃克的创作及接受置于文化冲突中进行研究，探讨沃克与黑人文化文学传统和非洲民族主义之间的关系。他们将文本阅读与黑人的现实处境结合起来阐释沃克作品的价值。基思·拜厄曼（Keith E. Byerman）的《捡拾杂粮：近期黑人小说传统与形式》（Fingering the Jagged Grain: Tradition and Form in Recent Black Fiction，1985）追溯发端于20世纪60年代的当代小说创作技巧和民俗文化融合的文学运动，拜厄曼将沃克与托尼·凯德·班巴拉的作品进行比较研究，认为两者在女性主义意识和民间文化对现实主义传统的运用方面存有共性，但沃克的创作更强调黑人女性遭受白人与黑人男子的双重压迫。这些评论证明，沃克对黑人妇女文化传统的发掘与表现对确立黑人妇女文化身份起到了积极作用。

叙事学的批评视角成为对沃克作品研究的新视点，其中艾里森·巴特勒·艾万斯（Ellison Butler Evans）的专著《种族、性别、欲望：班巴拉、

---

[1] Henry Louis Jr. Gates, and K. A. Appiah, eds., *Alice Walker: Critical Perspectives Past and Present*. New York: Amistad, 1993, p. 173.

[2] Tuzyline Jita Allan, *Womanist and Feminist Aesthetics*. Athens: Ohio University Press, 1995, pp. 5 – 8.

[3] Harold Bloom ed, *Alice Walker*. New York: Chelsea House Publishers, 1989, p. 1.

莫里森和沃克小说的叙事策略》(*Race, Gender, and Desire: Narrative Strategies in the Fiction of Toni Cade Bambara, Toni Morrison, and Alice Walker*, 1989) 较为突出。他将叙事学与妇女主义批评理论、符号学和新马克思主义等批评视角结合起来,考察小说中种族与性别之间的张力。艾万斯指出沃克作品的整体发展趋势,认为叙述重点由种族解放意识向黑人女性主体意识转变,赋予了黑人女性,尤其那些被种族、性别和等级制度边缘化的女性对自己和历史发声的能力。艾万斯注意到沃克叙事话语的变化,敏锐地把握了这种变化的发展方向,但没有深入分析在这一发展趋势中沃克文本的叙事策略与其多元族裔文化传统间的延绵关系。

值得一提的还有玛丽亚·劳瑞特 (Maria Lauret) 和格里·贝茨 (Gerri Bates) 两位学者分别在 2000 年和 2007 年出版的专著《艾丽丝·沃克》(*Alice Walker*)。这两部专著将沃克的小说与沃克的政治观、社会行动主义和精神性联结起来,从心理分析、新历史主义、新时代精神等视角阐释沃克对生态、精神和有色人种的文化思想,比较沃克与伍尔夫的联系,肯定沃克与早期黑人女作家之间的继承关系,并陈述沃克建构自己作为作家和行动主义者等文化身份的积极意义。劳瑞特还试图为沃克作品争议颇多的读者反应作出解释,故而淡化对作品的批判性。怀特 (Evelyn C. White) 于 2004 年出版的《艾丽丝·沃克传》(*Alice Walker: A Life*) 不仅详述了沃克的人生经历与文学成就,还以对沃克和亲友的大量访谈实录为基础,不吝笔墨,描绘沃克人生的不同发展阶段,强调沃克的文学创作对美国文坛的深远意义。对于那些希望了解沃克生活、创作背景和过程全貌的读者,此书堪称相对综合全面的优秀之作。遗憾的是,在如此翔实的文献中,怀特未曾提及沃克多次宣称的美国黑人-印第安身份。

国内学界对沃克的研究与国外研究类似,经历了从简单译介到文本深研的过程。《紫颜色》获奖后,国内学者对沃克的研究随之拉开了序幕。几位专家学者首开先河,对《紫颜色》进行评介和主题探讨:董衡巽主编的《美国文学简史》对沃克和《紫颜色》进行述评;杨仁敬的《美国黑人文学的新突破——评艾丽斯·沃克的〈紫色〉》、乔国强的《艾丽丝·沃克和她的〈紫色〉》和杨金才的《焕发黑人女权主义思想光辉的杰作:试评艾丽丝·沃克的〈紫色〉》均对《紫颜色》的主题和创作思想进行了深度阐释。此外,陶洁翻译的《紫颜色》汉译本于 1998 年在国内出版,一些短篇小说和散文翻译见诸报端。21 世纪的国内学界对沃克的研究呈上升趋势。越来越多的学者,尤其是青年学者纷纷加入对沃克研究的大潮,使沃克成为国内美国文学和美国女性文学研究领域中备受青睐的作家之一。根据中国知网的文献记载，有关沃克的期刊文章和学位论文400余篇。但同国外的沃克研究相仿，国内研究也主要集中在沃克的几部作品，尤其以《紫颜色》为最。沃克的妇女主义思想同样成为国内沃克研究的热点，占据研究总数的绝大部分。这些文章或对妇女主义进行介绍和评说，或从妇女主义视角对沃克几部作品中人物的个性发展、生存境况、人物之间的关系、女性意识的提升等议题进行分析。也有文章以妇女主义为理论框架进行不同作品、不同作家之间的比较研究。最近几年，学者还将沃克的妇女主义与生态批评联系起来，开始关注作品中的生态问题①。国内亦有从种族、文化、叙事等视角对沃克作品进行研究的文章，但尚属凤毛麟角。

  国内有关沃克研究的博士学位论文共三篇。唐红梅的《种族、性别与身份认同：托尼·莫里森与艾丽丝·沃克作品研究》对莫里森和沃克创作中的性别、种族、阶级间的纠葛进行研究，发掘三者间的关系对作家创作产生的影响；王晓英的《对生存完整的追寻：艾丽丝·沃克的妇女主义文学创作研究》以沃克的妇女主义思想为核心，对沃克的妇女主义文学特征进行合理归纳，并从社会历史意义与价值两方面进行整体评价；王冬梅的《种族、性别、自然：艾丽丝·沃克小说中的生态女人主义》以非洲中心主义的生态女人主义（Afrocentric Ecowomanism）为理论依据，对沃克的《梅丽迪安》《紫颜色》《宠灵的殿堂》三部小说所体现的生态女人主义思想进行研究，系统分析三部小说关于种族、性别和自然的生态女人主义思想。

  纵观国内外研究，不可否认，国内外学者对沃克的研究成果颇丰，但学界对沃克的研究仍多局限于单部作品，《紫颜色》仍为国内外学者研究的"宠儿"，妇女主义思想则为诸多研究的主要工具。"如果将艾丽丝·沃克的文学创作视作一个整体，并冠以一个能够体现其特征的名称，那么当然非'妇女主义'莫属。"② 由于妇女主义思想的深远影响，国内外学者大多如以上引语所言，将沃克的作品及其本人贴上妇女主义标签，忽略

---

① 国内比较典型的文章有水彩琴的《妇女主义理论概述》，刘戈、韩子满的《艾丽丝·沃克与妇女主义》，陈琳的《姐妹情谊和妇女联盟：论艾丽斯·沃克〈紫颜色〉黑人妇女主义生存观》，凌建娥的《爱与拯救：艾丽斯·沃克妇女主义的灵魂》，邵春的《艾丽斯·沃克的女性小说》，孙薇、程锡麟的《解读艾丽丝·沃克的"妇女主义"——〈他们的眼睛望着上帝〉和〈紫色〉看黑人女性文学传统》，胡天赋的《对男权中心与人类中心的批判与解构：〈紫色〉的生态女性主义解读》和王冬梅的《和谐共荣、充满爱的美丽新世界：艾丽斯·沃克〈紫色〉精神生态思想解读》等。
② 王晓英：《走向完整生存的追寻》，苏州大学出版社2008年版，第14页。

了沃克作品和精神发展的动态变化。沃克在 1984 年 1 月 7 日的日记中写道："下个月我就 40 岁了。我感到在某些方面，我已经完成了我前期的人生工作，而且圆满完成了。"① 换言之，1984 年是沃克精神与创作富于转折性的一年，而这个转折在沃克的《我的大哥比尔②》（收录于《以文为生》）一文中被清晰表述出来："1984 年秋……我走出了持续已久的政治休眠和精神重估期……在长达数年的时间里，我内在的大部分是印第安意识。"③ 沃克本人的个性表白不仅为其创作生涯划定新的界限，还预示了此后作品在性质和形式上会因其"印第安意识"有所转变。这一转变标志着妇女主义思想在沃克的创作和精神发展中并非一枝独秀，它与印第安意识并驾齐驱，在沃克的作品中互为补充，相得益彰。

《以文为生》虽然明确了沃克的精神、思想和创作重心的转变，并在后期作品中付诸实践，但学界并未予以足够的关注。时至今日，学界仍对沃克渗透于作品中的美国黑人、印第安交互融合的表现方式鲜有触及，因而削弱了作品中多元传统和多元文化交相辉映的丰富内涵。这是对作品中那些不宜以妇女主义（即便内含妇女主义因子，也不宜以点盖面）进行概而总述的内容之主观臆断。

詹姆斯·布鲁克斯（James Brooks）指出："历史学家和人种学家被迫来到档案馆和/或田间，期望复原这些同为欧美扩张的受害者们团结互助的时刻。"④ 然而，詹姆斯·布鲁克斯意识到，要想承认这种复杂性，"除了了解这些具有混杂性身份作家的叙事与小说，别无他法"⑤。确如其言，沃克的作品再现了这种复杂性，不仅透射两族人民共同的历史、文化传统和世界观，还塑造出多个兼具两族文化与血统的人物形象。仅以沃克的小说为例，早在第一部小说《格兰奇·科普兰的第三次生命》中，主人公格兰奇坦言，他相信印第安人是黑人的血脉同胞，他们不故步自封，亦不落井下石。切诺基和拉克塔族人（Lakota）在沃克的第二部小说《梅丽迪安》中意义重大。这部小说正是通过发掘（包括家族的）非洲人、美国人和美国印第安人之间的历史关联，展现美国印第安人的精神性、祖

---

① Alice Walker, *Living by the Word*. New York: Harcourt Brace Jovanovich, 1988, p. 95.
② 比尔是美国印第安人，是美国印第安运动的组织者和参与者。可以说他同沃克一样，是个积极的"行动主义者"。
③ Alice Walker, *Living by the Word*. New York: Harcourt Brace Jovanovich, 1988, p. 42.
④ Ron Welburn, "A Most Secret Identity: Native American Assimilation and Identity Resistance in African America." *Confounding the Color Line*. Eds. James Brooks. Lincoln: University of Nebraska Press, 2002, p. 128.
⑤ Ibid., p. 129.

辈传统和神圣空间在黑人为权利而战中所发挥的巨大作用。在第三部小说《紫颜色》中,沃克描写了斯佩尔曼神学院及其美国黑人和印第安混血的学生,其中的基督教传教士考琳所体现的印第安人的沉静与淡定为奈蒂所叹服。沃克的后期作品更加凸显美国印第安意识,《宠灵的殿堂》出现多位美国黑人-印第安种族文化混血儿,突出两族人民的诸多相似性。沃克更将小说《父亲的微笑之光》和《现在是敞开心扉之际》中那些迷失自我与精神异化的人物的生活或旅游空间迁至美国黑人-印第安混血的居住地墨西哥和亚马孙热带雨林,使之受到祖先传统文化的熏陶,最终获得身心疗愈。正是两族人民共同的历史境遇(共同遭受西方人的压迫与反对西方人的暴行)、相似的文化实践和宗教信仰使两族人民体验一种"亲情感",能够携手互助,直面伤痛的历史与现实,寻找建构真实身份的道路。根据沃克小说发表的时间先后和小说主题的变化趋势进行审视,不难看出,随着时间的推移,沃克的印第安意识日益增强,对小说创作的影响越发明显。

  沃克对印第安文化的兴趣盈蕴于现实生活与创作中,因为"印第安文化艺术如地心引力一般在吸引着她"[1],"印第安"成了沃克生命中难以割舍的情结,"它如同我的剑羽,没有它我无法飞翔"[2]。在与不同文化的对话与碰撞中,沃克既不愿看到承载自己美好理想的旧世界逐渐消失,又无法忍受新世界浮躁的社会现实,印第安民族和谐平衡的自然观念与自然紧密联系的道德伦理思想以及"印第安人轻踏大地时对自然万物特有的敬畏与尊重"[3],都成为沃克亲近印第安、关注印第安和喜爱印第安的关键因素。在沃克看来,诚如美国文化学者罗伯特·斯皮勒(Robert Spiller)所言,"印第安人常常象征着人类因生活在大自然的怀抱中而能达到的崇高境界"[4]。有鉴于此,沃克依据自己的人生经验,通过文学创作将印第安人与印第安文化逐步带入了她的文学世界,在与美国和美国黑人文学与文化进行融合与对话的过程中表现自己对多元文化身份的认同。

  然而,沃克对美国多元种族与文化的认同引发学界诸多争议,特纳(Daniel E. Turne)曾就此提出质疑并特地"证明",由于切诺基人拥有黑

---

[1] Alice Walker, *Living by the Word*. New York: Harcourt Brace Jovanovich, 1988, p. 43.
[2] Ibid.
[3] Ibid., p. 82.
[4] Hortens Spillers, "Chosen Place, Timeless People: Some Figuration's on the New World." *Conjuring: Black Women, Fiction, and literary Tradition*. Eds. Marjorie Pryse and Hortens J. Spillers. Bloomington: Indian University Press, 1985, p. 3.

人奴隶,欧洲殖民者离间切诺基人和美国黑人的关系,推行自己的殖民策略,所以"沃克作品中有关黑人-切诺基文化并非真实"[1]。但事实并非如此,历史证明,正是由于切诺基人同样采用了奴隶制,才创造出黑人-切诺基文化(包括早期切诺基人和黑人逃奴、切诺基奴隶与黑奴等彼此之间的相互混杂)。沃克对切诺基祖先的认同表明其美国黑人和美国印第安人之间亲密关系的亲缘性,证实人类是多元文化和多元影响的综合体之理念。乔纳森·布莱南(Jonathan Brennan)认为,"沃克有意为黑人切诺基人身份创造空间,并将自己的黑人切诺基身份发展为泛印第安身份"[2]。另外一位评论者卡利·切特伍德(Kiarri. T. H. Cheatwood)认为,"如果沃克主张她的切诺基身份,那就是在拒绝她的美国黑人身份"[3]。沃克自己则多次宣称,对美国黑人、印第安身份的认同是因为她两者皆是。在对种族歧视和环境恶化充满绝望时,沃克旨在将美国印第安人作为抵制这种破坏势力的启示,以帕特利夏·力雷(Patricia Riley)之见,"沃克宣告自己的多元文化与多元种族的身份认同旨在对抗主流社会刻意加诸她的单一种族身份,借此反映自己的美国黑人-印第安主体性"[4]。

巴巴拉·特雷希(Barbara Tracy)认为,"如果不对沃克作品中体现的美国印第安人的价值观和世界观进行分析,对沃克作品的评析便无圆满可言"[5]。特雷希对沃克的研究文章《艾丽丝·沃克〈梅丽迪安〉的红-黑中心》("The Red-Black Center of Alice Walker's *Meridian*")是目前学界触及沃克"印第安意识"的少数文章之一,对《梅丽迪安》中呈现的印第安神话进行分析。凯瑟琳·格里芬(Catherine Carrie Griffin)的博士学位论文《携手于历史:美国黑人和美国印第安女性创作中的政治与场所》("Joined Together in History: Politics and Place in African American and American Indian Women's writing")从空间视角审读当代美国黑人和美国印

---

[1] Daniel E. Turner, "Cherokee and Afro-American Interbreeding in *The Color Purple.*" *Contemporary Literature*. 21.5 (1991): 10-11.

[2] Jonathan Brennan ed., *Mixed Race Literature*. California: Stanford University Press, 2002, p.32.

[3] Cheatwood Kiarri, *To save the blood of Black babies: The D. C. and New York Dialogues*, Richmood: Native Sun Publishers, 1995.

[4] Patricia Riley, "Wrapped in the Serpent's Tail." *When Brer Rabbit Meets Coyote*. Ed. Jonathan Brennan. Champagne, Il: University of Ilhirois Press, 2003, p.141.

[5] Barbara S. Tracy, "The Red-Black Center of Alice Walker's *Merician.*" *Cultural Sites of Critical Insight*. Eds. Angela L. Cotton and Crista Davis Acampora. New York: State University of New York Press, 2007, p.8.

第安女作家的小说中有关美国黑人和美国印第安人之间的历史与现实关系。该论文专设一章,从政治、历史、种族、民族以及场所等多方面对沃克的《梅丽迪安》进行研究,探讨美国黑人和美国印第安人民的社会与政治变化。格里芬认为,沃克有意将黑人的民权运动和美国印第安历史建立联系,书写两族人民的同病相怜。另外一个较为突出的研究是卡拉·斯莫斯科瓦(Karla Simcikova)的专著《充实地生活:此地此刻》(*To Live Fully, Here and Now*),该研究关注沃克的精神性发展过程,认为沃克的"印第安意识"对其精神发展功不可没。该著作以沃克的后几部作品为研究文本,但论述略显片段化和故事化。以上研究尚未形成对沃克研究的系统性和全面性,但为更系统、客观的研究提供了全新视角。

  本书重新审视于美国主流文化边缘处不断为自己多元身份进行言说的沃克及其作品,探寻沃克在质疑美国主流文化和批判美国黑人潜在性弊端时所采用的混杂性书写策略。文学具有历史性,文学创作则是创作主体建构自我意识的过程。如何在文学中再现美国黑人和美国印第安人民共享的历史,如何摆脱两族人民以往被彼此分隔的状态①,这是沃克文学创作的重要主题。詹姆斯·克里福德(James Clifford)认为,"居于相互联系的世界中,每个人总是不同程度地变得不真实:深陷多元文化之间,与他人密切关联"②。沃克通过作品演现着黑人、白人和印第安三重血统混杂性身份的认同,显化白人文化、美国黑人文化和印第安文化对创作的交互影响,使自己被界定的美国黑人身份"变得不真实"。由此,沃克通过作品关注权力和权力的运行机制,为自己的真实身份正名,并重新诠释这段因权力机制而被淡忘的历史原貌。

  克鲁帕(Arnold Krumpat)指出:"在当代美国文学中没有'纯粹的',或严格意义地说,'自治的'少数族裔文学。"③沃克的跨种族婚

---

① 迈尔斯(Tiya Miles)解释过黑人与印第安人历史上的复杂关系。切诺基人由于效仿西方殖民者所施行的种族间离策略也曾有过美国黑奴,这些黑奴充当了印第安人与欧洲人之间的媒介,迈尔斯称之为"关系不断变化背景下的断裂时刻"(Miles, 96)。随着切诺基人日益适应欧洲入侵者,他们随之接受"黑人性"的种族分类范式。由于切诺基搬迁法的实施,黑人和印第安人彼此分离,曾经的黑人和印第安人之间的密切关系逐渐淡化。迈尔斯解释:"切诺基人与一些从奴隶制中存活下来的黑人之间的亲缘关系被弱化……在新的领地中,人们忘却曾经彼此互融的历史。他们被白人空洞的种族和种性秩序划定界线、彼此分离。" See Tiya Miles, *Ties That Bind: The Story of An Afro-Cherokee Family in Slavery and Freedom*. Berkeley: University of California Press, 2005, pp. 160 – 161.
② James Clifford, *The Predicament Culture*. London: Harvard University Press, 1988, p. 10.
③ Arnold Krupat, *Turn to the Native: Studies in Criticism and Culture*. London: University of Nebraska Press, 1996, p. 21.

姻、美国黑人、印第安和主流文化等多元文化背景及其小说、自传体散文、诗歌等各类样式的互为补充形塑了沃克文学创作的混杂性，串成沃克精神和思想发展的一根主线，凝聚沃克对多元传统与文化身份的认同与对全人类完整生存的关注。有鉴于此，以巴巴（Homi Bhabha）的混杂理论为研究工具，对沃克的作品，尤其是对沃克的小说创作进行分析，观照学界忽略的印第安因素，为沃克及其作品研究开辟另一空间。

"混杂"（hybrid）一词意为混杂或杂交，分别用在生物、语言、文学和文化领域。语言学中有关混杂的讨论应首推巴赫金，他在1968年将语言的混杂现象引入文学研究中，提出文学作品的"杂语"（heteroglossia）特征和文体的混杂性（hybridity）。巴赫金对混杂的讨论主要集中在对长篇小说话语混杂性的研究，他认为，话语的混杂及作者与小说人物之间的对话是"小说得天独厚之处，是戏剧体裁和纯诗歌体裁无可企及的"[1]。对巴赫金而言，混杂描绘的是语言，即使在同一句话中也可以是双声的：

> 什么是混杂化（hybridization）？它是在一个单一的话语（utterance）范围内对两种社会语言的一个混合，是在一个单一表述的竞技场上发生在两个不同的语言意识之间的一场遭遇战。这两种语言意识或因时代、社会分化，或其他因素而彼此分离开来。[2]

这里的混杂阐明了语言可以既同一又差异的性质，它成为巴巴混杂理论的主要依据。巴巴对"混杂"的阐释使该概念在20世纪90年代重新引起学界的关注。作为当代著名的后殖民理论家，巴巴与萨义德、斯皮瓦克被誉为后殖民理论的"圣三位一体"，巴巴关于文化、认同、民族的理论著述在全球文学界、文化界和艺术界均产生了巨大影响，他在代表作《文化的定位》一书中所提出的"文化混杂性"（cultural hybridity）概念成为巴巴的标志性概念。

巴赫金的混杂学说构成了巴巴混杂理论的直接思想来源。在巴巴看来，巴赫金强调一种发声空间，在这一空间中，话语的双重性（而非二元性或二元对立）的协商开始了一种新的言语行为。巴巴在《文化的定位》中将巴赫金的"混杂"与后殖民研究并合，试图通过混杂性（hy-

---

[1] Mikhail Bakhtin, *The Dialogic Imagination*. Trans. Caryl Emerson & Michael Holquist. Austin: University of Texas Press, 1981, p. 105.
[2] Ibid., p. 358.

bridity）策略颠覆殖民话语权威，进而揭示被殖民文化与殖民权力在彼此互动中产生的含混矛盾现象。

巴巴的"混杂"指的是不同种族、不同种群、不同意识形态、不同文化和不同语言等相互混合的过程，在殖民语境中，混杂是被殖民者对殖民文化和话语的霸权地位进行质疑、颠覆的一种策略，是"殖民地话语的一种问题化，它逆转了殖民者的否认，于是'被否认的'知识进入主宰性话语，并疏离了权威的基础"①。换言之，殖民权力的后果产生了混杂化，瓦解了殖民权威，使殖民者产生不安和矛盾的含混心态："如果殖民力量的效果被看作是混杂的生产……它带来一种颠覆的形式……它把支配的话语条件转变成干预的基础。"②

巴巴还从弗洛伊德的"拜物教"理论（fetishism）中得出"含混"（ambivalence）这一概念，将其运用到混杂理论中，借以描述殖民者和被殖民者混杂性关系中既吸引又排斥、既爱又恨的矛盾状态。巴巴在分析殖民话语时指出，西方话语对东方的表述显现一种深刻的含混状态，这种含混状态指向"那种他者性，既是欲望的目标，又是嘲笑的目标"③。因此，殖民话语并不仅仅表述他者，还投射并否弃差异——一种依据拜物教理论的不可调和的逻辑进行描述的含混结构。这种含混结构暗指殖民话语内含的焦虑，而殖民权力本身恰恰受制于矛盾冲突过程的后果所造成的影响。

"模拟"（mimicry）是巴巴混杂理论中的另一重要概念，是混杂的一种有效策略，也是面对含混状态的有效举措。模拟的那种"几乎是又不完全是"的特性与含混状态一脉相承，并与混杂性本质上同一。巴巴认为模拟是一种复杂、含混、矛盾的表现形式，它的目的不是追求与背景和谐，而是要像变色龙一样，自身的肤色会依照外界环境的改变而相应变化，或像战争中的伪装术，依照斑驳的背景将自己变得斑杂而失纯，以求在隐蔽中保护自己，进而利用这一优势威胁敌人。模拟本是殖民者施行的一种控制策略，要求被殖民者采纳殖民者的外在形式并内化其价值。然而，令殖民者困惑的是，殖民话语一方面促使被殖民者改进并逐渐接受殖民文化；另一方面，殖民者竭力保持其种族优越性，认为同化后的被殖民者仍然卑劣低俗，模拟后的他者只是"几乎相同但又不完全是"模拟的人④。巴巴指出："模拟的话语是围绕含混建构起来的，为了达到有效，

---

① Homi Bhabha, *The Location of Culture*. London and New York: Routledge, 1994, p. 114.
② Ibid., p. 112.
③ Ibid., p. 67.
④ Robert J. C. Young, *Colonial Desire*. London: Routledge, 1995, p. 86.

模拟必须不断产生滑脱、过剩、差异,殖民话语的权威因此受到不确定性的打击;模拟浮现为一种差异的表述,它本身就是一个否弃的过程。"① 由此,巴巴将模拟视为"双重发声的符号,一种复杂的改革、调整和规训策略,它'挪用'了他者",另一方面,被殖民者的差异性因素"对'规范化了'的知识和规约性权力都构成了内在的威胁"②。

"第三空间"(the third space)是混杂性理论中的又一重要概念。这一概念主要源于德里达的解构主义理论,特别是他的"延异"(difference)、"播撒"(dissemination)和差异的重复等概念。巴巴认为,某个文化的特征或身份并不在该文化本身中,而是该文化与他文化交往过程中形成的一个看不见摸不到却又真实存在的模拟空间,这个空间是殖民环境中多种语言和文化交叉、混合的地带。巴巴指出,所有的文化陈述和系统都建立于一个"发声的第三空间,即殖民者与被殖民者彼此混杂,形成第三空间"③。这个"第三空间"是"分裂的主体"中的一种"含混、模糊的空间"④,也是作为政治批评和文化批评的一个空间,"通过表述主体表意过程中的一种分裂"⑤,或者一种第三空间的发声,理论和文化分析将变成一个创新的场域。这个空间既具有父母文化的特征,又打破了"非此即彼"的文化界限,消除了所谓的"本真性"、"本质性"等意义的权威性,开启了创造、生成新意义的可能。第三空间证实殖民话语的不稳定性,弥合文化主体的分裂,消解文化差异产生的混乱和无序,使主体发出自己真实的声音。

巴巴通过"混杂"及与其密切相关的"含混"、"模拟"和"第三空间"等概念所构建的"混杂性"理论不仅具有反本质主义的功能,还具有反对文化霸权主义的能效。殖民话语强调二元对立,对世界进行中心与边缘、自我与他者、东方与西方等二元划分。混杂则旨在竭力改变、取消或修正这种二元对立关系的设定,以博埃莫(Elleke Boehmer)之言,它"把非此即彼的二元对立变成了'既……又……'的关系,把对立面结合在一起"⑥。因此,混杂的过程既巩固又摧毁殖民者的地位,殖民者与被殖民者的身份在这一过程中奇特地发生变异。此外,在"混杂的时刻",

---

① Robert J. C. Young, *Colonial Desire*. London: London Routledge, 1995, p. 89.
② Ibid., p. 86.
③ Homi Bhabha, *The Location of Culture*. London and New York: Routledge, 1994, p. 235.
④ Ibid., p. 35.
⑤ Ibid., p. 24.
⑥ Ibid., p. 140.

被殖民者所重写的东西并不是对殖民主义原版的拷贝,而是性质不同的一个物自体。在那里,误读和不协调揭示出殖民主义文本的不确定性和含混性,并否认它作为权威的在场。故此,对殖民权威话语的文本反叛被置于被殖民者根据自己的文化意义体系进行的质疑中。在巴巴看来,从殖民话语的内部对其进行解构,使之带有杂质,进而变得不纯,致使其防御机制彻底崩溃,对殖民主义霸权的批判和颠覆由此实现。可见,巴巴的"混杂"概念具有强烈的政治性和文化性,其终极目的在于"强调主流群体与非主流群体之间的平等对话"①。

罗伯特·杨(Robert J. C. Young)和阿什克罗夫(Bill Ashcroft)在《殖民的欲望》中对巴巴的"混杂性"概念作了较为详细的诠释。杨指出混杂一方面重复现有文化的起源,另一方面又在殖民压迫下不断创造新的文化形式和文化实践。在实践上,混杂犹如"克里奥耳化"(Creolization),以新形成的文化抵抗陈旧文化,并不断创造出不稳定的文化形态——异质的、不连续的、革命性的文化形态。比尔·阿什克罗夫将"混杂性"概念作为巴巴的理论核心予以介绍,认为混杂是"在殖民行为带来的两种文化接触地带所产生的跨文化形式"②。

巴巴将"混杂"这一术语引入文化研究领域,并以此审视与混杂最直接、最紧密的文化身份问题。巴巴曾表述过自己在身份上感受到的悖论与张力:"我一直对自己边缘、疆界的身份颇有感触。不过,我比较关心的是从这种身份得出的文化意义。"③ 巴巴此处所言的"文化意义"或指对混杂性策略下的文化身份阐释挑战了殖民或西方主流话语中固有的二元边界。对巴巴而言,这些固定的本质主义不足以帮助理解文化身份。巴巴不依据静态、僵化的二元对立模式来思考文化身份,相反,他关注"文化接触、侵略、融合和断裂的复杂性过程机制"④。

与巴巴相似,帕特里克·霍根(Patrick Colm Hogan)亦认为,"文化身份是当代世界政治的中心"(xi)。在多元种族与文化接触、碰撞、融合的美国,少数族裔,尤其是美国黑人与美国印第安人面临着深刻的文化身

---

① 陶家俊:《理论转向的征兆:论霍米·巴巴的后殖民主体建构》,《外国文学》2006 年第 5 期。
② Gareth Griffiths Ashcroft Bill and Helen Tiffinis eds., *The Post-Colonial Studies Reader*. London: Routledge, 1995, p. 9.
③ 廖炳惠:《回顾现代:后现代与后殖民论文集》,台北:麦田出版社 1994 年版,第 137 页。
④ Robert J. C. Young, *Colonial Desire*. London: London Routledge, 1995, p. 5.

份危机，他们被迫重新给自己定位，重新认识自己，一直在为自我文化身份的认同进行各种努力。沃克亦不例外，她在作品中为我们描绘了美国黑人和美国印第安人自我认同的坎坷历程，再现美国黑人文化、美国印第安文化与主流西方文化三种元素交汇的混杂景致。混杂性的文化身份，尤其是美国黑人与印第安文化之间相互混杂的种族文化身份更是沃克作品的重要议题之一。这种作为"少数族"的美国黑人和美国印第安人民之间的种族与文化混杂，根据巴巴的理论，质疑了西方社会的白人/黑人、白人/非白人以及种族/民族等简单的二元分界，撼动了历史上美国黑人和印第安人民"被西方殖民者实施的'分而治之、各个击破'的策略"[1]。巴巴认为，西方殖民者通过不断制造"种族歧视之内的种族歧视的阴影，将不同文化的民族分割开来。这种现象的出现与殖民主义所蕴含的帝国主义意识形态以及当今白人中心论密切相关"[2]。因此，这些少数族在"民族内部创立'部分性群体'，以此作为一种审美与道德公正的对策"[3]。无疑，这种混杂性的美国黑人-印第安种族文化身份同样具有美国黑人与美国印第安人的"双重意识"，"战胜了殖民者对他们区别对待的政治隔离，戏拟了歧视性霸权的二元分割"[4]。

在文化身份的认同过程中，文学扮演着一个不可或缺的角色，因为就文化身份的建构和推广而言，文学所具有的想象力与感召力非其他手段可及，它在构建和生产文化符号的同时也在争夺想象中的文化霸权和话语权。本书以巴巴的混杂性理论以及与该理论密切相关的模拟、含混和第三空间等概念分析沃克小说的混杂性书写，试图发掘沃克为建构自己的混杂性文化身份所确立的文学书写模式。

本书主要以沃克的小说为研究对象，按照小说的构成要素布局谋篇，通过呈现各个要素的混杂性书写特色勾画沃克建构自己混杂性身份的心路历程。沃克的小说在时间上跨越历史长空，描述上至史前的历史风貌，下至当代美国现实的混杂性社会图景。沃克的叙事视角多元，它使故事、讲故事者（作者）和听众（读者）彼此互动，呈现众声喧哗之势。沃克小说的语境同样内涵独蕴，既提供宗教信仰的"第三空间"，又开辟传统神话的表演性舞台，游走于文本始终的人物则在这异质空间与舞台上进行能动性表演，确认并建构自己的混杂性种族与文化身份。有鉴于此，本书按

---

[1] ［美］霍米·巴巴：《黑人学者与印度公主》，生安锋译，《文学评论》2002年第5期。
[2] 同上。
[3] 同上。
[4] 同上。

照小说的构成要素，分析作品中渗透于叙事风格、神话再现、宗教信仰和人物身份的混杂性，发掘沃克在建构其美国黑人－印第安文化、文学身份的努力中其文学创作所确立的混杂性书写机制，继而深入沃克复杂的人生与创作世界。

本书除导论与结论外共分四章，每一章分两节。鉴于沃克自己对白人、黑人和印第安身份的主张，本书每章的第一节专研白人与黑人文本、文化或身份间的含混关系，第二节则发掘美国黑人与美国印第安人之间的相互混合。每一章中所分析的小说基本按照作品出版的时间先后次序出场，旨在从沃克的创作演进中梳理其美国黑人－印第安主体意识的构建过程。

第一章探讨沃克如何通过小说的混杂性叙事创立自己独特的美国黑人－印第安文本叙事模式。沃克的小说从语言到文本叙事均体现多元传统相互融通的丰富性与混杂性。沃克首先以黑人地方土语和白人标准英语的混合运用为叙事工具，在"挪用"西方主流文学的主题或叙事形式时有意注入民族文化元素，如布鲁斯音乐的结构模式和"意指的猴子"之修正策略，改写主流文学的既定模式。同时，沃克的小说又反映美国黑人文学文化和美国印第安文学文化的混杂，将黑人民俗文化与印第安民族的哲学理念转化为小说的叙事方式，并使美国黑人文学文本与美国印第安文学文本在沃克的同一文本中进行对话，形成对身份认同的特殊文本表征。这种叙事模式体现巴巴混杂性理论中的模拟策略，模糊了黑/白文本的边界，使美国黑人文学和美国印第安文学在边缘处混杂。这是对西方主流文学权威形式的挑战，也是对黑人文学传统叙事模式的超越。

第二章在文化语境下阐释沃克小说中混杂性神话的演现方式，体现在美国黑人对美国印第安传统神话的镜像式"表演"，反射两族人民相似的历史境遇和人生体验，帮助人物实现思想和精神上的去殖民。本章以两族人民相似的神话人物恶作剧者或圣丑形象为研究依据，分析沃克将其充当文本和情节的恶作剧能动者，形成印第安神话视域下的黑人版新体，对主流权威秩序进行搅挠。沃克不仅将恶作剧者融入小说人物的塑造中，还将文本本身作为恶作剧者，通过文本样式和主题层面上的"表演"，对主流文学及文化实施挑战。

第三章分析小说在美国黑人和印第安民族宗教信仰方面的混杂性。T. S. 艾略特认为，伟大的作品必然具有宗教意识。沃克的小说漫溢宗教色彩。本章从宗教语境切入，探讨"既是基督徒，又成长为异教徒"的沃克如何表现边缘人物对基督教的"含混"心态，如何在主流基督教中融入美国黑人与美国印第安民族的"异教"因子，构筑动态性与反叛性的文化"第三空间"，彰显边缘文化的积极意义，在美国文化大空间内为被边缘化的宗教发出异质之声。在小说创作中，沃克一面将小说人物的日常生活、各种行动以及人物的精神发展设定在多种宗教信仰交汇的空间内，表现他们对基督教信仰的矛盾心态。他们或因内化基督教思想而自我异化，或借助基督教信仰进行自我伪装，或通过回归民族信仰疗愈身心。同时，沃克赋予小说本身一种宗教色彩。她以"异"教信仰的圣歌或实修模式架构小说，彰显人物在主流基督教、美国黑人和印第安宗教影响下的生存智慧。沃克建构了一个宗教信仰的"第三空间"，为美国黑人和印第安民族文化信仰争取应有的位置。

人物是小说的灵魂。第四章主要关注沃克的混杂性人物塑造，分析小说人物的种族和文化身份，探讨混杂性身份在人物自我确认和自我实现过程中的重大意义。沃克在小说中塑造了多位种族或文化上的混血儿，是巴巴所言的想象的或真实身份的"边缘共同体"。这些人物置身于多元的种族、文化空间，或在不同文化的"夹缝"中挣扎，或因忘却"过去"而迷失自我，对自己模糊的身份困惑游移。沃克将"寻根""记忆"或"言说"等方式作为人物实现自我完整认同的出路。混杂性身份中的"印第安性"和民族艺术，尤其是音乐的精神力量对这些人物的自我实现和自我认同发挥了关键作用。

第一章 混杂性叙事：美国黑人、印第安文学的文本表征

"身份总是在可能的实践、关系及现有的符号和观念中被塑造和重新塑造着。"① 在这一点上，文学彰显其叙事力量，通过各种不同的叙事方式，文学与文化、叙事与身份之间形成了一种复杂的互动关系。叙事策略不仅属于小说的结构范畴，还属于社会学范畴，折射现实社会的权力关系。给予人物以叙事话语本身便是赋予人物一种话语权力。作为有着美国黑人和印第安混合血统的边缘人，沃克在自己的文学叙事中践行着此种话语权力。沃克深受西方主流文学的影响，又受到多元传统文化的浸润和熏陶，在叙事模式上富于多元文化相互交合的混杂性，对多元文化身份与多元传统不乏洞见。沃克以一种综合方式书写当代美国黑人和美国印第安民族的生活经验，反映两个民族均能认同的普遍价值观，并将作品中传统文化的精粹与重要的人物形象投射于非美国黑人和非印第安读者也能认同的文本叙事中，不仅传承多元的民族特性，也令作品富含时代气息和普遍吸引力。

为此，沃克的文学叙事既沿袭主流文学的主题或形式，又跳出自己黑人传统文化的框架，将美国黑人和美国印第安人民的传统理念融汇，使文本在叙事框架、叙事模式、主流文学的题材修正方面凸显沃克混杂性的文本表征：沃克在作品中不仅注入诸如美国黑人传统文化布鲁斯音乐、意指、百衲被、印第安人民的圆形理念以及非西方时空观等美国黑人和印第安文化文学元素，还通过模拟和修正性创作技巧对主流文学话语的权威性进行质疑或挑战，模糊了美国主流文学与美国黑人文学的边界，体现白人、黑人和印第安文化的多元交融。这种"似是而非"的"模拟"叙事模糊了黑/白文本的边界，叙写美国黑人文学和美国印第安文学在主流文

---

① [英]乔治·拉伦：《意识形态与文化身份：现代性和第三世界的在场》，戴从容译，上海教育出版社2005年版，第22页。

学的边缘处混杂。它对主流文学和美国黑人文学"似乎是又不太一样"的修正性策略超越了大多数美国黑人作家只强调黑人文化传统的模式局限,同时亦挑战西方主流文学的权威性定式,从而重塑当代美国小说的叙事模式。

第一节 解构性模拟:模糊白/黑文本的边界

作为混杂性的一种功能,模拟是一种复杂、含混、矛盾的表现形式,其概念和混杂性身份的建构如出一辙,以巴巴之言,模拟"产生出某种居于与原体的相似和不似之间的'他体'"[1]。这种"他体"带有被殖民的痕迹,对原体有着某种模仿性,又与本土文化话语混为一体,呈现模棱两可性和混杂性,对殖民主义宗主国的话语原体造成强有力的解构。正是在这种似而不同的阈限性(liminal)地带,文化的差异实现了某种混合,所产生的结果便是对文化和民族身份的想象性建构。

作为有着多元族裔血统的女性作家,沃克对文化和民族身份的想象性建构始于文学叙事,她以"表述的模糊地带"作为话语和价值冲突的协调者[2],在主流话语和男性文学秩序的边缘为自己的文学争夺一席之地。处于边缘地带的沃克如艾勒克·博埃默所言,"不是用本土取代白人,而是强调混杂:运用所谓的'白人形式'(如小说)来写本地人的故事"[3],既挪用"白人形式",又结合美国黑人的民俗文化,表现其美国黑人散居者的现实立场和价值取向,即"底层的、民间的、非经院的、非官方的立场"[4]。换言之,沃克在沿袭主流文学的线性或非线性以及"拷贝"式的复制等叙事特征时有意糅入黑人民俗音乐"布鲁斯"乐段的结构模式和"意指的猴子"这一典型的美国黑人表述传统,模糊白/黑文本的边界,以"民间"视角在主流文学叙事框架下展现文本的"创生性",暗示沃克对自己多元传统的修正与传承。

---

[1] Homi Bhabha, *The Location of Culture*. London and New York: Routledge, 1994, p. 85.
[2] 生安锋:《霍米·巴巴的后殖民理论研究》,北京大学出版社2011年版,第120页。
[3] [英]艾勒克·博埃默:《殖民与后殖民文学》,盛宁、韩敏中译,辽宁教育出版社1998年版,第264页。
[4] 王建刚:《狂欢诗学:巴赫金文学思想研究》,学林出版社2001年版,第8页。

一　重复模式下的布鲁斯叙事

圣经称上帝按照自己的形象造出人类始祖亚当，亚当又成为"那以后要来之人的预像"①。据此推知，人类皆是上帝形象的复制品，亚当的获宠、犯罪、受罚等人生轨迹则预示了后人皆会处于上帝的双重监护，即眷顾和惩戒。《旧约全书·传道书》言："已有的事，后必再有；已行的事，后必再行；日光之下，并无新事。"这些言辞彰显古代犹太哲人对重复概念的深刻洞见：一切都是旧事重现，凡事皆重复，凡事皆模仿。

叙事文本中的重复并非全然"拷贝"，重复常指变化中的重复，于变化中产生差异，衍生新意，如戴维·古恩（David M. Gunn）所言："重复造成大量变化的可能性，而变化又导致新的意义……重复和变化能使事件、人物甚至全部文本达到平衡或对比，且使读者借助联想思考相同或差异的意义。"②重复中的变化有多种情况，有时变化程度亦深浅不同。

弗洛伊德对重复的论述被视为该理论发展的重要转折点，赫尔曼由此指出，"自弗洛伊德的《超越唯乐原则》（1920）以降，'重复'被公认为叙事作品中一个要素"③。当代学者吉勒思·德鲁兹（Gilles Deleuze）在《意义逻辑》（Logique du dens, 1969）中将重复分为"柏拉图式"重复和"尼采式"重复："柏拉图式"重复"邀请我们以预设的相似原则或相同原则为基础来考虑差异"④。换言之，这类重复所生产的复制品虽不同于它所模仿的原型，但竭力与后者近似甚至同化；"尼采式"重复则"将相似甚至相同的事物视为本质差异的产物"，将人类的现实"界定为类像的世界"，或曰"将世界本身作为幻影来显现"⑤。所谓"类像"，后现代文化理论家杰姆逊指出："形象、照片、摄影的复制、机械性的复制以及商品的复制和大规模生产，所有的一切都是类像。"⑥作为一种后现代现象，重复已成为后现代文学叙事的一种"类像"，"正是在这里，有

---

①　《圣经·新约全书·罗马书》。
②　David M. Gunn and Danna Nolan Fewel, *Narrative in the Hebrew Bible*. New York: Oxford University Press, 1993, p. 148.
③　C. Hugh Holman et al., *A Handbook to Literature*. Macmillan Publishing Company, 1992, p. 142.
④　Gilles Deleuze, *Logique du sense*. Les Edition de Minuit, 1969, p. 302.
⑤　Ibid.
⑥　[美] 弗雷德里克·杰姆逊：《后现代主义与文化理论》，唐小兵译，北京大学出版社1997年版，第219—220页。

着后现代主义理论中最核心的道德、心理和政治的批判力量"①。

沃克的文本既挪用主流文学的重复模式,又糅入黑人布鲁斯音乐特质,创立介于主流文学与黑人文化交融之间的文本形式。对于曾经被剥夺了读写权利的美国黑人来说,黑人布鲁斯音乐是一种最能代表美国黑人民族文化特质的艺术形式,是黑人获得生存和自我并将痛苦转为欢乐的呐喊与手段。布鲁斯常以简单的 12-bar 模式为基础,12 小节为一乐段,每乐段次分 4 个唱答段,每段 3 行,AAB 形式,即唱词前两句重复呼应,第三句由歌手即兴发挥,再创新词,其他唱答段均是对此基本曲式与固定和声的重复。张朝柯在阐释《圣经》文本的重复叙事时指出,重复手法"对于更突出地表现主题、更充分地抒发感情、更有力地激起共鸣,都能发挥重要作用;同时还可以增强理解,便于记忆,使语音和谐、韵律铿锵,富有音乐性,产生更大的艺术魅力"②。此种阐释同样适用于布鲁斯乐段,由于布鲁斯的重复即兴特质,歌手常通过小节,利用常见的意象、呜咽、呻吟、呼号、呐喊,伴之以个性张扬的形体动作,在实际吟唱中既重复又随机变换,使整首歌曲达到一种灵动自如、层层递进和震撼人心的效果。著名的美国黑人美学家库克(Michael G. Cook)为此断言:"在黑人文化传统的存在遭到否定之时,音乐的布鲁斯与语言的表意艺术可以支撑这一文化传统。"③

当代美国黑人文学评论家贝克(Hurston A. Baker)由此提出了著名的"布鲁斯方言"理论,将布鲁斯作为一种"象征的自由"符号系统和传递黑人方言的文化信息,用于文本分析与解读中,表现美国黑人文本与主流文本的复杂关系。沃克深受美国黑人音乐、音乐家以及相关作家的影响和启发,并在《寻找母亲的花园》中表露情怀:"音乐是我最倾慕的艺术……音乐家们将他(她)们的文化与历史潜意识结合起来。我一直努力到达黑人音乐已经触及的场域,达到那个整体合一的非我意识感、那份自然和那种即使痛苦至极也能不为所失的尊严。"④ 因此,不足为奇,沃克会借助布鲁斯音乐元素的独特意韵和"整体合一"的凝合度,在文本

---

① [美]弗雷德里克·杰姆逊:《后现代主义与文化理论》,唐小兵译,北京大学出版社 1997 年版,第 219—220 页。
② 张朝柯:《圣经与希伯来民间文学》,东方出版社 2004 年版,第 333 页。
③ Michael G. Cook, *Afro-American Literature in the Twentieth Century: The Achievement of Intimacy*. New Haven and London: Yale University Press, 1984, p. 16.
④ Alice Walker, *In Search of Our Mothers' Garden: Womanist Prose*. New York: Harcourt Brace Jovanovich, 1983, pp. 259, 264.

的叙事结构中既体现主流文学中常见的重复叙事，又将其有效超越，书写于逆境中生存的民族与文学之不屈与希望，言说自己对多元民族文化和自我身份的认同。

沃克的《格兰奇·科普兰的第三次生命》便是这一策略的有益尝试。它虽沿用主流现实主义文学的开端—冲突—问题解决（结局）等线性叙事特征，不乏后现代文学中的"类像"重复，但其布鲁斯式的框架叙事与人物塑造，即乐段的 AA 模式既呼应后现代文学的重复特征，又通过布鲁斯乐段中的 B 行对之前的重复进行改变或逆转，突破主流后现代文学中常见的悲观与异化情节，将主题或人物意识升华，使读者从中看到边缘群体的生存策略和未来曙光。沃克的这种你中有我、我中有你的混杂性叙写改写了主流文学的传统样式，跨越主流文学与黑人文学的文本边界。

（一）布鲁斯与重复叙事

《格兰奇·科普兰的第三次生命》一直被学者视为比较传统的现实主义小说，沃克也将其定性为一部"线性结构的小说，或多或少具有现实主义色彩"[①]。该部小说以线性的叙事方式、鲜明的人物形象、引人入胜的故事情节为读者描述美国黑人家庭中父亲对孩子的性格和命运所造成的深刻影响，其"表率"之为被孩子完全"复制"，甚至有过之而无不及。小说借助此种重复叙事的方式揭示美国黑人家庭的矛盾冲突和美国黑人佃农的悲惨境遇，尤其影射黑人女性被黑人男性凌辱残暴的苦难人生。

《格兰奇·科普兰的第三次生命》的叙事框架由格兰奇的三个人生发展阶段构成：南方潦倒绝望的佃农、北方孤苦冷漠的流浪者、重返南方后宽厚仁慈的农场主和祖父。表面看来，格兰奇的前两次人生是其生存困境的重复上演，第三次人生峰回路转，彻悟重生。这种主题结构和时间的连续相接具有逻辑性和封闭性，但沃克在框架叙事中嵌入黑人女性气质的反话语，并将格兰奇的三次人生赋予布鲁斯乐段的 AAB 色彩，AA 乐行呼应主流文学的重复叙事模式，借以强化黑人的悲剧性存在，B 行则升华布鲁斯式人物及其人生主题，影射黑人文化与生存哲学的内涵。

《格兰奇·科普兰的第三次生命》展现众多苦难之人的人生趋向，格兰奇个人的人生经历则是南方黑人佃农的生活缩影。作为小说框架叙事的第一部分，格兰奇的第一次生命犹如布鲁斯乐段结构的第一个 A 行，演绎格兰奇痛苦卑劣的生活。35 岁的他未老先衰，虽辛苦耕耘，却仍家徒

[①] Claudia Tateled, ed., *Black Women Writers at Work*. Harpenden：Oldcastle Books, 1983, p. 176.

四壁、饥寒交迫,无力满足妻儿最起码的生活需求。于是他万念俱灰,自暴自弃,嗜酒虐妻,所能释放的情感唯有身体与象征意义上的漠然——"他的面孔和双眼透着冷漠、虚无和悲伤,仿佛在其内心刚熄灭一场大火。布朗费尔德(格兰奇的儿子——引者注)在注视他时,格兰奇似乎除了困惑别无表情。"[1] 格兰奇的漠然、无奈与绝望因自己对白人剥削的无力对抗所致,白人对他和其他佃农的压迫令其深陷困厄之境,却无力挣脱,从而破灭了他和儿子的梦想。因此当妻子意欲让儿子布朗费尔德上学时,格兰奇只能耸肩回应,他"对学校一无所知,但他知道自己心已破碎。他耸了耸肩,喻示这一特殊梦想的破灭"[2]。于此,格兰奇如布鲁斯歌手,蕴含一种布鲁斯主题,他蜕变成萨拉姆(Kalam Ya Salaam)所言的"被驱离自己的土地并被允诺重新拥有土地的奴隶,最终被无情降格为易于剥削的剩余价值。他们是毫无技艺、居无定所、寸土皆无且没有政治选举权的劳工群体的文化表征"[3]。格兰奇这一典型的黑人农工预示了夜逃北方以谋生存的可能性选择。

格兰奇的 A 行人生不仅包含对生存的绝望与穷困,还不乏对婚姻爱情的失意。莱维尼(Lawrece Levine)指出,"布鲁斯的民间意义同于对爱的失望……爱被描述为不完美的人们之间脆弱含混的关系"[4]。格兰奇的爱情生活阴晦弥漫。他在婚姻选择上毫无自主权,受家庭所迫与贤惠可敬的玛格丽特结婚,但格兰奇并不爱她,婚后仍与所爱的女人保持婚外情,因此婚姻生活矛盾重重,暴力不断,最终导致妻子玛格丽特携小儿子自杀身亡。这种婚外情与失败婚姻加重了格兰奇第一次人生的悲剧性。格兰奇的生活在南方黑人佃农的生活中并非特例,他们绝望且别无选择,身陷白人的压榨与桎梏却无法逃脱。他们凄惨的生存世界呼应布鲁斯的素材与主题。

布鲁斯乐段的第二行是第一行的重复,即 AAB 结构中的第二个 A 行,其形式与主题皆与第一个 A 行一致。作为小说框架叙事的第二部分,格兰奇的第二次生命实质上是第一次生命的翻版,相当于布鲁斯乐段的第二个 A 行。在第二次生命中,格兰奇抛妻弃子,前往北方,"去了人们都说

---

[1] Alice Walker, *The Third Life of Grange Copeland*. San Diego: Harcourt Brace Jovanovich Publishing House, 1970, p. 13.
[2] Ibid., p. 4.
[3] Kaluma Ya Salaam, *What Is Life? Reclaiming the Black Blues Self*. Chicago: Third World Press, 1994, p. 7.
[4] Lawrence Levine, *Black Culture and Black Consciousness: Afro-American Folk Thought from Slavery to Freedom*. New York: Oxford University Press, 1977, p. 276.

好的地方"①，结果却令其大失所望：北方同样是个令人绝望的场所，他寻梦北方以求自由，却深陷"孤独的监禁"之中②。颇具讽刺意味的是，纽约的经历比南方更令人沮丧。格兰奇发现，无论南方还是北方，"无论走到哪里都是白人大权在握，他们像统治佐治亚那样统治着纽约，像统治普坦治街区那样统治着哈莱姆"③。孤苦伶仃的格兰奇蜕变成一无所有的都市流浪者。与南方的境况相比，格兰奇除了身处都市外别无改观，北方的他仍在重复着南方的命运，他仍被白人操纵，痛苦不堪。他的人生与霍林·沃尔夫（Howling Wolf）流行的布鲁斯乐曲的前两行颇为相似："唔，我是个穷苦男孩，离家万里/唔，我是个穷苦男孩，离家万里。"④ 对于格兰奇而言，离家万里的他在北方的纽约举目无亲，落寞无依。

前文已提到，当代法国学者德鲁兹将重复分为截然不同的柏拉图式重复和尼采式重复，如果说重复以复制品与被复制品之间的关系进行界定，那么柏拉图式重复强调二者的续接，强调变中的不变；尼采式重复则凸显二者的差异，强调不变中的变。据此，格兰奇第二次的重复人生属于尼采式重复叙事，虽宏观的悲苦命运未变，但情势似有所不同。第二次生命中的格兰奇更觉不幸，更为孤独，这一不幸与孤独源于北方的人们无视他的存在和悲伤，他变成了真正的"隐形人"：

  南方的他被鄙视的目光持久监视，这使他的伤痛无休无止，但他们知道他在那里，他们的鄙视就是证明。北方将他置于自我监禁之中，他只能生产出自己的怒视以看到自己。他们为何假装他不在那儿？每天他都不得不通过大喊自己的名字以驱除沉寂。⑤

格兰奇在南方时的那种无处不在的被"监视"触发其深层伤痛，但起码被承认自己的存在。北方却彻底否定了格兰奇作为人的存在，成为比拉尔夫·比埃里森笔下的隐形人更为凄苦的隐形人：埃里森的隐形人受过教育，会做演讲；格兰奇却胸无点墨、一无所长。难以谋生的他终日饥肠

---

① Alice Walker, *The Third Life of Grange Copeland*. San Diego: Harcourt Brace Jovanovich Publishing House, 1970, p. 140.
② Ibid., p. 145.
③ Ibid., p. 140.
④ Robert J. C. Young, *Colonial Desire*. London: London Routledge, 1995, p. 75.
⑤ Alice Walker, *The Third Life of Grange Copeland*. San Diego: Harcourt Brace Jovanovich Publishing House, 1970, p. 145.

辘辘、孤苦困乏，于混沌与绝望中挣扎。这种生活重现了布鲁斯的社会结构，演现的是都市布鲁斯真貌。

此外，北方的格兰奇心生对被情人抛弃的白人妇女的同情，暗示其潜在的善良人性，这也是格兰奇首次看到白人的痛苦——"看到他们从幸福之巅骤然跌至绝望之谷的情景……为他们感到难过。他们的脸上在那最后时刻满是哀伤。"① 格兰奇还看到那个女人溺水前拒绝格兰奇施救时"显露痛苦的面孔"②。于此，沃克将痛苦的白人与痛苦的黑人区别开来，道出白人不会吟唱布鲁斯的真正原因："这是美国白人特有的表情。布鲁斯从不会源于这样的死要面子。它缺少自我怜悯（格兰奇坚信人的自我常常需要点同情、可怜）。"③ 格兰奇关于布鲁斯的独白表明，对于布鲁斯，公开、真诚地面对自己的苦恼至关重要，他/她要敢于面对痛苦，从痛苦中汲取勇气和教训。因此格兰奇相信白人不会遵循布鲁斯传统，他们会瞬间掩饰其真情实感及其对他人的同情。格兰奇对白人女性给予同情和帮助，却被冷漠拒绝，白人女子甚至以"黑鬼"之怒称终结生命，未对格兰奇显示丝毫人性。格兰奇却怅然自责，他的第二次生命由此颇具讽刺意味：第一次生命中，他终日躬耕却债台高筑；这一次，他施救白人反被恶意拒绝，却不劳而获，意外捡到白人女子的散落之财。显然，格兰奇的第二次生命虽在重复第一次生命的悲苦，犹如布鲁斯乐段的第二个 A 行，但此次重复中的"不变中的变"也表现为：在第一次生命中，格兰奇虽然对白人憎恨至极，但无计可施，最终将绝望与愤怒迁怒于妻儿，以致"杀死"了妻子。在第二次生命中，格兰奇具备了一定的选择权——他选择对白人放弃施救，任由白人女子溺水而亡。他认为，"黑人男性必须致力收回或塑造男性气质——他们的自尊。他们必须杀死剥削者"④。正是这种"尼采式"重复的第二次生命令格兰奇重返南方，开启他布鲁斯命运的 B 行，不仅逆转了没有尊严的人生，更超越了主流文学悲观主题的重复叙事模式。

布鲁斯乐段的第三行，即 AAB 结构中的 B 行与前两行明显差别，体现在它与前两行在主题上的决断或升华。格兰奇的第三次生命正如布鲁斯的 B 行，对前两次生命进行逆转：回到南方的他在儿子布朗费尔德枪杀

---

① Alice Walker, *The Third Life of Grange Copeland*. San Diego: Harcourt Brace Jovanovich Publishing House, 1970, p. 147.
② Ibid., p. 148.
③ Ibid.
④ Ibid., p. 153.

妻子梅姆后，毅然担负起慈爱祖父的责任，悉心抚育最小的孙女鲁斯，事无巨细，直至为鲁斯能够永久幸福而献出自己的生命。格兰奇教授鲁斯有关黑人的历史、于邪恶世界得以生存的技能以及人性的同情，希望鲁斯能够"完整"地生存。正是格兰奇的人性与关爱为鲁斯开启了幸福"完整"之门，也令读者看到故地重生的格兰奇。

格兰奇人生的最终阶段超越了主流文学重复叙事的停滞和后现代主体的断裂与绝望，呼应了布鲁斯果断结尾的第三行。恰如布鲁斯抒情的AAB 歌词所示，"总有一天太阳会发光，照进我的后门"①。这段布鲁斯歌词始于绝望，却止于乐观——"这种乐观的勇气是布鲁斯人生的鲜明特征，它认同痛苦之源，承认影响，然后采取措施应对。"② 格兰奇的三次生命复现了布鲁斯的主题特征，他的人生始于对南方乡村生活的绝望，重复为北方生活的悲怆，却在第三次生命中以乐观积极的人生态度涅槃重生。格兰奇竭尽全力摆脱痛苦和经济困境，在南方的佐治亚乡村倾尽余生，从精神、经济、历史以及心理上对孙女鲁斯悉心教育，改善她的生活，最终将他生命的爱之光"照进鲁斯的后门"，映射鲁斯尊严的物质与精神生活。斯皮勒斯（Hortense Spillers）认为，格兰奇向读者提供了"美国黑人男性气质救赎中的教训"③，沃克则借助格兰奇第三次生命中的巨变证明：不仅男人，任何人，只要努力去做一个富于情怀的人，皆有重获救赎的可能。同时，沃克也似乎回击了对她颇有微词的学者，她所塑造的美国黑人男性并非全盘皆恶，在某些男性身上同样闪耀着善良的人性之光，闪烁宽厚仁德的男性气质。

在《格兰奇·科普兰的第三次生命》中，沃克将格兰奇的三次生命既当作整部小说线性重复的叙事结构，又具象为布鲁斯的 AAB 乐行，重复无疑是该小说——这首布鲁斯人生之歌的基本曲式，小说的叙事和主题也正是如此被嵌入一个曲式结构中，随着格兰奇对不同场景和不同事件的感悟而得以反复吟唱和不断深化。在格兰奇人生的布鲁斯乐段中，我们看到格兰奇对痛苦人生的复演，更看到他对主流文学中令人神伤的暮年之悲壮性跨越。他的布鲁斯乐段为读者奏出从悲伤、绝望到幡然悔悟的希望之

---

① Daphne Duval Harrison, *Black Pearls: Blues Queens of the 1920s*. New Brunswick: Rutgers University Press, 1988, p. 80.
② Ibid., p. 110.
③ Hortens Spillers, "Chosen Place, Timeless People: Some Figuration's on the New World." *Conjuring: Black Women, Fiction, and literary Tradition*. Eds. Marjorie Pryse and Hortens J. Spillers. Bloomington: Indian University Press, 1985, p. 225.

音,最终谱成凤凰涅槃的人生绝唱。

(二) 布鲁斯女性的重复与超越

约翰逊(Maria V. Johnson)认为,"类似布鲁斯,沃克将'拟人化'(personification)作为结构的工具,即美国黑人女性充满挣扎与冲突的普遍议题与人生经历"①。沃克在《格兰奇·科普兰的第三次生命》中将黑人女性充满苦难的生活拟作布鲁斯母题,将黑人家族中的三代女性以布鲁斯乐段 AAB 三行的形式进行表征,共同演现美国黑人女性布鲁斯式的生存惨景,同时令读者"听到"女性布鲁斯乐段从哀伤、麻木的低音渐至觉醒的希望之声。

布鲁斯乐段的第一个 A 行是格兰奇的妻子玛格丽特,在其短暂的凄苦人生中悲剧多次重复,投射了 20 世纪 20 年代美国黑人女性的家庭压迫,这成为布鲁斯歌手经常吟唱的女性主题。玛格丽特的故事由儿子布朗费尔德的儿童视角建构起来,因此阻碍了有关玛格丽特的故事进程,但她的故事被嵌入主体叙事中,保持着令人不安的在场。玛格丽特的恐惧和被弃经历受格兰奇的情绪所制,此种经历周而复始:"周一,因酗酒以及前夜与妻子的暴吵所造成的后果而痛苦。格兰奇闷闷不乐……玛格丽特神情肃然,极度紧张。"② 周二,随着格兰奇的心情好转,家人的心情也随之放松。随后的几天相安无事。而周六的晚上,格兰奇又烂醉如泥地回到家中,威胁要杀掉妻儿,然后玛格丽特又会带着儿子逃命于树林,格兰奇则每周末都与"肥胖的黄脸贱货"③ 鬼混。

沃克在塑造玛格丽特这一人物形象时,通过借助布鲁斯音乐的特质强化读者对布鲁斯的情感,被深深触动的读者必然会对玛格丽特的隐忍屈从感到匪夷所思。玛格丽特的忍耐濒于极限,这一曾经贤淑优雅的女人最终发生了质变,以布朗费尔德的描述,过上了"唱歌跳舞、饮酒作乐的生活程式,每周六晚上(如此)"④。歌曲《贫穷女的布鲁斯》准确描绘出玛格丽特蜕变的原因:"请听我的恳求,因我不能忍受/这些艰难岁月很久。/请听我的请求,因我不能忍受/这些艰难岁月很久。"⑤ 幼小的布朗

---

① Maria V. Johnson, "You Just Can't keeps a Good Woman Down: Alice Walker Sings the Blues." *African American Review*. 30.2 (1996): 225.
② Alice Walker, *The Third Life of Grange Copeland*. San Diego: Harcourt Brace Jovanovich Publishing House, 1970, p. 12.
③ Ibid.
④ Ibid., p. 20.
⑤ Daphne Duval Harrison, *Black Pearls: Blues Queens of the 1920s*. New Brunswick: Rutgers University Press, 1988, pp. 70-71.

费尔德目睹了母亲的畸变,将之归咎于格兰奇,是格兰奇的抛妻弃子对玛格丽特造成致命的精神扼杀,致使玛格丽特对爱与人生彻底绝望,最终了结了自己和可能为私生子的小儿子的生命。哈里森认为,"有时通奸的丈夫、贫穷和过度劳累等因素的煎熬使女性过于脆弱,她们无法保持内在的勇气和决心。这样,有一群布鲁斯人会描述女人绝望之时心中涌现的厌倦、沮丧、幻灭以及极度的愤怒"①。玛格丽特不外于此,她没有机会和途径发泄或转化悲痛,最终踏上绝命之途。针对黑人女性的此种境遇,胡克斯提出"集体脱面具"(collective unmasking)②之说,认为这"对那些乱伦、强奸等创伤事件的黑人女性受害者至关重要。她们必须当众讲述她们的经历"③。如胡克斯所言,假使玛格丽特当众讲述或转化其愤怒,或许她会有勇气继续生活。遗憾的是,玛格丽特没有诉之于众,却将伤痛自我封存,最终身心崩溃。

第二代黑人女性梅姆再入绝境,重复了玛格丽特的磨难与人生,演绎自绝终生的布鲁斯乐段结构的第二个 A 行,但梅姆的结局更为惨烈,她不是自杀,而是像动物一样死于丈夫布朗费尔德的枪口之下。梅姆的故事始于她从学校回到姑妈琼斯家之后,在那里遇到了与琼斯鬼混的布朗费尔德。布朗费尔德对她心生爱意,"认为自己是梅姆的最佳人选,只要他爱她"④。他们最终步入婚姻,尽管两人的教育背景相差悬殊——梅姆受过正规教育,布朗费尔德却宛若白丁。布朗费尔德甚至承诺,他不会永为佃农,他要拥有土地并带着梅姆到北方生活。但残酷的现实击碎了他们的幸福爱情:第二个孩子出生时,布朗费尔德的境况一无改观,昼夜劳苦却仍债台高筑,他感到"一种刺入骨髓的心痛"⑤。他意识到自己在步入父亲的人生之辙,并最终像父亲那样将愤怒与绝望抛向家庭和妻子梅姆,沦为家庭的"恶魔",摧残并扼杀梅姆文明的语言,蓄意从身体、情感、心理上将梅姆变成丑恶的女人,以维护其男性尊严。

在布鲁斯的歌词中,黑人妇女最初都会努力获取完整的生存,玛格丽特如此,梅姆亦然。她起初也采取措施反抗布朗费尔德的压迫,但布朗费

---

① Daphne Duval Harrison, *Black Pearls*: *Blues Queens of the 1920s.* New Brunswick: Rutgers University Press, 1988, p. 86.
② 胡克斯用"集体脱面具"(collective unmasking)指"揭开、剥离"(uncovering)。
③ bell hooks, *Sisters of the Yam*: *Black Women and Self-Recovery.* Boston: South End Press, 1993, p. 26.
④ Ibid., p. 47.
⑤ Ibid., p. 53.

尔德变本加厉，越发深入地"改变"她，使她最终蜕变成形神枯槁的"丑女人"，"变成他不想要也不能要的东西"①。此时的梅姆彻底变身，成了"世间的骡子"，最终沦为布朗费尔德的牺牲品，死在他的枪口之下。沃克如此描述："60年代，一些黑人妇女背离我们的历史传统，不再挑战使我们缄口不言、任由黑人男性'操纵民族'的错误事情，这会对一代黑人女性造成严重的心理伤害。"② 作为布鲁斯乐段的第二个A行，梅姆无疑是玛格丽特的"柏拉图式"重复，她们具有不同的性格与教育背景，可谓与所重复的原型有别，但她们命运相同，对男人的欺压和痛苦的反应本质同一，体现"变化中的不变"：她们均对自己的境遇缄口不言，均将内在与外在、私下与公开的自我分离，均对自己的苦闷哀怨隐忍不言。于此，沃克描述了梅姆艰难悲怜的人生，却重现了玛格丽特的凄苦命运：不幸的婚姻、残酷的丈夫、生育工具以及悲惨结局。在梅姆的生存语境中，沃克以布鲁斯乐段和主流文学的重复叙事模式将饱受性别压迫的艰难生活前置，某种程度上影射了境遇相似的黑人妇女群体，她们缺乏交流，独自重复着彼此的悲苦。于是，沃克试图演奏不甘屈服的布鲁斯B行，借助新一代黑人女性鲁斯来预示黑人女性的生存未来。在女性人物形象上相当于布鲁斯AAB乐段中的B行，她令读者看到了黑人女性生存的希望之光。

鲁斯是梅姆和布朗费尔德的女儿，格兰奇和玛格丽特的孙女，是富于活力与希望的第三代黑人女性。祖父格兰奇为其奠定丰实的情感、物质和精神基础后，鲁斯有条件构筑不受苦难煎熬的动态身份，走上了与祖母玛格丽特和母亲梅姆截然不同的人生之路。鲁斯未像母辈那样被家庭圈囿，对自己的生存状态具有清醒的认知：在白人世界，她只能做个仆人或教师；在黑人世界，她被恶意诽谤自己和祖父的黑人同胞排斥疏离，成为群体的弃儿。她不甘于此，试图为自己开辟一个更开阔的空间，追寻更光明的未来。小说最后部分罗列了鲁斯对未来的构想：她首先想去北方，"像您（格兰奇）曾经的那样，去北方"③，然后打算去非洲。小说结尾处，鲁斯受激昂的民权运动感染，又准备参与民权运动。虽然鲁斯最终尚未明

---

① bell hooks, *Sisters of the Yam: Black Women and Self-Recovery*. Boston: South End Press, 1993, p. 57.
② Alice Walker, *In Search of Our Mothers' Garden: Womanist Prose*. New York: Harcourt Brace Jovanovich, 1983, p. 353.
③ Alice Walker, *The Third Life of Grange Copeland*. San Diego: Harcourt Brace Jovanovich Publishing House, 1970, p. 193.

确自己的发展方向，但有一点毋庸置疑，那就是鲁斯不会重复祖母和母亲的固守家园与逆来顺受，她会为之超越，在格兰奇所谓的"使命感"驱动下承担"伟大的大力神（Herculean）责任"①。尽管鲁斯蓬勃的思想"一直在飞"，但却不乏目标，至少"总是朝着某个事物移动"②。

沃克在《格兰奇·科普兰的第三次生命》中所塑造的三代黑人妇女形象不仅嵌入主流文学和黑人男性文学中所缺场的美国黑人女性艰辛的生存和成长史，也经由布鲁斯结构和布鲁斯主题倾诉美国黑人妇女个体和群体的遭遇，令读者"聆听布鲁斯歌手们的真情实感，了解她们为寻找人生快乐所付出的艰辛"③。

卡比（Hazel Carby）认为，"布鲁斯无疑是黑人经历的一种共同表达……个体与群体经历的'复杂交织'"④。以布鲁斯的乐段叙事和主题表达视角审视《格兰奇·科普兰的第三次生命》，意义更为深远。沃克将布鲁斯主题意识和结构形式与主流文学的历时、线性、重复性的叙事模式结合，创造出更为发人深省的故事。换言之，两种模式的结合虽体现重复叙事对美国黑人生存困境的可信性呈现，但沃克更关注精神与自我的变化与提升，如布鲁斯音乐，尽管大部分乐段与主流文学的叙事形似，重复着苦难、愤怒和绝望，但乐段的第三行为我们奏出了未来和希望，这是对主流文学悲剧性或异化性结局的超越。无论是格兰奇对自己人性的超越，还是鲁斯对未来的尝试性构想，他们都未深陷社会与过去之渊而不振，他们学会宽恕与爱，并为实现自我生存的完整性而不断努力。这正是沃克的文学与主流文学范式的差异所在，也是沃克创作的开放性内涵。

二 意指的猴子与传统的重复和修正

作为对黑人传统的艺术表达，沃克不仅将自己的文本与表现黑人精神和激情的布鲁斯结构融合，还借助非洲神话原型"意指的猴子"之意指策略，表现黑人同胞和黑人文学在主流社会与文化环境中的生存智慧。正如布鲁斯中有着即兴反复的片段和连续重复的变奏，"猴子"的"意指"也是一种不断变化的表演，它不是一种语言对另一种语言的翻译，而是在

---

① Alice Walker, *The Third Life of Grange Copeland*. San Diego: Harcourt Brace Jovanovich Publishing House, 1970, p. 198.
② Ibid., p. 226.
③ Alice Walker, "I Know What the Earth Says." *Southern Cultures*. 10.1 (2004): 7.
④ Hazel V. Carby, *Reconstructing Womanhood: The Emergence of the Afro-American Woman Novelist*. Australia: Oxford University Press, 1989, p. 750.

同一语言内的反应性修正。

盖茨在其著作《意指的猴子》中指出:"黑人语言不仅具有表意功能,还具有复杂的意指功能,它为了黑人的目的而对某个语词或言说所做的反殖民行为,是通过在一个拥有并保留自身语义向度的语词中嵌入某种新的语义向度来完成的。"① 但美国黑人土语传统中的"意指"和标准英语语义体系中的"表意"彼此关系既密切又无关。在主流西方文学中,表意(signification)与能指(the signifier)和所指(the signified)相关,而所指与能指之间的关系等同于概念与声音形象的关系。② 在美国黑人土语中存在着它们的同音同形异义词,以盖茨之见,"表意"和"意指"的共存表明,在多族裔社会中,大众实际上可以有目的地使用任意替代,通过排挤某个能指的所指内容造成这一能指的断裂。意指的特别之处就在于它将注意力从语义层面转向了修辞,将语词被压覆的意义释放出来。由此可见,"意指"无疑是对"表意"的重复和修正,这两个词之间的复杂关系反映出美国黑人与美国白人两个平行话语世界之间在政治和语义维度上的冲突。盖茨一直强调,"带有差异性的重复或修正从来都是美国黑人艺术的显著特征,正是在这个重复与修正的过程中,艺术家的天才得以展现"③。作为对白人"表意"的修正,黑人的"意指"体系表明,在白人话语空间中存在着一个与之同在但被否定的黑人话语场域,在白人传统之外还存在一个似而不同的文学传统。在盖茨看来,意指还同时指向美国黑人文本的互文性,认为美国黑人艺术家历来都在意指并修正他们传统中的前辈文本,不仅重复延续其传统,还为之注入新鲜血液。

在《格兰奇·科普兰的第三次生命》中,沃克挪用两种意指形式:间接幽默的反驳与修正性戏仿和混搭。一方面,沃克将意指作为对听者进行幽默嘲讽的语言策略;另一方面,沃克在形式上将意指作为修正和模拟的隐喻,对以前的文本进行重写,在对传统的命名与修正过程中展现族裔文化的博大精深。

(一)间接意指:言者的话外之音

间接意指方式是意指修辞策略的显著特征,它往往通过诙谐讥诮的语

---

① Henry Louis Gates, Jr., *The Signifying Monkey: A Theory of Afro-American Literary Criticism*. New York: Oxford University Press, 1988, p. 55.
② Ferdin de Saussure, *Course in General Linguistics*. Beijing: Beijing Foreign Language Teaching and Research Press, 2001, pp. 65 – 70.
③ Henry Louis Gates, Jr., *The Signifying Monkey: A Theory of Afro-American Literary Criticism*. New York: Oxford University Press, 1988, p. 6.

言传达自己的意图。吉尼瓦·史密泽曼（Geneva Smitherman）认为，"意指者使用幽默，使嘲讽相对易于忍受，给听者提供一个社会上可以接受的脱离方法"①。可见，意指是一种被文化"允许"的嘲弄他人的仪式，因为这种间接谈论并非总是恶意为之。

在《格兰奇·科普兰的第三次生命》中，间接意指是美国黑人弱势群体避免与强势力量产生正面冲突，以致"引火烧身"的手段，力求在卑微之境进行一种隐性反抗。玛格丽特和格兰奇虽为夫妻，每逢周六晚上却各奔东西：格兰奇周六下午进城逍遥；玛格丽特精心打扮等待客人造访，但往往愿望落空。玛格丽特最终厌极生变，"浓妆艳抹，然后满身香水味离去"②。在这一情境中，玛格丽特多次在格兰奇进城时意指他的"缺场"：

"我看他还没回来。"她说。
布朗费尔德懒洋洋地躺在门口，盼着他看孩子的任务快快结束。
"他说再也不回来了。"他妈妈说。她将上衣一脱，甩了出去。她冷笑着。
"那种话我听过多少遍了。你想他该会感到满足了吧——我供他吃喝，她供他作乐！"③

玛格丽特的信息尽管间接，但不难破译。玛格丽特显然意识到格兰奇不在家中，因此才含沙射影地挖苦指责：既然格兰奇不在家中，他一定仍和"那个肥胖的黄种贱货在一起"，读者后来才在小说中了解到那个"贱货"原来是"胖乔茜"。

试图理解玛格丽特指涉的相关内容，读者必须了解格兰奇与乔茜间的关系。如前文所述，小说稍后提供了相关信息：格兰奇在与玛格丽特结婚前已与乔茜相爱，但因乔茜出身卑贱而遭到家庭的强烈反对。格兰奇虽按家庭旨意与令人尊敬的玛格丽特结婚，但与乔茜仍未绝情缘。玛格丽特对此非常憎恶，却无可奈何。玛格丽特的陈述——"我看他还没回来"的言外之意为：（1）格兰奇又和那个女人鬼混；（2）他每周六都和她在一

---

① Geneva Smitherman, *Black Talk: Words and Phrases from the Hood to the Amen Corner*. Boston: Houghton Mifflin Co., 1994, p. 119.
② Alice Walker, *The Third Life of Grange Copeland*. San Diego: Harcourt Brace Jovanovich Publishing House, 1970, p. 16.
③ Ibid.

起；(3) 他说过他不再回到她（玛格丽特）的身边。这一话语暗示格兰奇对玛格丽特的绝情，可能永不回归。然而玛格丽特的意指也影射她对格兰奇的留意与期待，"他还没回来"中的"还没"一词传递了"即将返回"的言外信息，同时揭示出玛格丽特在婚姻生活中的卑屈境地。

玛格丽特以"你想他该会感到满足了吧——我供他吃喝，她供他作乐"表达自己对格兰奇及其情妇的愤怒之情。格兰奇与乔茜的婚外情持续15年之久，最终导致玛格丽特的性格畸变与最终的绝望自杀。然而无论玛格丽特以何种方式进行对抗，皆无法逃避身心俱痛和挽回丈夫对家庭与婚姻的背弃。玛格丽特运用的两个押头韵双关语"喂"（feed）和"性交"（fuck）暗示出她为格兰奇提供物质基础，胖乔茜为格兰奇提供性消遣的悲哀。在玛格丽特看来，这两个不同的女人——妻子和情人都成了格兰奇的利用工具，或者可以说，玛格丽特原本能够直击格兰奇的苟且卑鄙，但这种直接对抗只能导致她与格兰奇之间的暴力相向，并总会以自己受伤更重而告终。玛格丽特在格兰奇缺场时对他意指既可避免直接对抗，也令儿子布朗费尔德感受到她对格兰奇的反抗与愤怒。由此可见，玛格丽特的间接意指是一种迂回反抗的权宜之策，不仅减少伤害，还宣泄了内心的仇恨。

同理，格兰奇没有直接对抗家庭对他指派的婚姻，而是表面上遵从家庭的安排，与玛格丽特结婚，但婚后仍与乔茜保存恋情。玛格丽特和格兰奇的间接对抗方式呼应了黑人民间故事中意指的猴子所惯用的策略，面对强势，弱小的他们只能采取间接巧妙的方式与强势周旋，维系自己的既得利益。另外，他们的对抗策略亦呼应了巴巴后殖民话语中"狡猾的谦恭"（sly civility）之能，通过这种表象的"屈卑"，挑战和质疑"权威的确定性"，并"开辟一个阐释的空间"[①]，对格兰奇的权威呈现模棱两可性。

沃克运用的另一间接意指实例出现在格兰奇的第三次生命期间，格兰奇对孙女鲁斯使用标准英语而不用黑人土语提出质疑。他针对鲁斯说标准英语的"它"（it）而不说黑人土语的"打"（hit）展开对话：

"不要因为我说'打'（hit）就说你'打'（hit）。我的意思是，我明知道'打'不对，但我记不住该用什么来代替'打'。"

"打中一个满分！"鲁斯拍着手大叫起来，"你甭（ain't）——不（aren't）该把'它'（it）说成'打'（hit）。"

---

① Homi Bhabha, *The Location of Culture*. London and New York: Routledge, 1994, p.135.

"'它'没有'打'音中的'd'('It' ain't got no hin 'hit')。"她咯咯地笑着。①

鲁斯同样通过巧妙的间接意指将格兰奇的黑人土语中把"它"(it)说成"打"(hit)之表达转义为棒球比赛的进球得分。鲁斯对祖父的语言表述进行意指并非蓄意嘲弄,而是对祖父总取笑她说标准英语的另类反击。格兰奇却用"我只是想看看你是否注意到了"进行"狡猾的"回应②,掩饰自己的尴尬。在他们的对话互动中,言者与听者都为成功的交流发挥了关键作用。这个例子类似会话话语,鲁斯没有直接反驳祖父的表达,而是以俏皮的棒球双关语接纳其表述方式,但并不效仿。可以说,鲁斯对祖父格兰奇语言的意指不是为了羞辱,而是一种善意的修正。在这一修正过程中,黑人土语与白人标准英语亦形成对话,阐明黑人土语的合语义性与功能性,暗示语言没有高低雅俗之分,黑人土语同样具有丰富性与传统性。鲁斯的白人标准英语与黑人方言土语的混杂共用表现黑白语言的共存与冲突,而这一运用方式模糊了白/黑语言的分界,并在白人表述传统中渗入黑人土语的异质性。

沃克还通过间接意指揭穿白人对黑人群体的压迫。在《格兰奇·科普兰的第三次生命》中,沃克再现了所谓的"利落的黑人把戏"(neat nigger trick)事件,这种事件同于南方黑人经常意指的事件——在第十层楼的狭窄窗口进行表演,只是某种把戏,绝无表演的可能性。在一段情节中,格兰奇和鲁斯谈论新闻报道中有关黑人的事件。格兰奇向鲁斯讲述自己的酒友遭到谋杀的案情,当鲁斯问他是何人所为时,格兰奇回答:

"他们(白人)总有最后的话语权,说酒友是自杀。"鲁斯愕然。
"因为沟的附近没有枪。"格兰奇说。
"没有枪他怎么能把自己的头射掉一半?"鲁斯问。
"当然是个巧妙的黑人把戏。"格兰奇说。
他凝视火炉10多分钟,一言不发。"我曾看过一个女人,"他说,"被吊死、剖尸、自下向上焚烧。"他又想了5分钟,鲁斯不耐烦地等着他开口说话。"他们(白人)说她是一门心思想自杀的人之

---

① Alice Walker, *The Third Life of Grange Copeland*. San Diego: Harcourt Brace Jovanovich Publishing House, 1970, p. 179.
② Ibid.

第一章 混杂性叙事:美国黑人、印第安文学的文本表征 41

一,用三种方法杀死自己……还说她是个意志坚决的黑人。"①

这段文字包含两个"利落的黑人把戏"的言外叙事:第一个叙事影射格兰奇的酒友不用枪能把自己的脑袋射掉一半之说的荒谬性。第二个叙事同样暗示白人说法的无稽之谈:一个女人不仅自缢,将身体剖开,还自我焚烧,三种方法混合并用只求一死。这两个弦外之音意指了白人通过话语霸权掩盖其对黑人种族的残害,强化白人话语的绝对在场。相反,黑人的死亡则标志了黑人的物理在场和声音缺场。在这种在场和缺场之间,黑人感知白人对黑人同胞死因的荒诞谬说,却惧怕与之公开对抗,深知对白人的公开批驳只能招致更多黑人同胞的生命丧失。白人荒诞不经的托词暴露出他们对理性和事实的歪曲与践踏,更揭示在白人支配的社会中黑人无以言说的生存处境和机智多变的对抗策略。这种间接意指表明,意指者格兰奇对白人话语的欺骗性心知肚明,提醒自己的孙女警惕白人对黑人的恐怖谋杀和非人迫害。

劳伦斯莱文(Lawrence Levine)如此阐释黑人群体对白人暴力的理解:

> 对私刑和某种种族暴力形式的诙谐反驳表现了幽默的一个作用……它具有反叛性,意指自我的胜利。这种自我拒绝被灾难之剑射中,力求对外部世界给自己造成的伤痛无动于衷。②

格兰奇的意指无疑是一种反驳,他被迫将自己对白人施加给朋友和黑人邻居的滔天罪行的反应进行消声,否则白人对黑人的残害会变本加厉。其实,无论是玛格丽特对丈夫格兰奇的意指、鲁斯对祖父格兰奇的意指,还是格兰奇对白人的意指,整体而言,皆传递了黑人的一种生存智慧。对黑人而言,保持沉默和避免公然对抗均是一种可行性生存策略,也是"意指的猴子"之惯常所为,它同于反讽的"口是心非"和正话反说,也具有双关表达的幽默与讽刺意味,但又不局限于此。间接意指更注重以弱胜强、于逆境中求生存的智慧表达。以格兰奇为例,他的间接意指作为提升自我意识的有效途径,以最深刻、最精妙的意指行为教育鲁斯,令鲁斯在

---

① Alice Walker, *The Third Life of Grange Copeland*. San Diego: Harcourt Brace Jovanovich Publishing House, 1970, pp. 223-224.
② Lawrence Levine, *Black Culture and Black Consciousness: Afro-American Folk Thought from Slavery to Freedom*. New York: Oxford University Press, 1977, p. 343.

崇尚白人标准英语之时深谙黑人传统的独特魅力与功用。由此，我们可以领略沃克的意指深意：她通过驾驭这些意指策略，使黑人主人公得以自由穿行于黑白两个话语世界，表现这两个并存领地之间"同音同形异义"的悖论性关系。可以说，沃克通过格兰奇对鲁斯的教育，使鲁斯，同时也令读者彻悟白人的实质，并从意指行为的精妙艺术中管窥黑人土语迂回使用的机制，学会一种可以和其他黑人共享的另一种语言。

（二）戏仿与混搭对黑人文本的重复与修正

根据盖茨的观点，戏仿（parody），即戏谑性模仿，是"嘲弄某人"（calling out of one's names）的行为。混搭（pastiche）是文学"命名"（naming）行为，是对一种传统的重述或改名。盖茨指出：

> 依赖于间接方式的修辞性命名对诸如比喻表达行为、转义形式、对形式的戏拟或模仿等概念至关重要。当一位作家通过一种方式重复另一作家的结构之时，间接方式的重要性显而易见。一种重复方式就是对一个特定的叙事或修辞结构只字不差的重复，但却在其中别扭地注入一种荒诞不经或者互不相容的语境。①

换言之，混搭主要是模仿原作，将被遮蔽的修正广而告之；戏仿则包括"形式的重复，然后经由一个转变过程对同一形式进行倒转"②。

在《格兰奇·科普兰的第三次生命》中，沃克借助戏仿和混搭塑造小说中的人物，其中的两位男性人物格兰奇和儿子布朗费尔德在格兰奇的第一次生命中均被描述为卑劣恶俗之人：格兰奇年轻时虐待妻子玛格丽特，将其抛弃，导致其绝望自杀；布朗费尔德复制父亲格兰奇的自私、残暴、恶毒；除了性乱外，布朗费尔德同样虐妻，最终将妻击毙。布朗费尔德还将自己患白化病的小儿子放在冬夜的室外冻死；当妻子违背其意愿力图为家庭创造一个相对体面的生活空间时，他暗地策划报复行动，最终得逞，令整个家庭复归于非人的生活状态。布朗费尔德的此种恶行与黑人传奇故事中道德败坏的黑人男子大迈克戴蒂（Great McDaddy）和斯泰格里（Stagolee）颇为相似。根据盖茨的"意指是对以前文学传统的重复或改

---

① Henry Louis Gates, Jr., *The Signifying Monkey: A Theory of Afro-American Literary Criticism*. New York: Oxford University Press, 1988, p. 103.

② Ibid., p. 124.

写"之说①，不难发现，沃克通过戏仿与混搭策略所塑造的布朗费尔德正是对黑人口头传说中的坏蛋人物进行意指。

黑人口头传说中不乏一些颇具传奇色彩的黑人男性"坏蛋"，"杀妻"是他们的通常恶行之一："昨晚我在遛弯，/遇到我的女人，我把她打倒。/回到家中，我上床睡觉，/却无法把手放在头下。"② 大迈克戴蒂和斯泰格里便是众所周知的坏人典型，大迈克戴蒂甚至自嘲："我有墓碑的性情、墓地的思想。/我知道我是个混账东西，所以不在乎死亡。"他最终被警察射中后背而死。

作为众多"坏人"的原型，斯泰格里则是黑人口头传说中最为臭名昭著的"坏蛋"：

斯泰格里无论出现在何时何地都令人生厌：
"斯泰格里是个暴徒，人人皆知，
当人们看到斯泰格里过来时，都要避而远之，
噢，那个人，那个坏蛋，斯泰格里来了。"③

在关于斯泰格里的众多版本中，故事的结尾均不是以其锒铛入狱或死亡而告终，而是他对受害者的恐吓："当我来到这里，我不再是陌生人，/因为当我离开时，我这个混账留下了'危险'。"④

"危险"一词是黑人口传故事中对"坏蛋"的精准界定。同样，沃克笔下的布朗费尔德所带给家人的只有"危险"，他将"屠刀"对准自己的妻儿。沃克通过布朗费尔德意指黑人坏蛋时，也将第三次生命中的格兰奇塑造成与之对立的"好人"形象——慈爱的祖父，他为自己的孙女鲁斯创造了美好充实的生活。沃克的人物塑造经由一个重复，然后对其"倒转"，表现沃克对那些曾经缺失人性的黑人男性能够改过自新、迷途知返的期望。因此，沃克的创作重心是对重返南方的格兰奇进行重写（或修正）。虽然格兰奇对白人以及白人对黑人的压迫厌憎如初，他为自己过去的罪恶深感愧疚，于是摒弃了前两次生命中的一切恶习，使自己的生活彻

---

① Henry Louis Gates, Jr., *The Signifying Monkey: A Theory of Afro-American Literary Criticism*. New York: Oxford University Press, 1988, p. 103.
② Ibid., p. 413.
③ Lawrence Levine, *Black Culture and Black Consciousness: Afro-American Folk Thought from Slavery to Freedom*. New York: Oxford University Press, 1977, p. 414.
④ Ibid., p. 415.

底改变，充满更多的人性与关爱，可谓浪子回头。

相比之下，布朗费尔德深陷罪恶，甚至将一切罪过归咎于生活的重压、苦难，白人的剥削以及父亲格兰奇的负面影响。读者与鲁斯一起见证他扭曲的人生观：

> 布朗费尔德强迫他们最终住进那间破败不堪的冷屋；疾病缠身的达芬，布朗费尔德漠不关心；桀骜不驯的奥奈特，她的一言一行都试图引人关注；还有母亲梅姆的被害。
> "你以为我没有记住，"鲁斯说，"问题是我无法忘记。"
> "你没有记住什么，"他（布朗费尔德）说，"你是在对我充满憎恨中长大的！……你不知道对于一个男人来说，生活在这里会是什么样子。你不了解我所遭受的一切。"①

尽管布朗费尔德竭力唤起鲁斯对他的同情，鲁斯却仍感到他的罪恶："想到过去，他满口谎言，是一个贿赂者、一个一无是处的人。"②

布朗费尔德的邪恶本性众人皆知，格兰奇甚至对布朗费尔德归咎于人的做法进行说教："确实，我知道把自己所造成的生活混乱归咎于别人的危害。我自己跌入这一陷阱！我一直相信那是白人摧毁你的方式，因为当他们令你知道他们要为一切受到谴责时，他们也令你相信他们就是某种上帝！"③ 在格兰奇看来，当一个人将自己的罪过迁怒于人时，他其实是在放弃自己的责任，将对生活的控制权置于他人之手，交付给上帝，因为没有人"能像我们认为的上帝那样强大，但我们有自己的灵魂"④。格兰奇对灵魂的强调表明，一个人具有一些掌控人生的能力，当困难降临时，你可以积极应对，或者坐以待毙。

由此，沃克首先通过年轻的格兰奇和儿子布朗费尔德的邪恶行径意指"道德败坏"的黑人民间"坏蛋"，然后再将老年的格兰奇逆转为亲切慈爱的祖父，布朗费尔德则执迷不悟，依然保持民间"坏蛋"的本性。格兰奇意识到，一个人要想改过必须首先自我承认，进而勇于担责：

---

① Alice Walker, *The Third Life of Grange Copeland*. San Diego: Harcourt Brace Jovanovich Publishing House, 1970, pp. 218–219.
② Ibid., p. 219.
③ Ibid., p. 207.
④ Ibid.

第一章　混杂性叙事：美国黑人、印第安文学的文本表征　45

"我所说的一切，布朗费尔德，"格兰奇说，他的声音变成低声耳语，"是有一天，当我回首人生时，我发现了自己的错误之处。当我认真回首过去时，我发现，如果我没有像你射杀你妻子那样将你妈妈'射死'，她现在还会活着。我们内疚，布朗费尔德。只有承认它我们才能朝正确的方向迈进。"①

格兰奇的幡然悔悟彻底改变并创造了他充满人性的余生，而布朗费尔德却像理查德·赖特《土生子》中的人物比格，除了欺骗和纵容对他人的压榨外别无行动的声音和权力。当然，比格除了欺压女人外没有剥削他人的机会，而沃克笔下的布朗费尔德却不择手段，包括利用父亲的情妇乔茜和白人法官。然而布朗费尔德最终未能得逞。相比之下，父亲格兰奇的向善之举却使其改变势态的发展方向，显示自己的在场与掌控力：他不允许"坏人"布朗费尔德的"危险"危及孙女鲁斯的未来，因此他当场射杀了布朗费尔德，为鲁斯扫除幸福生活的全部障碍。如此截然相反的两个男性人物的在场可谓对黑人民间以及前辈文本中的坏蛋人物进行了"重复与倒转"，揭示黑人群体内部的性别压迫的现状，预示改变这一现状的可能性。

沃克因对格兰奇与布朗费尔德这对父子形象的负面塑造招致诸多非议，有人甚至认为她对黑人男性充满憎恶。审视《格兰奇·科普兰的第三次生命》，我们的确看到了典型的黑人男性"坏蛋"及其对黑人女性造成的伤害，但也清晰地看到，沃克通过意指性的修正，强化改过自新的黑人格兰奇富于人性的一面，他对孙女鲁斯的那种"浓烈、甜蜜的情感"超越了生死边界。可以说，布朗费尔德同他的父亲境遇曾经相似，但应对方式迥然相异，因而衍生出天地悬殊的人生境界。

沃克对"道德败坏"的黑人男性形象的重复和修正，使读者看到某些黑人男性的邪恶本质及其带给黑人妇女的巨大灾难，也看到其中一些黑人男性放下屠刀、立地成佛的重生。这是他们对自己人性的"倒转"，也是黑人女性生存的希望所在，更是沃克对那些恶语攻讦之人的有力反驳。另外，沃克外延了盖茨的"意指是对以前文学传统的重复或改写"的定义，她的作品不仅意指了黑人前辈的文学文本，还借助戏仿和混搭策略从主题上对南方黑人的北迁这一历史"文本"进行意指。北方对于黑人同

---

① Alice Walker, *The Third Life of Grange Copeland*. San Diego: Harcourt Brace Jovanovich Publishing House, 1970, pp. 208–209.

胞，尤其对那些渴望"北上"的黑人来说无疑代表着梦想、希望，但格兰奇的北上追梦与遭遇证明，北方的境况同样令人大失所望，甚至比南方更为残酷。在南方，黑人至少有朋友与其分享微薄的食物和破旧的房屋；在北方，无论是黑人还是白人皆对其漠不关心、视而不见。

沃克对早期北迁的黑人同样进行了意指：他们驾驶着豪车"衣锦还乡"，而实际真相是，他们在北方处境卑贱、居所破陋。这一例子发生在格兰奇的家中：小说伊始是年幼的布朗费尔德看着北方黑人叔叔一家开着豪车绝尘而去的场景，他的眼神透着嫉妒、向往和忧伤。此后布朗费尔德经常想起他们，也梦想去北方生活。母亲玛格丽特却对布朗费尔德泼冷水：

> 你想他们干嘛？自斯拉斯被害后我就没有玛丽琳的消息。你想啊，大白天就想抢劫饮品店！玛丽琳总炫耀她的新冰柜、服装和孩子们学识如何丰富，却对斯拉斯的吸毒只字不提。大老远开豪车到我们家来，装腔作势的样子就好像我们有多落后似的——我打赌，北方和我们这里一样乱七八糟。[1]

在父亲弃家出走和母亲自杀后，布朗费尔德北上芝加哥或纽约。行至途中的布朗费尔德不断回想母亲对北方的看法，影响了自己的北上之行："北方很冷漠，人们在街上从不和他人说话；他的父亲也曾说过，去北方毁了叔叔斯拉斯和婶婶玛丽琳，他们变得如此冷漠无情。"[2]

或许是巧合，布朗费尔德路遇父亲的情妇乔茜，并被她缠住，北上寻梦之举因此半途而废。格兰奇却来到北方的纽约，发现北方并非如其所盼的幸福之所。他循着祖先们的"凝视"来到北方，却只见满目的贫穷、冷漠与孤独。南方黑人在20世纪20—40年代的大规模北迁并未使之逃脱苦海、步入幸福，颇具讽刺意味的是，在20世纪60年代的民权运动以前，却鲜有黑人发现北迁之梦的虚幻。沃克通过格兰奇在北方的艰难处境揭开了"北方神话"的真相。格兰奇在北方不仅陷入无以谋生的窘境，还体验到黑人群体之间的冷漠无情。格兰奇最终重返南方，决定拯救自己和孙女鲁斯。沃克对黑人北迁的意指表明，如果一个人期望改善生活并愿

---

[1] Alice Walker, *The Third Life of Grange Copeland*. San Diego: Harcourt Brace Jovanovich Publishing House, 1970, p. 17.
[2] Ibid., pp. 20–30.

意为之付出，南方可以为你实现满足与幸福。

盖茨指出，当代白人批评家认为"黑人作家在写作中没有原创性，只有对白人的模仿"①，故被称为"鹦鹉学舌""嘲鸫诗人"（mockingbird poets）。沃克的创作不仅富于文学性和高超的叙事技巧，她在白人作家影响的内部渗入黑人性策略，增添白人主流文学中缺场的主题与形式的原创性。首先，就语言本身而言，受过正规高等教育的沃克无法规避标准英语的影响，作品以白人的标准英语为主要载体，但沃克有意混入黑人口语体表达，其表意与喻指兼具的功能使黑人土语与白人英语之间产生张力，文本因而呈现"采用正规书面英语模仿黑人日常语言的口头文化痕迹"②，破坏了白人标准英语的纯粹性与权威性。其次，就文本叙事形式的关联而言，主流文学在沃克的创作中难掩其痕，无论沃克对族裔传统文化如何浓墨重彩，其作品不可避免地黑中有白、白中透黑，因此属于"黑白混杂体"，既反映对白人文本形式的挪用，又对族裔文学传统进行意指性重写与修正。不仅如此，沃克还在白人主流文化空间内将美国黑人文学文化与美国印第安文学文化进行"边缘处"混杂，使之成为在主流文化霸权体制下的一种文学和文化建构方式，也是沃克对美国黑人、印第安等多元传统文化的有效传承。

第二节　边缘处的混杂：美国黑人文本的印第安性书写

对于美国这样的移民大国，美国身份的形成尤其见证了美国黑人与美国印第安两族文化之间的相遇和协商。当这两个边缘群体与西方主流社会之间的边界被跨越时，混杂必然是两族文学与文化领域的普遍现象。这种边缘处的混杂不仅体现在民间故事方面，两族文学之间更为深入广泛的互融使美国印第安文学和美国黑人文学实践均具共通性与交合性。这些文学传统是当代美国黑人与美国印第安作家之间本质上的"呼应"，作为巴巴所言的"审美与道德公正的对策"③，成为现代世界中一种普遍存在的部分。

---

① Henry Louis Gates, Jr., *The Signifying Monkey: A Theory of Afro-American Literary Criticism.* New York: Oxford University Press, 1988, p. 113.
② Ibid., p. 144.
③ ［美］霍米·巴巴：《黑人学者与印度公主》，生安锋译，《文学评论》2002年第5期。

作为有着混合血统的作家，沃克的创作富含美国黑人与美国印第安主体性，是与美国黑人和美国印第安文学祖先的对话。这个生产和保持对话的过程将美国黑人和美国印第安人带入文学殿堂的中心，在主流文学的浩瀚之海掀起边缘文学相互混杂的潜流巨浪，这种边缘处的混杂同样具有美国黑人与美国印第安人的"双重意识"，同样"战胜了殖民者对他们区别对待的政治隔离，戏拟歧视性霸权的二元分割"[①]。

沃克的第二部小说《梅丽迪安》在叙事方式与文本结构上充分体现了这种"边缘混杂"的特质，不仅具有美国黑人的文化元素，还弥漫着美国印第安文学文化的色彩。该部小说虽然以美国黑人的民权运动为历史背景，以颇具"黑人性"的百衲被形式罗列美国黑人的生活和成长碎片，但这些碎片蕴含美国印第安民族的历史遭遇和圆形理念，形成美国主流文化下的美国黑人文化与美国印第安文化之间的跨文化形式，凸显沃克独具特色的美国黑人文本的印第安性书写模式。

一　黑人的百衲被碎片与印第安的圆

美国黑人的百衲被文化与美国印第安民族的圆形理念作为沃克兼具的传统文化元素渗透于沃克的思想与创作中，形成特定的个性与心理肌质。在《梅丽迪安》中，美国黑人的民俗文化百衲被和印第安传统的圆形理念以文本的叙事模式贯穿始终、互为依托，构筑沃克多元文化的圆融特质。"百衲被"是黑人妇女的日常生活景观，黑人女性以其非凡的创造力拼补碎片残边，将悲惨的人生碎片"缝合"出一种异彩纷呈之美，代代相传的"百衲被"文化成为她们自我实现的隐喻。沃克在《寻找母亲的花园》中描述过一床百衲被："世上绝无仅有的百衲被……稀奇罕见，无价之宝，它或许出自 100 多年前一位不知名的黑人妇女之手。"[②] 对沃克而言，这床被子喻指了黑人妇女能将零碎布片变成精美实用的"艺术品"之超凡创造力。沃克将这种技能转化为小说的叙事结构，以铭记先辈们高超的生存能力。同时，沃克与南方那些穷困的黑人乡村妇女一样，将此种艺术策略作为与生存困境进行协商的手段。沃克小说中的主人公在某种意义上大都是精神或物质的穷困者，百衲被叙事突出她们为生存而战的意义所在：该策略表明收集碎片并制成有用甚至精美之物的必要性；目的则显

---

① [美] 霍米·巴巴：《黑人学者与印度公主》，生安锋译，《文学评论》2002 年第 5 期。
② Alice Walker, *In Search of Our Mothers' Garden*: *Womanist Prose*. New York: Harcourt Brace Jovanovich, 1983, p. 239.

化为获得身心与情智完整而进行转变的欲求。沃克称其百衲被叙事为"疯狂的百衲被":

> 与缝补的百衲被大不相同,缝补的被子恰如其名,是打补丁;疯狂的百衲被……只是看上去杂乱,它不是缝补的,而是精心设计的。……一个疯狂的百衲被故事在时间上前后跳越,呈现多层面,并富含神话。总之,疯狂的百衲被故事比线性结构或某种程度上趋于现实主义的小说更具隐喻和象征意。①

诚如沃克所言,她的"疯狂的百衲被"并非随意而为,而是将"缝制与设计"工程置于印第安文本《黑麋鹿如是说》的文化语境中。黑麋鹿在灵视中散落四处的"圣环"碎片隐喻沃克的百衲被"碎片",经过她的巧妙缝制又整合为一,如黑麋鹿后来所预见的那样,印第安民族破碎的"圣环"又弥合成整体的圆环。沃克于此将自己的叙事与小说的主题,尤其与黑麋鹿阐释的圆之理念遥相呼应,使自己别致的百衲被图案在黑麋鹿讲述的"圆"中奇光异彩。

沃克在《梅丽迪安》开篇援引《黑麋鹿如是说》的片段,其中美国印第安神职人员黑麋鹿②对印第安民族的"圆"之意义如下阐述:

> 印第安人在圆中做一切事情,世界的力量总是在圆中发挥作用……天空是圆的,地球像圆球那样圆,星星亦不例外。风在威力较强时旋转。鸟儿将巢筑成圆形,因为他们的信仰同我们一致……我们的帐篷同鸟巢一样也是圆形,并在圆中搭建,民族之环,众多巢穴之巢穴,伟大之神让我们在那里繁衍子孙。③

---

① Claudia Tateled, ed., *Black women Writers at Work*. Harpenden: Oldcastle Books, 1983, p. 176.
② 黑麋鹿是北印第安奥格拉拉(Ogalala)苏族人,身兼猎人、战士、巫医和先知等角色。他9岁时曾目睹"伟大的灵视"(the Great Vision),19岁开始行医,23岁参加表演团赴芝加哥、纽约、伦敦等地演出"麋鹿仪式",曾参与多次与白人的战役,包括1890年的伤膝河之战。《黑麋鹿如是说》(*Black Elk Speaks*)一书是奈哈特(John G. Neihardt)根据黑麋鹿的讲述记录编著而成,是目前研究印第安历史、传统信仰、神话的重要文本。其中记载的黑麋鹿的灵视经验、与神明对话以及许多部落仪式,特别为心理学家荣格及神话学家约瑟夫·坎贝尔(Joseph Campbell)等人重视。
③ John G. Nei hardt, ed., *Black Elk Speaks*. New York: Simon and Schuster, 1972, p. 164.

在文学中，圆形循环之理已被学界定义为印第安文学的系列标准[①]之一[②]，即运用"循环时间和体现万物相连的观念"。在当代印第安文学中，圆形叙事结构以及开放性结尾是对这种循环的最直接模拟。该种叙事结构一方面源于早期印第安口头叙事对生命和四季循环的模仿，同时也源于印第安文化中"将时间看作圆形"的哲学理念[③]。受此思想影响，圆形叙事结构的叙事由起点出发，经由一个叙事过程过渡到叙事终点，但叙事的起点与终点并非一个按时间顺序发展的线性延展，而是终点又回归起点，形成一个近似的"圆"。当然，回归既非简单地重现，也非机械地原地徘徊，而是形成一个螺旋式上升的意象之"圆"。

（一）零乱的碎片与圆形叙事

《梅丽迪安》的叙事颇具复杂性：（1）"百衲被"式非线性情节布局、碎片化故事、跳跃性时间。（2）叙事时间迂回往复、"穿针引线"，将所有看似孤立的故事碎片精妙"缝合"、穿接，形成意义与时间之圆环，乱中有序。可以说，沃克以小说的形式引领读者进行一次灵动变幻的时空循环之旅。

《梅丽迪安》主要围绕生长在美国南方小镇的黑人女性梅丽迪安的人生经历展开。小说以美国黑人民权运动为背景，寻踪梅丽迪安从女儿、妻子、母亲、行动主义者、大学女生直至自我实现的成长历程。在这漫漫长路中，梅丽迪安未能从白人或黑人群体中获得指引或赖以参照的典范，而是借助自己内在的声音在迷茫中摸索前行。故事中的梅丽迪安早婚早育，并很快离婚，然后离夫别子去大学接受教育。大学期间，她积极参与民权运动，爱上了来自北方的黑人行动主义者杜鲁门，并再次怀孕。但当她发现杜鲁门同时与白人民权运动志愿者莉恩约会时，梅丽迪安选择了堕胎并做了绝育手术。杜鲁门与莉恩结婚并最终分手，但三人的复杂关系一直持续。梅丽迪安因无法决定是否应为革命杀人的问题而遭到其他民权运动工作者的鄙视。她在与自己信念格格不入的世界中继续实践着非暴力反抗的理想，经历了思想的转变，最终解脱自己抛弃儿子的愧疚感。小说结尾，

[①] 印第安文学的标准：1. 运用口头文学传统；2. 运用循环时间；3. 体现万物相连的观念；4. 有众多千面人物；5. 打破有关印第安人的模式化形象。参见 Connie A. Jacobs, *The Novels of Louise Erdrich: Stories of Her People*. New York: Peter Lang, 2001, pp. 12 – 16。

[②] Connie A. Jacobs, *The Novels of Louise Erdrich: Stories of Her People*. New York: Peter Lang, 2001, p. 12.

[③] Paula Gunn Allen, *The Sacred Hoop: Recovering the Feminine in American Indian Traditions*. Boston: Beacon Press, 1992, p. 59.

梅丽迪安为追求完整而不懈斗争的精神感化了杜鲁门，使其续接自己的工作。小说以梅丽迪安离开南方小镇结尾。以上所述为小说的故事概要，但其中的故事并未按时序出场，而是时而闪回过去，时而复归现在，这退进往返的出场次序本身犹如"革命"一词的视觉再现，读者不知何处才是故事的真正起点。沃克通过将小说和女主人公取名为"梅丽迪安"（Meridian）①，并在小说开篇提供该词的诸多定义，向读者展示事件的出场图序，即小说的叙事轨迹实质上是一系列交叉且朝着至高点不断上升的圆，而非传统的线性因果次序。

《梅丽迪安》的开篇序言为《黑麋鹿如是说》（Black Elk Speaks）的结尾。两个民族文学的首尾在《梅丽迪安》文本中汇聚，释意美国黑人和印第安人的神话、故事和历史。作为神职人员，黑麋鹿能够改变自身的人文精神，并能穿越时光隧道，诠释美国印第安人的象征及历史意义。在哀悼19世纪60—90年代印第安战争中返回大地之神的苏族部落时，他向世人通告了历史的歪曲，承认伟大之神的全知全能。沃克引用《黑麋鹿如是说》的文字为序，究其原因，是为了喻示一个民族试图以非暴力反抗的方式实现平等自由之梦的破灭："民族之梦于此破灭……民族之环破裂、散落。"（Meridian, ii）沃克将这些散乱的环片作为《梅丽迪安》碎片化故事的隐喻，以圆形叙事和圆形意象将其串接进她的百衲被中，文本由此既散乱又完整，达成个体与整体的辩证统一。

《梅丽迪安》正文分为三大部分，共34章。三大部分分别为：（1）梅丽迪安（Meridian），场景为美国南方小镇奇科克玛②；（2）杜鲁门·海尔德（Truman Held），场景为美国北方都市；（3）结尾（Ending），场景仍为南方小镇奇科克玛。显然，仅从小说场景的空间布局上看，这已是一个终点回归起点的圆形循环，而兼具起点与终点的原印第安人驻地奇科克玛寓示美国黑人与印第安交错混杂的现实。

该部小说着重探讨一场改变社会的运动与投身运动的人们自身成长之间的关系。在小说的叙事框架中，时间的发展线索并不明确，叙事在顺叙、倒叙中迂回，不同走向的时间相互交织。但纵观小说的整体框架，读者可以从中找到一条大致的时间主线，那就是时间叙事起点为20世纪70年代，以第一部分第一章中杜鲁门在奇科克玛找到梅丽迪安为开端，小说开始进行倒叙，直至小说最后部分的倒数几章才重新转入顺叙，叙事时间

---

① Meridian 呼应图默的关于美国的预言诗《蓝色子午线》（"The Blue Meridian"）。
② 原本是印第安人的驻地，但印第安人历史均已消逝，只存其名。

返回70年代，然后很快结尾。结尾处杜鲁门接替了梅丽迪安的工作，暗示他也会经历梅丽迪安的成长过程，追寻自我身份的完整。这似乎又回到了整部小说的起点，因为小说通篇表述的便是梅丽迪安寻找和实现完整自我的时光之旅。正是在该部分，梅丽迪安毅然出发，继续实践自己为同胞奋斗的信念，杜鲁门的追求也于此真正开始。准确地说，小说的结尾才是小说情节意义上的真正开端，沃克带领读者穿梭于过去与现在、南方与北方频繁更替的时空隧道中，最终从时间和空间两个维度都回归起点，形成一个近似的圆。此种圆形的时空发展线索将梅丽迪安的生活经历、文化背景和所投身的民权运动等彼此貌似无关的"碎片"拼接起来，突出少数族裔文化传统和当下社会环境对梅丽迪安的自身成长所发挥的综合作用。由此可见，小说虽在情节布局上体现反传统的碎片叙事，却在宏观的时空叙事上构成一种时空之圆，透射多元维度文化交汇的非西方时空观。

《梅丽迪安》的内部叙事时间同样在前后跳跃中形成近似的圆。小说的主要情节发生在20世纪60年代，但小说开端所述的故事时间是70年代，此时民权运动的高潮已逝，梅丽迪安还在持续进行非暴力反抗的斗争。小说的其余部分追溯梅丽迪安寻求和实现自我的过程，与之相关的事件和人物混乱出场，打破时序和逻辑关系。若从平面角度进行审视，这些事件与人物故事纷杂疏散，如同一些杂乱的碎布片散落各处，甚至时有重叠，颇显突兀。然而，在叙事过程中，每一个时间点在存在的空间中都同等重要。小说对梅丽迪安寻求自我身份的表述过程虽不以时间先后顺序为发展线索，但"能否为革命杀人"这一问题贯穿文本始终，牵引读者和梅丽迪安一起去寻找正确答案。

在《梅丽迪安》的第一部分中，叙述者以20世纪70年代为叙事起点，向前追溯到梅丽迪安的母亲、祖母、曾祖母、白人女性、街头黑人女孩以及黑人女学生们的悲惨经历，然后又将叙事时间拉回到70年代，叙事始于70年代又终于70年代，形成了一个叙事时间的圆。在第二部分中，时间发展线索从60年代开始，通过倒叙回顾了梅丽迪安、杜鲁门和莉恩三人之间的关系，然后转成顺叙，直至回到作品的开头处，即杜鲁门来到南方寻找梅丽迪安并与之会面的场景。从叙事时间上看，小说第一部分的起点和第二部分的终点在时间和空间两个维度上都重合一处，共同形成稍大的圆，将第一部分形成的圆套入其中。在小说的最后一部分中，叙述时间逐渐转入顺叙，与作品开头所叙述的故事时间相互衔接，并以此为起点顺叙了梅丽迪安与杜鲁门在南方小镇动员黑人参加选举的情景，直到最终找到她一直寻找的问题答案。小说结尾时的故事场景与第一部分第一章结尾的场景完全一致,仍是梅丽迪安的简陋小屋,只不过未来的主人变成了杜鲁门,他要接替梅丽迪安的工作,梅丽迪安将离开此地,为革命事业继续前行。由此,小说的第一、二、三部分在时间叙事与空间场景布局上形成更大的圆,将前面已形成的圆全部套入其中。

正如黑麋鹿所叙述的"印第安人在圆中做一切事情",在沃克大小不一的叙事之圆中,大量的故事、人物、主题碎片以不同的形式"纷乱"登场,主题涉及精神生存、精神与肉体的共存、自然、音乐、历史、性、强奸等诸多议题。叙事形式上更将神话、梦境、诗歌、歌词、意识流、报纸等不同样式并置,篇幅或长或短,沃克喻之为一床"疯狂的百衲被"的确恰如其分。沃克正是通过把时间作为一种循环的运动模式将这些散乱的碎片串接,将那些与梅丽迪安的文化背景及其参与的民权运动密切相关的个人历史事件有机结合,追溯梅丽迪安寻求自我身份的坎坷历程。由此说明,沃克为展现梅丽迪安貌似疯狂的人物形象和怪异行为所选择的每一事件和出场次序并非随性而为,它们都经过沃克的精心挑选与缜密布局,如同疯狂的百衲被,貌似杂乱的布片排列实则是制被人的蓄意而为。在梅丽迪安由怯懦困惑、对母亲充满愧疚与自责的黑人女孩(少女)成长为用爱与宽恕拯救自己和他人的成熟女性这一过程中,这些事件都以不同的方式和程度各尽其用。沃克提供的关于性经历、男人在女性生活中的意义、灵视的可能性以及身为母亲是否真正快乐等碎片故事,均被迂回往复的时间叙事圈进文本宏大的历史与曲折的个人经历中,成为圆形轨迹上众多既孤立又联结的动点。有鉴于此,《梅丽迪安》由众多碎片所"缝合"的时空之圆并非封闭静止的,而是重叠交错,呈螺旋状盘旋上升。

小说除了在整体叙事上凸显圆形意象,在具体的每一章叙事中同样不乏圆形叙事特色。以小说第一部分的第一章《最后的返回》("The Last Returning")为例,题目本身便预示了叙事进程将会向后回退(倒叙),然后再向前位移(顺叙),喻示了开始便是终结,构成一种动态的圆形意象。本章共有四个时间点:第一个点是20世纪70年代的现在。沃克以杜鲁门和黑人男清洁工的视角展现和评价民权运动后的梅丽迪安在小镇从事非暴力反抗种族歧视的场景。由于颇富戏剧性的民权运动的游行已成过去,梅丽迪安的行动被视为不合时宜之举。读者从历史的角度,以后见之明回望20世纪60年代民权运动的历史,梅丽迪安却将消逝的60年代植入现实的"当下"。第二个点是民权运动高潮时期的60年代,梅丽迪安在北方的纽约被推崇暴力革命的民权运动工作者们贬为"胆小鬼",因为她不能回答能否为革命杀人的问题,她无法忘记南方黑人面对照相机镜头时惶惑的表情和乡村唱诗团中小女孩们歌唱的情景。故事情节以此问题为切入点，将时光倒推至第三个点——梅丽迪安 13 岁时。年少的梅丽迪安沉醉于教堂中美妙的音乐，"声音使歌词毫无意义……白昼已逝/夜幕降临/哦，愿我们记得/死亡之夜驱近"①。在众声喧哗中，唯有父亲的歌声令其感动。在此情节中，梅丽迪安拒绝皈依母亲虔诚信奉的基督教，却接受父亲崇尚的印第安人宗教思想，她知道自己会从此"失去"母亲。父亲对现实世界的逃避、对死亡的一贯意识以及对人生的感悟均随歌声透射出来，梅丽迪安听出了父亲与他人不同的意味。沃克在这一段倒叙中以意识流的形式对梅丽迪安的童年进行回溯。当梅丽迪安的回忆被成员们的再次逼问打断时，她仍然无法回答，却决定回到南方，回到群体之间。第四个点与第一个点重合，叙事又回到民权运动后的 70 年代，此时的梅丽迪安在南方小镇的小屋中与杜鲁门交谈。显而易见，本章的四个点在时间和空间上构成了首尾相接、圆中套圆的叙事结构。所有的故事或时间点处在平等位置，事物与事件、过去与未来具有内在的关联性，有些碎片本身便是美国黑人与美国印第安民族文化的交融，呼应美国印第安"时间循环、万物相连"之理，这与欧美文学所强调的关键时间点的线性结构迥然相异。虽然本章的基调颇富闹剧性和荒诞性，时间与场景因诸多零乱碎片的纷繁出现不断切换，沃克的百衲被叙事模式由此可见一斑。但沃克的百衲被的确"只是看似疯狂"，作为高超的制被人，沃克不忘印第安文化背景，将一个个时间之圆置于印第安的文化理念中，将这些分散的碎片巧妙联结，令读者在品味碎片表层的各具特色时挖掘深层的圆融之美。

其实，文本的圆形框架在《梅丽迪安》的开篇已由《黑麋鹿如是说》的片段引言框定，表现沃克与黑麋鹿同样为"民族之环的破裂"而生发伤感，这份伤感促使沃克寻找弥合裂环的有效方式。沃克在散文中写道："对他们/她们（祖先）的爱使这个圆未被损坏。"② 这句话似乎表明，沃克作品中的一个个叙事之圆是用来弥补印第安民族"破裂的圣环"的努力尝试。这些圆通过祖先的过去与现在的连续性统一，彰显时间上的完整与文化上的脉承。因此，除了上文的叙事结构外，沃克又在小说的叙事时间上将奴隶制的历史过去（以楼维尼为表征）、梅丽迪安的祖先过去（以梅丽迪安的祖母法泽·梅为表征）以及梅丽迪安的生活现实串联起来，形成一个过去与现在连绵不断的圆。沃克还通过将生者与死者的叙事彼此

---

① Alice Walker, *Meridian*. New York: Simon and Schuster, 1976, p. 15.
② Alice Walker, *Living by the Word*. New York: Harcourt Brace Jovanovich, 1988, pp. 54–67.

交织，记录"以死亡为标志的十年"中亡者的名字，抗衡当代美国社会中已然遗失的"祭祀死者的共享仪式"①。从某种意义上说，沃克在小说中以这种圆形结构修复了圣环破裂时由于轻视过去、将电视作为"唯一记忆的存储"而造成的时间上的混乱和断裂②。有鉴于此，《梅丽迪安》颠覆了传统的线性叙事，巧妙地调和了突兀的时间转换，以不同的时光镜头聚焦纷杂的经历和议题，极大地拓展了作品的叙事空间，成功地设计出一个个弥合叙事与结构碎片的圆，预示印第安民族"破裂的圣环"将被修复的可能性。

此外，《黑麋鹿如是说》片段中提到"民族之环破裂……圣环中心不在"③（*Meridian*，ii），沃克通过圆形叙事结构弥补这一"裂环"，也为文本众多的圆提供一个中心，即一条轴线，穿越"圣环中心"，将大小不一的圆再度串接，使其既彼此独立又相互连接，辉映出个体与整体相得益彰、浑然一体之美。《梅丽迪安》中担此重任者是音乐。在沃克看来，音乐能够体现这种"整体合一感"④。《梅丽迪安》不断借助音乐表现群体的精神与灵魂，音乐几乎出现在梅丽迪安人生的每一阶段：聚会中、教堂里、工作时，甚至与朋友和情人相聚时或在民权游行和社会行动中，音乐亦萦绕不断，如影随形。事实上，几乎在小说的每一章中都有音乐出现⑤，它如一条中线将人物的过去、未来以及文本中那些由碎片故事所"缝合"而成的圆再度串成立体的圆。

音乐的轴线贯穿在《梅丽迪安》的整体结构中，亦伴有刺耳的尖音。作为文本结构的中枢人物，梅丽迪安更是在音乐的意象中言说她尤为关键的疑惑和启示：

> 似乎没有人理解，梅丽迪安感觉自己不是对过去的事物难以割舍，而是被其牢牢牵住：……被乡村唱诗班中小女孩们歌唱的情景牵住……她们的歌声是天使的声音。她在教堂上得以感化时总是由于歌者心灵的纯净，她的确听到了那种纯净。歌声嘹亮，像一群鸽子在头

---

① Alice Walker, *Meridian*. New York: Simon and Schuster, 1976, p.33.
② Ibid.
③ Ibid., p. ii.
④ John O'Brien, ed., *Interviews with Black Writers*. New York: Liveright, 1973, p.204.
⑤ 只有在"莉恩"的章节中，音乐的意象被其他的艺术和诗歌取代。这似乎是沃克的刻意而为，因为在莉恩看来，黑人本身就是艺术。

上飞过,令人沉醉。①

这段文字出现在《梅丽迪安》第一部分的第一章《最后的返回》中,也正是记忆中的歌声和歌者的清纯令梅丽迪安无法回答能否为革命杀人的问题。梅丽迪安在未置可否时又油然而生困惑:"她无法想象,如果他们实施谋杀——对她(梅丽迪安)来说,即便革命谋杀也是谋杀,**音乐将会是什么样子**?"② 沃克认为,音乐之所以是文化的中心,是因为音乐是人类的创造力和人类与自然之间的最深层联系。正如女奴楼维尼那被割掉的善于讲故事的舌头令索杰纳树枝繁叶茂并能唱歌那样,音乐可以使自然重焕生机。

在小说最后一部分的《卡玛拉》("Camara")③ 一章中,叙事时间已经被拉回到 70 年代,梅丽迪安又进入南方的乡村教堂。虽然她一直对教堂有所抵触,总将教堂与自己的母亲联想到一起,但时过境迁,梅丽迪安发现此时的教堂已与儿时拒绝进入的教堂截然不同:画片上传统的耶稣被换成了一名持剑的愤怒黑人男子;牧师一改曾经模仿全能的上帝声音,而是在模仿马丁·路德·金,宣讲着民族的政治;黑人群体同老人聚集于此,纪念为他们集体的自由而献身的马丁·路德·金;尤为重要的是,大家的乐声不再低迷,不再透射面对死亡时的失措无助,而是热烈奔放,属于那种"怪异的挑战死亡的音乐"④。梅丽迪安正是从牧师的声音与群体的歌声中听到了令其振奋的民族之声。对梅丽迪安而言,音乐在言说着无法言说的一切,宣告着传统的绵延续接。

于此,梅丽迪安回答了小说第一章中关于音乐形式的困惑,那就是,真正的革命性音乐应该高亢有力,"有着战士收复失地时的激进和胜利者的铿锵豪迈之势"⑤。她也在这变化的教堂仪式与意蕴不同的歌声中找到

---

① Alice Walker, *Meridian*. New York: Simon and Schuster, 1976, pp. 14 – 5.
② Ibid., p. 15. 黑体为沃克所加。
③ 杜鲁门与莉恩的女儿取名卡玛拉(Camara)。在以前的章节中,他们的女儿卡玛拉因为是黑人和白人的"杂种"而被黑人奸杀致死。虽然本章未涉及任何相关内容,但教堂仪式中纪念的马丁·路德·金也是因民权运动被谋杀而死,他是这位老人的儿子。沃克将本章与杜鲁门和莉恩的女儿取名一致,或许因为它象征死亡,如同梅瑞迪儿时在教堂所听到的歌词,弥漫着人们面对死亡时的阴郁。当时的梅丽迪安充满困惑,"失去"了母亲;这一次,她在精神上获得重生,回归到群体之中。有鉴于此,沃克试图再次表达印第安圆形思想中的生死循环、精神永恒之理。
④ Alice Walker, *Meridian*. New York: Simon and Schuster, 1976, p. 197.
⑤ Ibid.

了另一问题的答案——至于杀人,"在允许任何人杀害这位老人的儿子之前,她有先'杀人'的责任"①。梅丽迪安意识到,在这种氛围中,谋杀具有正义性。此种意识令梅丽迪安获得了解脱,分裂的身心复为一体。她不再觉得自己是分裂的个体,而是政治和精神整体中的一部分。梅丽迪安看到了个体与集体的不可分割,看到了各种力量的汇合,也看到了自己革命行动的未来。梅丽迪安在音乐的作用下从当初的懵懂茫然转变为现在的清醒认知,找到自己在革命中的位置和人生价值。

音乐这条轴线将小说临近结尾的"卡玛拉"一章与小说第一章《最后的返回》在主题意义上串接起来,贯穿小说始终、贯穿文本的不同层面和不同时空之圆,使文本的主题凝聚成统一盘旋的立体大圆。可以说,沃克试图将黑人零碎的个人经历通过循环的时间之圆串成彼此相关的整体,实现黑麋鹿所哀悼的没有中心、破碎成片的民族圣环的能够复合的未来。换言之,在未来的某一时刻,印第安民族的裂环会被修复。沃克以凝聚民族精神的音乐轴线穿过圆之中心,使众多的圆具有旋转的指针,维系整体合一,确保所有的圆在不同的结构层面众向同归,弥合"破裂的民族之环"。

(二) 碎片中的圆形意象

沃克在《梅丽迪安》中不仅采用圆形叙事将零乱的碎片弥合成完整的圆,还在个体的碎片中凸显圆形意象,《梅丽迪安》的形式本身便成为意象之圆的能指。小说的章节形式不乏标新立异之处:在小说目录中,展现在读者面前的各章题目可谓纯粹的"碎片",如"最后的返回"("The Last Return")、"野孩子"("The Wild Child")、"索杰纳"("The Sojourner")、"你偷东西了吗"("Have You Stolen Anything")、"纽约时报"("The New York Times")等。表面看来,这些章节题目长短不一、布局散乱,如梦中呓语,或为简单的词,或为唐突的短句,读者甚至能够变动其中的编排结构而不影响文本的基本意义。形象地说,《梅丽迪安》仅从小说目录层面就是一床"疯狂的"百衲被。

然而,细致分析目录之后不难发现,文本的章节布局内含一个圆形意象,我们能够从章节题目的编排中清晰地"看到"几个相互衔接的圆。以小说的第二部分为例,其章节题目构成如下(数字为笔者所加,以方便画图):

---

① Alice Walker, *Meridian*. New York: Simon and Schuster, 1976, p.201.

1. 杜鲁门
2. 杜鲁门和莉恩
3. 贱妇与妻子
4. 纽约时报
5. 参观
6. 莉恩
7. 托尼·奥兹
8. 莉恩
9. 将他还回自己
10. 两个女人
11. 莉恩

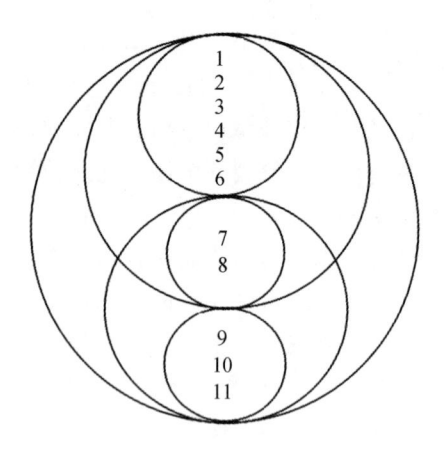

如图所示，本部分由 11 章构成，第 1 章《杜鲁门》是一段引用的诗歌，接下来的第 2—11 章如上图所示，简短的章节紧随稍长的章节之后，形成众多切分的"音乐节奏"。而第 2、6、8、11 章题目都是"莉恩"，作为第二部分的几个连接点，犹如乐曲中的节拍将分散的叙事于此聚拢后再次舒展，使文本叙事迂回往复，为读者制造视觉上的圆中套圆、圆圆相切的美学效果。

如果将《梅丽迪安》比作一床百衲被，每一章是构成被子的碎片，那么，清晰体现印第安意识的一块碎片是小说中的《印第安人与出神》这一章，表征着圆的螺旋在本章乃至全书中发挥着至关重要的作用。梅丽迪安的父亲是一位历史教师，沉浸于现已消亡的印第安历史中。他拥有一片土地，那里有古代印第安人的坟墩，"一座卷曲、盘旋"、富于动感的圣蛇山（the Sacred Serpent）①。作为能量场的一部分，梅丽迪安的曾祖母费泽·梅对此深谙于心。她的故事成为梅丽迪安所承传统的重要部分，因为她代表另一类祖母的形象。费泽·梅在古代印第安坟墩上奇妙地体验出神，从此皈依印第安人信奉的宗教，这与梅丽迪安母亲所内化的"白人的"宗教形成鲜明对比。祖母费泽·梅的故事讲述了她冒险进入由盘绕的"蛇"尾形成的深坑，发现了古代印第安坟墩所蕴含的能量。受能量所吸，这位祖母"感到自己进入另一世界，感觉自己正离地上升"②③。梅丽迪安和父亲同样体验到深埋在"蛇"尾深坑中的能量，感受到圆的

---

① Alice Walker, *Meridian*. New York：Simon and Schuster, 1976, p. 56.
② 梅丽迪安祖母的名字是费泽·梅（Feather Mae）。羽毛（feather）的特质正是随风飘飞。
③ Alice Walker, *Meridian*. New York：Simon and Schuster, 1976, p. 57.

威力。在圣蛇山的底部,梅丽迪安"看到天空像碗底那样圆"①,她的体验同祖母梅的体验一样:"那种轻盈感从头部开始,周围的墙壁似乎在向四处飞去,快速坍塌,然后飞速旋转,将她提升,使她脱离了自己的身体,一种飞翔的感觉。"② 这种背离现实主义小说模式的玄妙经历形成另一种意识和认知,暗指梅丽迪安的精神解放,也强化了印第安意识中圆形宇宙的动态本质。

在"梅丽迪安"(meridian)一词的多个意义碎片中同样具有圆的象征意。沃克在小说正文开篇前特意列出该词的多个定义,对"meridian"一词进行详细解释,可见该词在整个文本中非同寻常的意义。这个名字的确暗示同样的圆之动态结构,似乎确保了主人公的运动,甚至决定了她的命运。"梅丽迪安"之意可为最高点,也有弧线或轨道之意,是固定而又不断位移的圆。"梅丽迪安"的意思"在天文学上是个想象的大圆;地理学上是个穿越地球表面的地理两极和任一定点的地球大圆"③。尤为重要的是,它还是一条贯穿南北、纵横交叉的经纬线,此线在印第安神话中代表生死之路。这种贯穿南北的经纬线显示了风的强大威力(抽象为"意志")和南方的再生力(取意为"更新"),瓦胡(Dhyani Ywahoo)认为,"meridians 是巨大的能量载体"④。沃克将梅丽迪安"meridian"一词翔实且含混的文本化促使我们以多元的视角构建其意,正如"本初子午线"(prime meridian)⑤ 的功能那样,她本人则如子午线,是整部小说的核心。将杜鲁门(Truman Held)这个真正的男人(truman)"抓住"(held),"似一根线牵住他"⑥,使他未偏离"运行轨迹",在运动中继续追求并实践自己的梦想。然而,从沃克给出的定义长度与多义性可知,沃克显然无意明确这一词意,她通过将这些定义放在小说的最前面,强调这一术语在文本中作为词的重要性——不是作为符号,而是作为能指。费舍尔(Charles Fisher)认为,"黑人印第安祖先的名字往往是对其怪癖的人性、特殊的行为或……与众不同的性格之写照",表征"传统与身份"的"一

---

① Alice Walker, *Meridian*. New York: Simon and Schuster, 1976, p. 58.
② Ibid.
③ Ibid., p. 13.
④ Ibid., p. 7.
⑤ "本初子午线"又称"首子午线"或"零子午线",是指精心定位的子午线(meridian),以建构次子午线或引导子午线。
⑥ Alice Walker, *Meridian*. New York: Simon and Schuster, 1976, p. 196.

个幸福的联合"①。梅丽迪安作为当代小说中"最富多元维度的名字之一"②，其富于圆形的意象和人生或许正是沃克弥合黑麋鹿民族裂环的勇敢尝试。

梅丽迪安对革命的理解同样是个圆，她告诉杜鲁门："革命不应始于谋杀……而应始于教育……我想再次教育……在我的想象中，良好的教育是热诚的人们围坐成圆，彼此咨询有意义的问题。"③ 当她逐渐接受自己在群体中的角色时，梅丽迪安意识到，"她的存在超越了自己，延展至自己的周围，因为事实上，正如黑麋鹿的美国创造了一个民族之环，美国的岁月已经为他们创造了'一种生活'（One life）"④。遗憾的是，黑麋鹿的民族之环已经破裂，沃克唯有通过一个个结构和意象的圆弥合这些碎片，以"再现所有事物的循环"，表达"一个恒动与微变和谐共存的"印第安圆形理念⑤。

纵观《梅丽迪安》，沃克将黑人的百衲被文化与印第安文学文化的圆形思想巧妙结合，将许多穿插于叙述主体中突如其来的故事、回忆、历史事件等碎片貌似漫不经心实则深思熟虑地"缝合"成大小不一的圆，赋予叙事时间、人物成长历程等抽象事物以隐形的圆形表征，向读者展示置身于变幻的社会与生活大潮中的人们坎坷的成长历程和个人与整体之间的复杂关系。因此，"缝合"成为小说消解中心的一种结构隐喻，也是一种文学表述策略，而沃克将这些碎片设在印第安语境中，众多的圆则成为印第安人精神和心理完整性的形象隐喻。我们有理由相信，圆作为印第安文化最为推崇的一种形象，同黑人的百衲被文化一样深入沃克的美学理念中，两者水乳交融后的混合性新体凸显沃克作品的独特结构与意象表征。

二 美国黑人文本与印第安文本的呼应

朱莉亚·克里斯蒂娃（Julia Kristeva）认为："横向轴（作者—读者）和纵向轴（文本—背景）重合后揭示这样一个事实：一个词或一篇文本

---

① Charles J. Fisher, *Garvanza*, South Carolina: Arcadia Publishing, 2010, p. 34.
② Ibid.
③ Alice Walker, *Meridian*. New York: Simon and Schuster, 1976, p. 188.
④ Ibid., p. 200.
⑤ Dhyani Ywahoo, *Voices of Our Ancestors: Teachings from the Wisdom Fire*. Boston: Shambala, 1987, p. 37.

第一章　混杂性叙事：美国黑人、印第安文学的文本表征　61

是另一些词或文本的再现，我们从中至少可以读到另一个词或另一篇文本。"① 在巴赫金看来，这两支轴彼此并无明显分别。巴赫金在其文学理论中提到，文本的写成如同一幅语录彩图的拼成，任何一篇都吸收和转换其他文本，任何一篇文本都是由词语引发该文本与其他文本之间的对话。在《梅丽迪安》中，沃克不仅在小说叙事模式上体现美国黑人文化与美国印第安文化的相互融合，还在文本主题叙事和重要意象上进行美国黑人文学文本与美国印第安文学文本的对话，这似乎超越了盖茨与罗伯特·斯特普托（Robert Stepto）对沃克的单向度论断，他们均注意到沃克在文学创作中与赫斯顿的对话，如斯特普托在其著作《面纱背后：非裔美国叙事研究》（From Behind the Veil：A Study of Afro-American Narrative）中以"呼应"（Call and Response）视角阐释赫斯顿与沃克之间的文学关系，这是一个比较贴切的表述方式。不可否认，沃克以其大量风格与主题颇为相似的作品应答其"文学之母"赫斯顿的呼唤，继承和发展赫斯顿的美国黑人女性文学之遗风。但斯特普托的观点有失全面，忽略了沃克的文学与印第安文学之间的水乳交融。沃克的文学同样在应答印第安文学先辈们的呼唤，表达沃克对美国印第安祖先的敬意与认同。

沃克在文章中写道：

　　印第安占据我意识的很大部分。自身中，我与母亲的切诺基祖母携手共战……印第安艺术品强烈地吸引着我……还有我对切诺基民俗和民风的研究……正是印第安人轻踏大地时的脚步使我对其充满敬意，促使我们向其学习。②

这种强烈的印第安意识使沃克在文学创作中有意将美国黑人和美国印第安文学文化以及美国黑人与美国印第安人民为自由而战的精神紧密相联。

（一）主人公精神之旅的呼应

早在半个世纪前，在评价少数族裔作家的创作时，赫斯顿的《他们眼望上苍》就曾遭到许多评论者的质疑，评论者批评该部作品没有在种族问题上多做探究。作为赫斯顿的"文学之女"，沃克的《梅丽迪安》不仅围绕黑白种族问题展开，还铺设了一条美国黑人与美国印第安民族水乳

---

① ［法］蒂费纳·萨莫瓦约：《互文性研究》，邵炜译，天津人民出版社 2003 年版，第 4 页。
② Alice Walker, *Living by the Word*. New York：Harcourt Brace Jovanovich, 1988, p.43.

交融的关系主线,虽然印第安人物在小说中鲜少出现,但文本中的人物却共同讲述了一则有关美国黑人和美国印第安民族的文化与历史。

《梅丽迪安》开篇引用的《黑麋鹿如是说》片段为整部小说定下基调,框定文本发展趋势。两部小说在主题和情节等方面彼此呼应,其中更将《黑麋鹿如是说》中的印第安苏人黑麋鹿和《梅丽迪安》中的美国黑人主人公梅丽迪安的精神之旅紧密系结。沃克令梅丽迪安和黑麋鹿自文本伊始便携手并进,穿行于文本始终,展现边缘人的心理状态,讲述集体建构与自我实现的坎坷故事,书写多元民族的真实历史和生存经历。沃克用来介绍小说的黑麋鹿题词选自《黑麋鹿如是说》的稍后部分,其中提及 1890 年的伤膝河(Wounded Knee)之战①中印第安民族的毁灭。对印第安民族而言,伤膝河已成过去,民族之梦已然破灭。沃克之所以将《黑麋鹿如是说》与《梅丽迪安》联姻,是因为在沃克看来,黑麋鹿所叙说的印第安民族的命运与 60 年代早期美国黑人民权运动的命运较为相似,这种命运与历史在《梅丽迪安》所述时代再度上演。作为艺术家和行动主义者,沃克从黑麋鹿的经历中感悟到,将政治与个人、艺术与神圣以特殊的方式交织起来是民族之梦得以幸存的有效方式。在《梅丽迪安》中,为了使美国黑人的民族之梦幸存,沃克赋予梅丽迪安与黑麋鹿同样的神圣与灵视体验,这种灵性经历帮助梅丽迪安从僵滞的疾病与精神迷失中解放出来,为其成为异类的革命者身份做好准备。梅丽迪安和黑麋鹿因此在沃克的文本中并肩而行,彼此呼应。

在美国印第安民族传统中,为了使民族与整个宇宙和神灵世界保持联系、和谐共存,每一个体均被号召"神圣地行走"(Walk in the sacred way)②。如何神圣地行走?为了从神灵那里获取指引和启示,灵视是每一个体赖以实现此种目的的重要方式。对美国印第安人民而言,灵视是他们与灵界导师进行交流并完成自我使命的主要路径。每当需要神灵指引时,他们都要通过灵视与神灵会面,获得明示和保护。这一传统在印第安西北部部族宗教中尤为普遍。部族中的每一男孩皆有神灵导师,皆通过灵视与神灵进行交流并获得神启。沃克在访谈中也曾言:"灵视是美国印第安人的概念(notion),每个人都有伟大的灵视……在你人生的第一时刻,你开始在自身和自己的存在中感觉和审视它如何全部汇聚在一起,你是如何

---

① 1890 年 12 月,美国陆军在南达科塔州伤膝河战胜了印第安人(史称伤膝河大屠杀),这标志着印第安战争的结束,美国从此可以把注意力从巩固西部领土转向外部事务。

② Paula R. Hartz, ed., *Native American Religions*, 3rd edtions. New York: Infobase Publishing, 2009, p. 36.

通过物质和时间与万物联系在一起。你有义务为他人将灵视可视化,以便运用。"① 以上文字表明,沃克坚决主张进入一个神圣世界。

作为印第安神职人员,黑麋鹿经常通过灵视进入这个神圣世界。《黑麋鹿如是说》的绝大部分都是关于黑麋鹿9岁时所经历的伟大灵视(the Great Vision)。这次灵视持续了12天,黑麋鹿看上去似乎患了致命的疾病。后来人们发现他身上发出一种光,因而确定其神职人员的身份,获得灵视的黑麋鹿成为灵界与现实中的媒介。他同人们一起充当表演者,通过表演传达灵视内容,维系民族的整体性。黑麋鹿对一段灵视如此描述:"我站在高山之巅,四周是世界的整个圆环……我看到我的民族圣环是众多圆环之一,他们形成一个圆……在圆环的中心长着一棵神奇的开满鲜花的树,庇护着同一父母的所有孩子。我知道它很神圣。"② 在黑麋鹿的灵视中,他还看到"民族之环将会破裂,花树将会枯萎"③。与黑麋鹿相似,梅丽迪安在印第安圣蛇山深坑同样经历了一次出神,即体外灵视(out-of-body vision),同样达到了与黑麋鹿所描述的同一境界:"树枝、鸟翼、房角、花草皆向她头上方的一个中心点飞去,她也随之被吸过去,同样的飞旋、轻盈、自由。"④ 这一高潮正呼应了文本开头"meridian"的词意之一,即"天体运行过程中的至高点"⑤。这一经历使梅丽迪安相信所有事物皆是同一生命(One Life)的组成部分。

黑麋鹿的灵视如文中所述,往往发生在昏睡之时,此前他患了一场大病,"瘫倒在地"⑥。正是这种无法移动使黑麋鹿获得一种自由感。尤其在"出神"过程中遇到自己的六位祖父时,那份自由感尤为强烈。在黑麋鹿看来,这六位祖父不是老人,而是"世界权力"⑦。四位代表东、西、南、北四个方向,另两位代表天空和大地。每位祖父都赠给他能够赋予力量的实物:第一位祖父(西方)赠给黑麋鹿能使万物生存的茶杯和摧毁万物的碗;第二位祖父(北方)给了黑麋鹿可以疗伤的草药和风的威力;第三位祖父(东方)给了他和平管(the peace pipe),并确保其具有"根、

---

① Alice Walker, "The World Is Made of Stories." *Interview by Justine Toms and Michael Toms*. Audiocassette. Ukiah, California: New Dimensions, 1996.
② John G. Neihardt, ed., *Black Elk Speaks*. New York: Simon and Schuster, 1972, p. 36.
③ Ibid., p. 124.
④ Alice Walker, *Living by the Word*. New York: Harcourt Brace Jovanovich, 1988, p. 58.
⑤ Ibid., p. iii.
⑥ John G. Neihardt, ed., *Black Elk Speaks*. New York: Simon and Schuster, 1972, p. 21.
⑦ Ibid., p. 125.

腿和翅膀"的力量①。第四位祖父（南方）给了他后来成为圣树的红杖。天空与大地则赋予黑麋鹿位移的能力②。此外，这四位祖父使黑麋鹿目睹了自己的历史——四代人的历史，一个对生者与逝者同样敬畏与关怀的历史。同样，梅丽迪安的灵视也经常发生在由其疾病引发的健康危机中：梅丽迪安企图成为"流动的女英雄"③，而现实的陈规旧俗又加剧梅丽迪安的愧疚感与罪恶感。由此，她的梦境重复不断："她梦见自己是一部小说中的人物。她的存在表现了一个无法解决的问题，唯一解决之法只能是以死告终。"④⑤ 沃克将梅丽迪安的梦境、失明、厌食和瘫痪等怪病作为特殊疗伤的起点，与众多所谓的灵视传统联系起来，以"旧梦复现"影射梅丽迪安的心理与生理危机：在惊恐万分的室友安妮·玛丽恩看来，梅丽迪安似乎在悄然"滑走"⑥。梅丽迪安同样在危机时遇到了自己的祖辈，但不是祖父，而是祖母，她们同样代表权力，其中包括四位母辈祖先⑦，另两位是室友玛丽恩（革命者）和梅丽迪安的同乡——大学教师温特斯小姐。作为一个崇尚暴力的革命者，玛丽恩似乎预示一个可能的未来，而温特斯小姐则代表过去。温特斯小姐的出现至关重要，因为作为大学教师中的三个黑人成员之一，她敢于"反对萨克森传统"⑧，通过教授爵士乐和布鲁斯音乐来反抗白人与父权传统。

　　梅丽迪安在对同胞所受压迫的认知中平衡自己的信仰，便也像黑麋鹿那样充当了精神代言人。由于无法忘记革命中有人无辜牺牲这一事实，梅丽迪安一直致力于民权运动的持续展开，尽力令自己的群体免受伤害。尽管梅丽迪安和黑麋鹿属于不同部族，南方在两个文本中却充当共同的精神家园。黑麋鹿将南方视为精神指南针上的一点，"是你一直面对的地方，

---

① John G. Neihardt, ed., *Black Elk Speaks*. New York: Simon and Schuster, 1972, p. 27.
② 黑麋鹿的灵视中还屡现"圣环"和"圣树"的意象。同时弧线、圆弧也经常用来描述苏族（北美印第安）的宇宙。参见 *Black Elk Speaks*, pp. 20–47。
③ 杜普莱希（Rachel Blau Duplessis）认为，梅丽迪安摆脱了使之成为殉道士或杜鲁门之妻的浪漫情节。她说，"沃克将梅丽迪安带出浪漫与死亡的结局"，这样梅丽迪安就成了"新情节中的多重个体"。参见 Rachel Blau Duplessis, *Writing Beyond the Ending: Narrative Strategies of Twentieth-Century Women Writers*. Bloomingten: Indian University Press, 1985, p. 158。
④ John G. Neihardt, ed., *Black Elk Speaks*. New York: Simon and Schuster, 1972, p. 117.
⑤ 在小说原文中，此段引文被重复三次。
⑥ Ibid., p. 119.
⑦ 其中，梅丽迪安的祖母费泽·梅皈依印第安人的出神宗教。
⑧ Alice Walker, *Meridian*. New York: Simon and Schuster, 1976, p. 120.

从中可以获得成长的力量"①。象征南方力量的是民族的圣环和圣树,是群体和成长的意象。同样,梅丽迪安也必须面对南方,她被南方牢牢"牵住"(held)②。对梅丽迪安而言,南方是其文化和疗愈伤痛的家园,激发精神的成长。正是为了他们的人民并倾心实践这一执念,梅丽迪安和黑麋鹿共同建构了两者相似的精神和政治身份。

梅丽迪安与黑麋鹿的灵视内容与作用也颇为相似,而且两人都将灵视传达给各自的群体。梅丽迪安一回到南方,她的精神代言人身份立刻得以确立。她"游荡"于不同社区,抗议民权运动曾力求改变的社会不公。梅丽迪安将其游走表述为"表演"(perform),晚上独居于只有一个睡袋的空荡小屋。对于梅丽迪安所说的"表演"一词,初始似乎令人费解,但黑麋鹿有关灵视解释如下:"有灵视的人只有将其表演出来,让人们看到后才能运用灵视的力量。"③ 这有助于读者理解梅丽迪安的怪异之举。经过梅丽迪安的多次"表演"之后,黑人社区的同胞们开始对她充满感激,供给她生活的必需品以示答谢。在《梅丽迪安》的最后几章,梅丽迪安号召黑人群体运用投票的权利,鼓励他们进行登记。她的行为兼具精神性与政治性,不仅向黑人群体交流她的民权视野,还将原本分散的黑人同胞凝聚起来,重建一个彼此相连的命运共同体。

由此,作为沃克在创作中提及最多的人物之一,黑麋鹿的故事被沃克融入梅丽迪安的成长历程中,只不过相对隐晦,如雾里看花,需要读者的潜心关注与自行建构。黑麋鹿的故事迄今仍是控诉白人种族灭绝政策的有力武器,也是印第安民族神圣意识的特殊表达。而在《梅丽迪安》中,黑麋鹿这一精神导师为梅丽迪安的人生追求提供能动性指引,为《梅丽迪安》的情节架构增添凝聚力。

(二)重要意象的呼应

《梅丽迪安》与《黑麋鹿如是说》都关涉崩溃的身体和精神,都包含代表和平与平等的圆形意象和有关成长与群体的圣树故事,两个文本的意象也因此一一对应起来。在所引用的《黑麋鹿如是说》片段中有三个意象非常重要,即被屠戮的人民、民族的圣环和圣树,它们在文中被描述为"尸横山谷"、"民族之环破碎"和"圣树枯竭而死",成为系结两个文本的纽带,还原两个民族相似的血泪史。

---

① John G. Neihardt, ed., *Black Elk Speaks*. New York: Simon and Schuster, 1972, p. 21.
② Alice Walker, *Meridian*. New York: Simon and Schuster, 1976, pp. 27–28.
③ John G. Neihardt, ed., *Black Elk Speaks*. New York: Simon and Schuster, 1972, p. 173.

在《黑麋鹿如是说》中，黑麋鹿因民族之环破裂而悲痛欲绝，《梅丽迪安》中，梅丽迪安却满怀希望地毅然前行。梅丽迪安在父亲的影集中看到了黑麋鹿同胞们支离破碎、血迹斑斑的尸体：他收集了大量美国印第安人的纪念品，其中包括美国印第安酋长的照片和被屠杀的美国印第安妇女儿童的真实照片。萦绕于梅丽迪安记忆的是父亲在凝视这些照片时泪流满面的情景。年幼的梅丽迪安拒绝皈依被母亲视为精神生命的基督教，她看到自己的父亲过着"隐遁的生活，常具死亡意识的生活"①。就在民权工作者的房屋被炸、三名儿童无辜丧生事件的前夜，梅丽迪安梦见了那些印第安人破碎的尸体，故而在潜意识中将两族人民的苦难联系在一起。另一联系的实例出现在梅丽迪安遇到印第安人朗纳夫时，梅丽迪安立刻意识到父亲与朗纳夫之间的相似性——"他是个流浪者、哀悼者，像她的父亲；通过他，她开始意识到她的父亲是什么样子。"② 梅丽迪安的父亲将土地还给朗纳夫，朗纳夫驻留了一个夏季之后又将土地返还，再次漂泊游荡。父亲解释道："朗纳夫在'二战'中杀过很多人……那是他为何流荡的原因。他在寻找理由和答案，寻找任何不破碎其自诩为正义之士的历史视野的东西。"③ 这极富暴力性的实例——被屠杀的印第安妇女儿童的照片、梅丽迪安与死亡相关的梦境、民权运动工作者房屋的爆炸以及父亲与战争中也曾杀人的朗纳夫相似的游荡与哀悼，折射出美国黑人和美国印第安人民彼此交融与呼应的身心。

就梅丽迪安而言，暴力不是解决美国种族问题的关键，因此尽管梅丽迪安甘愿"为黑人同胞谋利益"，并知道"肯定有场革命"，她却不能承诺"为革命杀人"，因而返回南方，生活在人民之间，"去了解他们和她自己"④。有鉴于此，梅丽迪安也同朗纳夫一样成了"游荡者"，寻找能够保持自己正义的历史视野所需的一切。梅丽迪安又有别于朗纳夫和父亲，她从个人的痛苦中塑造一个公众形象：她自知自己只是整体的一小部分，而这一整体不仅包含其祖先，还包含所有其他宇宙众生。她将这一能量转化为行动，力求使人们永远成为一个群体，共享一种无暴力的和平生活。由此，梅丽迪安成为与黑麋鹿一样的精神代言人。

另外，沃克的《梅丽迪安》也呼应了《黑麋鹿如是说》中对印第安部族精神至关重要的象征物——民族之环和圣树。对印第安民族而言，圣

---

① Alice Walker, *Meridian*. New York: Simon and Schuster, 1976, p. 29.
② Ibid., p. 54.
③ Ibdi., p. 55.
④ Ibdi. p. 31.

环(the Sacred Hoop)或药轮(Medicine Wheel)表明印第安民族在圣环这一生存空间中得以繁荣昌盛的方式,但它绝非只是一个静态空间,它与整个民族动态共存。尤为重要的是,圣树位居圣环之中心,象征群体的成长。黑麋鹿在他的灵视中看到了这棵树,树下是"环绕着人民的村庄和所有长着根茎、腿或翅膀的生物。大家都很幸福"①。在苏人的典仪,如太阳舞中,圣树是一棵棉白杨,它意义非凡:在舞蹈开始前,部族神职人员要找到一棵合适的棉白杨,部族的孕妇们于此绕树跳舞,以求孕期平安健康。部族的处女们将树砍倒,再由酋长在舞圈的中央重新栽种一棵。在种植之前,部族的战士们要举行骑马比赛,他们会竭尽全力成为第一个到达圣树的士兵,这会确保他在当年的征战中不会丧生。树被种完后,生完孩子的母亲们便将婴儿放在树下,希望孩子获得勇气,正式的舞蹈至此才真正开始。对于苏族人民来说,太阳舞是一种"纯净心灵、施予力量与忍耐"的仪式②,因为他们是自然世界的组成部分,他们敬拜太阳成长的力量,并庆祝自己的成长与忍耐力。

《梅丽迪安》中沃克版的圣树无疑是矗立在萨克森校园中心、能够"唱歌"的木兰树索杰纳树(The Sojourner)③。对萨克森学院女生们而言,这棵树富含历史感,同印第安民族的圣树一样寓意着人民的坚忍。这棵树由黑奴楼维尼所种,她因讲述恐怖故事吓死了白人主人的儿子而受到被割掉舌头的惩罚,楼维尼将舌头埋在当时还非常纤细的木棉树下。据传说,正是她的舌头使索杰纳树异常繁茂,证明了万物生存的各种形式。楼

---

① John G. Neihardt, ed., *Black Elk Speaks*. New York: Simon and Schuster, 1972, p. 24.
② Ibid., pp. 80 – 82.
③ 这棵名为"索杰纳"的木兰树是此部小说中寓意丰富的象征之一。这棵树的名字令人想起伟大的特鲁斯(Sojourner Truth)。她原名伊莎贝拉·鲍姆弗里(Isabella Baumfree),是美国著名非洲裔废奴主义者和妇女权利的倡导者。她1797年出生在纽约州的一个奴隶家庭,加入了卫理公会,从19世纪40年代初开始宣扬她的主张"真理召唤我"(The Truth Calls Me)。1843年6月1日她改名为索杰纳·特鲁斯(Sojourner Truth)。她之所以改为此名,是因为她觉得主召唤她"遍游全国,向人们指出他们的罪孽,并向他们明示神的旨意"。她改名后的姓"Truth"取"真理"之意,而"Sojourner"则为"旅居者"。沃克显然有意将两者联系起来。事实上,这种联系并不局限在索杰纳(Sojourner)本人和一棵树上。在《以文为生》中,沃克将自己的名字也与索杰纳·特鲁斯融合起来,解释说"爱丽丝(Alice)和特鲁斯(Truth)正如索杰纳(Sojourner)和沃克(Walker)那样彼此联合"(*LBW*, 97)。她接着说,"我从索杰纳和我共享的名字中获得了力量。当我走进一个对女性充满敌意的陌生人的房间时,我用她的/我们的权威的披风(cloak of authority)获得力量——作为黑人女性和宇宙的挚爱表达"(98)。由此可见,这棵名为"索杰纳"的树发挥着多种作用:它粗壮高大,保护那些爬上树枝做爱的女孩,使其不被发现;许多逃奴曾在此成功躲藏,躲过主人的追击。

维尼似乎因为这棵树而减轻了对自己的诅咒，这棵树便逐渐拥有了魔力，会"说话和唱歌"，亦为逃避于此的奴隶提供庇护。

沃克又将这棵树与法斯特·玛丽的遭遇联结起来：它是玛丽唯一的朋友。玛丽是20世纪20年代的学生，怀孕后保守秘密，独自将孩子生下并将其杀死。事发后，玛丽受到社会和家庭的双重严惩，最终自缢身亡。萨克森学院的女生们在索杰纳树下举行纪念玛丽的活动。她们在树下围成一圈，手牵着手跳舞。通过重新讲述这些妇女的故事以及将其痛苦仪式化，萨克森女生们意识到，她们的生活是这一历史的延续，她们的存在与女性先辈们的遭遇重叠。然而这棵"索杰纳"树与其他相关的象征截然相反——当学院的礼拜堂拒绝接受"野孩子"① 的尸体时，学生们不容分说将棺材抬到了"索杰纳"树下，"其挂满鲜花的茂密树叶似母亲用似曲非曲的浓发盘起的发髻悬浮其上"②。由此可见，索杰纳树对于死去的玛丽和"野孩子"来说无疑是母亲的象征，她给痛苦的孩子们提供庇护。

然而，尽管沃克赋予索杰纳树美国黑人的历史隐喻，对梅丽迪安而言，它却与美国印第安人的灵性联系起来，因为这棵树使她感到与圣蛇山"同样的过去与现在、痛苦与狂欢的渺小与宏大"③，体验到同样深切的和平感。她知道自己是群体的一员，也是过去的组成部分。遗憾的是，索杰纳树没有受到像印第安人民那样的敬拜或祈福，却最终被愤怒于学校决策的学生愤然砍倒，此时的梅丽迪安内心崩溃。不同于美国印第安太阳舞仪式中的"处女们"，《梅丽迪安》中的学生们砍倒索杰纳树的行为充满暴力。沃克除了描述女性的愤怒如此漫无目标并反伤自身，她似乎也在将索杰纳作为与前辈不同的母性象征。她们"扼杀"了历史，割断了与过去的联系。正是通过这一被"扼杀的"历史意象和重生的可能性，沃克的《梅丽迪安》对《黑麋鹿如是说》进行呼应：当黑麋鹿的同胞被迫居住在保留区时，他看到他们"定居在方形的灰房子里，在贫瘠的土地上四分五裂"④。

---

① "野孩子"的故事出现在小说的第二章："野孩子"是个黑人小女孩，她没有父母亲人，整日游荡街头，吃着垃圾桶里的腐烂食物，没有黑人同胞向她伸出援助之手。而当梅瑞迪安发现她并竭力为其提供帮助时，野孩子选择逃离，被高速车辆撞击而死。野孩子话语粗野、举止低俗、少年怀孕，其言行背离梅丽迪安所在的萨格森学院对女性进行统治、规约的道德观念，因此她被黑人群体及学院权威鄙弃。

② John G. Neihardt, ed., *Black Elk Speaks*. New York: Simon and Schuster, 1972, p. 48.

③ Alice Walker, *Meridian*. New York: Simon and Schuster, 1976, p. 93.

④ John G. Neihardt, ed., *Black Elk Speaks*. New York: Simon and Schuster, 1972, pp. 181 – 183.

杜鲁门对此不以为然,"人们最终会为了生存而不顾一切。他们屈服、造反、背叛、出击或随波逐流……为所失去的一切深感痛苦并未危及生活和身体"①。黑麋鹿和梅丽迪安却为此痛苦至极:黑麋鹿在自我定义的人生尽头又爬上了多年前经历"伟大灵视"的哈尼峰,向祖父之灵祈祷。"愿圣树的一些小根仍在存活,"他满怀希望地说,"抚育它们就会再生树叶、鲜花盛开、鸟儿啾啼。"② 作为对黑麋鹿的回应,在《梅丽迪安》的结尾处,杜鲁门返回南方,来到在生活、精神和行为上皆令其魂牵梦萦的梅丽迪安身边。他在梅丽迪安的墙上看到了安妮·玛丽恩寄来的照片,索杰纳的象征意义由此以照片中小枝杈的形式复现:杜鲁门冷眼看去,它像"一只大水牛的眼睛",但定睛细看却发现,"它原来是枯树的一根残枝,长出一支小杈,只有手指那么长……从树墩处长出来"③。"水牛的眼睛"这一意象同样令人联想到一个圆和一个中心——圆环和圣树的关系隐喻。这张照片似乎暗示美国黑人不必遭受美国印第安人民的命运。杜鲁门所看到的树枝是对梅丽迪安的一种喻指,他在小说结尾才恍然大悟,原来自己已经失去了"曾经的梅丽迪安",一个全新的梅丽迪安已成长起来,恰似那残枝上诞生出的新生命,梅丽迪安通过自己的每一次表演促成了黑人群体的重生。在小说结尾,梅丽迪安的革命朋友兼情人杜鲁门虽放弃革命已久,却重归梅丽迪安的群体之中。杜鲁门意识到自己或许也要"表演",而且他也"灵视"到安妮·玛丽恩终会出现在"一直敞开的门口"④。可见,梅丽迪安创造了一个富于凝聚力的圆环,一个群体得以重建。

《黑麋鹿如是说》中提到的圣环和圣树并非固守一处,朴实的印第安人是一个流动性的民族,但无论迁居何地,民族的圣环皆与其同行。因此,黑麋鹿的灵视中没有提供一幅静态的画面,即使黑麋鹿在灵视中宣告民族之环的力量与永恒时,它仍以另一训谕作为结语:"现在,他们仍应冲破阵营,循着红色之路前行,你们的祖父将与你们同行。"⑤ 当然,步履庄严而神圣的印第安民族不仅包括生者,在黑麋鹿的民族信仰中,与之同行者还有"人之幽灵,若浓雾弥漫……祖父们的祖父们、祖母们的祖

---

① Alice Walker, *Meridian*. New York: Simon and Schuster, 1976, p. 189.
② John G. Neihardt, ed., *Black Elk Speaks*. New York: Simon and Schuster, 1972, p. 233.
③ Alice Walker, *Meridian*. New York: Simon and Schuster, 1976, p. 217.
④ Ibid., p. 220.
⑤ John G. Neihardt, ed., *Black Elk Speaks*. New York: Simon and Schuster, 1972, p. 35.

母们，无以数计"①。在印第安人民心中，祖先与他们同是民族的一员。

梅丽迪安同样渴望庄严而神圣地行走，为此，她必须获得一种新的群体认同感，能够欣然接受生者和逝者的群体意识。她意外地在一个基督教教堂实现夙愿，体验到前所未有的神圣感：黑人群众同马丁·路德·金的父亲聚集于此，纪念为他们的自由而献身的马丁·路德·金。牧师的声音与气势令人振奋：

> 我们正聚集在一起，为你的儿子曾奋斗的一切而奋斗。如果你愿意让我们将你的故事和你儿子的生活与死亡编进我们的已知之中——编进歌曲、布道和"兄弟姐妹"中——我们唯有行动……教堂（梅丽迪安知道，他们并不单单指浸礼会或卫礼会教堂，而是指集体的精神和整体性，以及正义的汇合）、音乐、敬拜仪式，还有我们共同的典仪，那里有我们知晓的改变方法。我们愿尽最大努力与之同行。②

梅丽迪安此时听到的音乐热烈奔放，牧师的声音包含着"数百万不再能言者的声音"③。除了礼拜仪式的纪念性质，痛苦狂怒的老父亲更增添了礼拜仪式的神圣气氛。梅丽迪安从对死去同胞的纪念中深切意识到，真正的仪式是"正义的汇合"④，是"子午线"（meridian）的特征之一，是痛苦的父亲与整个群体间的相互交流，这本身便昭示一种共同的声音——"如果你让我们把你的经历和你儿子的生死融入我们的所知之中……我们只能行动起来，别无选择。"⑤ 群体与老人的愤怒并未使梅丽迪安推崇暴力，但她意识到自己为保护同胞"有先'杀人'的义务"。作为群体成员，梅丽迪安意识到自己有义务踏上这条路，"紧随真正的革命者"⑥，庄严地行走。于此，梅丽迪安像黑麋鹿那样甘愿身兼医者、灵视者和梦者的角色。她在本章结语中说："我将挺身而出，歌唱发自记忆深处、人们更需聆听的歌。正是因为世代传唱民族之歌，人民才被凝聚一处。"⑦ 不言而喻，"红路"漫漫，但获得了群体认同的梅丽迪安会更加执着而庄严地

---

① John G. Neihardt, ed., *Black Elk Speaks*. New York: Simon and Schuster, 1972, p. 36.
② Alice Walker, *Meridian*. New York: Simon and Schuster, 1976, p. 204.
③ Ibid., p. 196.
④ Ibid.
⑤ Ibid., p. 199.
⑥ Ibid., p. 201.
⑦ Ibid.

行走。

　　黑麋鹿说，自己的命运是"要借助所赋予的力量将圣环拼接起来……使中心的圣树开花，重新找到红色之路"①。沃克笔下的梅丽迪安同样被赋予了一种力量的支撑，幻化成印第安神话中的"创造女神"蜘蛛女或思想女：蜘蛛女的创造力体现在她的吐丝结网中："圆形的蜘蛛网是从中心向四外发散、整齐有序的路线，它们呈螺旋形彼此交织。"② 沃克于此将长期以来被西方蔑视的蜘蛛与蜘蛛网恢复了原本的积极形象，"将我们编织在一起"，复制了圣环的形象。而梅丽迪安（meridian）的意义如其名字所示，一个"圆弧"，她是所有人物的联结点，其他角色（如杜鲁门、莉恩和其他黑人群体）的创伤和孤寂均在以梅丽迪安为结点的网环中得以消解和疗愈。《梅丽迪安》以印第安民族之环的观念作为自己的政治范式，体现印第安民族的群体观。她推行"黑麋鹿的实践准则"，作为自己政治行动的实践标准③，决定令她的人民仍为一个"完整的民族"④。作为作者的沃克也将众人的声音汇合，体现在文本多重声音的叙事中，模仿了富于思想的蜘蛛女，而不是负责繁衍生殖的伟大母亲。通过人类行动的创造者而非人类的创造者的祖母——蜘蛛女，沃克获得了效仿神圣的创造性力量，一种不是创造唯我独尊的艺术，而是创造一种部族艺术，一种一个民族赖以生存和繁荣昌盛的艺术。从这个意义上说，梅丽迪安的"蜘蛛女"形象将众人联系起来，改变并引导他们的人生轨迹，彰显女性内蕴的强大力量。沃克如此塑造梅丽迪安，充分体现了她对蜘蛛女所代表的印第安母系传统的肯定，为梅丽迪安成功赋予了女性力量和女性声音。《梅丽迪安》对母性与母系传统的强调由此变成了对印第安性的鲜明映照。

　　沃克在与《梅丽迪安》同年发表的《拯救属于自己的生命》（"Saving the Life That Is Your Own"）一文中写道："欣赏艺术或人生一直需要宏大的视角。建立起来的联系要努力囊括不同世界中的共同思路——既有巨大差异又整体统一的思路。"⑤ 这种美学原则在《梅丽迪安》中淋漓尽

---

① John G. Neihardt, ed., *Black Elk Speaks*. New York: Simon and Schuster, 1972, p. 151.
② Susan J. Scarberry, "Grander Mother Spider's Lifeline." *Studies in American Indian Literature: Critical Essays and Course Design*. Ed. Paula Gunn Allen. New York: Modern Language Assn, 1983, p. 105.
③ Alice Walker, *Meridian*. New York: Simon and Schuster, 1976, p. 121.
④ Ibid., p. 210.
⑤ Alice Walker, *In Search of Our Mothers' Garden: Womanist Prose*. New York: Harcourt Brace Jovanovich, 1983, p. 5.

显。《黑麋鹿如是说》与《梅丽迪安》有着共同的象征、共同的先知与共同的精神性，彼此呼应，相得益彰。正是通过这种美国黑人和美国印第安文化上的彼此呼应与"共同思路"，沃克将《梅丽迪安》和《黑麋鹿如是说》两个文本进行对话，对印第安文本进行重写和再现，表现文学传统相互印证的可能性。

法国批评家萨莫瓦约指出，"借鉴已有的文本可能是偶然或默许的，是来自一段模糊的记忆，是表达一种敬意，或是屈从一种模式，推翻一个经典或心甘情愿地受其启发"①。就美国黑人和美国印第安文化传统而言，沃克对《黑麋鹿如是说》的重写是充满敬意和心甘情愿的意指性修正，不仅是为了文学的内容，也为了文本结构。沃克的创作不仅转向美国黑人前辈们的文本，也将美国印第安前辈的文本融入其中，这种"少数族"之间的文化混杂犹如沃克"克里奥化"的身份，这种新的文化表现形式将个体与整体、过去与现在、混乱与有序等诸多二元对立辩证统一，为这部描述美国黑人（女性）境遇的"碎片化"百衲被小说提供了意义与结构上的凝聚力与圆融，凸显其在白人主流文学，抑或是大多数黑人男性文学中所缺场的主题与形式上的原创性。可以说，沃克对边缘文化的混杂性叙事是超越了白人形式和黑人内容的修正模式，是将自己的文本大胆指向传统观念的新模型，即从边缘处将两族文学文化进行混杂与自我定义，彰显美国黑人、美国印第安人以及女性的书写传统。

---

① [法]蒂费纳·萨莫瓦约：《互文性研究》，邵炜译，天津人民出版社2003年版，第1页。

第二章　混杂性神话：文化语境的能动性表演

美国黑人文学与美国印第安文学均从彼此丰富的文化与民俗中获取大量素材，神话则更体现两族文化的水乳交融，诸多共性和理念成为两族文学与文化发展的共同给养。神话是源于历史的故事，其象征功能是社会文化功能的核心，民族观念往往以被自然化了的种族、文化之源的神话为基，成为定义和恢复民族身份的基础。神话、宗教、历史、典仪彼此关联，密不可分，交织出现于各种故事中，成为界定民族身份、赋予生存以秩序与意义的重要依据。散克维奇（Tilde A. Sankovintch）由此认为，"神话使我们的自我与我们成为可能，因为它们提供我们反映并启示我们过去与现在的纲要、意象和结构"①。这种借助神话对过去与未来的可能性反思与预见在美国族裔作家作品中尤为常见，是族裔女性作家创造想象世界，尤其是创造其过去与现实经验的结构、隐喻和工具。她们根据神话重塑人物形象，在传统的结构中再造全新神话，赋予传统神话以新的神话主题，成为自我身份建构的另一维度。

皮尔森（Carol Pearson）指出，"女性的真实已被男权神话遮蔽不清。这些作者有待发展新的形式、新的风格、新的语言来表达女主人公的认知"②。沃克的作品印证了皮尔森的观点，她将神话和神话式人物嵌入主体叙事框架中，使嵌入的神话、主流文化和主导性叙事与主题互补。这样，神话不仅成为沃克经验的隐喻，某种程度上亦是小说结构的必须，为沃克的书写确立混杂性的一种行之有效的跨界方式。沃克将神话视为一种动态的文化再生力量，在传统的神话元素中注入其他资源与变换的视角，

---

① Tilde A. Sankovintch, *French Women Writers and the Book: Myth of Access and Desire*. Syracuse: Syracllse Umiversity Press, 1988, p. 1.
② Carol Pearson, *The Female Hero*. New York: Bowker, 1981, p. 255.

质疑或改写这些民族或主流文化中的神话原本，生产出多种元素合一的神话"新体"，恢复文化的创造性，架构与主流文化不同的跨边界文化的有效方式。作为神话形象的恶作剧者于此功不可没，他们既是民间英雄，又是群体边缘的漫游者，既处于文化的边缘，又位居文化的中心。恶作剧者以其或愚蠢，或欺骗，或勇敢，或示弱的方式在主流文化的边缘进行"表演"，以直面荒谬的事态扰乱人们的认知边界，成为沃克建构混杂性神话实体的能动者。

美国印第安与美国黑人的恶作剧者具有很多相似性，"表演"是他们共同的拿手好戏。在奴隶制时期的数十年间，他们与黑人相互往来，共同反抗白人的欺压[1]，保存了对恶作剧神话的鲜活记忆[2]。其实，在美国印第安与美国黑人文化中，生存与书写本身便是对恶作剧神性化的记忆与演现。

"表演"（performance）作为学术术语，已经引起许多美国学者的跨学科关注。理查德·谢克纳（Richard Schechner）对表演的定义相对广义，指"架构、表现、强调和展示"的行为，不仅包括"仪式、戏剧、体育、大众娱乐、表演艺术，也包括社会、职业、性别、种族和阶级角色的扮演"[3]。就美国族裔群体而言，"表演"通常是一种"伪装"或"扮演"，两者均属于"表演"范畴，前者近似欺骗或背叛，后者则主要出于生存目的。无论属于何种方式，少数族裔在美国主流世界的"表演"皆反映扮演者强烈的自我意识与政治欲求，是一种边缘文化的反抗方式。作为有着美国黑人、美国印第安人和白人等多元传统的作家，更亲近于美国黑人与美国印第安文化的沃克在讲述自己的故事中已然变成了恶作剧者，在不同的边界进行表演，出入不同的现实与意识情态，使创作本身模糊了自我/他者、男权/女权、真实/虚幻等二元边界，对自身混杂性的美国黑人、美国印第安民族文化以及民族意识进行另类表达。

---

[1] Lerone Bennett, Jr., *Before the Mayflouer: A History of Black America*. London: Penguin Books, 1982, p. 116.
[2] Paul Radin, *The Trickerster: A Study in American Indian Mythology*. London: Routledge and Kegan Paul, 1956, p. 1856.
[3] Richard Schechner, *Performance Studies: An Introduction*. London and New York: Routledge, 2002, p. 2.

第一节　边缘与中心：黑白边界的恶作剧策略

适应文本样式，利用文本形式，重新界定文学空间是美国黑人与美国印第安文学传统的本质构成，他们从传统上构筑文学框架，将美国文学景观分成两部分，既表达个体性又未完全回避主流文学之影响，反映作家如何确立自己民族文学的相似性，同时又与主流经典并置。作为深受种族与性别压迫的族裔女性作家，沃克将神话中的恶作剧者作为传统与变化的结合点，以恶作剧者的双重声音与多重面具进行边界表演，探究混杂性文化传统的发声模式。在其混杂性神话建构中，恶作剧者以自己的把戏反抗种族压迫，不仅成为小说人物的隐喻，还转化为一种恶作剧式的书写手段，形成与主流文化的反叙事话语。这些恶作剧者令叙事结构充满能量、幽默和多元价值，于叙事形式本身生产政治潜文本，模糊了既定的西方认知。毋庸置疑，沃克的恶作剧者在混杂的机制中建构着神话，成为沃克的文本与人物在主流文化视域下保持自我和生存的手段，演现一种越界的"真实"，创造出神话与世俗交织的多维世界观。

一　游走于边界的黑人恶作剧者

史密斯（Jeanne Rosier Smith）认为，"恶作剧者是边界与交流的大师，运用多种视角挑战所有空乏无趣、层阶分明和约定俗成的观念或形式"[①]。对于恶作剧者而言，边界创造与边界跨越互为关联，他居于边界，是文化的缔造者。即使在跨越所有边界、超越所有类属时，恶作剧者仍坚守其人性与文化意志，以求生存。他们将传统与灵变有机结合，使自己成为二元边界的反叛者。恶作剧兔子或乌龟是美国黑人家喻户晓的神话形象，其生存至上的理念深入人心。莱格巴（Legba）和艾苏（Eshu）无视传统道德的戒规，不堪忍受自我中心主义的困扰，为人类的利益而戏弄上帝，善于辞令和伪装的他们屡获成功。恶作剧者约翰是美国奴隶们创造的恶作剧人物，作为一个救世主形象，约翰令奴隶们的日常生活得以改善。在后解放时代的美国，约翰是一位机敏的佃农，总能运用自己选种的庄稼困中取胜。自美国奴隶制以降，恶作剧者故事始终是美国黑人在主流世界

---

① Jeanne Rosier Smith, *Writing Tricksters: Mythic Gambols in American Ethnic Literature*. Berkley and Los Angeles: University of California Press, 1997, p. Xiii.

中确认其人性与身份的关键因素,具有重要的讽喻和间接的精神宣泄功能。沃克在其作品中塑造了多个美国黑人恶作剧者人物,他们或欺骗,或救赎,藐视同质化,不仅将恶作剧把戏指向自己的同胞,更狡猾地施用于主流白人群体,凸显恶作剧者的悖论性、混杂性存在,展现他们在当代美国颇具冒险性的复杂人生。

(一)黑人恶作剧者的欺骗与救赎

沃克的《格兰奇·科普兰的第三次生命》中,格兰奇可谓一个典型的黑人恶作剧人物,首先反映约翰和兔子等恶作剧者的欺骗性,是个十足的骗子。同于拉尔夫·艾里森的《隐形人》,格兰奇无意间操起骗子行当,并在后来的岁月中谋取利益。为了在哈莱姆生存,他将黑人妇女骗卖给白种男人,又因无力与城里的皮条客竞争,格兰奇最终只能靠偷食度日,靠花言巧语杜撰悲悯故事讨乞,格兰奇从第一人生阶段中的南方"奴隶"变为北方贫民窟中以骗为生的寄生者。如恶作剧者,格兰奇还利用熟人的愚蠢谋取私利:从纽约回到南方后,他竟然利用情人乔茜对自己的爱情建立私人农庄,实现自己"完全不受白人限制的自治以及与所选择的那部分世界模糊不清。他需要乔茜的钱实现这一计划,乔茜却误以为格兰奇是出自对她的深爱。她以为他需要一个隐蔽的农场来尽享其美色"[1]。此时的格兰奇不择手段,不分对象,对乔茜的狡猾欺骗和伎俩令其恶作剧者的"坏蛋"特质昭然若揭。

但恶作剧者是个矛盾性人物,在种植园语境中,他可能还是个救赎者,格兰奇亦不例外,他的自我救赎是抚养孙女鲁斯,他要给予鲁斯他未曾给予儿子布朗费尔德的"生存完整"。悖论的是,格兰奇的救赎仍然建立在恶作剧把戏之上:他用从图书馆偷来的书提升鲁斯的学识与历史感;他在农场偷建蒸馏器贩酒牟利,为鲁斯的大学教育提供经济保障。此类"恶行"在种植园恶作剧者传统中并非道德败坏,毕竟,如格兰奇本人所论,"在美国,所有的'合法'皆为白人雇主预留"[2]。在如此复杂的环境中,格兰奇"使出浑身骗术获取一切"[3],即便为了救赎。于此,沃克笔下的格兰奇与恶作剧者别无二致。在对鲁斯的教育中,格兰奇同样采取灵活具体、身体力行的教育方式,经常去教堂参拜,又对基督教信条颇有微词,以此促使鲁斯明辨信众的信仰与实修之间的矛盾性。格兰奇了解白

---

[1] Alice Walker, *The Third Life of Grange Copeland*. San Diego: Harcourt Brace Jovanovich Publishing House, 1970, pp. 140–141.
[2] Ibid., p. 195.
[3] Ibid.

人基督教教义与实修之间的差距,对美国黑人的历史而言,这无疑是残酷的欺骗游戏。作为恶作剧者的格兰奇以一种动态的方式游走于矛盾之间,趋利避害,为了不失去农庄常客中的那些教堂参拜者而光顾教堂,却对宗教信仰毫无兴趣。不可否认,格兰奇对黑人的自我意识相对超前,他通过参与教堂活动再次确认自己与群体的融合,并从黑人群体的仪式与信仰中掩盖"堕落"的生活方式,不仅满足个人欲求,还悄然规避其中的弊端与缺陷,凸显恶作剧者灵活变通、高深莫测的素质与伪装能力。

格兰奇的恶作剧式救赎在很大程度上还折射出一种创造性的种族仇恨元素,成为建构其全新身份的基础。他对白人种族的憎恶貌似源于他对自己摧残妻儿的深刻记忆,然而纽约的经历为格兰奇提供了自省与释放,他意识到白人将其降级为"地下铁路"的卑屈存在。他提取恶作剧者的长处,并与自己其他生存策略结合,在白人女子拒绝他的援救时任其溺死,并不劳而获地捡拾白人钱物,为其回归南方奠定了意识与物质基础,成为教育鲁斯时所创造的恶作剧故事的生动素材。显然,格兰奇的恶作剧行为对自己的同胞不乏欺骗性,对白人强权或群体同样暗施巧智为己所用。

沃克以格兰奇自我牺牲的方式结束小说,也结束了那些沦为白人压迫者同盟的布朗费尔德们的生命,并与之划清界限:为使鲁斯免受姐姐们或精神失常或沦为娼妓的悲惨命运,为了阻止布朗费尔德对鲁斯的监护权,格兰奇在白人法官宣布结果的瞬间枪杀了布朗费尔德,然后开枪自杀,实施他人生中最后一次恶作剧把戏,成为典型的英雄式恶作剧救赎者。沃克在宣布恶作剧者死亡的契机时并未使黑人恶作剧者格兰奇成为绝对不择手段的骗子,他反映了20世纪60年代的乐观主义,或者说,时间已开始解构模糊不清却十分必要的阴谋面具,这是黑人为了在美国能够有尊严地生存而被迫诉诸恶作剧暴力的隐喻。这种涤荡旧秩序的死亡情节对从前失衡的机制进行解构,为一个全新的、可能更持久的结构提供空间。在这一行动中,小说与神话结合,弥漫着悲壮的传奇色彩。

在格兰奇身上,我们看到了沃克将人物塑造、神话隐喻与主题升华相融合的平衡。沃克将其对"精神生存"、"民族生存完整"的关注与黑人恶作剧者游走于善恶、黑白等边界的生存诡计相融合,凸显沃克对神话形象的创造性阐释与再现,亦是对人物塑造模式上的艺术性尝试。沃克试图在其美国黑人文化的语境内创造出矛盾混杂的恶作剧主人公,以揭示遮蔽美国黑人整体的生存现实,投射美国黑人的未来境遇。

(二)黑人恶作剧者的隐性反抗

虽然格兰奇这一恶作剧者最终诉诸暴力实现自我救赎,结束了儿子和自己的生命，在美国黑人的生存理念中，暴力并非面对困境的永恒途径。作为和平主义者，沃克更希望作品中的人物成为精神斗士，而非对压迫者暴力相向的施暴者。在《紫颜色》中，素有"阿玛宗"（Amazon）① 之称的索菲娅诉诸暴力回击白人市长夫妇的羞辱，自己反而被打得半死、收监入狱。即使在狱中，索菲娅仍复仇心切："我梦见谋杀……我梦见谋杀，无论睡着还是醒着。"② 索菲娅的暴力反抗招致白人摧残，暗无天日，几近命绝。

当美国黑人对权威的公然对抗被遏制，反抗对个体和群体的精神与生存又至关重要时，恶作剧者为那些通过暴力无法改善困境的黑人们提供了迂回之计。小说的主人公茜丽身担此任，将曾经四分五裂的群体重新聚集，令彼此不计前嫌，为了某一目标各尽其能，初现"共同体"使命感：哈波虽与索菲娅感情分裂，却在索菲娅受难之时与索菲娅的情人布斯特共议解救之法。哈波的女朋友"吱吱叫"（Squeak）虽曾因哈波而与索菲娅大打出手，此时亦对索菲娅充满同情，并悉心照顾索菲娅的六个子女。甚至恶性仍存的某某先生也为解救索菲娅绞尽脑汁。这个众心同向的共同体最终凭借恶作剧者对压迫者思维方式的了如指掌与巧妙利用，成功策划了"正话反说"的骗子把戏：在恶作剧者神话中，兔子会以"正话反说"的反语式表达将自己的内在欲求表述为表层话语的"深恶痛绝"，听者总会信以为真，兔子也因此实现心之所愿。茜丽的群体以此为计，借助"吱吱叫"与白人监狱长之间在美国南方颇为普遍的"叔侄""亲缘"关系进行假意游说。他们首先利用白人男子的心理，将"吱吱叫"装扮成浓妆艳抹的复仇女形象，令白人狱长"叔叔"相信他们对索菲娅的惩罚过轻，因为据"吱吱叫"所言，索菲娅最惧怕的惩罚应是"给白人女人做仆人"③。"吱吱叫"以索菲娅的情敌身份诱骗白人狱长对其"复仇"意图信以为真，最终将索菲娅从监狱里放出，去白人市长家为仆。整个群体的恶作剧式营救策略大功告成，实现了"兔子成功脱逃"的诡计。恶作剧者正话反说的双重声音话语天赋与不同面具的多元视角能力证明美国黑人对主流文化与霸权统治的隐性对抗与生存智慧。但是他们的成功并非轻而易举，他们为此付出了代价：小说中，白人"叔叔"拒绝承认自己与"吱吱叫"的亲缘关系，在同意帮助"吱吱叫""复仇"时将其强奸，

---

① 希腊神话中的女战士。
② Alice Walker, *The Color Purple*. New York: Washington Square Press, 1983, p. 89.
③ Ibid., p. 93.

"吱吱叫"为此饱受屈辱。

在《紫颜色》中，黑人"坏蛋"阿方索对白人的隐性利用同样反映恶作剧者的智慧，亦揭示白人与黑人之间在经济与社会层面的复杂关系。沃克鲜明对比了茜丽的生父与继父阿方索对白人截然不同的应对策略和结局。茜丽的生父不辞劳苦，经营属于自己的店铺，并雇佣两个弟弟为其工作，最终丧命，因为他商业的成功令"白人商人……抱怨他抢走了他们黑人顾客的那部分生意"①。白人拒绝与黑人公平竞争，烧毁了茜丽生父的店铺，并将茜丽的生父和两个叔叔施以私刑。在同样境况下，茜丽的继父阿方索却深谙白人之道，借"诡计"与白人周旋，反而渔翁得利。他认为茜丽的生父之所以遭受厄运，主要源于他"不会和白人打交道"②，而自己却能机巧应对：

> 我知道他们的本性。对付他们的关键就是钱。我们这些人的毛病在于，一脱离奴隶制就不想再给白人任何东西。但事实上，你得给他们些东西，要不是钱、土地、你的女人，要不就是你的屁股。所以，我所做的就是先给他们钱后才播种。我要确保这个或那个白人知道三分之一种子是为他们播种的，我碾的面粉亦是如此。我将你父亲在镇上的旧店重新开业时，我雇佣了白人来经营，店铺之所以经营得好，他说，我是用白人的钱收买了白人。③

显然，阿方索在利用自己的巧智与强势白人周旋时获胜，类似小动物的伪装，他在履行白人"主人"赋予他的卑屈角色和地位时趁机进行一种隐性反抗。此种恶作剧策略不仅保全了自己的经济利益，还玩弄了白人的体制与思想，使之为己所用。此时的阿方索凸显存在的悖论性：在茜丽家族角度看来，他是个欺骗者、谋利者；但在对待白人上看，他又是个恶作剧者和挑战者。

贝尔·胡克斯（bell hooks）在描述自己的恶作剧模式时指出："铁轨每天在提醒我们的边缘化……正如我们在边缘的生活——我们形成了特殊的看待现实的方式。我们既从外向内看，也从内向外看。这种看问题的模式使我们想到整个宇宙，一个由边缘与中心构成的整体存在。"④ 诚如胡

---

① Alice Walker, *The Color Purple*. New York: Washington Square Press, 1983, p. 148.
② Ibid., p. 155.
③ Ibid.
④ bell hooks, *Feminist Theory from Margin to Center*. Boston: South End Press, 1984, p. ix.

克斯的越界视野，沃克笔下的黑人恶作剧者之自我定位及其颠覆性与肯定性相混杂的生存策略成为美国主流环境中美国黑人个体与群体的力量之源。这一策略由其日常生活结构作用于意识之上，提供一个既对立又模糊的世界观——一种被边缘者的观看模式，这使他们得以生存，帮助他们跨越边界的绝望与斗争，加强自我与集体意识。

二 对传统书信体文学样式的恶作剧表演

对于族裔作家而言，利用文本形式来创立更为深刻复杂的议题已成为一种适应性策略。沃克来自边缘之境，她希望读者以敏锐的意识发掘作品形式与结构背后的深层信息。诠释沃克的作品及其族裔身份必然兼顾以上因素，而文学样式因其高度的可塑性和适应性提供了相应的丰富资源。不可否认，作家可以根据所选择的故事进行多种陈述或信息传递，但文学样式可作为讲述自身故事的重要结构，在提供形式与内容的同时推进情节发展的灵活性。

沃克对文学样式的恶作剧表演便是此种写作"伪装"术，恶作剧者因挑战威胁其自我保存的机制而成为文化生存的隐喻，此处的机制，广义而言，指的是一种具有固定规则的有机结构。社会本身是一种机制，家庭不外如此，文学世界亦然，因为它同样具有较为重要和强大的有机系统。如果将书信体小说也视为一种机制，那么沃克为满足自己人物塑造的欲求而采用的恶作剧策略，以及为此进行重新定义的做法便不失为恰当的例子。她将该文体形式作为传达自己意识形态的表演工具，作为对传统书信体小说机制的一种反拨。在沃克的书信体中，文本的形式结构取代小说人物成为恶作剧者，决定故事的趋向，发挥与恶作剧者人物同样的作用。沃克将文学样式的恶作剧形式作为一种以形式进行欺骗的方法，赋予小说形式与主题同样的政治性与社会性。换言之，沃克通过小说文体样式的恶作剧表演，实践恶作剧破坏性美学和边界跨越，对主流文学样式的传统规约进行微妙而实质的修正与逆转。

（一）《紫颜色》对书信体文学内部元素的倒置

18世纪英国小说的兴起成为追溯书信体小说文体传统的基石，这一文体通常以中上层阶级白人女性为主人公，人物、行为、观点、语言等各因素的发展均以书信为媒介。沃克首先对传统书信体小说中上层人物及其生活环境作出改变。《紫颜色》中的人物与中上层阶级无缘，是美国南方乡村黑人，在种族、经济、社会、地位和地域等方面均被边缘化。沃克将这些元素融入文本，成为推动情节发展的原动力，专注美国南方黑人的生存困境，反映种族境遇下美国黑人的生活态度。这一关注本身以其前所未有的方式改变了传统书信体形式之规，将中上层白人女主人公的英国场景替换成黑人聚集的美国南方穷困乡村，这些种族、地域和压迫性因素为恶作剧者构筑施展表演的舞台。

尤为重要的是，美国南方乡村的生存境遇超出读者对书信体小说的地域认知：在传统书信体小说中，读者可能会期待有关阶级和道德的议题，如辛格（Godfrey Frank Singer）指出，书信体小说中的主人公"会承担美德理念的角色"①。美德与道德对美国黑人群体固然重要，但其本质因颇具压迫性的社会、法律与道德环境而被复杂化。就《紫颜色》的黑人女主人公茜丽而言，被原以为生父的继父强奸、生子并被告知孩子已死，相信此时的茜丽所关注的不是贞洁与美德的失去，而是对孩子和妹妹安危的关切。简言之，传统书信体女主人公的道德与美德观被内在化，而美国黑人女主人公的道德意识被外在化，受其本身之外的种族、阶级、地域等因素所致。借用传统书信体小说的面具，沃克成功将其场景、人物、阶级、主题等文学元素变更，改变了传统书信体文本的肌质，为被边缘化的美国黑人女性提供出场的机会。

沃克将主人公茜丽作为挑战传统书信体小说结构形式的主要方面。通过茜丽，沃克重新界定传统书信体小说中将中上层社会的白人女性作为小说主人公的规约，质疑传统中将道德与力量等同的标准，赋予读者对女主人公超越道德维度进行评价的能力。以塞缪尔·理查逊（Richardson）的《克莱莉莎》为例，表面看来，茜丽与克莱莉莎相似，她们都曾情感脆弱，不堪一击。但细致审视便会发现，沃克的人物与传统书信体主人公的形象大不相同。理查德与沃克均在小说中展现了女性所遭受的暴力，但她们对待遭遇的方式因文本结构的不同而差异明显。克莱莉莎对自己的遭遇不堪一击，以致无法阐明心情和经历。茜丽则从其经历中获得一种自我表达意识；克莱莉莎受辱后仍被视为道德典范，仍在颂扬上帝，强奸她的洛夫勒斯只占有其身体而非灵魂。茜丽尽管给上帝写信，但最终却对克莱莉莎的上帝形象失望至极，在莎格的帮助下建构了一个更富异教色彩的上帝与精神追求；克莱莉莎在小说结尾时终结生命，而茜丽在小说结尾时却亲朋团聚，其乐融融；克莱莉莎的文本因其在人生经历的高峰处萎靡颓落，呈滑降之势，沃克的小说则因茜丽的日益觉醒与成长而持续上升。显然，

---

① Godfrey Frank Singer, *The Epistolary Novel: Its Origin, Development, Decline and Residuary Influence.* New York: Russell, Inc., 1963, p.69.

沃克将传统书信体小说中主人公的刻板形象进行重塑,逆转了传统书信体小说的结构及情节发展。这一结构方向的倒置并非由作为人物的茜丽所控,而是由作为作者的沃克赋予文本结构此种功能。

作为美国南方饱受欺凌的黑人女性,茜丽一无所依,如果想要讲述自己的故事,她需要一个能承载其痛苦与私隐的媒介,具有日记与日志功能的信件为其提供了语境和结构上的灵活性。当沃克针对茜丽的个人与社会环境将其塑造成几乎目不识丁但颇富能动性的黑人女性时,沃克从语境与结构上逆转了传统书信体小说的固有模式。如同恶作剧者,沃克巧施诡计令出身卑微、性格柔弱的茜丽摆脱了文学范式的规约,拥有了"言说"的机会,文本结构由此成为茜丽最终得以铿锵陈词的空间与策略。沃克对传统文学范式的恶作剧重塑表明,任何空间皆能颠覆那些试图对边缘存在进行消声的压迫性机制,任何形式皆可成为作者对传统文本规约的恶作剧表演工具。

(二)《紫颜色》文本内的越界表演

索玛思·比比(Thomas O. Beebee)认为,在书信体中,"信件是虚构与现实的媒介"[①]。诚如比比所言,从本质上看,是信件在驱动情节,但书信作为情节发展的主要手段并非易如反掌。书信是个性化书写,小说则为了满足读者所需。书信体小说居于公开/私隐、内在读者/外在读者以及作者/写信人等二元对立的边界。概而言之,书信体小说为作者提供了越界的契机,可以预见许多自相矛盾的事实。沃克正是挪用了书信体这一特殊形式,表达其富于"表演性"的越界意识。

《紫颜色》首先跨越传统书信体文本内外边界,将文本的内在读者与外在读者之间的壁垒进行消解。《紫颜色》的内在读者是文本内部的收信人,外部读者则是阅读小说文本的读者大众。传统书信体小说强调内部读者,因为作者令写信人对外部读者一无所知,她们期望作为收信者的人物能够收到信件,并是书信的唯一读者。外在读者对文本中的写信人与读信人之间的关系清晰明了,期待这些人物彼此互动。《紫颜色》却改变了这一结构,赋予外在读者与内在读者等同的地位。茜丽的书信洋溢着宗教意味,她将自己从少女到成年女性的人生写入信中,上帝是其重要收信人之一。作为受害者,茜丽给上帝写信无可厚非,因为受继父恐吓,"除了上

[①] Thomas O. Beebee, *The Ideology of Genre: A Comparative Study of Genre Instability*. Pennsylvania: Pensylvania State Uni, 1994, p. 8.

第二章　混杂性神话：文化语境的能动性表演　83

帝，不许告诉任何人"①。茜丽之所以写信是由于这是她唯一理解和面对羞耻和困惑的方式。然而，即便茜丽注明收信地址也无济于事，因为上帝不会回信，甚至干脆未读茜丽的书信。茜丽自己也从噩梦般的经历中反思："他一定是睡着了。"② 可见，作为内部读者的上帝在文本中一直沉默缺场，外在读者却跻身其位，成为与写信人茜丽共鸣的重要读者。由于外在读者的参与，在文本内与群体疏离的茜丽得以与文本之外的群体建立联系，她的赋权由此跨越了文本内外的边界。通过强调茜丽作为文本内在的写信人与外在于文本的公众读者之间的互动关系，沃克改变了文本的权力结构，撼动了书信体固有样式的权力机制。正如恶作剧者总会于压迫性机制之外寻求所需，沃克嵌入外在读者的文本成为修正传统文体的恶作剧手段。

其次，《紫颜色》对文本内外边界的跨越还体现在改变传统书信体小说中的作者与写信人之间的关系。传统书信体小说中，小说的作者与文本中的写信人彼此分离，作者犹如窥探，在创造人物时对人物的脆弱了如指掌。此外，写信人的表露有失全面，这缘于作者对写信人的隐而不言。沃克对《紫颜色》的书写经历则是对传统书信体小说中作者与写信人关系的变异。沃克在《寻找母亲的花园》中提及，她在创作《紫颜色》的过程中经常与小说人物在现实生活中相遇，当她决定根据姐姐所述的故事创作一部小说时，这些人物纷纷露面，以一种非同寻常的方式出现在小说创作的整个过程中，并对沃克的现实生活发挥较强的控制力和能动性。沃克在文中描述她如何多次变换写作之地，只为找到最适合写作《紫颜色》的处所，因为小说人物对她说话，告知他（她）们不喜欢某处。当他（她）们不喜欢某处时便会沉默不语、销声匿迹，以示不满。

不同于传统书信体小说中作者与写信人之间的分隔，沃克独特的创作过程模糊了作者与写信人之间的边界：小说人物可以出入作者沃克的现实与内心世界，沃克作为文本作者亦可走入人物的私隐生活③。沃克的人物似乎不是小说内部的虚构性塑造，而是外部世界中鲜活的现实中人，她们与沃克相互参与彼此的生活。由于人物的此种功能，沃克的书写变成了对人物言语及情感的实录，自己成为"A. W. 作者和媒介"（A. W. author and medium）。沃克在《紫颜色》前言中写道："该书敬献给精神（Spir-

---

① Alice Walker, *The Color Purple*. New York: Washington Square Press, 1983, p. 1.
② Ibid., p. 183.
③ Alice Walker, *In Search of Our Mothers' Garden: Womanist Prose*. New York: Harcourt Brace Jovanovich, 1983, pp. 355–360.

it)。"在结尾处,沃克自签"A. W. author and medium"。简言之,沃克与其笔下的人物以精神为纽带互动互信,读者也会理解茜丽因何能向沃克敞开心扉,分享内在情感。这样,不同于传统书信体小说中作者与写信人之间的单向关系,沃克跨越了作者与人物的边界,消除文本外在现实与内在虚构之间的距离,进行了魔幻般的文本内外的越界表演。

综上可知,沃克通过人物塑造和传统书信体这一文学元素的"面具",对既定的文学传统巧妙设计,成功将读者的注意力引向文本自身。这种恶作剧书写与塑造方式虽未彻底解构其传统机制,但破坏并摆脱了传统文学之规,为其边缘的文学与边缘的人物建构以及文化变革发挥了至关重要的作用。恶作剧者,如沃克的文学所现,由此成为幸存者、反叛者和变革者,在混乱中创造出自己的生存神话。他们从内到外、从边缘到中心均挑战着主流文化,通过狂怒的大笑对既定的文化进行强化和更新。

第二节 融合与混杂:美国印第安神话下的黑人圣丑

玛丽·艾里森(Mary Ellison)认为,"美国黑人和美国印第安神话与民间故事反映了他们的文化融合与混杂",并注意到"两族文学彼此交融的悠久历史不仅建立在频繁的相互影响和跨族婚姻上,也建立在两族共享的文化实践基础之上"[①]。恶作剧故事便呈现两族文化的融通与混杂。如本章第一节所述,恶作剧故事通过运用骗子的手段为受压迫者提供打败白人群体对其压迫的应对策略,这是美国印第安人和美国黑人共同实施的策略。在美国印第安神话中,恶作剧者或称小丑,是个非常奇特的神话形象。他们粗俗而神圣、善于伪装、爱开玩笑。他们摆脱社会束缚,随意跨越各种边界与禁忌,兼创造者与破坏者、给予者与否定者、欺骗者与被欺骗者于一身,凭借怪异甚至非法的方式,以其本能的力量、狡猾与智慧成为变化时代的幸存者,成为变革世界的创造性主体。恶作剧故事以其戏谑与实例给人以某种教诲,并通过边界的跨越来定义文化。

在印第安神话中,恶作剧者具有多种形式,如在美国印第安齐佩瓦族(Chippewa)故事中,纳纳伯周(Nanabozho)是伟大神灵(the Great Spirit)的密使。他是一位师者、疗愈者,也是缺乏教养的小丑。印第安恶作

---

① Mary Ellison, "Black Perceptions and Red Images: Indian and Black literary Links." *Phylon*. 44.1 (1983): 44.

剧者大多为男性，其中也不乏女性，甚至雌雄同体者。因此，作为民族文化与主流文化的边界逾越者，恶作剧者在这混杂的神话空间中创造出全新多变的身份。

沃克在其作品中借助美国印第安民族所倡导的恶作剧圣丑和异装者形象，将美国黑人置于美国印第安恶作剧神话语境中，被主流群体，抑或黑人群体鄙夷的叛逆女性或具有雌雄体双重气质的混杂性女性进入沃克的创作世界，使美国黑人、美国印第安以及美国主流文化与传统之间进行协商，开辟一个能够实现美国黑人与美国印第安民族文化相互混杂的生存空间。沃克亦通过这些神话重新收回自我意识，使之成为自我身份建构的另一维度。

一 印第安语境下的黑人女性圣丑"哈尤卡"

哈尤卡（Heyoka 或 Heyokha）是美国印第安拉考它（Lakota）民族文化中的神圣小丑，他是个离经叛道者，言行举止与常人相异，如倒骑马、反穿衣或正话反说。他伤心时大笑、快乐时痛哭、寒冷时大汗淋漓、酷热时冷颤不止。以迪尔（John Lame Deer）的说法，"哈尤卡是一个虔诚、有趣、强大、可笑、猥亵、想象力丰富的人"，他还是个"上下颠倒、前后不一、非对非错、矛盾含混之人"[1]。概而言之，哈尤卡象征神圣人物的诸多怪异方式，讥讽现存的重大问题和权威，如同一面镜子，运用极端的行为影射他人，令其审度自己的疑惑、恐惧、憎恨和脆弱。哈尤卡随便僭越各种禁忌，对既定的风俗进行批判。悖论的是，这种对常规禁忌的破坏为伦理道德界定着可行性边界、规约和引导。

然而，在拉考它神话中，哈尤卡还是雷电之神，只有灵视过西方雷电的人才能算作哈尤卡。他们拥有神力，并与群体分享神力，"部分表现在他将自己的梦想付诸实践"[2]。但这种分享与实践往往借助非常有趣的方式，为此他可能遭到人们的羞辱、误解和嘲讽。泰德罗克（Barbara Tedlock）认为，"当人们面对不可理喻的荒诞时，这些行为便有了重要意义，因为正是这种大笑媒介使人们直接感到当下的经历"[3]。拉考它神职人员黑麋鹿（Black Elk）表述自己是一位哈尤卡，并曾灵视自己为雷电之子。

---

[1] John Lame Deer, Richard Erdoes, *Lame Deer: Seeker of Visions*. New York: Pocket Books, 1976, p. 225.

[2] Ibid., p. 230.

[3] Barbara Tedlock, "The Clown's Way," in *Teachings from the American Earth*. Eds. Tedlock and Tedlock. New York: Liveright, 1992, p. 106.

在《梅丽迪安》中，沃克不仅在文本开篇引用黑麋鹿的灵视片段，还挪用哈尤卡形象，将梅丽迪安塑造成同胞眼中既怪异又无私、与哈尤卡圣丑功能相似的女性主人公，勾画其精神成长的漫长轨迹。

（一）梅丽迪安的叛逆与怪异

在《梅丽迪安》中，梅丽迪安的格格不入、异装者装束以及实践自身角色所处的语境皆与拉考它民族的"圣丑"哈尤卡相差无几，使读者看到梅丽迪安的哈尤卡式生活方式。梅丽迪安的离经叛道体现在她违背主流文化对"理想女性"之"乖顺的女儿""忠贞的妻子""敬爱的母亲"等界定[1]，挣脱"头脑空空的躯体、生育工具"等女性形象的束缚[2]，毅然离家弃子、堕胎绝育、接受大学教育、投身民权运动，力求"过一种属于自己的生活"[3]。梅丽迪安深知，天使般的白人女性也会"行为出轨"[4]，最终被丈夫杀害，死后的尸体仍被丈夫掌控。同样，那些恪守传统的黑人女性也未因其贤德恭顺而美满幸福，自己的母亲便遵守妇道，放弃自己的追求，相夫教子，却幽怨一生。梅丽迪安背离传统女性规约，反社会风俗禁忌而为之，这种被包括母亲在内的同胞群体嗤之以鼻的反叛行为与哈尤卡不断挑战权威且不受规约羁绊的恶作剧行为无二。

此外，梅丽迪安在着装和举止上也不乏哈尤卡的荒诞不经：在南方的小镇，梅丽迪安似乎刚从一个滑稽戏的片段中走出，如一丑角，似醉似迷。透过杜鲁门和一位上了年纪的黑人清洁工之眼，读者跟随梅丽迪安无畏地面对坦克和全副武装的警察，只为领导一支以黑人孩童为主的队伍参观所谓的"贤妻""良母"但又失节的白人女子的尸体。她被丈夫杀死多年，但尸体仍能保存完好。女尸的白人拥有者——曾经的丈夫阻止黑人孩子们观看死尸，理由是他们的家人在鸟粪场工作，他们的孩子也因此被断定会臭气熏天。这位清洁工向杜鲁门讲述梅丽迪安参与此事的过程：他（白人丈夫）骂他们肮脏的小杂种，把他们赶走。这时，自去年起一直在街上游荡的梅丽迪安将所有的穷孩子集合一处。"她戴着一顶旧帽子，看上去如此怪异，以至于你会认为孩子们很怕她——他们太小，记不清黑人什么时候游行过。"[5] 梅丽迪安带领黑人孩子上演了一场令同胞和白人莫名其妙的闹剧：当坦克上的两个警察将炮口对准梅丽迪安的方向以示阻止

---

[1] Alice Walker, *Meridian*. New York: Simon and Schuster, 1976, p. 19.
[2] Ibid., p. 109.
[3] Ibid.
[4] Ibid.
[5] Ibid., pp. 20 – 21.

前进时,

> 梅丽迪安举起手,沿路走去……她既不看右边也不看左边,经过两边注视她的人群,好像根本不知道这些人专门为看她而来……随着她越来越接近坦克,坦克显得越来越大,越来越白(坦克被涂成白色),而她却越发显得矮小、乌黑。当她到达坦克处时,她轻松果断地迈到坦克正前方,敲击坦克的外壳——如敲门一般——然后又举起了手……她一脚踢开坦克的门,人群暴发一片欢呼声,坦克中的两个人再次局促地爬出来张望。①

梅丽迪安只身挑战坦克并获得胜利,令坦克的"主人"们大惑不解,而她却继续向她的目标(尸体)走去。当杜鲁门看到她一脚踢倒被禁止入内的花车门时,情不自禁地对那个清洁工大叫起来,"上帝呀!……你怎么可能不爱像她那样的人!"清洁工回应:"因为她认为她是上帝……否则她就不会在那,起码我认为她不会在那。"② 杜鲁门的由衷感叹可被理解为古老的谚语"世人皆爱小丑"的变体,而清洁工的回应更反映出梅丽迪安超乎常人、不可理喻的神圣与荒诞:她还带领黑人同胞将因排水设施年久失修而致其死亡的黑人儿童的腐烂尸体放在市长的办公桌上以示抗议。她戴着傻气的铁路工人帽,穿着肥大的男人装,在贫困的乔治亚乡间从事民权运动。酷似到处游荡"表演"的哈尤卡,梅丽迪安貌似迟钝、滑稽、荒诞和疯狂,却摆脱长期圈囿女性的陈俗旧念,既无种族语境下那些带着白手套的黑人女性装束,亦无男权视域下黑人女性的卑躬屈膝。从外表看,梅丽迪安与男人并无二致,她的易装式"表演"践行了巴特勒的相应观点:"不存在本质性的性别身份,性别的指称不能囿于非此即彼的话语模式,性别在本质上是建构的。"③ 梅丽迪安演现了巴特勒所建构的性别与表演之间的联系,模糊传统观念界定给她的原初的性别样本。巴特勒指出:"如果性别是一个人要成为的对象(但是却永远不可能完全实现),那么性别就是一个成为或者动作的过程。性别不应该被用作一个名词、一个本质的存在,或者一个静态的文化标签,而应该被视为不断重复

---

① Alice Walker, *Meridian*. New York: Simon and Schuster, 1976, p. 8.
② Ibid., p. 22.
③ Judith Butler, *Gender Trouble: Feminism and the Subversion of Identity*, 2nd edition. New York and London: Routledge, 1999, p. 179.

的一种行为。"① 依巴特勒之见来审视梅丽迪安,梅丽迪安那些重复的有悖传统女性的性别行为无疑是"身体的一种仪式化的公共表演"②,在这反复的滑稽"表演"中,梅丽迪安生理与传统界定的女性在场与不断重复的男性行为在场并置,而其令人匪夷的魔幻怪异和貌似粗莽疯狂的行为更成为纽约那些革命性成员们的嘲笑对象。他们认为梅丽迪安对民权意识的坚守实际上与他们以之为耻的过去相联,简直就是"十足的非革命"③,将梅丽迪安排斥于组织之外。

梅丽迪安最终回到南方,"回到人民中间"④,实践其为人民而战的信念。她的哈尤卡式变革力量在"meridian"一词的"力量至高点"(highest point of Power) 和 "独特性" (distinctive character) 之意上可见一斑,而该词 (meridian) 之"地球的大圈"(a great circle of the earth) 之地理概念暗示超越人为分界的人性团结与凝聚力。这种驱向解放与自由的宇宙运动以及梅丽迪安对自由的无限渴求促使梅丽迪安在其南方家乡进行各种形式的表演。

梅丽迪安的反常规性与其精神转变系结一处,她在考古展览馆观看印第安人遗骸时思考着保护神圣的土地和居民的"圣丑"之责:"她透过玻璃看去,勇士的遗骨被毫无羞耻地示众,他被挖出时呈蹲式,并一直保留此种姿势。他的门牙已然不见,剑和陶制烟管佩备左右。见此情景,梅丽迪安感到活着的厌恶。"⑤ 亦如夏洛特·佐伊·沃克 (Charlotte Zoe Walker) 所论,这一展览影射《梅丽迪安》中那个白人丈夫对自己"不贞"之妻尸体的哥特式展览:"丈夫即便在妻子死后仍对其公然占有,深刻讥讽白人文化对生活与文化均被破坏的印第安人的'占有'。"⑥ 梅丽迪安拒绝被压迫性的机制占有,她与哈尤卡一样特立独行、滑稽反叛,在黑人群体中进行各种形式的"表演",发挥着凝聚力与变革力的作用。皮瑞乔·阿霍卡斯 (Pirijo Ahokas) 认为,"主流白人文化与种族歧视背景下的少数族裔之间边界与边界的跨越令被压迫的女性主体可能找到摆脱卑屈之境

---

① Judith Butler, *Gender Trouble*: *Feminism and the Subversion of Identity*, 2nd edition. New York and London: Routledge, 1999, p. 43.
② Ibid., p. 277.
③ Alice Walker, *Meridian*. New York: Simon and Schuster, 1976, p. 30.
④ Ibid.
⑤ Ibid., p. 59.
⑥ Charlotte Zoe Walker, "A Aaintly Reading of Nature's Text: Alice Walker's *Meridian*." *Buclcnell Review*. 44.1 (2000): 43 – 55.

的策略"①。诚如阿霍卡斯所言,梅丽迪安一直在美国黑人与美国印第安文化的交叉路口追求与寻找自己与群体的生存之路,这种跨文化边界的混杂性为其黑人实体注入印第安性之华彩,从边缘处发散出反抗与自我实现的亮光。

(二) 梅丽迪安的"哈尤卡"灵视

从表面符号来看,梅丽迪安已经再现哈尤卡的诸多特征,然而上文还提到,成为哈尤卡的先决条件还包括必须做过有关雷电的梦。梅丽迪安梦境不断且多有重复,但其中并未关涉雷电。这并未影响梅丽迪安的哈尤卡身份,因为在其生存环境中不乏印第安神话中与雷电有关的隐喻性动物——蛇。穆尼(James Mooney)指出,在切诺基神话传统中,"蛇被大家视为超自然物,与雨神和雷神关系密切"②。哈德森(Charles M. Hudson)也指出,在印第安神话中,蛇是"雷神的项链"③,并将所有的蛇与地域联系在一起,认为"蛇是危险之源,也是水之源、生育之源,还是对抗邪恶的手段"④。

在《梅丽迪安》中,"蛇"以小说的重要场景"圣蛇山"(The Great Serpent mound)这一原为古印第安人墓地的形式出现在小说的稍前章节《印第安与出神》中:"它是美丽之地,因为五百年的圣蛇(Sacred Serpent)更加印象深刻。它在远处的玉米地那儿形成一个蜿蜒曲折的小山。花园本身是片富饶平坦之地,与圣蛇山的盘曲相得益彰,如同海边的波浪。"⑤ 圣蛇山与梅丽迪安家族关系密切:圣蛇盘曲穿过的 60 英亩农田是梅丽迪安的曾祖父在内战后获得。梅丽迪安的父亲相信地里的蔬菜从印第人的遗骸中汲取营养。这是在小说中借助蛇所进行的第一次喻指:改变与重生。在现实中的俄亥俄州,这一圣蛇山事实上是由美国印第安人创建的,具有大约两千年的历史。斯诺(Dean Snow)在考古时发现圣蛇墩(the Serpent Mound),描述如下:"于此,蛇头工程沿着山脊蜿蜒半公里,

---

① Pirijo Ahokas, "Constructing Hybrid Ethnic Female Identities: Alice Walker's Meridian and Louise Erdrich's Love Medicine." *Literature on the Move: Comparing Diasporic Ethnicities in Europe and the Americas.* Eds. Dominique Marcais, Mark Niemeyer, Bermard Vincent, and Cathy Vaegner. Heidelberg, Germany: Carl Uinter Universitatsverlag, 2002. p. 200.
② James Mooney, *Myths of the Cherokee and Saced Formulas of the Cherokee.* Nashville: Charles and Randy Elder, 1982, p. 294.
③ Charles M. Hudson, *The Southeastern Indians.* Knoxville: University of Tennessee Press, 1987, p. 166.
④ Ibid.
⑤ Alice Walker, *Meridian.* New York: Simon and Schuster, 1976, p. 56.

一端是半圆形的山墩，盘卧在蛇的前额处，另一端位于蛇的尾部。纪念碑是一个宗教雕像。这说明该坟墩并非主要作为墓地。"① 毋庸置疑，这一宗教雕像印证了印第安神话中的蛇与《圣经》伊甸园中的蛇截然相反的神圣意义。在《梅丽迪安》中，蛇同样具有神圣的象征意义，成为梅丽迪安自我创造、自我弃旧重生的隐喻，不仅与哈尤卡的雷电之梦建立联系，并为其神圣的灵视实践提供场域，使其成为名副其实的哈尤卡。

　　梅丽迪安在圣蛇山的灵视经历是一种使个体跨越现实世界并与无限世界进行交流的另类意识形态。祖母费泽·梅在圣蛇尾部深坑曾经历魔幻奇遇："绿色的墙壁开始旋转，她感觉开始离开地面，上升至顶部。她感到眩晕，但不是虚弱生病的那种。她感到重获新生，犹如一种精神陶醉。"② 费泽·梅非常可能以沃克具有切诺基血统的曾祖母塔鲁拉（Tallulah）为原型，暗示沃克对其印第安传统的追寻与依存。梅丽迪安在圣蛇山也经历了与祖母相似的灵视："她被提升起来，脱离了自己，被向上吸……当她返回到身体时（她觉得自己离开了身体），她的双眼圆睁，非常干涩，她觉得自己直接向太阳方向拉伸。"③ 此种灵视，以哈德森之言，是在与"切诺基人民最神圣的……太阳神进行互动与交流"④。梅丽迪安在灵视过程中还"感觉脚底在某地蜷曲，像美洲豹或熊的爪子和粗大的脚掌，因长期使用而敏感"⑤。"圣蛇山"的蛇与灵视体验令梅丽迪安感悟到动物王国的生动存在，这种体验对梅丽迪安而言尤为强烈，贯穿小说始终。其实，费泽·梅第一次深入圣蛇山深坑也是受动物——麻雀的生动存在所吸引，它们"在'蛇'边上下翻飞、嬉闹"⑥，故而感到另一种奇妙的存在。在印第安神话中，正是麻雀在"咨询保证共同安全的策略"议事会上独自为人类辩护："只有地面雀（Ground-squirrel）冒险为人类说了句好话，理由是它太小，人类很少伤害它。"⑦ 于此，印第安神话与哈尤卡传统为美国黑人民权运动提供启示，阐明议事会如何将所有动物组织起来，"咨询保证共同安全的策略"。沃克借用麻雀意指虽小犹大的力量，

---

① Dean Snow, *The Archaeology of North America*. New York: Viking Press, 1976, pp. 45–47.
② Alice Walker, *Meridian*. New York: Simon and Schuster, 1976, p. 59.
③ Ibid., p. 58.
④ Charles M. Hudson, *The Southeastern Indians*. Knoxville: University of Tennessee Preess, 1987, p. 145.
⑤ Alice Walker, *Meridian*. New York: Simon and Schuster, 1976, p. 59.
⑥ Ibid., p. 57.
⑦ James Mooney, *Myths of the Cherokee and Saced Formulas of the Cherokee*. Nashville: Charles and Randy Elder, 1982, pp. 250–251.

通过蛇与灵视喻示梅丽迪安哈尤卡式的精神重生。

梅丽迪安在萨克森学院生病以及后来在原印第安人居住区奇科凯玛（Chicokema）出现的麻目、眩晕、出神等症状，其实质同样是美国印第安人哈尤卡灵视传统的一部分。在《神圣：知识的方式、生命之源》(*The Sacred: Ways of Knowledge, Sources of Life*) 中，作者的描述反映了梅丽迪安的经历与印第安神圣灵视的相似性："突然生病、失去意识或举止'疯狂'。"[1] 自称为哈尤卡的黑麋鹿在《黑麋鹿如是说》中也讲述自己年轻时生病，期间腿脚不能行动，进入昏迷状态并经历灵视的经历[2]。梅丽迪安在坦克和花车事件等"疯狂"行为之后突发的视线模糊、看不清孩子们、随后晕倒在地等经历与哈尤卡和黑麋鹿的灵视如出一辙，并将自己的灵视在所选择的群体中进行演现，成为一个美国黑人与美国印第安文化兼融的混杂性新体，以迪尔之言，"不同又相同"，"一个真正的哈尤卡"[3]。于是，拥有了灵视的梅丽迪安像印第安的哈尤卡那样行事做人，将"另一现实的知识"转译给自己的人民。在小说结尾，梅丽迪安不仅令杜鲁门回归久别的南方群体，自己也离开小镇，继续前行。这是梅丽迪安作为哈尤卡人物的凝聚力与变革力，也是其既为游荡者又是创造者的混杂性身份所蕴含的巨大威力。

二 印第安语境下的黑人"堕落"女人

在西方世界，《创世记》的前三章充满创造与人类堕落的神话。纵观犹太教以降的整个西方文明史，神话成为强化父权制作为社会结构的有力工具。《新约全书·提摩太前书》保罗写道："女人要沉静学道，一味地顺服。我不许女人讲道，也不许她辖管男人，只要沉静。因为先造的是亚当，后造的是夏娃，且不是亚当被引诱，乃是女人被引诱，陷在罪里。然而，女人若常存信心、爱心，又圣洁自守，就必在生产上得救。"在美国南方，这些神话被用来为奴隶制正名，并阻止跨种族的性关系，只将异性婚姻视为合法。作为族裔女性，沃克对这些神话观念进行挑战，除了运用美国印第安神话哈尤卡再现黑人女性的追寻与成长外，还借助美国印第安

---

[1] Peggy V. Beck and Anna L. Walters, *The Sacred: Ways of Knowledge, Sources of Life*. Tsaile, Zriz: Navajo Community College Press, 1997, p. 100.

[2] John G. Neihardt, ed., *Black Elk Speaks*. New York: Simon and Schuster, 1972, pp. 17-39.

[3] John Lame Deer, Richard Erdoes, *Lame Deer: Seeker of Visions*. New York: Pocket Books, 1976, p. 235.

"野孩子"形象和尊崇雌雄同体者的传统塑造出颇为另类的美国黑人女性,揭示美国黑人女性在压迫性社会中的差异存在,传递与主流文化,甚至与美国南方黑人文化不同的性别理念,引发读者对传统性别观念的重新认知,进而表达自己对完整生存的梦想与希望。

(一)印第安神话下的黑人女"野孩"

在切诺基神话故事《卡那提和塞鲁:游戏与玉米之源》("Kanati and Selu: The Origin of Game and Corn")中,有个名叫"野孩子"的男孩。故事中,塞鲁(玉米女,Corn Woman)让幸运猎手卡那提将猎杀的猎物与水、血混合在一起,结果血中突现一个名叫野孩子的男孩,自称是塞鲁的儿子,还说是塞鲁儿子的哥哥。野孩子告诉弟弟说妈妈对自己残忍,把他扔到河里。当塞鲁和卡那提意识到野孩子的存在时,卡那提告诉自己的儿子将他抓住,并通知他们,这样就可把野孩子带回家收养。在接踵而至的斗争中,野孩子再次谴责家人对他的抛弃:"放我走,你们抛弃了我!"[1] 但是他的弟弟紧紧抓住他,一直等到父母到来。他们最终把野孩子带回家,不让他外出,直至使其驯服,但野孩子仍然野性十足、机灵狡猾[2]。

在《梅丽迪安》中,沃克版的"野孩子"是个黑人女孩,重塑为"野孩子……一个自幼无亲、艰难生存的13岁女孩"[3]。沃克将这一混杂性人物设定在美国黑人社群中,抛弃她的不是自己的父母,而是本应对其施助的黑人群体。为了呼应印第安神话中的"野孩子",揭示黑人群体的疏忽和漠视,沃克笔下的野孩子也有个弟弟。可是这个弟弟没有得到父母的关怀,甚至最终神秘消失,而他的消失没有引起社区人们的积极回应。"野孩子,邻区人们都这么叫她……在她五六岁的一天出现在萨克森学院周围的贫民窟。那时有两个孩子——野孩子和一个小男孩。男孩很快不见了。谣传男孩子被当地医院偷走用来做实验,但没有人为此进行调查。"[4] 与切诺基神话中被抛弃的野男孩一样,沃克笔下的野孩子在垃圾罐中寻找一些日用品,如烟头、腐臭食物等。像她的印第安神话前辈那样,野孩子同样不相信曾经弃之不顾的成年人,"人们和她说话时,她就逃跑。人们喊她时,她跑得更快"[5]。

---

[1] James Mooney, *Myths of the Cherokee and Saced Formulas of the Cherokee*. Nashville: Charles and Randy Elder, 1982, p. 242.

[2] Ibid., pp. 242-249.

[3] Alice Walker, *Meridian*. New York: Simon and Schuster, 1976, p. 35.

[4] Ibid.

[5] Ibid.

沃克进一步阐明同胞群体对野孩子的失责。小说中,当人们发现野孩子怀孕时,他们没有立即采取有效帮助,尽管邻居们咒骂致使野孩子怀孕的那个"卑鄙、下流、肮脏的狗",他们却"想不出该做些什么"①。当野孩子获得一个可以"躺在里面"的"家"时,社区人们只是想过"抓住她",然后就放弃了这一想法,托词"野孩子身子滑,气味难闻"②。这种貌似合情的理由再次揭示美国黑人群体对野孩子的抛弃,背离其"集一村之力以抚养一个孩子"的优良传统。在邻区听到关于野孩子的事情后,梅丽迪安返回自己的房间,随即瘫痪恍惚起来。当她终于从虚幻状态中清醒过来后,她决定担负起社区人们的未尽之责,"用多片蛋糕吸引野孩子,最终抓住了她"③,将她带回自己的住处。

从传统角度来看,人们总将野孩子这个人物形象与"混乱""违逆""堕落"等联系在一起,沃克笔下的野孩子在群体眼中同样"堕落",同样具有美国印第安恶作剧的小丑性质:她敢于恶语中伤循规蹈矩的校园群体,敢于大声说他人不敢言说的"污言秽语",直接"喝茶壶里的水,把烟灰放在茶杯里"……"她抬起大腿放屁,就像和着音乐",尤其是"未婚先孕"④。这一切恶作剧行为对于"房东妈妈"来说庸俗堕落,她极力劝阻梅丽迪安对野孩子的收养,认为野孩子与她毫不相干,责令将其驱走。梅丽迪安依然我行我素,然而她的努力功亏一篑:不同于印第安的野男孩,黑人女野孩最终逃脱,却被疾行车撞死。如此结局既是沃克对"堕落"女孩命运的同情,也是对黑人群体的漠然进行讽刺。

野孩子粗野低俗、少年怀孕,其言行背离梅丽迪安所在的萨克森学院对女性的道德规约,因此被黑人群体和学院权威鄙弃。沃克在访谈中指出野孩子体现了"女性因其身体而如此孤立"的境遇⑤。然而野孩子小丑般的反社会行为标志着弱势的她对社会观念与道德标准的挑战,揭示主流社会与黑人群体狭隘的性别与政治观念以及黑人女性进行创造与反叛的可能,突出她在文本中对主题进行补充的重要意义。

(二) 印第安神话下的黑人雌雄同体者

在美国印第安民族中,混杂性的性别建构有别于社会劳动的性别分工。在社会分工中,女人负责生儿育女,操持家务;男人负责保护群体,

---

① Alice Walker, *Meridian*. New York: Simon and Schuster, 1976, p. 35.
② Ibid., p. 36.
③ Ibid.
④ Ibid., pp. 36–37.
⑤ John O'Brien, ed., *Interviews with Black Writers*. New York: Liveright, 1973, p. 183.

养家糊口，但女人可以拥有参与各种决策、拥有土地等诸多权益。男女角色互为补充、平等相待，均被视为群体建构的有功之臣。性别角色则是一种社会建构，印第安观念中的男女平等与互补使社会领域的性别相对混杂化，雌雄同体，或曰异装者（berdache）在部族中备受尊重，成为美国印第安民族文化的独有传统。雌雄同体的精神虽在主流文学或文化中较为鲜见，在美国印第安文化中却源远流长，与民族文化中有关创造的故事紧密相联。不同于西方世界中将异装者的性欲中心化、本质化，印第安神化中肯定其存在，将其视为与身体等同的精神存在，令其享受特殊的社会地位：雌雄同体者能够充分发挥他/她的优势获取经济利益，能够领导族群繁荣昌盛。此外，他/她通常受邀为新生儿命名并充当导师。这种指引可以延至人们的日常生活中，包括做媒、治病、劳动等，不一而足。在印第安民族文化中，女性雌雄同体者比普通女性更加独立勇敢，受其男性气质的影响，她们通常性欲旺盛、思想敏锐、经济独立。她们甚至成为猎手、斗士和领袖，过着与男人相似的生活。何成洲教授指出："身体是一种历史存在，取决于特定姿态和动作的重复表演和生产。身体行为本身赋予个体的身份认同，这种认同包括性别、种族以及其他各方面。"[①] 关于性别表演性与身体物质化之间的关系，巴特勒认为，表演性"被看作是重复的、引用的实践，话语正是借助它来对身体发生作用"[②]。巴特勒旨在说明，性别的规范正是通过这种表演的方式生产身体的物质性。同性别混杂性相似，美国印第安的精神性同样表征男性与女性。不同于基督教，美国印第安神话中的神灵既包含男神也包括女神，如大地母亲和天空父亲两位神灵，他们彼此互补，相得益彰。

　　沃克深受印第安传统与神话中包容性与尊重性的性别观念影响，将《紫颜色》中被黑人群体唾弃与诅咒的"堕落"黑人女性莎格赋予了雌雄同体、离经叛道的生活方式与生存观，凸显印第安文化中异装者的混杂性特质与积极意义，以威廉·凯兹（Willian Loren Katz）之言，"赋予了女性较欧洲文化理念更多的权利，将女性提升至一种领袖风范"[③]。

　　莎格的"堕落"与特立独行体现在她尽管生育三子，却从未亲自抚养；作为布鲁斯歌手，她居无定所，像恶作剧者那样到处游走；她与情人某某先生同床共枕，却又与其妻茜丽保持同性恋关系。这种跨越异性恋和

---

① 何成洲：《巴特勒与表演性理论》，《外国文学评论》2010 年第 3 期。
② Judith Butler, *Bodies That Matter*. New York：Routledge, 1993, p. 2.
③ William Loren Katz, *Black Indians: A Hidden Heritage*. New York：Atheneum, 1998, p. 12.

婚姻边界的双性恋趋向无论在主流社会还是在黑人群体均被视为邪恶与堕落。然而，沃克并未置莎格与《梅丽迪安》中的野孩子同样的结局，莎格拥有自己的崇拜者——情夫某某先生和本应敌对的茜丽。沃克笔下的莎格颇具印第安的"蛇"性，她的出现搅扰了小说中上帝的白人性与男人性。沃克以印第安酋长和蛇的隐喻以及修饰莎格的外貌、举止的形容词将莎格与《圣经》伊甸园神话中的蛇（撒旦）联系起来：茜丽在未与莎格谋面之前就已被其照片中的魄力"所惑"，并对莎格印第安式的典型装束印象深刻："莎格·阿威站在钢琴旁，两肘弯曲，双手放在臀部。她戴着帽子，俨然印第安酋长。她张着的嘴露出所有牙齿，似乎没什么事可烦扰她的思想。"① 此时的茜丽对莎格充满强烈的好奇，对莎格的所有问题都"感到像蛇在脑海中滑行"②。这一印第安酋长似的男性气质与茜丽见到莎格本人时外溢的魅力相合："她穿着蛇皮鞋，拎着蛇皮包，看上去如此光彩照人，房子周围的树都挺直躯干与之争艳。"③ 此时的莎格既具男人的勃发英姿，又含女性的迷人华美，其雌雄同体的双重气质交相辉映，彼此和鸣。尽管两人见面初始时莎格貌似负面、邪恶，给茜丽添加更多的劳苦和虐待，但茜丽以莎格的在场为乐，甚至在莎格身患疾病、心情欠佳时亦感到其魅力犹在、强势仍存："尽管她有病，但若有蛇在路上穿过，她会杀了它。"④ 茜丽此时对蛇的憎恶源于《圣经》的影响，她以此来描述莎格却出于对莎格的活力与无畏油然而生的无限倾慕，她认为莎格的活力在于"莎格比自己的妈妈更邪恶，这使她得以生存"⑤。在茜丽的陈述中，邪恶被颠覆成生命的激情与活力，莎格则成为茜丽赖以"复活"的"邪恶"表征。尽管莎格被黑人群体和教堂公认为"堕落女人"，社区牧师甚至在公开场合恶语攻讦，"将莎格的处境作为他的文本"⑥，成为他布道内容中的邪恶典型，但莎格的魅力被茜丽同时神圣化和世俗化——给莎格洗澡时，茜丽敬慕庄严，犹如"在祈祷"，但同时又心跳加速，"觉得自己变成了男人"⑦。在他人看来，茜丽不惜"引狼入室"，让丈夫那个患"脏病"的情人移居家中并悉心照料，这是基督教"仁慈"之爱的感召。

---

① Alice Walker, *The Color Purple*. New York: Washington Square Press, 1983, p. 33.
② Ibid., p. 27.
③ Ibid., p. 47.
④ Ibid., p. 48.
⑤ Ibid., p. 49.
⑥ Ibid., p. 46.
⑦ Ibid., p. 51.

而事实上，促使茜丽"大爱"之举的深层原因是莎格身体中透射出的吸引力与神圣感。这种魅力与神圣使莎格对茜丽的意义重大，如印第安神话中的女神和蛇，给予茜丽以精神指引，"具有完全正面的影响"[1]。

莎格为茜丽带来上帝未曾给予的宽厚仁慈，为茜丽建构出"不是他或她，而是它"的上帝[2]，使茜丽从一个被动屈服的女人和性工具转变为在与莎格的性爱中享受快乐与自信的女人，并从某某先生的身心"殖民"中解放自身。莎格的上帝观否定性别和种族中的等级秩序，强调对自然的关注——"如果你在哪块田里经过紫颜色却未加留意，那就侮辱了上帝。"[3] 于此，莎格以一种想象上帝的全新方式"剥去上帝的男人身份，赋予其生机勃发的自然性，他（He）因此不再具有压迫和压制性"[4]。可以说，莎格在为人与自然界的相互关联性进行辩护，使茜丽尝试从自身的内在而非遥不可及的天堂和对自己无动于衷的上帝那里感悟神性。这一神圣力量蕴于自身，通过精神和肉体表现出来。

然而莎格的引领背离传统观念，她对茜丽的教育包含了被主流和黑人群体视为伤风败俗的同性恋教育。茜丽不仅从中发现自己的身体之"美"，尤为重要的是，认识到身体"属于自己"[5]。显然，茜丽原来所信奉的上帝与茜丽身体的受虐直接相关，而莎格所隐喻的蛇却是茜丽身心愉悦和疗愈的源泉，她不仅使茜丽感受快乐，并最终与茜丽倾心相爱，打破了同性恋禁忌。阿本多那托（Linda Abbandonato）认为，"莎格的性行为体现欢悦是解放的力量之观念"，从而"反对强制异性恋（compulsory heterosexuality）这一强势意识形态的局限性"[6]。茜丽逐渐了解自己的身体和精神，进而彻悟性与精神均为同一整体的组成部分，彼此不可分割。茜丽不再惊讶于莎格的解释："上帝喜欢她们所有的感受。"[7] 曾经备感屈辱的茜丽发现了身体的神性，拥有了身心合一的神圣阵地。在大多数美国黑人女性受困于种族社会的普遍境遇下，莎格对自己命运的把握、对茜丽

---

[1] Alice Walker, *The Color Purple*. New York： Washington Square Press, 1983, p. 59.

[2] Ibid. , p. 202.

[3] Ibid. , p. 203.

[4] Wirba Ibrahim Mainimo, "Black Female Writers' Perspective on Religion： Alice Walker and Calixthe Beyala." *Journal of Thirdworld Studies*. Vol. 19, No. 1 (Spring 2002)： 125.

[5] Alice Walker, *The Color Purple*. New York： Washington Square Press, 1983, p. 82.

[6] Linda Abbandonato, "A View form 'Elsewhere： Subversive Sexuality and the Rewriting of the Heroine's Story in *The Color Purple*'." *Publications of the Modern Language Association of America* 106. 5 (1991)： 1112.

[7] Alice Walker, *The Color Purple*. New York： Washington Square Press, 1983, p. 227.

的驱动力和爱促使茜丽深解其个体价值,确信爱是一种赋权行为并学会珍爱自己。这是茜丽萌发自我价值感和自主意识的重要一环,是获得真正解放的关键。

此外,莎格与茜丽和某某先生之间错综复杂的爱情关系同样跨越性别边界与性禁忌,两位女性从情敌到情人关系的转变更使之上升为相互依存或反抗联盟,对世俗陈规造成巨大冲击,质疑主流与黑人群体的性别模式,建构出美国印第安神话中动态混杂的雌雄体身份,逾越人物的性别边界,达到男女之间的融合与平衡。这种混杂赋予了茜丽力量,令其摆脱了最初生不如死的卑下屈服,实现阴柔与阳刚二者在自身上的完美融合,茜丽不仅敢于回击残暴的继父阿方索和丈夫某某先生——"我很穷,我很黑,我可能很丑且不会做饭……但我在这里"[1],还在莎格的建议下创建原本属于男人领域的裤子公司,将女性的心灵手巧与男人的商业睿智有效结合,颠覆传统性别角色的规约与禁忌,为自我的维护与发展提供了经济自足,实现兼具男女双重气质的完整生存。

可以说,莎格与茜莉是皮格马利翁神话(Pygmalion)的翻版,通过沃克人物的雌雄同体而显化为积极的一体化与自我解放。当莎格将原本对立的"阳刚"和"阴柔"等男女性别界定成功混合,建构为雌雄同体的异装者自身和神圣上帝时,她再现了既解构又包含着善与恶、灵与肉、柔与刚、男与女等二元对立的人类本质,其动态性、灵活性与包容性洋溢着美国印第安神话中伟大之母(the Great Mother)的神秘色彩,不仅象征强大的创造性,还充满对固有观念摧枯拉朽的破坏性与变革性,喻示自然界的循环与平衡。由此,沃克通过对美国印第安神话的创造性挪用,创造出跨越文化与性别边界的混杂性实体,令其信仰与自我认知提升至前所未有的高度,并赋予传统神话以新的神话内涵。借此,沃克笔下被视为"堕落"的黑人雌雄体拥有了更广阔的生存与反拨空间,超越主流群体,甚至黑人群体思想中的单一性别模式。

丹尼尔·钱德勒(Daniel Chandier)认为:"神话是延伸隐喻,神话为自然化的意识功能服务……将社会关系建构成貌似无可挑战的规则化与逻辑化。这样,作为隐喻的神话便提供了一种'视野框架'(frame of vision)。"[2]通过将美国黑人人物置于美国印第安神话的"框架视野",沃

---

[1] Alice Walker, *The Color Purple*. New York: Washington Square Press, 1983, p.187.
[2] Robert St. Clair, "The Sentimentation Theory of Cultural Time and Space." In *CIRCULO de Linguistica Aplicada a La Communication*. 31. (2007): 52.

克塑造出跨文化的混杂性形象，在印第安传统与主流文化，抑或是美国黑人文化之间进行协商。沃克令这些被边缘被歧视的恶作剧者、小丑或"堕落"人物成为传统文化的保存者和重构者，建立一个更能把握环境、更独立自主、更能掌控自己命运与生存的混杂性存在。于此，读者可以自行建构真实，分析永恒变化的可能，有效收回并确认所失却的美国印第安传统的历史与社会地位。

　　作为作家，沃克同样以自己的"圣丑"方式在文本中演现混杂性神话，创造出一种另类话语，将西方固有的传统观念重新诠释，重构一个混杂性文化与身份模式，其中形象不一的神话性人物不仅成为边界跨越的能动者，还为沃克的混杂性文本与沃克本人的混杂性身份建构助一臂之力。

第三章　混杂性宗教：宗教信仰的第三空间

　　沃克创作的混杂性不仅体现在叙事模式和神话语境上，还反映在另一文化载体宗教信仰上。众所周知，文学与宗教有着以人为本源的内在社会依据，二者相互渗透，互为依托。英国现代主义诗人艾略特以其基督教信仰和西方文学为立场，由此论言："文学毫无例外应是自然流露基督意识的艺术。"① 福斯特的结论与艾略特如出一辙："艺术作品只有纳入宗教的轨道，才能获得力量。"② 福斯特甚至提出，"没有基督教的地方就没有一切"③。在国内学界，朱维之先生在论及西方文学时也持类似观点："伟大的文艺作品是基督教所结的果子，永久的果子。"④

　　就族裔文学而言，皮特·帕沃斯（Peter Kerry Powers）认为："很多宗教仍继续为所有的政治行为模式提供资源，并以有趣的方式相互联结，展现族裔文化的差异。"⑤ 其实，宗教的影响并非局限于政治与文化层面，作为少数族裔的特殊元素，宗教已成为界定民族主体性的一大因素。生活在以基督教为主流文化中的美国黑人和美国印第安民族一直在文化认同和身份寻根中踯躅前行，受主流思想影响的同时又凸显民族信仰和习俗的异质性。以"泛灵论"思想为例，两族人民都认为上帝寄于万物之中，世间万物皆与上帝相联，皆能成为神性的启示，因而成为上帝与自我之间的纽带。然而，美国黑人和美国印第安传统宗教信仰和仪式因西方殖民主义或奴隶制的施行备受遏制，西方殖民者或奴隶主以基督教为宗旨，对这些

---

① ［英］托马斯·斯特恩斯·艾略特：《艾略特文学论文集》，李赋宁译，百花洲文艺出版社2010年版，第242页。
② 引自刘建军《基督教文化与西方文学传统》，北京大学出版社2005年版，第289页。
③ 同上。
④ 朱维之：《基督教与文学》，吉林出版集团有限责任公司2010年版，第1页。
⑤ Peter Kerry Powers, *Recalling Religions*. Knoxgille: The University of Tennessee Press, 2001, p. 45.

"荒蛮之人"进行教育和同化,基督教思想由此融入美国黑人和美国印第安人的生活信仰中,形成一个宗教信仰的"第三空间"。在这一空间中,被边缘化或被同化的人们一方面将民族宗教视为对内在文化身份的认同,竭力保存传统的宗教敬拜方式,保持与族裔传统、历史、价值以及群体的联系;另一方面,他们内化西方价值观,将其作为自我保护和生存的手段。

第三空间指个人或群体的自我地位得以阐述的跨文化空间,是在多元状态下存在的一个不断运动和交流的罅隙空间(interstitial space)。这一罅隙空间是一个超越二元对立的混杂地带,反映出文化意义的生产。霍米·巴巴就此指出:"文化活动的条款,无论是对抗性还是契合性的,都在演现中被生产出来。对差异的表述绝不能被草率地解读为附着于传统中预定的种族或文化特性的反映。"[1] 从少数族裔的视角来讲,差异的社会发声是错综复杂、流动不居的协商,"它寻求授权与出现于历史转型时的文化混杂性"。巴巴所言的罅隙空间就是第三空间,一个混杂性空间,一个文化意义和认同总是包含其他意义和认同之痕的空间。在这一语境中,声称拥有文化的原初性或纯粹均有悖逻辑,因为第三空间并非差异性或抗争性立场位置的集成,而是"既非这个也非那个(我或他者),是之外的某物"[2],它"在阐释的行为中引进了……一种矛盾性"[3]。不言而喻,第三空间是另一种描述阈限的方法,是一个被书写出来的模糊地带,它将创造"一种神秘的不稳定性","预知文化体制强有力的文化变革"[4]。因此,巴巴的第三空间作为发声空间,可用于阐释曾被压抑、被忽略的边缘存在,表现混杂性发声的潜在性威力。

作为美国族裔文学家,沃克的作品不乏艾略特所谓的"基督意识",也投射其宗教信仰空间中的混杂性存在。于此,沃克既反映被压迫者对传统基督教爱恨交织的复杂情感,又彰显被边缘宗教的独特魅力。沃克承认基督教思想在美国黑人和印第安人民思想与生活中的正面价值,但更关注基督教思想对两族人民,尤其对女性的思想禁锢和伤害,强调美国黑人和印第安传统宗教信仰相混合的积极意义。

就沃克的小说创作而言,其宗教意识在时空维度上均显现一个递进的层级:在时间维度上,小说按照发表的先后次序,在主题上渐近澄明主人公对基督教思想从内化、质疑、超越直至对传统信仰的宣扬这一演进过

---

[1] Homi Bhabha, *The Location of Culture*. London and New York: Routledge, 1994, p. 2.
[2] Ibid., p. 28.
[3] Ibid., p. 36.
[4] Ibid., p. 38.

程，反映人物对混杂性身份的主体性诉求；就空间层面而言，小说的场景从美国南方腹地逐渐迁至美国北部都市、非洲、美国黑人－印第安混血儿所在地墨西哥，直至印第安人聚居地亚马孙热带雨林，作品弥漫着超验的宗教色彩。沃克以此向读者揭示美国黑人和美国印第安人民为保持民族信仰和民族特性所付出的艰辛。他们在与主流基督教协商与碰撞的过程中凸显边缘宗教的合法性与实效性，从文化语境的边缘处构建混杂性第三空间，表达对主流基督教含混矛盾的复杂情感。

第一节　含混与模拟：对主流基督教思想的挑战与超越

含混是个心理学概念，指主体与欲望对象之间需求与排斥、认同与否定的矛盾情感。巴巴将之引入殖民话语的研究中，特指被殖民主体与殖民主体、殖民权力和话语之间的认同与反认同、共谋与抵制、顺从与背离、吸引与排斥等对立并存的关系。含混隐含了微妙隐性的后殖民政治意图，也是巴巴从理论高度颠覆殖民话语，探索后殖民解构政治路径的核心。含混与混杂性理论中的模拟等概念密切相关，或者说，这些概念共同成为挑战殖民话语和权威的基础。

"模拟"用来描述殖民者和被殖民者之间的矛盾关系，浮现为一种双重发声的符号：对殖民者而言，"模拟"通常是殖民者所施行的一种殖民控制形式，体现殖民者实现殖民统治的使命。但是，由于"模拟"的权力运作发生在情感与意识形态领域，某种程度上经由作为他者的被殖民者挪用，最终构成"殖民权力和知识难以把握的，也是最有效的策略之一"[1]，不仅凝聚了殖民权力的主控性和策略性功能，还"对规范化的知识和规训性权力发出一种内在的威胁"[2]。

混杂中的含混与模拟对殖民权威以及本质化的文化身份观念进行潜在的威胁与挑战。如果殖民权力所生产的是混杂化产品，而不是殖民权威的随意法令或对被殖民者的变相压榨，一种重要的视角变化就会产生。换言之，在有关权威性的传统话语之根源处存在的含混和模拟使一种颠覆成为可能。以巴巴之见，这种颠覆或抵抗在某种程度上"模糊了原有的殖民者／被殖民者、压迫者／被压迫者之间的边界，并改变了被殖民者毫无话语

---

[1] Homi Bhabha, *The Location of Culture*. London and New York: Routledge, 1994, p.85.
[2] Ibid., p.86.

权利的观点，赋予被殖民者更多的能动性"①。

作为美国少数族裔女性，沃克自幼深受基督教思想的影响，对基督教思想怀有爱恨交织的含混情感，既洞悉基督教思想对人们造成的身心伤害，又肯定其积极意义，而这种积极意义是美国黑人和美国印第安群体凭借生存智慧对基督教思想进行模拟修正的结果，如沃克所言："在新世界最大的创造就是把基督教变成了一个自由的宗教。"② 这种改变反映出边缘群体在含混与模拟过程中的潜在威力。沃克传承这种创新性，在文本的创作范式与主题上既难掩基督教思想之痕，又在既定的基督教思想和教义中糅入两个民族信仰的特质，反其意而为之，对主流基督教思想进行挑战与超越，使之成为一种逆境中生存的策略与力量之源，强调弱势群体潜在的能量与震慑力。

一 含混与模拟对基督教思想的挑战

对于出生和成长于"信仰上帝的房子里"的美国族裔群体，"要做一个真正的美国人，信仰上帝非常重要或极其重要"③。为了融入更大的群体并获得白人上帝的救赎，他们大多内化了基督教思想，甚至成为虔诚的传教士，加入主流基督教传教士团体。正如赖特的《黑孩子》主人公所言："如果我不去教堂，那就意味着我对教堂说不，而且大家会认为我是一个道德怪物……如果我不去教堂，就意味着我不爱我的母亲，在那么紧密的黑人社会，没有人会疯狂到把他自己置于那种境地之中。"④ W. E. B. 杜波伊斯也曾指出："黑人的教堂正变成冷漠、时尚的信徒群体，除了肤色不同外，他们与白人的教堂并无二致。"⑤ 的确，多数美国黑人因盲目信奉和内化白人基督教而深陷困惑与痛苦之渊，身心濒于崩溃。就本质而言，黑人接受"白人主人"的宗教，接受"白人上帝"，这是内化殖民主义的一种主要形式，成为美国种族主义理论的一个基本特征。

沃克自幼参拜黑人卫理公会教堂，了解基督教信仰在黑人生活中的重要作用。她在文章中曾描述儿时被黑人妇女拽到教堂的经历——"她们

---

① Homi Bhabha, *The Location of Culture*. London and New York: Routledge, 1994, p. 112.
② Alice Walker, *In Search of Our Mothers' Garden: Womanist Prose*. New York: Harcourt Brace Jovanovich, 1983, p. 35.
③ [美] 塞缪尔·亨廷顿：《我们是谁：美国国家特性面临的挑战》，程克雄译，新华出版社2005年版，第74页。
④ Richard Wright, *Black Boy*. New York: Harper Collin Publishers Inc., 1993, p. xi.
⑤ Peter Kerry Powers, *Recalling Religions*. Knoxglle: The University of Tennessee Press, 2001, p. 48.

有力的手臂/拽着我们/去教堂。"[①] 然而沃克对基督教的情感颇为复杂，她在教堂中所"习得"的"洞见、偏见、恐惧、焦虑、敌意、肯定"等含混情感皆是沃克对宗教批评的源泉。沃克承认基督教对黑人生活，尤其对黑人女性生活存有积极意义，但也敏锐地发现基督教的诸多思想对黑人精神与生活方式的负面禁锢。这种含混矛盾的态度本身反衬对基督教信仰的不纯与质疑，成为一种对权威的潜在性威慑。

沃克在其短篇小说《一个非洲修女的日记》（"The Diary of An African Nun"）和长篇小说《紫颜色》中描述了黑人基督徒对基督教信仰的内化与含混情感，但沃克并未止步于此，她的深层目的在于令小说人物（包括读者）学会并看到美国黑人通过模拟策略而在困境中获得生存的智慧和曙光。因此，小说中的人物有关基督教上帝的知识、形象、定位以及上帝的需求等诸多思考均是他们（或沃克本人）对白人基督教含混并质疑的过程，最终转化为自己或群体的生存策略，其结果便是沃克对基督教的本质主义和上帝形象的挑战。

（一）非洲修女对基督教思想的含混与模拟

沃克在《一位非洲修女的日记》中便将非洲作为一个原初之所来推进自己的宗教思想。作为场景远在非洲，主人公又是非洲黑人女性的小说，沃克旨在展现所有黑人女性在殖民者模拟策略下既内化又质疑西方思想的含混情感，一个因额外的种族性别因素而使其自我表征变得相对复杂的过程。《一位非洲修女的日记》以一位非洲修女为叙事者，讲述其内化西方基督教思想、鄙视自己民族"异教"却又心向往之的矛盾情感，揭示宗主国以基督教传教为盾牌劫掠非洲的道德罪恶，再现非洲修女的信仰焦虑、精神背信以及基督教与异教崇拜之间的张力。

小说中，叙事者非洲修女出生在非洲"一个被美国传教士'教化了'的小村庄"[②]，自幼在美国教会学校上学，深受基督教思想的"漂白"，渴望同西方传教士那样过上一种"庄严高贵的生活"[③]。长大后的她终于如愿以偿，成为一位修女，被告知"嫁给"了基督。作为模拟策略的对象，非洲修女受到基督教对其身体的一系列规训："20岁时，我获得穿这套教袍的资格，要永远不能脱。总洗冷水澡，冬天亦是如此；梳着剪短了的教

---

① Alice Walker, *In Search of Our Mothers' Garden: Womanist Prose*. New York: Harcourt Brace Jovanovich, 1983, p. 25.
② Alice Walker, "The Diary of An African Nun." *In Love & Trouble*. New York: Harcourt, 1973: 113.
③ Ibid., p. 114.

士发型，并遮盖严实。指甲要清洗干净，修剪齐整。"① 这种仪式化的躯体规训旨在抑制非洲修女身体本能的冲动。她终日教袍束身，"所有的生活就是居住在这里"——由美国人建立的"白天是教室，太阳落山后就当作宾馆"的教会学校②，虔诚恭顺地恪守教约，为她的白人游客"上帝"提供干净的床单和枕巾。在这一精神"纯化"与"世俗"经济利益兼顾的西方化空间，非洲修女在某种程度上可谓西方化了，但是她的"根植于本土"与"魔幻色彩"使其成为西方游客"观看"的对象，被他们"色眯眯地看着""瞥着"，被视为"一件原始艺术品"或被他们画像③。显然，非洲修女成为这些游客的另一类"景观"。福柯认为，"被看见"这一现象既不是自动的，也不是自然的过程，它"与权力的运作相关，并因此以那种方式被区分和分类，当看到'野蛮人'或'原始人'时更是如此"④。非洲修女的可见性和"原始性"影射这种不平等的权力关系，强化了关于西方"科学的""文明的"帝国优越性话语，并使之合法化。虽然非洲修女自幼受西方文化的"浸染"，已成为西方传教士中的一员，但在殖民者看来，她仍"不太像，不太白"⑤，她的"原始"与"黑人性"仍是其格外"被看见"的根源——所有的西方游客皆对其修女身份"眼含质疑：如此年轻、如此美丽（或许），为何做——修女？"⑥正如其颇为"异类"的外表，这一质疑的寓意不言自明：被定性为"性欲旺盛"的"原始野人"⑦，献身于基督教传教大业的非洲修女自然被这些西方游客视为基督教对"荒蛮"之人有效"改良"的例证，"是文明与反异教主义的化身，是胜利观念的果实"⑧，非洲修女的谦卑与驯良甚至

---

① Alice Walker, "The Diary of An African Nun." *In Love & Trouble*. New York: Harcourt, 1973, p. 114.
② Ibid., p. 113.
③ Ibid.
④ ［英］斯图亚特·霍尔编：《表征：文化表征与意指实践》，徐亮等译，商务印书馆2003年版，第195页。
⑤ Homi Bhabha, *The Location of Culture*. London and New York: Routledge, 1994, p. 92.
⑥ Alice Walker, "The Diary of An African Nun." *In Love & Trouble*. New York: Harcourt, 1973, 113.
⑦ Frantz Fannon, *Black Skin, White Masks*. Manchester: Manchester University Press, 2005, p. 116.
⑧ Alice Walker, "The Diary of An African Nun." *In Love & Trouble*. New York: Harcourt, 1973, 113.

令西方人"感伤"①。可见,非洲修女的"原始"与"黑人性"仍是其无法消抹的印痕,成为其"模拟"过程中既被肯定又被否定的存在。这种存在使非洲修女的人类主体物化为"被看见"的客体,揭示殖民语境中殖民者/观看者与被殖民者/被观看者之间失衡的权力关系,揭开殖民者对殖民地人民施行模拟策略的真实动机。

非洲修女在日记中的叙事表明,自从有资格穿上修女制服后,她一直禁锢身心,以忠实的赞美履行自己与基督教的圣约。然而,非洲修女经常被窗外同胞们的舞蹈、盛宴、鼓乐以及创造生命的激情与自由诱惑:"窗外鼓乐声声,闻到烤羊肉的浓香,还能感到节日圣歌的韵律。"② 非洲修女则每晚静坐屋中,"恭顺地上床",或"唱着自己的圣歌与之对抗"③。在将基督教圣歌与同胞的鼓乐比较时,非洲修女认为:"我的圣歌不像他们的那样古旧"④,这一我(们)/他们的分解,以德里达之见,"是暴力的等级秩序,两个术语中的一个统治另一个,或占上风"⑤。从整个故事的语境来审视非洲修女对同胞们的称谓,她已将自己纳入西方的阵营,把非洲同胞排斥为与自己对立的"他们"之位,"古旧"一词更表现了非洲修女对民族文化的轻视。

弗朗茨·法农(Frantz Fanon)在其《黑皮肤,白面具》中写道:

> 由于西方列国在经济、政治和精神方面不断对非洲等地加以霸权式殖民控制,不断毁坏其本土所存在的社会关系,导致黑人在灵魂深处产生一种无可排解的自卑情结和劣等民族的痛苦。被扭曲的黑人心灵使其成为没有文化地位、没有心性陶冶,也没有自主和民族自尊的所谓原始野人。⑥

法农的陈述印证了西方殖民者"模拟"策略的目标。就非洲修女而言,她不仅内化其价值,还贬谪本民族文化,助推了殖民权力,这正是西方殖民者模拟策略的欲望表达。基督教圣歌和美国教会学校在非洲的在场代表

---

① Alice Walker, "The Diary of An African Nun." *In Love & Trouble*. New York: Harcourt, 1973: 113.
② Ibid., p. 114.
③ Ibid.
④ Ibid., p. 115.
⑤ J. Derrida, *Stance*. Chicago: Chicago UP, 1972, p. 21.
⑥ Frantz Fannon, *Black Skin, White Masks*. Manchester: Manchester University Press, 2005, p. 116.

了殖民主义权力的胜利,表征了殖民权力话语叙述和撒播西方文化的能力,如巴巴所言,它"既建立了一种模拟的方式,也建立了一种文明的权威和秩序的模式"①。

在小说中,非洲修女屡次将上帝称为"父亲"和"主人",认同上帝的男性身份和基督作为自己丈夫的角色,强化其信仰体系中的大男子主义与白人道德的优越性。帕特里夏·亨特(Patricia L. Hunter)认为,"将上帝再现为男人,使男人对妇女、孩童,以及其他生物的统治与权力合法化"②。在这一等级秩序中,非洲修女的自我形象与上帝无关。在性别与种族维度上,非洲修女的种族和性别与西方教会学校既定的尊严和救赎标准相冲突。虽然西方殖民者在殖民地实行"文明教化"时宣称被殖民者与殖民者共属"人类大家庭",但非洲修女的经历证实了该种话语与殖民主义结合后的虚伪性,它没有把文明和平等的权利带给殖民地人民,而是转化为"殖民者的一种欲望的投射"③。非洲修女成为西方基督教传教士的一员,被称为"非洲姐妹"的她却从未有过超越天堂中二等地位的奢望。小说中多次再现非洲修女静坐窗边等待"丈夫"基督、日落时分铺床备寝的场景,充分表现她如此习惯地以被动、谦卑的方式接受神权的缺场,却以无奈与强制压抑内心的激情和欲望。深受西方文化和意识形态的灌输,非洲修女从精神到肉体均驯服于西方的意识塑形,在心灵上留下被殖民的烙印,成为法农所言的"黑皮肤,白面具"的"黑白人",验证了西方模拟策略的成效性。

福柯曾言,"一方驯服另一方,另一方又会对之反抗和抵制"④。与此同理,殖民主义的模拟策略有时也会起到适得其反的效果,被殖民者有时会挪用殖民者用来规训他们的知识和权力,进行不同程度的反叛。换言之,"模拟"策略在殖民统治过程中可能会对殖民权力进行逆转,呈现被殖民者的潜在能动性。在《一位非洲修女的日记》中,受基督教教义规训的非洲修女貌似达到了西方殖民者的模拟目标,认同西方文明,但她对这种话语策略开始质疑,不仅针对信仰内容,而是其本身便具有一种不确

---

① Homi Bhabha, *The Location of Culture*. London and New York: Routledge, 1994, p. 107.
② Patricia L. Hunter, "Women's Power: Women's Passion and God Said, That's Good." *A Troubling in My Sound: Womanist Perspectives of Evil and Suffering*. Ed. Emilie M. Townes. MaryKnoll: Orbis Books, 1993, pp. 190–191.
③ Homi Bhabha, *The Location of Culture*. London and New York: Routledge, 1994, p. 112.
④ [法]米歇尔·福柯:《规训与惩罚》,刘北成等译,生活·读书·新知三联书店1999年版,第23页。

定性。小说中，当窗外"黑色的躯体"围着"创造之火"尽情狂欢时，同胞们"世俗"的爱欲、蓬勃的朝气、激情的舞姿令非洲修女心旌摇荡，"渴望置身于围火而坐的人群中，感受令面颊潮热的爱之气息和双腿间爱的滋味！"① 显然，此时的非洲修女与小说初始那个虔诚的基督徒判若两人，她那沉睡的本真自我被颇富生命活力的民族"异教"唤醒，并对自己的"丈夫"基督也从恭顺地翘首以盼变为怨诉满腹："我要等多久才能把你从天上吸引下来？你这个不懂跳舞并永远也不会跳舞的苍白爱人！我穿着与你肤色同样的衣服，做着你的侍从并属于你。难道你还不下来接我？或者，难道你比你的那位从不露面的父亲更缺少激情？"② 非洲修女终于意识到，西方传教士的那种"子孙满堂"的生活原来是一种骗局，因为他们"本不能生孩子"③。若此，只要非洲修女仍恪守圣约，只要她将孕育生命的能力寄予自己"苍白的爱人"和"独身殉道者"的"无形"上帝，她就无法孕育自己的后代，只能使其本应与同胞同样活力四射的身心齐陷"荒芜"之境④。于此，非洲同胞们充满盛宴与狂欢的"异教"与缺乏人性的西方基督教形成对立，令神圣权威的基督教相对化。

《旧约》中的先知经常将精神上对宗教信仰的质疑视为一种不贞或精神背信行为。就非洲修女而言，她内心对本民族"异教"的渴望，自己对基督情感的含混无疑是对基督教信仰的精神背信。她质疑飘摇的婚姻、压抑的欲望、性无能以及毫无结果的激情，进而进行一次精神上的想象性"偷欢"，背信于自己的精神伴侣："她的双臂伸向天空，眼神却专注于恋人。……他们忘记了所有人的眼神……彻夜都在重复着生命之舞与创造的欲火。终于破晓时分，传来婴儿的啼哭。"⑤ 非洲修女在对基督教虔信与背信之间建构了对话：一方面禁锢自身，轻蔑本族文化；另一方面质疑自己作为基督教传教士所付出的代价，影射所有黑人传教士与西方基督之间"没有爱、没有后代、令人绝望的联姻"中所持有的含混情感⑥。这种跨越种族、文化和时空的精神"婚姻"使非洲修女挣扎于渴望/压制与恪守/背信之间，反映非洲文化与西方文化既排斥又吸引的矛盾关系。非洲

---

① Alice Walker, "The Diary of An African Nun." *In Love & Trouble*. New York: Harcourt, 1973, p. 115.
② Ibid.
③ Ibid., p. 113.
④ Ibid., p. 115.
⑤ Ibid., p. 116.
⑥ Ibid., p. 118.

修女游移于真诚模仿和蓄意抵制之间,某种意义上挑战了基督教权威话语,彰显非洲"异教"的潜在威力,使其与基督教之间既定的权力关系模糊不清。

当非洲修女质疑这种虚幻的价值时,她个体的信仰危机以及对爱、伴侣和孩子的渴望被更大的使命淹没,她从自己枯竭的生命力中反思民族与文化的存亡。在西方殖民主义的语境下,生存于充满谎言的环境中,非洲修女认为,民族得以生存的唯一机会是服从,与白人上帝建立一个"无果"的联盟。她的身体与文化悲剧被其反讽性的屈服进一步强化:"我必须沉默,尽管我的心伴着急促的鼓声跳动……我会永远帮助压制鼓声。为保证我的人民在这世界的生命……我会将其舞蹈变为敬奉虚无天空的祷辞,将他们的爱人变成死者,每年春天将他们的婴儿窒息,变成未唱的圣歌。"① 朱迪斯·巴特勒认为:"一个人只有通过服从于一种权力,一种意味着根本的依赖的服从,才可占据这种自主权的形象。"② 非洲修女为了"占据"拯救民族的"自主权",她选择了服从,披上白人的面纱,"他者的身份给了她生存的价值"③。或许,非洲修女此刻在为自己背离民族信仰和工作的正义性进行狡辩,但她对基督教的背信以及结尾处将基督教挪用为民族生存策略的意识"将基督教朝着非洲部族宗教的方向移动。"④ 这种对殖民权力控制过程的策略性反转使作为弱势群体的非洲修女将反叛性的视野投向了"权力之眼"。

综上可知,以基督教为工具的西方模拟策略不仅具有压制性,还具有生产性,它在规训非洲修女身心的同时也生产出反叛性自我意识。深受基督教严格规训的非洲修女仍在眺望窗外的世界,通过目光与外界相联,更通过书写日记的方式言说"我"之"难言"话语。对非洲修女而言,写日记成为自我生存、自我表述的话语方式。福柯认为,话语是"权力的工具和工具的后果,又是阻碍和抵抗一个相反战略的出发点"⑤。在书写过程中,非洲修女再次挪用模拟策略,制造出与基督教以及男性文本似是

---

① Alice Walker, "The Diary of An African Nun." *In Love & Trouble*. New York: Harcourt, 1973, p. 118.
② [美] 朱迪斯·巴特勒:《权力的精神生活:服从的理论》,张生译,江苏人民出版社 2009 年版,第 71 页。
③ 朱刚:《二十世纪西方文艺批评理论》,上海外语教育出版社 2001 年版,第 204 页。
④ Chester J. Fontenot, "Alice Walker: The Diary of An African Nun's and DuBois' Consciousness." *Studying Black Bridge*. eds. Parker Bell and Cuy Sheftall. New York: Anchor Press, 1979, p. 154.
⑤ [法] 米歇尔·福柯:《性经验史》,佘碧平译,上海人民出版社 2002 年版,第 133 页。

而非的叙事方式,建构其黑人、女性传教士话语。

如篇名所示,在《一位非洲修女的日记》中,我们期待读一篇日记,而在实际阅读中却发现它只是一个"游戏"日记、备忘录、自传体等文类概念的叙事声音,表面看来,文本自身与这些文类并不相关。小说通篇既无个人实事记录,也无日期标记,但小说中的第一人称叙事者"我"以及颇具私密性的语气契合日记私隐性特质。随着叙事的推进,小说在结构上构成了非洲修女,即叙事者的思想发展过程:从非洲修女所生存的外部世界转入矛盾的内心世界,然后再转回到外部的现实世界。若以非洲修女所归属并为之钳制的基督教为叙事起点,叙事声音则表现为一种反向运动,从基督教对修女的规训转向非洲修女对基督教的含混与对民族异教的向往,最终又回归基督教立场。从该叙事程式可知,非洲修女的日记具有奥古斯丁所开创的宗教自传体《忏悔录》之痕。众所周知,奥古斯丁的《忏悔录》主要阐释他的精神危机、自我基督徒身份确认的自我和自我康复的过程。在《一位非洲修女的日记》中,非洲修女一直游移于严苛的基督教和本能的欲望之间,进行自我"坦白"。但不同于奥古斯丁,非洲修女的"坦白"貌似飘忽不定、混乱无序,以非线性与断裂性叙事为主要特征。小说没有真正意义上的故事情节,叙事时空变幻跳跃,段落转承缺乏逻辑,有悖奥古斯丁男性话语的连贯性与条理性。可以说,正是这种灵活动态的叙事话语,非洲修女才得以"坦白"其含混矛盾的深层情愫,阐明自己的内在痛楚。在文本结尾,非洲修女也未像奥古斯丁那样获得宗教上的和解,因为非洲修女的心态回转之旅并未令其欣慰,唯有绝望的冲突意识,突出其自身的双重性与含混性。

此外,小说中的叙事者"我"无名无姓,既是个性的"我",又代表集体性的"每个人"。这种多元的"我"使非洲修女能够在叙事过程中自由转换对话声音,由起初的自我倾诉转而与上帝或西方传教士们进行"对话",再到结尾处为自己背叛民族的辩护。苏珊·兰瑟(Susan S. Lanser)认为,这种叙事声音"既建构了一种私下讲故事的叙事结构,让某个黑人女性能够堂而皇之地讲述自己的故事,又赋予故事一种叙事权威"[1]。据此推之,非洲修女的个人化叙事声音帮助作为黑人女性叙事者的她"获得了个人叙事权力"[2],而"我"的多元化又为故事叙事增添了

---

[1] [美]苏珊·S.兰瑟:《虚构的权威:女性作家与叙述声音》,黄必康译,北京大学出版社2002年版,第123页。

[2] 同上书,第227页。

可信度，规避了基督教权威话语的控制。这样，非洲修女通过日记的私隐性叙事声音和自传体叙事模式将自己写入主导性话语。曾经属于欧洲人、白人、上等人的叙事传统被非洲修女进行了"差异性"修正，获得了自我言说的隐私权。

在叙事过程中，非洲修女自然地将民族"异教"与基督教融合：非洲修女在对抗扣人心弦的非洲鼓乐时引用了拉丁语版的基督教经文，使已经消亡的拉丁语与描述民族节庆场景的词汇并置，模糊了抽象与世俗、消亡与生存之间的边界。非洲修女尤其将基督教神圣的教旨注入自己"异教"的"世俗"欲望，使权威性的基督教教义变得"面目全非"：《一位非洲修女的日记》的第 5 部分段首引言再次始于对上帝的肯定："我们在天上的父，愿人都尊你的名为圣。愿你的国降临。愿你的旨意行在地上，如同行在天上。"① 非洲修女对基督教经文的抄录营造了一种庄严的气氛，令读者以为她意欲以此封闭暗涌的欲望，但引言却以非洲修女对基督教的质疑终结，而这质疑之源是她对被基督教鄙夷的"异教"的溢美之词："在天堂，狂欢也会如此热烈甜美吗？"② 于此，基督教权威因非洲修女他者化的阐释被降格，民族"低俗"的异教仪式反被神圣化，升至与基督教等肩的高度。这种文化反转将非洲修女"置于一种'阈限性'空间，为其开辟出一片批判性思考的新天地"③。

非洲修女模拟的反叛性还体现在她对西方传统话语中黑白两色的颠覆性寓意，她将自己白色的教袍比作冰雪覆盖的群山："身裹（shrouded）白色，如我凭窗可见的群山。"④ 于此，白色与"裹尸"的"裹"并置，象征死亡，而黑色，即冰雪覆盖下的山之本色和非洲修女白色教袍下的肤色，或者说非洲同胞的肤色却喻示了内在的丰饶与生命活力——"我们看到的群山是黑色的，是积雪将它包裹成白色。春天，山上炙热的黑土将覆盖其上的冰雪融化，雪水流过滚动的岩石，燃烧并清洗它的裸体。……群山的土壤肥沃，它的产物丰硕优质。"⑤ 非洲修女的话语影射"黑色"同胞丰富且颇具收获的生活，而自己却如被包裹在白色中的群山，永远不

---

① Alice Walker, "The Diary of An African Nun." *In Love & Trouble*. New York：Harcourt, 1973, p. 117.
② Ibid.
③ 生安锋：《霍米·巴巴的后殖民理论研究》，北京大学出版社 2011 年版，第 95 页。
④ Alice Walker, "The Diary of An African Nun." *In Love & Trouble*. New York：Harcourt, 1973：113.
⑤ Ibid., p. 114.

会像窗外少女那样享受"狂欢"的爱欲和将来的天伦之乐，因为她无法触及高远的、"苍白的"丈夫①，在非洲修女看来，"贫瘠无后亦是一种死亡"②。于此，非洲修女将基督教话语中纯洁和喜乐的白色悄然转意为禁锢、死亡、贫瘠和孤独无后，正是这种白色剥夺了她创造生命的女性气质。与之相对，非洲修女用原本代表死亡、末日的黑色喻指肥沃、活力与生命，如积雪融化后能够收获庄稼的沃土和"已经结婚，在亲吻着他们的孩子"的同胞③。于是，非洲修女以自己黑人和女性文化的差异性话语更变了强势的西方话语，其能动性与反叛性不言而喻。

"如果一个女人说出自己生活的隐秘会怎样呢？世界会被撕裂。"④非洲修女日记中的结论似乎与之相悖——"讲述实情将意味着毁灭，将再被遗忘千年"⑤。意欲言说"隐秘"的非洲修女戴上"白面具"进行"伪装"，以一位"未享受过爱情、子嗣和希望的西方之妻"的身份在"向一个模仿的民族宣告着文明宗教的快乐"⑥，实则揭开"快乐"背后身心俱痛的面纱。非洲修女不仅承认、言说其内心的真实，令非洲"异教"被否定的知识进入基督教统治性话语，还将白人基督教"从原来的文化权威之象征变成一个被差异扰乱的客体"⑦，造成对其统治客体非洲修女的"不可判定性"⑧。

沃克曾言，黑人女性"通过接受白人基督教再将其转化为尊贵之物来凝聚力量"⑨。非洲修女虽然没有将基督教"转化为尊贵之物"，但在对基督教思想与形式的"模拟"与含混过程中，其黑人、女性的差异性诠释弱化了基督教思想的绝对权威，为自己与民族的生存赢得空间。

（二）美国黑人传教士对基督教思想的含混与解构

安德森（Victor Anderson）认为，"宗教批评与具体的信仰以及用以

---

① Alice Walker, "The Diary of An African Nun." *In Love & Trouble*. New York: Harcourt, 1973, p. 117.
② Ibid., p. 114.
③ Ibid., p. 113.
④ [美] 苏珊·S. 兰瑟:《虚构的权威：女性作家与叙述声音》，黄必康译，北京大学出版社2002年版，第161页。
⑤ Alice Walker, "The Diary of An African Nun." *In Love & Trouble*. New York: Harcourt, 1973, p. 114.
⑥ Ibid., p. 118.
⑦ Homi Bhabha, *The Location of Culture*. London and New York: Routledge, 1994, p. 153.
⑧ Ibid., p. 114.
⑨ Alice Walker, *In Search of Our Mothers' Garden: Womanist Prose*. New York: Harcourt Brace Jovanovich, 1983, p. 24.

界定宗教群体的道德修辞息息相关"①。在沃克的作品中，我们发现更多的是沃克对基督教思想的含混心态与批判性解构，她声称："除非我们能够自我批评，并视之为安全之举，否则没有希望为孩子们塑造更好的价值观，也没有希望提升自我尊重。"② 这一观念支撑了沃克对美国黑人所内化的基督教传统的论断。沃克在《紫颜色》中便通过奈蒂——主人公茜丽的妹妹的书信为我们再次揭示西方通过派遣传教士来推动非洲殖民工程的方式。

奈蒂曾为黑人牧师塞缪尔和考琳夫妇照看他们收养的两个孩子（后来确知是茜丽的孩子），同他们一起来到非洲，成为黑人基督教传教士。奈蒂的非洲来信描述其从美国到非洲的行踪及其在非洲奥林卡村落作为传教士的生活经历。这些具有知识性、报道性的书信蕴含着奈蒂个人的成长意识，阐释了非洲存在的各种剥削和实践。由此，传统书信中对局部、私密化的关注被沃克扩展为奴隶制历史、殖民主义、美国资本主义等宏大议题。奈蒂对各种统治话语的拷问过程不仅使茜丽了解身处白人种族压迫语境下的美国黑人之"大"种族史，反思自己的美国黑人种族身份亦呈现美国黑人传教士与非洲修女类似的精神"背信"，但他们对基督教的质疑更为深刻。将非洲观念、上帝和精神性与（美国）黑人有关上帝、精神性的观念进行混杂，质疑了传统基督教的思想和上帝观。

奈蒂的信表现出美国黑人传教士对基督教思想及上帝理解的含混性：离开茜丽后，奈蒂很快找到茜丽提及的那对牧师夫妇塞缪尔和考琳，并参加他们所谓的"美国和非洲传教士社团"。塞缪尔和考琳告诉奈蒂，因为他们未能生孩子，"'上帝'给他们送来了奥利维娅和亚当"③。基于此，塞缪尔夫妇与非洲修女同病相怜却又境遇不同。非洲修女因无事实婚姻而未育子嗣，塞缪尔夫妇虽有婚姻却无法生育；修女孤守空门，等待基督的现身，塞缪尔夫妇却貌似邂逅了"上帝"，并获赐两个孩子。奈蒂引用"上帝"表明，这种思考方式是塞缪尔夫妇（也是传教士社团）特定的言语方式：

> 她想说，"上帝"给你们送来了他们的姐姐兼姨妈。但我没说。

---

① Victor Anderson, *Beyond Ontological Blackness: An Essay on African American Religion and Cultural Criticism*. New York: Continuum, 1995, p. 29.
② Alice Walker, *The Same River Twice*. New York: Scribner, 1996, p. 33.
③ Alice Walker, "The Diary of An African Nun." *In Love & Trouble*. New York: Harcourt, 1973, p. 135.

是的,上帝送给他们的孩子是你的孩子,茜丽。他们在基督教的仁爱和上帝的意识中成长。现在,"上帝"又把我送来照看他们,保护和爱怜他们……这是个奇迹,不是吗?①

显然,此时的上帝对奈蒂、塞缪尔和考琳而言无疑是慈悲与仁爱的象征,他对美国黑人的生活功用可圈可点:帮助塞缪尔夫妇梦想成真,给孩子们提供一个安全幸福的家,并最终令孩子们与生母茜丽团聚。

然而沃克对基督教和上帝的理解并未局限于此,她从事物的表面挖掘深层内涵。就塞缪尔夫妇意外得子这一事件而言,"上帝福佑"的上帝观是西方基督教得以成功教化少数族裔的催化剂,但从另一意义上却表现出该种上帝观的悖论性:塞缪尔和考琳宁愿相信孩子是"上帝的礼物",也不愿承认他们可能来自某一悲惨家庭的可能性。塞缪尔后来对奈蒂道出实情:他接受了茜丽的"爸"送来的孩子。"爸"当时对他解释说,孩子是他和茜丽的母亲(而不是茜丽)所生。妻子已死,他无力照顾他们。塞缪尔了解他的朋友,"记得他的朋友是个地痞流氓"②,而且也感觉奈蒂就是孩子们的亲生母亲。由此可以推断,塞缪尔是刻意对孩子们的实情隐而不宣。奈蒂在信中也指出,塞缪尔最初收留奈蒂的原因正是出于内疚、关心和/或害怕,因为他相信奈蒂就是孩子们的亲生母亲。

至于考琳,她认为两个孩子的到来是上帝对她祈祷的回应,因此只关注自己意外得子的幸福,对孩子的生活背景与事实漠不关心。塞缪尔决定对考琳隐瞒"有关那个男人或'母亲'的事情,他不想令任何哀痛或不悦影响她的幸福"③。由于缺乏对"上帝赐礼"的客观考证,考琳后来怀疑塞缪尔和奈蒂是孩子的亲生父母,认为自己被他们合谋欺骗。故此,考琳对上帝和基督教信仰产生怀疑,与塞缪尔、奈蒂和孩子们的关系由此出现危机,自己的健康每况愈下。考琳怀疑且害怕自己是塞缪尔和奈蒂二人"通奸"的受害者,直至临终之前,考琳令塞缪尔在《圣经》前发誓后才低声说出"我相信",标志着她与上帝、塞缪尔和奈蒂和解的可能性。这种尴尬处境的出现揭示黑人信徒盲目内化基督教思想的危害性:他们以为对上帝的绝对忠诚会获得上帝的赐福,会比他人更多好运,却未曾关注自己所获的福佑是否伤及他人,是否建筑在他人的伤痛之上。就考琳和塞缪

---

① Alice Walker, "The Diary of An African Nun." *In Love & Trouble*. New York: Harcourt, 1973, p. 139.
② Ibid., p. 182.
③ Ibid.

尔而言，他们只关注"被上帝赐子"这一结果，却未顾及孩子和亲生母亲的身心感受：孩子从何而来？真实背景如何？亲生母亲是否真正离世？塞缪尔夫妇在接受孩子时本应对此逐一证实。尤其塞缪尔，他深知孩子父亲的恶劣本性，也知此事必有隐情，却避而不言。甚至在奈蒂告知相关实情并请他看望茜丽时，塞缪尔予以拒绝。理由不言自明，塞缪尔唯恐伤及自己和考琳的家庭。作为虔诚的基督徒且身为传教士，塞缪尔（和考琳）并未对他人播撒真正的仁爱，从而影射其自私和冷漠。可以说，奈蒂对基督教信仰的含混心态由此衍生。

对塞缪尔和考琳而言，信仰基督教使他们苦乐参半，奈蒂却借助基督教传播工作获得经济独立与自我肯定。此外，与非洲修女恪守圣约、压制自己的爱欲截然不同，奈蒂敢于突破基督教禁忌，跨越与塞缪尔的主仆关系，在考琳去世后与塞缪尔结婚，建立平等融洽的幸福婚姻。他们的婚姻没有上帝训谕中的丈夫管辖妻子、妻子卑恭顺服之规，而是相互尊重与依赖，奈蒂甚至成为塞缪尔的心灵守护者。他们没有像非洲修女那样封闭"原始"欲乐，而是尽享身心合一的情爱之美。于此，《紫颜色》其他章节中基督教影响下的冷漠画面被原本身为黑人传教士侍从的奈蒂转化为幸福的生存空间。如果我们对沃克塑造的三位黑人女性基督教教徒——非洲修女、考琳、奈蒂进行比较，不难看出，修女和考琳持含混之心，进行隐性对抗，奈蒂却将基督教作为自我独立的平台，公然开创富于平等和尊严的生活。她没有彻底摒弃基督教信仰，却摆脱基督教负面思想的钳制，游走于对基督教的虔信与背信之间，"'挪用'并形塑上帝超验正义的基督教修辞"①，实现了比考琳更健康、比非洲修女更圆满的人生。

作为黑人基督教信徒，塞缪尔对基督教的质疑始于白人主教对奥林卡人民生存困境的漠不关心：当塞缪尔求助白人主教解救奥林卡人因白人劫掠而深陷生存危机时，遭到白人主教的断然拒绝。主教更定性奈蒂与塞缪尔僭越"禁忌"的"通奸式"婚姻，并大加责斥："既然考琳已死，为何不离开非洲？"② 在主教看来，是两人对考琳，或者说对上帝的背叛导致考琳客死他乡。至于非洲人民的生死存亡，白人主教置若罔闻。白人主教的漠然令塞缪尔绝望至极，恍悟到白人教会宣言的欺骗性：改善非洲人民的生活，"非洲同胞需要基督"③。这原本是基督教教会的传教宗旨，也是

---

① Peter Kerry Powers, *Recalling Religions*. Knoxgille: The University of Tennessee Press, 2001, p. 52.
② Alice Walker, *The Color Purple*. New York: Washington Square Press, 1983, p. 137.
③ Ibid.

塞缪尔的神圣使命。然而，非洲同胞却因白人的物质与精神"文明"入侵而濒临绝境，白人主教却如此冷漠无情。塞缪尔此时才对基督教传教的欺骗性动机如梦方醒：自己对基督教的信仰和种族"责任"不过是白人传教士团体利用的工具。他终于意识到奥林卡人对他们敌意的合理性：在奥林卡人看来，这些"不像他们的黑人"也会同西方传教士一样，"来到这里力图改变我们"①。这似乎印证了法农的论断，传教士的使命就是"对殖民地人民输入域外影响……遵循白种男人的方式、主人的方式、剥削者的方式"②。

塞缪尔开始相信，他所信奉的上帝并非万能，被奥林卡人奉为"上帝"的屋顶叶尚能影响整个部落的兴衰，而作为传教士的他和无所不能的上帝却在非洲人民的劫难面前茫然无措，无计可施：

>一切看起来皆不可能……此时，我年事已高，曾经的梦想幻灭成空。考琳和我若还是孩子，该会怎样嘲笑我们自己。被西方愚弄了二十年，或成为其喉舌。还有屋顶叶、疾病：有关热带地区徒劳无益的一纸空论。我们一败涂地。③

此时此刻，塞缪尔和奈蒂对非洲的优越感荡然无存，他们不再向非洲人民宣传自由、平等、进步、文明等启蒙思想，抑或运用西方人的语言、文化与价值体系"教化"殖民地青年，却看到西方人对非洲的贪婪，这本身自相矛盾。塞缪尔对自己的行为以及白人的基督教进行反思，由此发出愤怒之声："如果我留在非洲，也会加入抵抗运动，敦促所有奥林卡人参与。"④ 可以说，奈蒂和塞缪尔比非洲修女更清醒地意识到，"拯救"和"改善"非洲人民的基督教传播不过是一副剥削和压迫的面具，是"以扶持和提升为伪装的文化霸权"⑤。

尽管从政治意义上塞缪尔和奈蒂一行在非洲的事业一无所成，但他们在精神层面却收获颇丰。在《一位非洲修女的日记》中，非洲修女将上

---

① Alice Walker, *The Color Purple.* New York: Washington Square Press, 1983, p. 167.
② Frantz Fannon, *The Wretched of the Earth.* Trans. Richard Philcox. New York: Grove Press, 2004, pp. 41 – 42.
③ Alice Walker, *The Color Purple.* New York: Washington Square Press, 1983, pp. 241 – 242.
④ Ibid., p. 241.
⑤ Laure Berlant, "Race, Gender, and Nation in The Color Purple." *Critical Inquiry.* 14. 4 (1988): 848.

帝想象为"她为之提供干净床单和毛巾的欧洲游客"[①],认为自己所膜拜的圣三位一体(The Holy Trinity)(神、耶稣、圣灵)酷似富裕的欧洲白人,奈蒂在历经事件后却开始将《圣经》中基督耶稣的形象复杂化,揭穿白人在读解上帝、基督以及《圣经》中的所有人"皆是白人"的谬误,进而赋予基督以混杂的非黑非白的多元身份——头发似曲非曲,否定简单的"黑人"或"白人"的上帝观。

奈蒂和塞缪尔的上帝观逐渐改变:当初他们以一种好奇之心观看奥林卡的敬拜仪式和上帝,即那个用来遮盖泥屋顶的屋顶叶。在奥林卡人看来,屋顶叶是他们的敬拜之物,他们"知道屋顶叶不是基督耶稣,但它谦卑,难道它不是上帝吗?"[②] 在二人看来,奥林卡人的上帝是个恰如其分的隐喻,它以一个自然之物透射神性的精髓,与基督教上帝的本质形成对立。显然,"上帝"(或"屋顶叶")一词是个妨碍正确指意的任意符号,但某种程度上,奈蒂越发意识到屋顶叶的神性存在:它是世间万物的组成部分,而这一"万物"超越个体的语言和符号,是一种无所不在的精神或本质。于是,奈蒂在其小泥屋中不再贴挂白人教堂中的"基督、门徒、圣马利亚以及十字架的图片"[③],她发现"在这个简陋的小屋中,它们显得格格不入"[④]。在小说结尾,年迈睿智的奈蒂与塞缪尔对上帝具有了更深刻的认知:"在非洲这么多年,现在,上帝对我们来说也不同了,比以往更具精神性和内在性。"[⑤] 可见,奈蒂和塞缪尔已经在本质上更变了上帝根深蒂固的形式,他们的上帝不再遥不可及或杳无踪迹,而是个性鲜明、真实可感的自然存在。从强行施加给一个民族的基督教上帝到头发似曲非曲的混杂性耶稣,再到可感可知的上帝,这一修正过程彰显黑人群体在含混与模拟过程中对主流基督教思想的挑战。尽管西方主流团体的初衷是通过基督教来推行模拟策略,以顺利实施殖民企图,但结果令主流群体倍感尴尬:当被规训出的黑人基督徒和非洲人成为"几乎是个白人,但是又不够白"时,作为白人的"岸边商人"也被非洲本土文化同样"模拟化","是个白人,但已不够白",白人文化被成功地涂鸦变黑,从而使其身份变得不纯。这种含混矛盾的心态表明,西方主流的权力并非

---

① Alice Walker, "The Diary of An African Nun." *In Love & Trouble*. New York: Harcourt, 1973, p. 113.
② Ibid., p. 142.
③ Ibid., p. 167.
④ Ibid.
⑤ Ibid., p. 227.

绝对强势，被殖民规训的弱势群体也不是完全被动的受害者。在他们的关系中存在着某种模糊不清的含混状态，通过不断的文化协商，弱势群体会产生某种挑战和对抗权威的可能性。

二 混杂性上帝与异质性信仰机制建构

南西·弗兰肯伯里（Nancy Frankenberry）认为，"经验，尤其是宗教经验和人类与周围的客观世界充满互动，彼此关联"[1]。沃克对上帝的认知源于自己的良知和内心与世界的互动。正是这种"互动"使其"内心不断卷入宗教问题——似乎整个一生都在质疑教堂和别人对宗教的理解"[2]。沃克的质疑可谓是一种精神去殖民，最终转向自然与"异教"，转向"与创世的奇妙亲密感"，是一种"与在自然中感知的神秘感进行互动的结果"[3]。沃克将这种宗教参与意识和内在斗争植入自己作品中的人物身上，同时亦植入对"正统"宗教的超越性意识中，通过文本中不断演变的宗教话语，作品人物对传统的自我和上帝概念进行重构，其自我意识也随之与"上帝是谁"的意识交织起来。究竟"谁是上帝"或"上帝是什么"，沃克如此论断："如果他不是一个人，如果她不是一个人，如果它不是一个人……或者如果它是一个人，那么人人皆是它。但我是用万物来取代原来的压迫性上帝形象，因此就有了沙漠、树木；就有了飞鸟、尘埃；就有了万物。那是所有的上帝。"[4] 沃克观念中的上帝不仅跨越了种族、性别和物种之界，还对西方主流宗教思想中单一固定的白人男性上帝观进行了批判性超越。但这一混杂性上帝的建构过程漫长而曲折，借助《紫颜色》的主人公茜丽和莎格的人生境遇，勾画混杂性上帝与异质性信仰机制的漫漫建构之旅。

（一）美国黑人混杂性上帝的建构

针对建构自己的混杂性上帝这一深意，沃克在纪念《紫颜色》出版十周年的再版前言中写道：

---

[1] Nancy Frankenberry, *Religion and Radical Empiricism*. New York: State University of New York Press, 1987, p. 34.

[2] Alice Walker, *In Search of Our Mothers' Garden: Womanist Prose*. New York: Harcourt Brace Jovanovich, 1983, p. 54.

[3] Alice Walker, *Anything We Love Can Be Saved*. New York: Random House, 1998, p. 17.

[4] Claudia Tate, *Black women Writers at Work*. Washington D. C.: Howard University Press, 1982, p. 13.

也许因为我像个异教徒一样把上帝从一个高高在上的人变成了树木、星辰、风和一切其他的东西，许多读者可能看不清我写此书的目的：有的人在来到这个世界时就已经成为精神囚徒。但是，通过自己的勇气和别人的帮助，她认识到自己也和自然界本身一样，正是迄今为止被视作遥远的神灵和光辉的体现，而我所探索的就是这种人的艰辛奋斗历程[1]。

沃克在《紫颜色》中为读者描画了美国黑人，尤其以主人公茜丽为代表的美国黑人女性建构混杂性上帝的旅程。茜丽曾是这样一位"精神囚徒"，她同大多数美国少数族裔女性一样，曾将《圣经》奉为灵性生命的根源和准绳。诚如 R. 威姆斯（R. Weems）所言，"《圣经》是她们从祖先手中接过来的唯一书籍，已成为她们体验和感悟基督教上帝意志的媒介"[2]。对茜丽而言，《圣经》能够赋予生存力量，但被其中渗透的男性中心意识和父权观念所囿，陷入自我歧视和自我压制的深渊，对男人的霸权唯命是从。某种意义上，茜丽可谓使徒保罗在《新约》中的训谕——"你们作妻子的，当顺服自己的丈夫，如同顺服主"之（《以弗所书》5：22）奉行典范。茜丽生活在白人占据统治地位、男人拥有绝对话语权的世界中，因其种族性别歧视和群体内部暴力而身心破碎。这种暴力的后盾便是主流基督教思想，"白人男性"上帝造成茜丽精神麻痹和自我异化。纵观《紫颜色》文本始终，美国黑人对主流基督教思想的内化无疑助长了男权霸势对女性的摧残。

茜丽最初处境悲苦，十三岁时遭到尚不知是继父的"爸"强奸，并被他偷走生下的孩子，茜丽失去生育能力。《紫颜色》第一部分的第一句便是"爸"对茜丽的恫吓："除了上帝不许告诉任何人，否则它会害了你妈。"[3] 天真且未受过教育的茜丽对此种经历茫然若失，以致无法言说，只能以写信的方式向上帝倾诉。而这第一句"You better not never tell nobody but God"中的"not""never""nobody"真切反映出茜丽被多重否定的存在。可以说，她与上帝建立联系完全是绝望使然。这些创伤一直延至茜丽成年："似乎又在身上重演……如此疼，我万分恐惧。鲜血顺腿流

---

[1] 引自 Dinal Benevol, *Excel Studies in Literature*: *Alice Walker's The Color Purple*. Glebe: Pascal Press, 1994, p. xi.

[2] R. Weems, "Gomer: Victim of Violence or Victim of Metaphor." *Semeia*. 477 (1989), p. 87.

[3] Alice Walker, *The Color Purple*. New York: Washington Square Press, 1983, p. 1.

下……而事后他从不正眼看我。"① 怯懦无知的茜丽以有限的词汇给上帝写了56封信，希望上帝能助她脱离苦海，但求救无果。茜丽后来才明白，"原来我一直祈祷和写信的上帝是个男人，举止就像我认识的其他男人，轻薄、健忘、卑鄙"②。茜丽如此断言是因为在她的生活中，"爸"视茜丽几乎与动物等同，他以出售动物的方式将茜丽"出售"给某某先生为妻："她丑……但能当苦力。她还干净。上帝治好了她。你可对她随心所欲。她不聪明……但干起活来像个男人。"③ 而某某先生将茜丽作为泄欲工具和"骡子"，他无视儿子对茜丽的粗暴无礼，自己也经常对茜丽暴力相加。每当此时，茜丽"所能做的就是不哭，让自己变成木头"④。茜丽认为自己的遭遇完全出于男人的专横武断和自己的女人身份，她面对惨境的方式唯如丹尼尔·罗斯（Daniel W. Ross）所述，"竭力忽略自己的身体"⑤。如此悲惨的人生迫使茜丽"假想自己不在那里"⑥，或与上帝谈话，因为"这辈子很快会过去……但天堂永存"⑦。无疑，此时的上帝虽遥不可及、沉默缺场，茜丽仍因自己对其虔信而能忍辱为生，足见基督教思想浸化下的美国黑人女性的卑屈存在。显然，茜丽所遭受的迫害不仅是社会学问题，它更关涉信仰与宇宙观。茜丽之所以忍辱负重、被动屈从，源于对《圣经》中那个"长着蓝眼睛的白人男性"上帝的盲目信仰⑧，因为处于同样生存环境中的索菲娅（哈波之妻）和莎格未像茜丽那样唯命是从，而是对男性和社会对她们的欺压愤然反抗。有鉴于此，茜丽对上帝的救赎期待令其深陷"爸"和某某先生的淫威之渊，几近身心崩溃。当然，茜丽后来步入了拥有自主意识的生存正轨，但在小说的前半部分，这一白人男性上帝无疑成为茜丽苦难人生的根源，她被摧残得支离破碎，却无形中充当了"基督徒的行为典范"⑨。

如果"白人性"与"男人性"意味着对黑人女性身体的摧残，白人

---

① Alice Walker, *The Color Purple*. New York: Washington Square Press, 1983, p. 117.
② Ibid., p. 257.
③ Ibid., pp. 8 – 9.
④ Ibid., p. 23.
⑤ Daniel W. Ross, "Celie in the Looking Glass." *Modern Fiction Studies*. 34. (1989): 70.
⑥ Alice Walker, *The Color Purple*. New York: Washington Square Press, 1983, p. 81.
⑦ Ibid., p. 34.
⑧ Ibid., pp. 201 – 202.
⑨ Trudier Harris, "From Victimization to Free Enterprise: Alice Walker's *The Color Purple*." *Studies in American Fiction*. 14.1 (1986): 9.

男性上帝则暗示无处不在的暴力:"所有的黑人……无以逃脱。"① 茜丽因内化基督教思想而缺乏对痛苦的积极面对,她的上帝形象再次反映主流白人统治者在文化、信仰等方面推行"模拟"策略的目的——令被统治者甘于屈服,易于管控,进而为强势群体对弱势群体的欺压提供合法性。巴巴认为西方殖民者的模拟作用主要在两个层面上显效,文化层面即是其一②。就基督教思想的泛化而言,主流白人群体将根深蒂固的种族与性别歧视因子植入受其规训的少数族裔思想意识中,迫使他们接受主流群体的社会和文化结构模式,淡忘或鄙弃自己的民族与文化身份,主流群体因而一劳永逸地安享"模拟"策略之成果。从该种意义上说,茜丽此时的生存与思想状态表明,西方种族主义对少数族裔,尤其是对女性所实施的宗教"模拟"策略成效显著。

然而,沃克虽将茜丽塑造成饱受基督教思想"漂白"的黑人女性,却仍为其精神维度预留一个未被完全破坏的空间,那就是对上帝形象拆解、重构,获取生存动力。当奈蒂为逃避茜丽式的命运而毅然出走时,她认为茜丽独自留在某某先生处无异于"被活埋",茜丽回答:"如果我被埋了,就不用工作了"③提示其对生活的无奈与无助。她又说:"但没事,没事。只要我还能写 G - o - d,我就有人相伴。"④ 显然,这个被拆解的上帝"G-o-d"是茜丽能够苦度人生的支撑,是其生活中赖以倾诉的听众。两种上帝形式(God 和 G-o-d)的并存表明,人们对上帝的理解可以超越根深蒂固的思维定式,甚至可以自行建构心中的上帝。茜丽对上帝(God)的拆解式("G-o-d")拼写勾勒出她对上帝建构的层级:"G"首先出现,"o"紧随其后,"d"位列第三。这一层级建构暗示,尽管上帝在整个世界已成定式,茜丽仍能在自己的空间为之超越,将其与世俗的"某人"(Somebody)建立联系。茜丽能够拥有这一空间的事实证明,即使出于无意识,个体能够对上帝进行超越语言与社会环境的个性化认知。正是由于此种认知,茜丽的内心与信中的上帝被降格为压迫少数族裔的"白人、男人",揭示其深受压迫和性虐的根源。以茜丽的理解,宗教与男人/女人、白人/黑人之间的关系密切,上帝和身为种族与性别歧视者的白人市长,甚至与肆虐女人的黑人男子"爸"和丈夫某某先生是一丘之貉。这样,美国黑人女性心中的那位至高无上、无所不能、仁慈博爱的

---

① Alice Walker, *The Color Purple*. New York: Washington Square Press, 1983, p. 175.
② Ibid., pp. 121 - 123.
③ Ibid., p. 18.
④ Ibid.

"白人"上帝被茜丽悄然"去神化",解构为缺场的某人、种族性别皆具优越感的白种男人和被漂白头脑的残暴黑人男子,挑战了基督教上帝的"仁慈""万能""神圣"之说。

显然,茜丽对主流宗教思想持有含混情感,她需要从贬斥或无视女性及身体之重①的思想牢狱中解脱出来。然而这种信仰已扎根于少数族裔集体意识中,作为个体的茜丽何以成功跨越精神藩篱?在《紫颜色》中,茜丽作为黑人女性的精神重生并非得益于母爱的温养、上帝的护佑以及上帝信徒们的援助,教堂中的信众同胞,甚至包括牧师在内,除了对茜丽少女的孕体好奇盯看外无意施助;茜丽的母亲精神失常,更为茜丽的怀孕生子心存嫉恨,耿耿于怀,对茜丽的现状也无能为力。悖论的是,茜丽的改变最终源于那些被社会或宗教信仰边缘化的"不正常"的"坏女人":与丈夫对打的索菲娅建议茜丽对某某先生的虐待以牙还牙,"然后再考虑天堂"②;被白人强暴的阿格纽斯改变茜丽式的被动顺从,自主自立,令茜丽震撼。她们促使茜丽自我反思,虽未立竿见影,但其僵滞的内心已渐起微澜。更为"邪恶"且"反叛好斗"的莎格是茜丽最直接的影响者。不同于茜丽对痛苦的盲目承受,莎格确信,痛苦不应是女人的宿命,而是用来获取知识、邂逅上帝或感受宇宙宏大力量的方式,在承受痛苦中也能找到通往成熟、认知真理和自我尊重的路径,从逆境与卑屈中也能获得生存与抵抗的智慧。有鉴于此,莎格的宗教信仰不仅仅是对世俗欢愉的肯定,还包容苦乐人生的全部维度。可以说,莎格与其他黑人女性成功地将耶稣甘愿受难的教旨转化为反抗压迫和对抗暴力的力量,这其中无疑折射出少数族裔女性的创造性智慧。

在小说的后半部分,终于在品行与身份貌似对立的基督教传教士妹妹奈蒂和被黑人群体贬称为"妓女"的情人莎格的双重作用下,茜丽将那个"白人男性上帝"否弃,重新建构了一个全新的上帝。对茜丽而言,奈蒂象征了一个不同的历史,她为茜丽描画出自己的"故乡"——遥远非洲的风土人情,使茜丽拥有一种更开阔的存在视野。尤为重要的是,奈蒂还为茜

---

① 《身体之重》(*Bodies That Matter*)是巴特勒(Judith Butler)的一部力作。在此书中,巴特勒认为,性在同性恋和异性恋二元体制中颇富争议的地位确保了某些象征秩序的运作。而这种象征秩序存在诸多局限性,它表现为一种权利机制。参见 Judith Butler, *Bodie That Matter*. New York: Routledge, 1993.

② Alice Walker, *The Color Purple*. New York: Washington Square Press, 1983, p.44.

丽创造了一个新的历史①,为她提供一种全新意识,这是变化的先决条件:"现在我知道奈蒂还活着……想着他们回来后,俺们离开这儿。她和我,还有俺们的两个孩子。"②而奈蒂那封揭开茜丽身世的信《爸不是我们的爸》("Pa is not our Pa")③,似乎更意味着"我们不是认为的我们",揭穿"爸"实为"继父"的真相。茜丽由此摆脱了乱伦的魔咒,获得另一种象征意义上的重生。茜丽的自我异化曾助长了"爸"和某某先生对她的虐待,她无人可依。现在,茜丽对某某先生剥夺自己的文本表达愤怒至极,决然反抗:"是该离开你去创造(Creation)的时候了。"④她终于决定像莎格、索菲娅、阿格纽斯以及当初的奈蒂那样,挣脱男人和家庭的羁绊,做自己的主人。茜丽对"创造"一词的运用暗示"一个完整女人的创造,而非曾经的麻痹、恐惧和卑躬屈膝的造物的创造"⑤。奈蒂的信使茜丽意识到是某某先生剥夺了她在上帝世界中的应有位置。如今,她不再单纯记录他人为自己讲述的"故事",而是开始构想一个由自己书写的未来故事,故事中的她要在家庭和群体事物中拥有与男人平等的言说权利。

随着男性的"故事"真相被揭穿,茜丽对上帝也开始大胆质疑:"整天坐在那里装聋作哑"⑥,但她并未摒弃这个白人上帝,"不想上帝很难,即使你明知他不在那儿"⑦。此时,茜丽的上帝形象开始重新建构,莎格为此发挥了航引之功⑧,她的精神性使茜丽看到了一片生机盎然的空间。

---

① 许多学者认为奈蒂的"白人传教士语言"凸显白人男权对语言的统治。这些评论者的讨论似乎表明,"主人的工具永远不能拆除主人的房子",但奈蒂以白人标准英语记录的奥林卡口头历史和所揭示的有关自己与茜丽的真实家史撼动了由白人男性创造的历史语言基础。本书认为,她挪用白人语言所记录的内容颠覆了自己和茜丽的"爸"版家族史。参见 Audre Lorde, "The Master's Tools Will Never Dismantle the Master's House." *The Bridge Called My Back*, eds., Cherrie Moraga and Gloria Arzaldua. New York: Kitchen Table, 1981, p. 99。
② Alice Walker, *The Color Purple*. New York: Washington Square Press, 1983, p. 154.
③ Ibid., p. 182.
④ Alice Walker, *The Color Purple*. New York: Washington Square Press, 1983, p. 207.
⑤ Lindsey Tuker, "Alice Walker's The Color Purple: Emergent Woman, Emergent Text." *Black American Literature Forum*. 22.1 (1988): 92.
⑥ Alice Walker, *The Color Purple*. New York: Washington Square Press, 1983, p. 175.
⑦ Ibid., p. 176.
⑧ 林赛·图克(Lindsey Tuker)将莎格称作"文本的动态本质",认为"莎格首先通过令茜丽言说乱伦事件和与奈蒂一起的早期生活,尤为重要的是,通过发现某某先生扣留奈蒂的来信,帮助创造了茜丽和奈蒂书写的历史"。参见 Lindsey Tuker, "Alice Walker's The Color Purple: Emergent Woman, Emergent Text." *Black American Literature Forum*. 22.1 (1988): 90.

在这个精神空间中,莎格帮助茜丽所建构的上帝能够提供创造性和生命力,而非缺场沉寂,她们的上帝同样喜欢世俗快乐:"万物皆是上帝:所有现在、过去和将来的事物皆是上帝。"① 这个上帝与抽象无影的白人基督教上帝截然不同,它无处不在,其神圣的力量不表现在抽象的可能性上,而是蕴含在实际的创造力中,是西方主流宗教与少数族裔宗教信仰的混合。这种神圣的创造力既认同基督教上帝的伟大创造者之位,也彰显了少数族裔商信仰中万物有灵的核心理念。这种混杂性上帝的创造力能被每一个体践行于日常行动中:

> 上帝在你心里,也在大家的心里。你跟上帝一起来到人间。但是只有在心里寻找它的人才能找到它。有时,即使你不在寻找,或者不知道你在寻找什么,它照样出现在你眼前。……上帝既不是她也不是他,而是它……它不是你看得见摸得着的东西,不是跟别的东西,包括你自己在内的一切东西相分离的东西。②

由此,莎格帮助茜丽建构的"上帝"是巴巴所论的混杂性第三空间,它跨越性别与黑白种族边界,存在于黑人女性的生活体验中,与整个自然融为一体。然而,在茜丽和莎格的上帝观中,这个将他人"他者化"的基督教上帝却与同胞群体同处一个阈限空间,相互影响与转化,成为含混且统一的整体存在。

在对世界重赋神性的诠释中,莎格接受自己在白人男权视域内的"他者"身份,并转化为获取力的场域。她帮助茜丽所建构的上帝是具有创造力的万事万物,将茜丽生存世界中的僵滞和压迫转化为富于生机和创造性的福祉。以莎格之见,上帝主要是创造者,为人类创造快乐,但也需要人们的快乐与之呼应。因此,将创造与创造者等同视之意味着在日常生活中模仿上帝的可能性,正如上帝创造了美妙世界,世界在死亡与再生中创造和再创造了自己。同样,茜丽也可以重新开始自己的生活,从自我迷失、逐渐清醒、精神成熟的过程中完成精神与自我的超越,实践创造的丰富本质。在这一过程中,莎格所帮助建构的上帝是无有边界壁垒的"它"("It"),最终使茜丽远离那个"愤怒暴虐"的白人上帝,成为茜丽新的上帝模式与终极的精神指归。

---

① Alice Walker, *The Color Purple*. New York: Washington Square Press, 1983, p. 178.
② Ibid., p. 170.

在小说结尾，茜丽和奈蒂幸运地继承了母亲留下的遗产，那个她们曾被驱离的家也重属她们自己：房子周围的树木鲜花开放，林间的"百合、丁香、玫瑰争香斗艳"①。在茜丽看来，这个地方与"乡村其他地方如此不同，甚至太阳也似乎在它们上方多待一会"②。对于这个属于她们的"伊甸园"，茜丽"除了还认得那棵无花果树外，其他的一切美不胜收，无法辨认"③。这棵无花果树使茜丽找到家的感觉，同时暗指了《创世记》伊甸园中的树木，因为莎格基于自然的宗教观使茜丽明白，所有的树木皆具神性。如今，茜丽在自己的"伊甸园"迎来幸福的大团圆：茜丽、莎格、某某先生、奈蒂和丈夫塞缪尔、茜丽的两个孩子奥利维娅和亚当，还有亚当的非洲妻子塔茜、哈波一家以及哈波的女朋友阿格纽斯等所有小说中出现的人物，他们在美国独立日这天欢聚一堂。小说原文写道："世界正在改变。它不再只是男孩子和男人的世界。"④的确，茜丽的世界已经今非昔比，她和她的家人移出了只属男人的世界，进入了没有剥削、没有压迫，也没有等级分界的空间。茜丽从莎格和奈蒂那里获得知识后，拥有了自己的生活，疗愈了身心创伤，体验到人生之美。茜丽又恢复了给上帝写信，但茜丽的上帝已不再是原来那个单一的"白人男性上帝"，她此时的上帝更富多元性："亲爱的上帝、亲爱的星星、亲爱的树木、亲爱的天空、亲爱的人们、亲爱的万物、亲爱的上帝，我们如此幸福。事实上，我感到前所未有的年轻。"⑤盖劳德·威尔默（Gayraud Wilmore）认为，少数族裔宗教的"主要母题是肯定和快乐"，是在对慈爱创造者的认知中"肯定美好的、亟待拯救的以及令人赏心悦目的人生"⑥。小说中的这一跨越多元边界的混杂性上帝，真实可感、包罗万象，使茜丽恢复了活力与自由，找到生活的真正快乐和意义所在。

T. S. 列维斯（T. S. Lewis）指出，"《紫颜色》似乎不是人类事件的现实主义编年史，而是一部寓言"⑦。的确很难想象，在近 40 年的人生岁月中，一个美国黑人女性能够从极度屈辱残酷的生存境地绝处逢生，最终完美幸福。如果读者欣慰于这一貌似突兀的喜剧结局，自然会将其归功于

---

① Alice Walker, *The Color Purple*. New York: Washington Square Press, 1983, p. 185.
② Ibid.
③ Ibid., p. 186.
④ Ibid., p. 167.
⑤ Ibid., p. 295.
⑥ Gayraud Wilmore, *Black Religion and Black Radicalism*. New York: Orbis, 1983, pp. 12 – 13.
⑦ T. S. Lewis, "'Moral' Mapping and Spiritual Guidance in *The Color Purple*." *Soundings: An Interdisciplinary Journals*. 73 (1990): 485.

莎格和奈蒂,正如玛格利特·沃希(Margret Walsh)所言,莎格是茜丽的"神奇助手,她促使茜丽内在的爱涌现出来,粉碎了禁锢茜丽思想的魔咒"[1]。奈蒂的非洲来信为茜丽打开内外空间,拓宽其蒙昧浅薄的视野。从信仰白人基督教上帝转向混杂性的上帝,茜丽走出男权势域下的自我异化和自我迷失,感受与万物和谐统一的整体意识,最终实现完整的自我。

无疑,茜丽混杂性上帝的成功重构以及与此并行的涅槃重生彰显美国黑人女性的创造性智慧。沃克曾言,美国黑人,尤其是以母亲为代表的黑人女性,"通过接受白人基督教并将其转化为尊贵之物来凝聚力量"[2]。就《紫颜色》而言,这些黑人女性有效地将基督教思想中的精华融入祖先的更广泛、更包容的精神性概念中,通过对主流基督教思想的"一种不伦不类的模拟,以低级、喜剧化的形式"逆转种族与男权主体的优越思想,显现殖民话语的含混性,暴露主流基督教和男权话语的焦虑性与不稳定性。在这充满张力的结构中,它们的思想与权利受制于黑人女性混杂过后的结果。换言之,主流基督教思想的绝对权威在被混杂的过程中因美国黑人女性的差异性诠释而削弱,从而使主流基督教既成为美国黑人女性"欲望的目标",又成为她们"嘲笑的对象"[3]。

(二) 美国黑人的异质性教堂与福音

由于沃克的持续感和对完整事物的神圣感,异教信仰与实践对沃克而言并不是对基督教的摒弃,而是对基督教经历的延伸。沃克相信,摒弃基督教而回归异教信仰并非自然,人们需要从非自然、非自由的存在方式和上帝经验转向基督教和异教信仰混杂后的自然而神圣的精神表达。沃克指出:"我们所要求去膜拜的耶稣必须被拓展,使之包括巫师和舞者。这样一来,他(耶稣)容易与异教徒共时并存。"[4] 对沃克来说,精神性应同时包含上帝、人类和自然,他们是彼此关联、不可分割的一体,只有这种信仰才适合美国黑人的精神追求,因为这是其文化与历史的根本,因此,一种全新的信仰机制是美国黑人群体的内在诉求。

在《紫颜色》中,作为黑人传教士的奈蒂和塞缪尔曾希望回到美国后建立自己的教堂,虽然这一愿景在该部小说中未再提及,沃克却在其后

---

[1] Margret Walsh, "The Enchanted World of *The Color Purple*." *The Southern Quarterly*: *A Journal of the Arts of the South*. 25 (1987): 90.

[2] Alice Walker, *In Search of Our Mothers' Garden*: *Womanist Prose*. New York: Harcourt Brace Jovanovich, 1983, p. 24.

[3] Homi Bhabha, *The Location of Culture*. London and New York: Routledge, 1994, p. 67.

[4] Alice Walker, *Anything We Love Can Be Saved*. New York: Random House, 1998, p. 25.

续作品《宠灵的殿堂》中为我们呈现了一座别具特色的教堂,但创建者不是奈蒂和塞缪尔,而是曾令茜丽"像祈祷一样"敬畏的精神导师莎格,她表征了与上帝之间的一种个性化联结,体现创造灵感与神性认同之间的关系。不仅如此,莎格还被沃克再赋创造灵感,成为自己教堂的"牧师",并自行创作一部小册子——《莎格福音》(The Gospel According to Shug)。

茜丽的女儿奥利维娅如此阐释《莎格福音》的出版及其教堂形式:

> 莎格妈妈已经决定创建自己的宗教……她们称自己的教堂为"乐队"(band):有时是祈祷乐队,有时是天使乐队,有时是魔鬼乐队。"乐队"是对那些由"叛教"的黑人妇女所建教堂的传统称谓,指的是那些有着共同目的和联系的人。她们的精神观念与主流或强势群体的观念格格不入。[1]

莎格的教堂开在家里。在那里,"如果你在茜丽面前踩了蚂蚁而未乞求她的宽恕,你将再也不会受到邀请"[2]。莎格的"乐队"尊重差异,她的教堂鼓励不同的精神体验,鼓励所有追随者分享各自不同的精神之旅:

> 所有来的人都要带来他们的旅途信息,大家相互交流。这是教堂的根本。在这些人中,有的人敬拜伊西斯(Isis)[3],有的人敬拜树木,还有的人敬拜空气,因为它无处不在,是上帝……莎格妈妈感觉……关于上帝——G-O-D,只有一事可言,那就是,它没有名字。[4]

于是,他们遵循美国黑人和印第安人的仪式传统,"在它可能栖居的地方哼唱(hum)"[5],表达无以言表的内涵。聆听者可根据各自的经历对哼唱进行独特性诠释。奥利维娅对哼唱的解释至关重要,因为对美国黑人女性(包括沃克)而言,上帝超越了语言表述,其概念包容所有人的个性化经验和认知,如莎格在《紫颜色》中对茜丽的启发:"只有从内心去找寻上

---

[1] Alice Walker, *The Temple of My Familiar*. New York: Pocket Books, 1989, p. 299.
[2] Ibid., p. 169.
[3] 伊西斯(Isis)是古埃及的母性与生育之神,是一位反复重生的神。
[4] Alice Walker, *The Temple of My Familiar*. New York: Pocket Books, 1989, p. 168.
[5] Ibid., p. 169.

帝的人才会发现它。"① 这一包蕴万物的上帝观为上帝与精神信仰的不同诠释架构了桥梁，即，不同的精神信仰并非彼此相斥，而是兼容并蓄。莎格的宗教不否定其他宗教，而是搁置这些教义中的种族主义、性别歧视与阶级偏见等偏狭部分，寻找不同宗教信仰之间的关联性。奥利维娅将此种宗教视为一种动态个性的福音，帮助自己的女儿范妮获得精神启示和解脱。

莎格与上帝相似的创造者身份体现在她"创造"出自己的《莎格福音》。《莎格福音》改写了原本由男性书写的福音文本《新约》，对其进行了通俗化诠释，表现出与白人上帝观有别的异质性和混杂性。这本《莎格福音》由基督徒奥利维娅从莎格的"土语"翻译而成，是对圣本《山上宝训》（《马太福音》5：3—7：29）的模拟与修正，也是对基督教思想的兼容。它一改原版福音书中晦涩难解、非个性化的语言，采用简洁易懂的语言进行书写，同时还融入自己对上帝功能的独特诠释，使任何背景、肤色、社会阶级及性趋向的读者皆能详解其中要意。

《莎格福音》共27条，每行与《山上宝训》的句式结构形似而意不同：《山上宝训》之《论福》由八条构成，每条首词为"福佑"（Blessed are），而《莎格福音》的每条皆以"帮助"（Helped are）为每行开端，重构一个圣经范式和基督教意识，同时与"世俗"的莎格相得益彰。《莎格福音》并不关注基督耶稣在其福音中所强调的上帝之权威性与万能性"福佑"，而是强调人类之间可以实现并可触及的自助和互助，关注人类的勇气、智慧、善良和彼此间的相携共存。沃克于此并非对"福佑"一词满怀质疑，她相信"生命本身就是一种福佑"②。沃克因何将这个体现上帝力量的福佑变成凡人皆可为、貌似毫无神力的"帮助"一词？沃克在其有关上帝的诗歌中为我们提供了明确的答案："没有上帝，只有爱。帮助是它的名字。"③ 对莎格/沃克而言，得到"上帝"的帮助比受到福佑更具实效，因为"得到帮助"意味着与上帝建立积极、个性的联系。它帮助人们完成所做之事，并在这一过程中始终与人同在，存在于他们的内心，而非遥居高空，远不可及。

《莎格福音》中的上帝惠及宇宙众生，没有种族、性别、物种等级的偏见，播撒一种终极的大爱与正义。如，"帮助那些像爱所有颜色的动植

---

① Alice Walker, *The Color Purple*. New York: Washington Square Press, 1983, p. 166.
② Alice Walker, *A Poem Traveled Down My Arms: Poems and Drawings*. New York: Random House, 2003, pp. 4 – 5.
③ Ibid., p. 7.

物那样爱所有有色的人们，不要对他们的子孙、祖先以及自身隐瞒所包含的任一部分"①，这是莎格对完整自我的认同，更是沃克对所有族裔能够接纳全部自我的渴望。为了表明所有生活经历的关联性，莎格又暗示，那些具有无歧视、无偏见之爱的人将会通过他们的子孙后代获得福祉。"帮助那些发现宇宙创造者的神奇存在之人。他们将永远体验快乐与震撼。"②莎格认为，福音中的上帝并非高不可及，只要人们用心去感受、去寻找，上帝便真实可感。莎格呼吁性与精神的和谐，因为每个人在出生与生活中都要遭受痛苦。"帮助那些由父亲的温柔与母亲的有机体孕育、因爱而生的人，因为他们虽被称为'私生儿'，他们的精神却没有边界之隔，即使天地之间。他们的眼睛透射自己所创造的爱之火花。他们将享受与痛苦同样多的爱。"③ 这种"母亲的机体"（mother's organism）之概念修正了《圣经》中有关对母亲应忠诚、驯服的强调。另一福音为"帮助那些能像爱太阳、月亮和星星那样热爱女同性恋、男同性恋以及异性恋的人"④。这一条福音又改写了对同性恋趋向的批驳与贬斥，为被视为邪恶的同性恋正名。"帮助那些每一行为都在为宇宙的和谐进行祈祷之人。……他们将会获得顿悟，那就是，在任何地方所做的每一善举皆欢迎动物或孩童的生命。"⑤ 该福音超越了《圣经》中人类统辖万物、人类为万物之首的人类中心主义的优越思想。此外，莎格呼吁人们关注大自然的一切，在莎格看来，大自然的神圣与瑰丽对人类情感状态具有积极影响——"帮助那些每时每刻都能在创造中发现可敬之物的人们。他们的白昼将充满美丽，而漆黑的夜空同样提供礼物。"⑥《莎格福音》的最后一条是"帮助那些有认知的人（who know）"⑦。该条福音看似不完整，却暗示出莎格（沃克）对认知（Knowing）的强调。对其而言，认知是智慧之始，是自我信任和对"宇宙同一性的 G-O-D 的明确意识"，是终极的"教化与启示"⑧。沃克在诗集《地球发送》（*Sent by Earth*）中写道："灵魂热爱认知"⑨，"渴

---

① Alice Walker, *The Temple of My Familiar*. New York: Pocket Books, 1989, p. 289.
② Ibid.
③ Ibid.
④ Ibid.
⑤ Ibid.
⑥ Ibid.
⑦ Ibid.
⑧ Karla Simcikova, *To Live Fully, Here and New*. Lanham: Lexington Book, 2007, p. 133.
⑨ Alice Walker, *Sent by Earth: A Message from the Grandmother Spirit After the Attacks the World Trade Center and the Pentagon*. New York: Seven Stories, 2001, p. 48.

望知道真实"①。在莎格（沃克）看来，寻求自我认知和对神/上帝的认知是寻求完整的核心，是拯救自我和他人的源泉，以沃克之言，"被拯救意味着变得有意识"②。沃克借助莎格的异质性教堂与《莎格福音》不仅"帮助"我们增强意识，还帮助整个世界进行自我拯救和疗愈。《莎格福音》反映所有生命的相互联系，并跨越种族、性别和不同性趋向的边界，使人们赋予他人的尊严得以回报，或许这也是莎格没有借用基督在其《天国八福》中的"保佑"一词，而使用更为实效的"帮助"之深意所在。莎格在教堂和福音中所膜拜与意指的上帝是对其精神论说的宣扬，也是对西方基督教信仰机制的一种修正。麦尼莫（Wirba Ibrahim Mainimo）认为，"在黑人小说史上还从未有像沃克的作品这样将'上帝'……进行直接谴责"③。沃克赋予女性以认知的力量，令其在残酷扭曲的生存现实中模拟主流宗教信仰机制，智慧地创造出属于自己的信仰哲学，使这些被"世俗化"的女性与那位在现实中缺场的基督教上帝获得同为创造者的神性认同。

巴巴认为，殖民文化和被殖民文化会在混杂的飞地形成抵抗性的第三空间。于此，殖民文化被改写，混杂性的后殖民文化将产生新质。而这一新质是被殖民者通过殖民者的模拟策略，以阳奉阴违的手法介入西方殖民权力空间，借助文化翻译的渠道，挪用和复制殖民者的价值观，破坏殖民者的普世主义图谋④。同理，沃克的黑人女性们不仅对主流基督教思想和上帝形象进行质疑和超越，还在其面具下构筑充满混杂性的信仰第三空间，既彰显黑人女性的独特视野，亦使女性建构处于一种"几乎是但又不完全是"的含混状态，强化一种能动的异质性。这种差异本身就是一种拒绝全盘接受的过程，是对基督教文化、范式和价值观的质疑和协商，体现黑人群体颇具"解构性"和"反讽性"的妥协。沃克正是通过这种开放性阐释，为读者提供了结束种族压迫和种族歧视的方案，表现既不压制妇女也不歧视有色人种的上帝观。由此可见，沃克的作品竭力为受压迫者创建一种富于生机和开放性的异质信仰，以疗愈所有统治者对女性（和少数族裔）造成的巨大创伤。

---

① Alice Walker, *Sent by Earth: A Message from the Grandmother Spirit After the Attacks the World Trade Center and the Pentagon.* New York: Seven Stories, 2001, p. 49.
② Alice Walker, *By the Light of My Father's Smile.* New York: Ballantine, 1998, p. 200.
③ Wirba Ibrahim Mainimo, "'Black Female Writers' Perspective on Religion: Alice Walker and Calixthe Beyala." *Journal of Thirdworld Studies.* 19. 1 (2002): 117.
④ Homi Bhabha, *The Location of Culture.* London and New York: Routledge, 1994, p. 87.

第二节　差异性第三空间：美国黑人、印第安"异教"信仰的显化

如前文所述，第三空间一般是指在二元对立之外的知识与抗拒空间，这一空间是一个含混地带，是对差异的一种表述。从族裔的视角来讲，"差异的社会发声是错综复杂、流动不居的协商，它寻求文化传统授权与出现于历史转型时刻的文化混杂性"①。可以说，对差异的发声不仅收回人们被遮蔽的真实自我，还能模糊和质疑主流与从属文化的界线。

作为优秀的族裔女性作家，沃克的精神成长一直被置于西方主流宗教的大环境中，称自己是"作为基督徒养大的异教徒"②。这些"异教"信仰犹如一股潜流，在主流宗教之海中汩汩流淌。沃克通过作品表达对美国黑人和印第安民族信仰的综合认同，承担传承和创新祖先文化的双重重任。例如，《梅丽迪安》中，梅丽迪安的祖母梅放弃了传统基督教信仰，皈依了与自然融为一体的印第安萨满教，在与自然万物彼此交融中体验"出神"时精神与肉体的合一。《紫颜色》中，黑人女性莎格对茜丽灌输的泛灵论思想启发茜丽走出基督教思想束缚下的被动屈服，最终敢于在上帝与男人面前发出自己的声音。《宠灵的殿堂》中的印第安人"耶稣"为被砍伐的大树哭泣，他与《紫颜色》中的莎格同样，"感到自己没有与万物分离，如果砍倒一棵树，自己的手臂似乎在流血"③。沃克的《父亲的微笑之光》和《现在是敞开心扉之际》更加鲜明地呈现美国黑人和印第安民族信仰的特质，赋予文本以浓郁的多元宗教色彩，正如温切尔所言，"事实上，沃克将其作品视为祷辞"④。沃克对美国黑人和印第安差异性宗教意识的显化，以巴巴之论，在"主流社会的内部……在带有'本质的'文化身份印记的精神领域中保存了自己精神文化的特性"⑤，以确认自己多元的族裔身份。沃克的精神视野"将大地和自然视为上帝"⑥，将人类

---

① Homi Bhabha, The Location of Culture. London and New York: Routledge, 1994, p. 2.
② Alice Walker, "Interview with Scott Winn: Moved to Speak." Real Change News: Seattle's Homeless Newspaper. November 15, 2000.
③ Alice Walker, The Color Purple. New York: Washington Square Press, 1983, p. 178.
④ Donna Haisty Winchell, Alice Walker. New York: Twayne Publishers, 1992, p. 115.
⑤ Homi Bhabha, The Location of Culture. London and New York: Routledge, 1994, p. 232.
⑥ Alice Walker, Anything We Love Can Be Saved. New York: Random House, 1998, p. 9.

与自然所需神圣化。这种"异教"信仰与基督教中人类管辖自然以及灵魂与肉体分离的等级观念形成明显对立,为人们对自然、女性、人性的认知提供有益框架。

生活在文化差异的"第三空间"中,沃克的精神发展和自我观念源自那些领地和社群的边界处。严格地说,这一边界地带不属于任何"一种"文化传统和民族传统——它们是在全球性接触与交流中不断被转化的社会价值。当人们对那些"有差异的文化和社群"的叙述权充满尊重时,我们就能将家园与世界真正连接起来①。沃克所展现的美国黑人和美国印第安精神文化彰显一种大同共生的理想,她将这些宗教文化的发扬作为实现这种理想的主要策略,在文化和民族交界的第三空间发声,为颇富差异性的他者文化呼唤认可与尊重,以此向主流群体展现对混杂性族裔身份的深切认同。

一 美国黑人-印第安民族信仰的人性指归

美国黑人和美国印第安民族信仰中均强调自然与人类世界的相互关联与整体合一。关于自然万物的神圣性与整体合一性,诸多学者皆作出类似的表达:"在欧洲留存的美国印第安人、黑人以及前基督教(pre-Christian)等精神性传统中有一个共同的世界观,那就是,神圣性(sacredness)在生命世界中无处不在。无论我们谈及女神、上帝还是伟大之灵(the Great Spirit),我们就是它,如同它是自然,我们也是自然一样。这里正是它的寓所。"② 沃克对自然万物之"神圣性"和大地的关注正因其深受美国黑人和印第安传统信仰的影响。她在文章中指出:"如果说美国黑人和美国印第安人还保留着他们祖先遗存的一个传统,那就是泛灵论,即万物有灵。"③

沃克的作品凸显"异质性"的美国黑人和印第安传统,或者说,自己与所有具有"异教"信仰的民族之间的联系。与主流基督教的上帝不同,美国黑人和印第安人民"不相信存在超越自然的上帝。世界是上帝,人类是上帝,树叶和蛇也是上帝"④。众所周知,蛇在基督教信仰中是邪

---

① John O'Brien, ed., *Interviews with Black Writers*. New York: Liveright, 1973, p. 341.
② Judrlb Plant, ed., *Healing the Wounds: the Promise of Ecofeminism*. Philadelphia: New Society, 1989, p. 113.
③ Alice Walker, *In Search of Our Mothers' Garden: Womanist Prose*. New York: Harcourt Brace Jovanovich, 1983, p. 252.
④ John O'Brien, ed., *Interviews with Black Writers*. New York: Liveright, 1973, p. 341.

恶象征，而沃克于此将蛇提至上帝之位，她的基督教上帝与异教信仰中的大地和自然之神融合并存，将自然、宇宙、大地作为自己"精神性的三位一体"①，表现其信仰的混杂性、创造性及其内蕴的人性关怀。沃克在解释自己作品的主题时说："我心里总是想着精神的生存，我的同胞赖以生存的全部。"② 这种"生存的精神"迥异于西方社会的主流思想，沃克所说的"精神"就是那种创造并维持万物的无所不在和包罗万象的无形之物，在它的善意感召下，万物都会找到自己的意义和价值。不足为奇，读者会在沃克的作品中见证自然的教堂，体悟爱的信仰，这是沃克对自然的敬畏、对自然万物的意义与价值的尊重，亦是沃克对异教信仰的智性表达。

沃克对传统文化信仰有着个性和理论上的综合理解，她在作品中将其表现为美国黑人和美国印第安人民相互融合混杂的信仰追求与生存理念，倡导其在促进人与人、民族与民族、人与自然之间的和谐关系所洋溢的人性之爱。《父亲的微笑之光》中由美国黑人和印第安混血后裔③组成的孟多部落不仅成为少数族生存的第三空间，更是沃克对美国黑人和印第安人"世外桃源"的美好想象。在这个被赋予"世界"寓意的第三空间中，这个在边缘处混杂的黑人与印第安混血部落极度崇尚自然、生命与爱。他们在日常生活中恪守并践行民族信仰，坚信自然的神圣、男女情爱之圣洁，还将人与人之间的责任与宽恕作为实现自我完整的重要谕旨写入孟多人民的"圣经"——《瓦多之歌》，形成颇具异质性的"爱的宗教"④。可以说，这一混杂性群体在某种意义上再现更为复杂的文化异质性，它以积极的抵制和文化的混杂为基本特征，即"它产生了一个新的身份符号，在定义社会的行动中成为一个创新性的协商与争论场域"⑤。因此，美国黑人与美国印第安人的混血部落孟多喻指美国的混杂性的存在现实。

（一）尊崇自然的信仰

《创世记》中，基督教上帝对创造万物阐释如下：

> 神说："我们要照着我们的形像，按着我们的样式造人，使他们

---

① John O'Brien, ed., *Interviews with Black Writers*. New York: Liveright, 1973, p. 43.
② Ibid., p. 337.
③ 沃克已经在自己的小说、诗歌、散文、访谈中多次表明自己的美国黑人-印第安混合血统，因此该部小说将场景设置在这个混血后裔的偏远部落不无深意。
④ Alice Walker, *The Same River Twice*. New York: Scribner, 1996, p. 33.
⑤ Homi Bhabha, *The Location of Culture*. London and New York: Routledge, 1994, p. 2.

管理海里的鱼、空中的鸟、地上的牲畜和全地,并地上所爬的一切昆虫。"　神就照着自己的形像造人,乃是照着他的形像造男造女。神就赐福给他们,又对他们说:"要生养众多,遍满地面,治理这地;也要管理海里的鱼,空中的鸟,和地上各样行动的活物。"(《创世记》1:26-28)

在《创世记》中,上帝创造了一个道德统治制度,人类高于自然,并且由上帝授权支配和控制自然。基督教徒把《创世记》里的类似话语理解为神对人类,准确地说,上帝对男人授权,允许他们为了自己的目的去征服、奴役和滥用一切。人类与自然由此被对立分隔开来,并超越这个世界。约翰·怀特(John White)认为,"基督教为人类无视自然万物之感受而剥削自然提供了可能性……它不仅建立人与自然的二元论,还坚持认为:人利用自然是上帝的意愿"①。同理,男人对女性的压迫同样得到了"上帝"的默许。

在《父亲的微笑之光》中,孟多部落为我们提供了一个不同于基督教自然观的民族信仰,构建了一个敬畏自然,与万物亲如一家的精神家园。小说的名字《父亲的微笑之光》便源自孟多部落的信仰之歌——《瓦多之歌》。《父亲的微笑之光》以孟多部落的祷文——"妈妈,让我们去帮助你"开篇,文本初始便赋予小说浓重的亲情与神圣的宗教意味,而这一"帮助"又重现了前文莎格的福音书之宗旨。小说共分三大部分:第一部分名为《天使》,这个"天使"是鲁滨逊先生的亡灵,他生前是一位人类学家,一个无神论者。为了能够实现考察"原始"文化的愿望,他在无人资助的情况下求助教会,接受教会委派的牧师之职,带着同为人类学家的妻子兰莉和两位女儿麦格达莱娜、苏珊娜来到墨西哥境内的孟多部落,为这些美国黑人-印第安人民传教。假扮牧师的鲁滨逊先生死后既未进入天堂,也未被逐入地狱,而是飘荡于孟多人民信仰中的冥河。第二部分名为《死者的吻是一丝微风》,表现人类与自然的密切关系。第三部分名为《父亲》,详述父亲的亡灵对孟多部落信仰的皈依,最终从亲人那里学会彼此关爱与宽恕,共同实现自我完整。沃克通过这些思想将种族文化身份与对自然的深度反思并合一处,对美国黑人和印第安民族信仰进行细致表达。这些被西方人视为"原始"的混血民族生活在风景如画的大

---

① John White, "The Planter's Plea." *Pruitanism and Wilderness*. Ed. Peter Carroll. New York: Columbia University Press, 1969, p. 11.

自然中，他们敬畏自然，遵循人与自然的规律，尊重女性，对自然和爱有着独特的理解，并上升至信仰的高度。虽然他们同自然一样遭受过深重的灾难，他们在生存和精神方面仍一直恪守如此信仰。可以说，孟多部落在某种程度上象征着纯净祥和的自然世界。

沃克曾令《紫颜色》中的美国黑人莎格与《宠灵的殿堂》中的印第安人"耶稣"表达自己"身为万物"的身份认同，那种砍倒一棵树就感到"手臂会流血"的与自然的共情在《父亲的微笑之光》中被孟多人民再次显化，写入被人民视为《圣经》的信仰之歌——《瓦多之歌》，人与自然之间的亲情关系，成为孟多人民实现终极的完整自我、死后跨越瓦多冥河的信仰支撑。该曲在小说中反复出现，弥漫着肃穆庄严的神秘意蕴。其中一段歌词如下：

> 从遥远的水之彼岸
> 命运之神向你游来
> 在最近的一棵树上
> 栖息着你的第一位近亲
> ——《瓦多之歌》[1][2]

歌词中的水、树和在树上生活的人类始祖构成一幅怡然和谐的自然画面，透射孟多人对自然的崇敬。这段歌词表明孟多人的信念，即人同于自然万物，只是自然的一部分，不具有高于其他物种的优越性，人类的生存有赖于大自然的恩赐。

《瓦多之歌》中的"树"在小说中多次出现，但因不同的意识语境而命运不同：当"树"被置于受基督教和西方思想影响的鲁滨逊先生的生活中时，它成为被伤害的象征：假扮牧师的鲁滨逊先生以人类灵魂的保护者之职出现在孟多部落的布道讲坛时，他忘却了自己考察孟多民族的初衷——向孟多人民学习"如何比白人更好地安排人生，如何能够令自己和别人活得好"[3]。《圣经》宣讲者的工作将鲁滨逊变成一个文化征服的特殊载体，在说服孟多人民相信上帝的存在时，内心却被头脑中"刚刚辨

---

[1] 文中所用的《父亲的微笑之光》的引文有的是参照周小英的译文，笔者在有些译文中略做改动。参见爱丽丝·沃克《父亲的微笑之光》，周小英译，译林出版社2003年版。
[2] Alice Walker, *By the Light of My Father's Smile*. New York: Ballantine, 1998, p. 148.
[3] Ibid., p. 103.

认出的'上帝之声'左右"①。他将西方理念逐渐变成日常行为的准则，恰如鲁滨逊先生后来所言："已被自己潜移默化了。"② 因此，作为牧师的他，为大女儿麦格达莱娜与"原始人"孟多男孩马努列多之间的爱情和偷尝禁果而倍感耻辱，他暴跳如雷，竟然鞭打了麦格达莱娜，摧毁了两个年轻人之间的爱情，也使鲁滨逊先生的小女儿苏珊娜深受创伤，"好像一棵小树，树枝被折断了"③。她难以想象，曾经"慈爱可亲的父亲"竟能如此残酷地鞭打自己的亲生骨肉。同样被"折断的小树"还有麦格达莱娜，她从此失却幸福的一生，精神自我彻底夭折。由此，沃克笔下身为万物的"树"在基督教语境下不是受人呵护尊重的"亲人"，即便是真正的"亲人"——女儿，在危及父权声誉与利益时也变成了一棵遭受蹂虐的自然之"树"。

"树"唯有在孟多人的世界中，在《瓦多之歌》中才恢复其神性，成为人类的近亲，并象征人类的终极目标。马努列多在冥界告诉鲁滨逊先生的亡灵，孟多部落的每个人每天都在朝着生命的终期靠近，以此规范自己的日常生活："与星星一样，我们每人都有一部苦难史，巨大的灾难逼迫我们朝着同一方向溃逃，从而把我们聚集在一起。因为永远有灾难，我们的部落也就永远凝聚在一起。"④ 与此情类似，沃克在《我们所爱的一切皆能得到拯救》中展示过一张一个印第安男人搂抱大树的照片，沃克在文中写道："这张照片使我充满希望：将来，每人都会十分清楚什么值得我们张开双臂去拥抱。"⑤ 孟多人民有着自己的思维、自己的仪式、自己解决问题的方法、自己独特的生死观念，这种独特性蕴含着美国黑人和美国印第安民族混杂性新体的积极意义，他们比假扮牧师的鲁滨逊先生更加懂得"拥抱"自然。与西方传统中以人（或许可以说是男人）为万物尺度的思想相比，孟多人的视自然万物为人类近亲的思想表现其人性情怀，强调自然万物与人类等同的神性存在。

沃克在《寻找母亲的花园》中证实该种观念的真实可信："科学家们发现，树木、植物、花朵都有情感，发现如果有人朝它们叫喊，它们就会萎缩；如果有伤害它们的坏人靠近，它们就会蔫弱。就我个人而言，这种

---

① Alice Walker, *By the Light of My Father's Smile*. New York: Ballantine, 1998, p. 142.
② Ibid., p. 25.
③ Ibid., p. 33.
④ Ibid., p. 103.
⑤ Alice Walker, *Anything We Love Can Be Saved*. New York: Random House, 1998, p. 44.

现象不足为奇。"① 鲁滨逊先生却无法理解孟多人对自然的敬畏之情。孟多人的教堂建筑"涂有鲜蓝色、绿色和土黄色"②，教堂里没有悬挂耶稣画像，没有西方教堂中那份庄严气氛，而是到处洋溢着自然生机——"教堂的屋顶画着繁星点点的天空，墙壁上画有行行的玉米地，还画有硕大的绿皮西瓜，里面的红瓤黑籽如同牧师的眼睛。"③ 作为"牧师"，鲁滨逊先生挣扎于"亵渎神明的想法"，因为在他看来，有时"欣赏玉米和西瓜比欣赏基督更有宇宙感"④。

然而，鲁滨逊先生在孟多部落"虽然生活多年，却对孟多人民一无所知"⑤，当他在"上帝的声音"控制下以嘶哑的嗓音向孟多人解释"自己似懂非懂、似信非信的《圣经故事》"，宣讲"人类有统治整个地球的权力"时⑥，他认为孟多人"非常情愿听他布道，非常情愿去下跪，去接受圣饼，去做该做的一切"⑦。但事实上，他所陈述的内容早已被孟多人界定为白人世界的谎言，孟多人"甘心情愿"的"面具"之下隐含着他们对西方殖民者的反抗策略。他们深知，在西方文化竭尽全力地同化异族文化之时，表面的服从是一种最高形式的反抗。当所有到过孟多部落的外界人都摇头叹息"孟多人像孩子一样单纯"⑧"从不会撒谎"时，孟多人却"一眼看穿"鲁滨逊先生的真实面目，把他挪用为维护部落文化的保护伞，以自己睿智的策略在宣扬基督教思想的教堂中彰显对自然敬畏的民族宗教观。

在尊崇自然的基础上，孟多人与基督教不同的观念决定了他们迥异的性别观。基督教视女人为男人的附属以及人类的原罪之源，自然受制于人，孟多人则认为男女平等，人类——男人和女人，与自然一体，人类在地球上的存在与自然规律合一。他们关注女人与自然的亲密关系，构筑一个打破男/女与人类/自然边界的和谐乐园：

  女人与月亮相联，分享它的节奏……她们的月经来潮……与月亮

---

① Alice Walker, *In Search of Our Mothers' Garden: Womanist Prose*. New York: Harcourt Brace Jovanovich, 1983, p. 25.
② Alice Walker, *By the Light of My Father's Smile*. New York: Ballantine, 1998, p. 21.
③ Ibid., pp. 21-22.
④ Ibid., p. 22.
⑤ Ibid., p. 143.
⑥ Ibid., p. 72.
⑦ Ibid., p. 143.
⑧ Ibid., p. 72.

相关。……于是女人知道,她们是万物的一部分,甚至是像月亮这么远的事物的一部分。……当月亮变圆时,女人是圆的。……当月亮开始变小时,女性便来月经。……此时,男人与女人不能做爱……因为她与月亮共享一个重要时刻……有一段"重要时刻"的恢复期……然后就是一段避免性交的时间,除非想要孩子。……然后,月亮又出现了。……这就是孟多人所相信的人类与月亮的联系。这一轮有时似碗似船的新月将自己的微笑之光挥洒在享受爱欲的人们身上!曾永为女性的月亮在那一短暂时刻也成了男人![1]

孟多民族的自然观将男人、女人和月亮共同联系在一起,使"一直与女人有关的月亮也和男人挂上了钩!"[2] 沃克以此阐明自己对男女两性的观点,即两性的理想状态是没有明确的阴阳、高低和尊卑之分,男性和女性同为人,都应是大自然中的和谐部分。

孟多民族对人类和自然亲密关系的特殊理解反映其认知自然的方式,并践行于男女平等和神圣性爱的认知之中。他们将这些理念提升至信仰的高度,写入《瓦多之歌》,作为整个部族人民的思想指引:

> 人人都能看见天空是赤裸的
> 如果天空是赤裸的
> 那么大地
> 也一定是赤裸的
> ——《瓦多之歌》[3]

基督教视性爱为低俗污秽之举,孟多人则视之为美好神圣的象征,是孕育生命、愉悦生活、维系生存的方式,是对生命的庆祝和对"身为自然与大地的上帝之颂扬"[4]。阿本多纳陀(Linda Abbandonato)认为,"人与万物的快乐使生活具有生活的价值"[5],这正是沃克所坚信的万物众生

---

[1] Alice Walker, *By the Light of My Father's Smile*. New York: Ballantine, 1998, pp. 208–210.
[2] Ibid., p. 198.
[3] Ibid., p. 160.
[4] Ibid., p. 147.
[5] Linda Abbandonato, "A View form Elsewhere: Subversive Sexuality and the Rewriting of the Heroine's Story in *The Color Purple.*" *Publications of the Modern Language Association of America*. 106.5 (1991): 306.

皆应具有的权利。尝试、欣赏、兴盛是沃克在创作中对自由与和谐的主要表征,沃克对性爱更有自己的理解:"男人与他们的宗教倾向于……将性爱变成令人不齿之事,一种耻辱。性爱不仅是纷繁杂乱与多元混合的自然、宇宙和大地的信息,还是创造包容、关怀、爱与野性的缘起。对我而言,野性意味着顺应爱的成长,犹如在石缝中向阳而生的植物。"[1] 因此,孟多民族对性爱的神圣化表达绝非对爱欲的倡导与颂扬,而是对生命和自然力量的昭示与敬畏。

在基督教思想中,女人因有月经而被视为"不洁之物",男人会"将她们隔离在村庄边缘的小茅屋里……被说成是'上天惩罚'"[2]。沃克在《我们所爱的一切可以得到拯救》中指出:"如果我们的意识开始变化,很大程度上……是由于对女性的神圣性复兴的信仰,而这一信仰在所有的主流宗教中被刻意抹杀、妖魔化和贬斥,正是由于黑人和印第安人民……挺身而出,为古老的女神或泛灵论的上帝及大地母亲辩护。"[3] 沃克的作品批判基督教的缺陷性。在她看来美国黑人和印第安传统的"异教"信仰在尊重女性、自然和普遍人性等方面皆具积极意义。

故此,孟多人对鲁滨逊先生布道中的男人支配自然以及女人肮脏邪恶的论说匪夷所思,因为他们将女人经血的规律性出现、怀孕时的体形变化和生育哺乳过程视为与大自然相合的循环。他们把所敬畏的自然视为孕育一切生命的伟大女性:

　　任何人都能够看到地球
　　是月亮的子孙
　　月亮是夜空的母亲
　　　　——《瓦多之歌》[4]

在孟多人看来,"女人是五谷之母,是他们心目中的上帝"[5],与"好运"联系在一起,而他们崇拜的"黑色母亲其实是黑色土地的化身"[6]。

---

[1] Alice Walker, *The Same River Twice*. New York: Scribner, 1996, pp. 171–172.
[2] [美]凯特·米利特:《性的政治》,钟良明译,社会科学文献出版社 1999 年版,第 71 页。
[3] Alice Walker, *Anything We Love Can Be Saved*. New York: Random House, 1998, pp. 20–21.
[4] Alice Walker, *By the Light of My Father's Smile*. New York: Ballantine, 1998, p. 95.
[5] Ibid., p. 86.
[6] Ibid., p. 57.

不同于鲁滨逊先生竭力灌输给孟多人的创世故事——将自然"去神化"和女人偷吃禁果的原罪化,孟多人不仅承认男女各具不同的美,还在社会中各司其职:

> 人人皆知女人
> 为世上最老的男人之母
> 祈祷者是否
> 向她鞠躬
>
> 人人皆知男人
> 为世上最老的女人之父
> 祈祷者是否
> 向他鞠躬
> ——《瓦多之歌》①

既然分别为平等和谐的"最老的男人之母"和"最老的女人之父",孟多部落的男女同甘共苦。孟多男人不仅与女人共享性爱之欢,还与女性共担分娩之苦:"在生产时,准父亲亦躺在床上,感受分娩的痛苦。"② 由此,沃克通过展现孟多人对大自然、女性和母亲的崇敬以及对男女互爱关系的颂扬,凸显人与人、人与自然的亲密关系,将基督教上帝的形象还原为大自然,背离基督教中所包含的人类/自然和男人/女人等二元对立,恢复自然的"神圣"之位。

鲁滨逊先生后来承认,他意识到孟多人与自然圆融的生存智慧:"我本能够对你的民族充满信任,他们如此温柔,但如此贫穷。当你看到人们如此穷困时,你很难相信他们知道自己在做些什么。"③ 正是这种种族与阶级偏见阻碍了鲁滨逊先生对与自己同源的美国黑人-印第安人民的认同,反称其为印第安人和"原始人"。他拒绝接受孟多人的"野性"与"原始",竭力反对女儿麦格达莱娜与孟多"野男孩"一起"疯疯癫癫"④,更无法容忍女儿与孟多男孩偷食禁果。当此事发生时,他便实施了"上帝"的权力,致使这两个张扬完整人性的"自然之子"身心破碎:

---

① Alice Walker, *By the Light of My Father's Smile*. New York:Ballantine, 1998, p. 162.
② Ibid., p. 81.
③ Ibid., p. 112.
④ Ibid., p. 20.

曾经"处于自然状态"①，被孟多人赞为"疯狗"的快乐女孩最终以自虐和暴饮暴食的方式"记忆"过去的美好；那个"脊背在水中闪闪发光、腰身健美光滑、眼神诚实无邪、牙齿洁白如雪"的英俊男孩亦在为美国征战中蜕变成"脸被线缝起、整个身体被钢丝捆扎在一起"的"行尸走肉"②。沃克通过展现这两位"自然之子"在基督教视域下的悲剧结局影射孟多民族敬畏自然、尊重万物的民族信仰及其深层寓意。

麦格达莱娜和马努列多的精神和生命力因缺失自然的温养而枯竭，又因他们的灵魂重归孟多的自然而恢复从前的自己。去世后，他们的灵魂返回孟多部落的瓦多冥河，又变成曾经的那个"四肢健全、红光满面、英姿勃发的帅气小伙"③和"身材高挑、腰肢柔软……美得令人难以想象"的清纯少女。④他们又回归那个与大自然浑然一体的温馨"家园"，享受二人从前的美好。那个"家园"其实不过"是个山边的浅洞，从充当洞门的树枝空隙望出去，只见一片炫目的蓝色花潮从山坡涌向山谷，又流过山谷，融入大海。我们也这样往外看着，想象着我们坐在一艘大船上随波漂流，乘风而去"⑤。于是，自然的这种和谐与神圣被孟多部落纳入其信仰机制，经由马努列多向曾代表西方基督教思想的鲁滨逊先生表述出来："未来的大教堂将是自然……人们最终不得不回到树木、溪流和光秃秃的岩石那里，那就是孟多民族的信仰。"⑥这是表征着孟多人民美国黑人－印第安种族文化身份的最终归宿，也是沃克对人类未来理想生活的美好憧憬与建构，更是这些具有混杂性身份的边缘团体在其第三空间中发出的异质之声。

荣格说："随着科学认知力的成熟，我们的世界变得非人性化了……打雷不再是愤怒之神的声音，闪电也不再是复仇的发射物，河流不再有精灵，树林不再是人的生命本源，蛇不再是智慧的再现……他与自然的联系消失了，象征的联系所提供的深奥的感情力量也消失了。"⑦据此论及《父亲的微笑之光》中的鲁滨逊先生，西方文明不但未使孟多部落获得启蒙，反而使作为西方"文明人"自身的他精神上越发匮乏，远离真正的

---

① Alice Walker, *By the Light of My Father's Smile*. New York: Ballantine, 1998, p. 84.
② Ibid., p. 69.
③ Ibid., p. 137.
④ Ibid., p. 194.
⑤ Ibid.
⑥ Ibid., p. 181.
⑦ [瑞士]卡尔·荣格等：《人类及其象征》，张举文、荣文库译，辽宁教育出版社1988年版，第75页。

精神家园。马克思深刻剖析了"理性化"价值理想中现代人的精神分裂与灵魂的无家可归:"一切社会状况不停地动荡,永远的不安定和变动……一切神圣的东西都被亵渎了。"① 不可否认,沃克在其文本中流露出对神秘化和原始生活的渴望,在建构人类未来应有的理想生活时似乎退回人类原初的蒙昧时代。在人类文明高度发展的现代理性社会,沃克以一个混杂性的原始部落信仰来挑战西方以人为万物尺度的思维方式似乎只是隔靴搔痒,但她却未因其微而不为。显然,沃克所宣扬的宗教思想在某种程度上是对西方人类中心论、殖民文化和男权主义的一种反拨,也是沃克以自己特殊的混杂性作家身份为世界贡献一份文化思想财富。沃克力图以美国人的身份宣告自己对美国的种族、性别和文化信仰的深层审视,同时又以美国黑人-印第安女性的混杂性身份建构多元信仰的第三空间,批判正在失去健康的自然和人性的主流文化。

(二) 爱之指归

沃克在访谈和散文中多次表述自己对爱的诠释,她在怀特(Evelyn C. White)访谈中说:"生活是关于成长、奋斗、扩展你对自我和他人的爱。"② 对沃克而言,如果人们拥有了爱,就不会故意伤害任何人。沃克对爱的理解与基督教的爱之理念并行不悖:耶稣以爱己之心去关爱近邻,沃克则认为:"当我们真正去爱毛病多多的自己时,我们也会去爱他人,因为我们会意识到自己与他人无何两样,都具有人性的光辉,也存在缺陷和不足。"③ 沃克所言的爱是一种自爱、包容和宽恕,也是一种"不受约束、无法划分和控制的革命性情感"④。因此,沃克在其散文集中宣言:"我的宗教是爱"⑤,"我们的转变不是像基督,而是要成为基督。……生活中最应学习的是如何去爱"⑥。

在《父亲的微笑之光》中,孟多部落的《瓦多之歌》不仅彰显对自然的敬畏,亦强调人性之爱的重要意义。《瓦多之歌》以大段的歌词阐明爱的意义,强调爱在人类生存中的不可或缺:

我不知道

---

① 《马克思恩格斯选集》第 1 卷,人民出版社 1995 年版,第 10 页。
② Evelyn C. White, *Alice Walker: A Life.* New York: W. W. Norton, 2004, p. 43.
③ Alice Walker, *Anything We Love Can Be Saved.* New York: Random House, 1998, p. 149.
④ Ibid., p. 160.
⑤ Alice Walker, *The Same River Twice.* New York: Scribner, 1996, p. 33.
⑥ Alice Walker, *Anything We Love Can Be Saved.* New York: Random House, 1998, p. 120.

>   我来自何方
>   我不知道
>   我前往何处
>   我只知道
>   我从心底
>   感受到
>   我就在这里
>   哪怕一点点爱
>   都会令我
>   受宠若惊
>   　　　——《瓦多之歌》[1]

　　父亲鲁滨逊先生对麦格达莱娜的鞭打造成她永久性身心创伤，与亲情，尤其与父爱疏离。马努列多死后不久，麦格达莱娜也在对他的思念中离世，其亡灵飘到了孟多人亡灵的栖息地瓦多，吟唱《瓦多之歌》以跨越这条冥河。与生前的孤独和自我迷失不同，作为亡灵的麦格达莱娜虽然不知道来自何方，前往何处，却感受自我真切的存在——"我就在这里"，而这一自我存在感正源于在孟多人的冥界中重获自己在人间所缺失的爱。

　　在《父亲的微笑之光》中，鲁滨逊先生一家在尘世间所无法消解的恩恩怨怨在接受孟多部落充满宽恕之爱的文化信仰后烟消云散，他们破碎的自我在冥界重新恢复完整。其实，鲁滨逊先生一家生前本应幸福美满，但由于鲁滨逊先生在穿上基督教的"黑袍子"后逐渐失去了自我，最后完全被上帝的声音掌控，正如后来他与马努列多在冥界所言，自己"被吸进了黑袍子里"，"内心是一个黑黑的无底洞"[2]。他的亡灵如此反思道：

>   我在什么时候才意识到自己的"自我"正在失去！以前我可以惬意地同孟多村庄里的男人们谈话。如今我在他们旁边竟成了一道影子。原因不是像我以前认为的，因为我穿着黑长袍、黑裤子和戴着黑帽子，标志着我的职业是灵魂的牧羊人，不是。因为我把我的自我以

---

[1] Alice Walker, *Anything We Love Can Be Saved*. New York: Random House, 1998, p. 192.
[2] Ibid., p. 143.

第三章 混杂性宗教:宗教信仰的第三空间

某种奇怪的方式删除了。我是一个只会说漂亮话却墨守成规的人。①

鲁滨逊先生意识到自己被白人上帝抹去自我,"被吸入黑袍子",尽管每天在与妻子的欢爱中寻找生活乐趣,布道词中的贞洁观却使他变成一位暴君,剥夺了麦格达莱娜享受快乐的权力,家庭由此出现裂痕:因与马努列多偷食禁果而被"慈父"鞭打的麦格达莱娜身心俱碎,失去爱的能力,通过自我伤害反抗父亲的暴行;苏珊娜因目睹父亲的暴行而心生阴影,开始以双性恋作为自己的性爱方式;妻子兰莉对鲁滨逊刻意疏远。尽管鲁滨逊先生手握"用来拯救人类灵魂的黑本本,花费一生的时间苦寻与女儿沟通的方式"②,但至死心愿未遂。鲁滨逊先生被迫承认:"我读的是我们那里最好的学校,可是我最想学的东西,譬如如何比白人更好地安排人生,如何自己活得好也让别人活得好,教授们却无从教起。"③ 现在,飘荡于瓦多附近的鲁滨逊先生只好求助于马努列多,向他咨询与女儿和解以及实现自我完整之法。于是,生前教化"原始孟多人"的鲁滨逊先生之魂在孟多部落的冥界受教于"蒙昧"的马努列多,皈依孟多人的信仰,以孟多人的宗教仪式为麦格达莱娜祝福,最终双方和解。

马努列多告诉鲁滨逊先生,按照孟多人的信仰,每个人死后都要完成特殊的"使命":

> 将你落在身后的、因你的过错而步入迷途的人领回正路。给那些被爱抛弃的心灵带回爱。……每个部落成员皆担负此任。……孟多人毫不怀疑,人在生前与死后的生存目的是完整,宽恕那些伤害自己的人,得到那些被伤害之人的宽恕,这样才能渡过冥河,完整而去。④

鲁滨逊先生的使命是,作为麦格达莱娜最亲近的人,他要按照孟多人在出生、结婚、死去时所要奉行的仪式去迎接麦格达莱娜的亡灵,去接受孟多民族对各种人性之爱的不同阐释。

沃克在小说的扉页中写道:"人类和天使之所以徘徊在情爱周围,是因为它一直是被藏在黑暗中的一个光源。"孟多人的父亲们高兴于自己孩子享受性爱带来的快乐,会露出月亮般的微笑。因此,孟多部落的年轻人

---

① Alice Walker, *Anything We Love Can Be Saved*. New York: Random House, 1998, p. 216.
② Ibid., p. 103.
③ Ibid.
④ Alice Walker, *By the Light of My Father's Smile*. New York: Ballantine, 1998, pp. 148–149.

幽会时会一直吟唱"父亲的微笑之光"①。小说的标题——"父亲的微笑之光"正标志着孟多人对性爱的神圣表达和来自父亲的深沉之爱。作为父亲，鲁滨逊先生终于明白：

> 那是我可怜的女儿在那些年里总在吟唱的歌，我还能听见她绝望地呼喊。我无视她的歌中所包含的恳求的意味，她是在乞求我去看看、去目睹她发现的月光，去爱和祝福她所爱的一切，但被我拒绝了。本来，是我把她带到那个我曾宣称要尊重的民族和文化中去的，但当我简单粗暴地阻碍她时，我背叛了这个民族的文化，而她却已深深地爱上了它。在她眼里，我自然是倒退了。

鲁滨逊先生恍悟当时的自己不仅背叛了孟多民族的文化，还背弃了他的自我和作为父亲所应具有的人性。

鲁滨逊先生——这个被白人文化洗脑的"黑白人"最终在马努列多有关爱的教化下迷途知返，改过自新。他在孟多部落的瓦多冥河边，为了女儿和自己的完整，履行父亲的职责，与女儿和解："我的名字叫父亲……我是关心你的父亲，你是我的爱女。"② 彼此相互宽恕的一对父女终于冰释前嫌，实现自我的完整救赎，体味重获亲情与爱的快乐。

> 渡河时
> 宽恕那些人吧
> 此乃正确之举
> 虽然他们的幸福
> 缘自我们的痛苦
> 离开此岸时
> 我们的心会更仁慈
>
> 渡河时
> 宽恕乃正确之举
> 不再仇恨
> 伤害过我们的人

---

① Alice Walker, *By the Light of My Father's Smile*. New York：Ballantine, 1998, p.198.
② Ibid., p.200.

第三章　混杂性宗教:宗教信仰的第三空间　145

他们可悲且孤独
宽恕乃正确之举

唯有忘却
他人的冒犯、入侵
"瓦多"水浅处
乃回家之路
　　　——《瓦多之歌》①

小说中,孟多部落崇尚宽恕之爱的文化信仰确保人们心怀仁爱之心,宽恕他人并得到他人的宽恕。沃克以此喻示,如果人人皆存宽恕与责任,人间就不会相互为敌、罪恶弥漫,人们会共享一个充满和谐与爱的世界。

其实,孟多人民并非完全反对鲁滨逊先生强加给他们的基督教,因为孟多部落的信仰与基督教思想异中存同,那就是两者都倡导宽恕。他们发现基督教的某些教义与孟多人的信仰相互融通,正如孟多人质问鲁滨逊先生那样,"你真以为我们不知道应相互关爱,不知道我们对面的人其实是我们自己,不知道偷盗为坏事、索取他人之物对我们有害,不知道我们是伟大之神的一部分并因此被关爱吗?怎样的人才不知道这些事情啊?"②但孟多人民的信仰更注重为他人、为整个民族承担的责任与义务。他们要对自己的命运负责,为他们生前的所作所为负责。他们深知,死后没有救世主为其恢复生活,只能靠自己来实现这一切。

不同于西方思想所强调的个人主义,孟多民族的信仰关注个人责任和群体价值,这是能够跨越冥河的关键,也是孟多人的生活内核。此外,孟多人对于爱的信仰虽然在很大程度上与基督教爱的思想性质相同,但在基督教中,人们接受和模仿基督的爱,只能通过上帝来认知和践行爱。孟多人(沃克)所信仰的爱鼓励人们去爱,因为"他们是人,也就是说,他们认可和崇尚善良、宽恕、同情和患难与共等诸多人性之举皆是人之本性的理念"③。从此种意义上看,沃克所显化的孟多人的文化信仰是对西方物质化和父权制社会的质疑,影射西方所谓的普遍性精神信仰对人类纯真灵魂的伤害,人类更需要类似孟多人的入门曲引其进入另一世界。

---

① Alice Walker, *Anything We Love Can Be Saved*. New York: Random House, 1998, pp. 156–157.
② Ibid., p. 148.
③ Alice Walker, *The Same River Twice*. New York: Scribner, 1996, p. 37.

沃克认为，基督未向人类传授有关宇宙活力的知识，却传递上帝是"分布任务者和移植者"的刻板形象①，一个认为"女性理应受苦并充满邪恶"的上帝②，这是沃克从母亲信仰的基督教传统中所了解的上帝。在《父亲的微笑之光》中，沃克没有简单地否定上帝形象，而是将其视为与自然等同的神性存在。以沃克之见，我们现在的兄弟姐妹、我们的祖先、睿智之人以及自然众生皆是耶稣，值得敬畏："我尤其认为我们所敬畏的耶稣必须被引申……如果这样，耶稣就很容易与异教信众共存一处……我们的祖先……早已在践行他所传授的爱与责任。"③

奥斯瓦尔德·斯宾格勒认为，"不同民族文化的特殊性和个性有助于矫正欧洲人长期以来形成的自以为是的欧洲中心主义，以认识并尊重其他文化存在的权利和价值"④。《父亲的微笑之光》中的孟多人民开辟出种族和文化信仰的"第三空间"，如巴巴所言，"在固定身份的间隙通道开辟了一种文化混杂性的可能，这种混杂性容纳差异而非一种假定的或强加的等级制"⑤。于此，沃克将其文学创作视为拯救的艺术，如其文集《我们所爱的一切皆得拯救》的书名所示，借助孟多民族这一倡导自然和爱的宗教信仰，将自然与人类、男性与女性、民族与民族的边界弥合，昭示"异教"信仰的人性之光，诠释这一异域文化对自然和人性之"爱"的真谛："它微笑着将月光洒向相爱的人儿，更像为儿女衷心祝福的慈父的目光"⑥，使他们在自然的教堂中享受爱的温润，共同实现自我和生存的完整。沃克旨在向世人表明，要拯救"人与人、民族与民族、人与自然"之间的破裂关系，最佳方式是对彼此的尊重与宽容，要对一切施以人性的关怀与真爱。这种人性之爱跨越物种与性别、跨越种族与政治，如同温暖的阳光，比疾风骤雨更能有效地脱掉包裹自己的厚重"外衣"，回归轻松快乐的自我本真。

二 印第安宗教信仰的身心疗愈

阿拉莎赫尔（Alasha Gloria Hull）在采访沃克等当代美国少数族裔女

---

① Alice Walker, "The Diary of An African Nun." *In Love & Trouble*. New York: Harcourt, 1973, pp. 113–118.
② Alice Walker, *Anything We Love Can Be Saved*. New York: Random House, 1998, p. 13.
③ Ibid., p. 25.
④ 转引自吴奕锜《差异·冲突·融合——论"新移民文学"中的文化冲突》，《湖北大学学报》（哲学社会科学版）2000 年第 5 期。
⑤ Homi Bhabha, *The Location of Culture*. London and New York: Routledge, 1994, p. 2.
⑥ Alice Walker, *By the Light of My Father's Smile*. New York: Ballantine, 1998, p. 197.

性作家时指出："世纪之交……一种新的精神性……开始形成。……这种精神表达以坚实的文化基础与传统基督教为根基，但又融合了其他元素。"① 诚如赫尔所言，沃克多元的精神性一直贯穿创作始终，其"新的精神性"表现在她融合了所有祖先的信仰和思想，包括黑人群体对基督教信仰的批判性接受与演化、美国黑人-印第安混血部落对多元文化信仰的综合践行，然后是凸显"印第安性"的美国印第安萨满教传统。

美国印第安人所信奉的萨满教是一种古老的灵性修为，他们将自然视为灵性和疗愈的源泉。萨满教以"万物有灵"的信念为基石，以崇奉氏族或部落的"祖灵"为主体，兼具"自然崇拜"和"图腾崇拜"等内容②，其中包含一套调节生态平衡、保持人与自然和谐关系的机制。萨满教在印第安人的宗教意识中确立了各种具体的信仰和崇拜对象，以神灵的名义要求人们敬畏自然并保护自然，重视人的身心同时重视健康的思想，质疑基督教信仰与西方普遍接受的人类与自然相分离、灵魂与肉体相剥离以及神性专属于上帝等精神/物质、灵魂/肉体、神圣/世俗等二元对立的观念。这些对立观念使"优越、理性"的人类剥削或破坏"世俗化"的自然合法化。沃克因此感言："我希望同我的美国印第安祖先一样，始终保持被强制信奉'天堂'中的上帝之前时的那种与自然融为一体的意识。"③

沃克在2004年出版的小说《现在是敞开心扉之际》鲜明流露出典型的印第安萨满教意识，它的篇名即出自印第安萨满教歌词，该部小说是沃克对主人公萨满教精神之旅的细致描述。在小说致辞中，沃克同《紫颜色》一样，对陪伴、眷顾和庇护探索者、先驱和艺术家的各位守护神表达谢意，并对原本可能成为萨满的祖母凯特·奈尔森表达了思念之情。沃克的致谢表明，作为与各位祖先之灵进行神交的产物，该部小说必然会以精神发展为内核，人物、情节抑或叙事本身都会在整个精神世界中被神化。

《现在是敞开心扉之际》的主人公凯特·奈尔森是一位有着美国黑人和印第安双重血统且衣食无忧的中年女作家，她的名字与沃克自己的祖母名字一致。沃克在小说开始前专述一段文字予以介绍："当我的父亲还是个孩子时，他的母亲被谋杀了。她嫁给我的祖父之前名叫凯特·奈尔森。

---

① Akasha Gloria Hull, *Soul Talk: The New Spirituality of African American Women*. Rochester: Inner Tradition, 2001, pp. 1-2.
② Diana Ferguson, *Native American Myths*. London: Collins& Brown Limited, 2001, pp. 50, 55.
③ Alice Walker, *The Same River Twice*. New York: Scribner, 1996, p. 25.

这本小说是对她有可能成为心理探索者的纪念。在写作过程中，它使我明白自己是多么想念她，我会一直想念她。"① 这段"家谱"式叙事赋予主人公凯特·奈尔森以家族传记色彩，她在同名的祖母与作者沃克本人之间回溯家族历史的过程。关于这一点，沃克也曾表白："很高兴在凯特这个人物身上重现了我自己关于生活的发现，重新连接起我对祖母的渴望……带着那么多的爱想起她，并以她的名字为荣。"② 而沃克对血脉祖先的渴望在小说中最终引向大写的"祖母"——自然，架接人与自然的神启。

在《现在是敞开心扉之际》中，贯穿文本始终的印第安人图像喻指凯特与他人的多元关系以及对自我身份的深刻反思。小说开头，主人公凯特将自己的名字改为凯特·奈尔森·说话树（Kate Nilson Talkingtree）③，这使她具有一种源于自然的神秘。这位融家族历史感和自然神秘感于一身的混杂性人物，从最初对自我身份及人生意义的困惑到科罗拉多大峡谷漂流后的内省，再到印第安人聚居地亚马孙热带雨林之萨满旅程中所经历的梦境、净体和服食"祖母仙草"的体验，进行着与主流宗教截然不同的疗愈实践，最终在与多元祖先亲密神交中实现自己对自然的神性与认同。

（一）源自梦境的神启

弗洛伊德认为，"梦是心灵在睡眠状态下对刺激的反应方式"，它"借助于潜意识的愿望而转化为思想的原始方式，转化的结果便是那一愿望的满足"④。依弗洛伊德之见，愿望的满足是梦的不变之特征。在美国印第安传统中，梦则是人们从祖先处获得启示的路径之一。梦在美国印第安萨满教具有独特的意义，它是梦中人与祖先进行交流的一种方式。萨满在睡眠期间会灵魂出窍，可以漫游神灵世界，与其守护神相会，以获得超自然的知识和奇妙的智慧。《黑麋鹿如是说》中的黑麋鹿正是在诸多梦境中与祖先进行交流，接受他们有关民族历史的教诲。《梅丽迪安》中的梅

---

① Alice Walker, *Now Is the Time to Open Your Heart: A Novel*. New York: Random House, 2004, p. 14.

② 王卓:《共生的精神传记——解读沃克新作〈现在是你敞开心扉之际〉》，《济南大学学报》（社会科学版）2008 年第 3 期。

③ 沃克作品中的人名大多具有重要内涵，此名亦不例外，Talkingtree 体现沃克对自然界的认同。沃克在散文中曾言，"我一直想给自己取名'树花'（Treeflower）或'野草'（weed）"（*LBW*, 98），但遭到反对。最终，沃克正式将中间的名字 Malsenior 改为 Tallulah-Kate，以向自己的美国黑人 - 印第安血统的祖母致敬。参见 Evelyn S. White, *Alice Walker: A Life*. New York: W. W. Norton, 2004, p. 462。

④ [奥] 西格蒙德·弗洛伊德:《精神分析引论》，彭舜译，陕西人民出版社 2000 年版，第 226 页。

丽迪安亦在印第安精神影响下在梦中获得启示。《现在是敞开心扉之际》中的凯特同样有着意义不凡的梦境，当她意识到自己生活在噪音充耳、物欲横流的现代社会时，她感到莫名空虚。令凯特困惑的是，"她开始每晚梦见一条河，但它已经干涸。她在一片古老的森林中寻找自己的生命，也就是那条河。经过长途跋涉，她会找到它，但它遍地黄沙"[1]。在美国印第安宗教信仰中，水由于对生命存在的不可或缺而具有举足轻重的宗教意义，它使人与神圣空间建立联系，内蕴自然生命本身的变革力量。凯特对曾经的宗教信仰产生失望，在不断复现的那条干涸之河的梦境驱动下，她与有着同样困惑的女性们来到水流湍急的科罗拉多河漂流。之所以选择科罗拉多河，是因为它是"最深、最急、最有挑战性"的河流之一。诚如朋友所言，这里汹涌澎湃的河水与突如其来的暴雨体现自然的神秘力量，也使凯特大病一场，但身体上的病痛却令其精神得以净化升华，如梅丽迪安病愈后的灵感。这种经历再次呼应了《黑麋鹿如是说》中黑麋鹿的灵性经历，那就是在病痛中获得祖灵的神启。

此后，凯特一直与水亲密接触——漂越湍流、经受暴雨"洗礼"，尤其多次关于水的梦境，均预示凯特的精神转变。例如，在漂流的前夜，凯特梦见自己身处一幢高耸的建筑物中，得到有关要涨水的通知。她原以为水会涨到门槛，结果看到一个黑人妇女从高处的全球水利控制中心朝她挥手，同时开闸放出一种乌黑发亮油一般的水，淹没了所有楼层，她的公寓瞬间淹没于水中。她以为自己会溺水而死。令凯特称奇的是，她似乎非常擅长在这种油、水混合物中游泳。众所周知，在非梦境的现实世界，油和水原本互不相溶，这种貌似荒诞的水、油相溶状态呼应沃克《马儿使风景更美丽》中的篇首《献祭》一诗。在此诗中，沃克接纳自己的所有祖先，其中包括因强奸恶行而构成家族的白人曾祖父、黑人曾祖母以及美国印第安外祖母。这种在种族政治现实中不可逾越的多元边界却在沃克的家族中模糊不清，尤其白人祖父与黑人祖母的种族与阶级对立关系，但彼此无法融通的种族成员却并存于同一家族空间，颇具讽刺意味。而在此诗集的最后一首诗《说给我以之为友的人们》中，沃克再次为我们呈现跨越种族、宗教、性别边界的朋友们和谐共存的平等世界："这些在另一时空因某些社会壁垒而可能彼此孤立的个体，因对地球的共同关注变成携手互

---

[1] Alice Walker, *Now Is the Time to Open Your Heart：A Novel*. New York：Random House，2004，p. 164.

助的友人。"① 有鉴于此，在《现在是敞开心扉之际》中，凯特梦中的油、水相溶似乎预示了代表黑人的油和代表白人的水可以混溶的可能性，反映沃克对不同种族，尤其白人种族与美国黑人和印第安等少数族裔之间能够和谐共处的美好愿景。同时，沃克借此梦境挑战主流种族类属中的黑/白分界，也使自己与过去、人类的祖先和这个世界建立起联系。

另一梦境出现在科罗拉多河漂流之旅期间。在《黑麋鹿如是说》中，黑麋鹿详细介绍过自己突然晕倒，昏迷很长时间后进入一种幻梦状态。《现在是敞开心扉之际》中的凯特从漂流的第四天开始也大病一场，持续发烧、呕吐和腹泻不止，感到自己似乎"滑入"一种超现实的状态：凯特觉得自己生活在非常狭窄的空间，四周被红色的岩壁包围。科罗拉多河在身体外部咆哮，而凯特的内心同样波涛汹涌——对过去生活的各种痛苦的记忆蜂拥而至。于此期间，凯特反思自己过去的生活，思考生命的真正意义。

科罗拉多大峡谷的漂流象征凯特走向内心自我的成长过程，如水所寓意的变革力量，"是凯特理解内在和外在生命的开始"②。她在此漂流过程中所入梦的内容皆是凯特对往事的复现或延伸：母亲的意外去世以及之前并不幸福的婚姻。而这一切所带给她的情感缺失、心理困惑和生命中的欠缺感全部随着代表变革力量的科罗拉多之水漂流而逝。更为重要的是，在科多拉多大峡谷，凯特发现了印第安人的千年手印，她感到"那一手印的重要影响，就好像那是一种握手。某个人，在数个世纪或千年的过去向她伸出双手"③。这一与祖先的相联使凯特内有自我的真实本质，她真正意识到自己原来不知如何接纳真实，或者说是在逃避客观现实：染黑头发，掩盖真实年龄；拉直头发，掩盖种族特征，这种对真实身份的否定是其身心崩溃的主要症结，因为真实与历史如那千年手印，可能被隐藏，但永远存在，无法抹灭。最终，科罗拉多河的澎湃气势与大自然的神圣感促使凯特明白，只有接纳全部自我并融入自然才能使她心境平和，才可以获得治愈创伤的良药，这正是她所需要的真正宗教，也是梦中之河的指引。

在《现在是敞开心扉之际》中，美国黑人－印第安女萨满阿奴奴认为，"这个世界正失去的东西是祖母……世界上有很多祖母，小写的祖母

---

① Alice Walker, *Horses Make A Landscape More Beautiful*. San Diego: Harvest, 1985, p. 396.
② Gerri Bates, *Alice Walker: A Critical Companion*. Westport, Connecticut: Greenwood Press, 2005, p. 164.
③ Alice Walker, *Now Is the Time to Open Your Heart: A Novel*. New York: Random House, 2004, p. 50.

（g），但大写的祖母（G），一些女人觉得不可能找到，那种缺失正是令我们恐惧的东西"①。这一启示令凯特恍悟自己噩梦不断的根源，那就是，她在潜意识中感到了祖母的缺失，从小写的祖母凯特到她在自己文章中提到的有着印第安血统的祖母鲁拉，再到大写的祖母大地和自然。按照阿奴奴的说法，女人的梦境与祖母的缺失感不无关系："一些人会开始梦到河，但它们是干涸的。"② 阿奴奴认为，"在每个女人的一生中都会有意识到祖母缺失的那一刻，只不过她们没有意识到或误以为那是别的什么东西"③。

可以说，科罗拉多河的漂流之旅是凯特的大写祖母以梦的方式呼唤其寻找自我的一种实践，为凯特在心理和精神上寻找大写祖母的精神之旅做好准备。而凯特的诸多梦境犹如浩瀚之海的航标，在雾浪苍茫中引领凯特驶上这条寻找自我、认知自我、实现完整自我的精神航程。正是这些源自祖先的梦之神启破解了凯特那些现实生活中无法解释的疑惑，使其身心获得前所未有的释放。然而凯特所期盼的还不止于此，她更向往一种"处女般的生活"，一个"完全成为自己"的生活④。凯特于是再次踏上了另一"魔幻"之旅，随亚马孙热带雨林"寻药团"进行更为超验的精神旅程，在孕育着丰富生命的热带雨林和印第安传统信仰的萨满教中，凯特"寻求边缘，但又寻求中心"⑤，最终获得自己终极的精神疗愈。

（二）源自大地（母亲）祖母⑥的"仙草"疗愈

美国印第安萨满教认为，不论萨满得到的是知识还是力量，它们都具有疗愈性，它的疗愈范围包含物质、身体、心理、灵性等各个层面，可与其他治疗方式搭配，其中服食草药便是一个重要手段。在《两种文化的相遇：美国印第安医药之路》中，齐佩瓦人阿特肯（Larry P. Aitken）解释如下：

---

① Alice Walker, *Now Is the Time to Open Your Heart: A Novel*. New York: Random House, 2004, p. 102.
② Ibid., p. 80.
③ Ibid., p. 103.
④ Ibid., p. 102.
⑤ Ibid., p. 193.
⑥ 沃克对大地的称谓已经发生变化，从原来的大地母亲到"祖母之灵"。在《现在是敞开心扉之际》中，沃克解释了运用该词的原因："祖母是指曾经活着的年纪最大的人，具有与树认同的原始女性的特质。"这一观念与美国印第安人的信仰契合。黑麋鹿曾经表达"敬畏大地祖母"的观点。

与西方人将药看成一种纯粹的科学观念不同，印第安人的医药概念是网状的，它糅合了宗教、哲学、精神、医疗、心理、生态等多个层面。在印第安传统文化中，药是一种生活方式，是身体、精神、物质世界、知识能力和情感力量的组成部分，连接着生活的方方面面，也连接人与人、人与世界的关系。[1]

凯特所参与的团队参加者来自不同的国家和地区，有着不同的经历，但都承受着身体或心灵的伤痛。就凯特而言，作为美国黑人和印第安人，凯特在美国看不到自己真实的存在；作为现代女性，凯特也敏感地注意到全球变暖、物种灭绝和战乱频发，地球正在遭受人类的毁灭，人类正处在即将灭亡的边缘。凯特深陷迷茫之中，找不到生存的意义所在。因此，这一团队的目的是希望通过服食"仙草"邂逅传说中的"祖母"，以期和祖先进行对话，解除内心的困惑，获得心灵上的疗愈。

在小说中，凯特在美国印第安男性萨满阿曼多和美国黑人-印第安女性萨满阿奴奴引领下，服用神奇的"祖母仙草"（Grandmother yage）后神清气爽，精神升华，并与大地祖母进行了亲密对话，为自我发现之旅开启神奇的心灵之门。"祖母仙草"被印第安居民奉为"大地祖母/母亲"赐予的神草，据说它可以使人进入一种忘我之境，能够聆听到神灵的低语，因此"yage"一词也有"灵魂之酒"的美称。这一称谓表明，在印第安人看来，仙草的治疗作用与其说是身体的，毋宁说是精神的，而这正是凯特对大地祖母的期求。"祖母仙草"这一有趣的名字使读者联想到小说开端那段关于祖母的前言：如果沃克的祖母凯特恰好生活在当下，她是否已经成为能够疗愈人们心灵的女性萨满？这位具有传奇经历的美丽女人拥有自己"与众不同的惬意和智慧……当我步入生命的后段旅程时，我感到迷失，这些启示使我明白，在集体意识中，人类是多么渴望在祖母的文化中出现啊！"[2]

在阿曼多和阿奴奴的引导下，凯特与其他西方人服下"祖母仙草"，他们与内在世界——他们的自我建立联系，以面对和克服自己最深层的恐惧，明晰生活的缺陷和伤痛。这一过程包括以植物汁液引发呕吐和腹泻，对身体进行深层洗涤，正如阿曼多告知的那样："你永远不能将一片神圣

---

[1] Larry P. Aitken, *Two Cultures Meet: Pathways from American Indians to Medicine*. Duluth: University of Minnesota Press, 1990, p. 5.
[2] 王卓：《共生的精神传记》，《济南大学学报》2008年第3期。

的药丸放入被污浊的身体。"① 而被净化后的身体使凯特等人"甚至能够感到他们在'祖母'的疗愈下与大自然浑然一体，与森林共同呼吸"②。

草药的作用、萨满师的指导以及"寻药团"全体成员的相互关爱使凯特和她队员们相继敞开心扉，向大地祖母吐露内心深处的秘密。大地祖母在他们生动的灵视中向凯特等人言明祖先的隐秘与智慧，使这些人的内心伤痛得到疗愈，并深受教诲——作为后代，首先要接受祖先，但没有必要背负祖先的沉重负担。只有忘却种族的背景，承认全人类的共性，即没有人是完美的。学会宽恕他人，相信人的潜能，知道人本性善，只有这样才能获得自由③。此番经历，尤其在与"祖母"的"对话"中，凯特终于明白"祖母"原来就是地球，就是大自然，就是所有被父权统治和种族主义侵害的祖先，她惊喜地感到自己与千万年前的祖先建立了联系。在与自然祖母的对话中，凯特学会了包容，懂得了人与植物、动物乃至大自然之间的伙伴与亲缘关系，也从中认识了自己。这样，包括凯特在内的"寻药团"成员成功地在这复杂浩大的世界中找到属于自己的位置，找到了自己的彼岸④，并使自己沉浸其中。

在祖母神的帮助下，凯特的内心世界变得平静安然，她对未来的生活开始充满信心。团体中的其他成员也逐渐驱逐心中的迷雾，勇敢面对现实，身心皆获疗愈。这是祖先与群体力量的结晶。正是通过与他人分享彼此的过去，包括分享痛苦，并获得彼此的帮助与支持，每个伤痛的个体才摆脱了恐惧的纠缠，勇敢面对未知的一切。另外，正如萨满阿曼多所言，只有充满人性与敬畏之心，我们才能遇到大地祖母，才能与他人联系，因为"只要你对药物疗愈的神圣空间以及所聆听的故事持有敬畏之心，一切将会变好"⑤。沃克通过凯特和寻药团的成功疗愈向读者展现美国印第安人所信奉的"祖母"和群体力量，这与远在天堂的基督教上帝和强调个人主义的西方思想截然不同。在自我疗愈或救赎中，沃克强调印第安文化中的群体合力，而非凸显个人主义，她崇尚自然，而非基督教思想中与

---

① Alice Walker, *Now Is the Time to Open Your Heart*: *A Novel*. New York: Random House, 2004, p. 52.
② Ibid., pp. 143-144.
③ Ibid., pp. 191-192.
④ 在《现在是敞开心扉之际》中，沃克将"河岸"作为生活的隐喻。当凯特梦见枯竭的河流时，她知道自己的生活已经变得毫无意义。沃克在《我们所爱的一切能够获得拯救》和《两次渡过同一条河》中均用到河岸（riverbank）这一隐喻。
⑤ Alice Walker, *Now Is the Time to Open Your Heart*: *A Novel*. New York: Random House, 2004, p. 144.

所谓的自然"他者"剥离。沃克在《现在是敞开心扉之际》中告诫我们，植物能帮助我们重新与更大的生命整体以至整个宇宙建立联系。她在诗歌中赞扬墨西哥裔印第安人萨比娜（Maria Sabina）时承认自然在生活中的重要性："她接受/大地/供应的/所有能够疗伤的'子孙'，无论是蘑菇/烟草或香草/作为药物，以之/治疗/治愈/所有/来/找她的人。"① 沃克相信，只要人们齐心协力，就能有助于大地的生存。在小说中，大地祖母建议："放弃任何一种理念，你们人类所做的一切将最终破坏了我……你们所创造的饮剂和毒药无一不改变我所创造的模式。"② 此引文一方面表现美国印第安人的思想，即人类的生活是一个循环，其中对地球的破坏将会在某一点发生；沃克的阐释也使我们想起"天赋神权"和"自由意志"的基督教观念。然而，虽然看似悲观，沃克仍憧憬大地得以拯救的未来——充满多样性、和谐性、一体性的万物共生的世界，如"大地祖母"所言，"正如你们人类认为的那样，其实非常简单。只要所有的人变得思想同一，即地球的思想"③，那就是要"和谐统一，即和平"④。于此，印第安信仰中的神或灵，或曰"上帝"，以祖母神的形象显化出来。在他们的信仰中，祖母神是世界上最古老的树，头顶蓝天，根固大地。因此，基督教中神秘缺场的上帝在印第安信仰中被普通化、自然化、女性化，强调一种人与自然的完美融合。

凯特在亚马孙雨林之旅中通过与祖母的"对话"获得疗愈，并确认了自己的多元身份：

> 我是个美国人，是美国印第安人。在其他的任何地方，我这个所谓的黑人——非洲人、欧洲人和印第安人从未存在过。唯有在这里，我才存在。在非洲，没有欧洲人和美国印第安人。在欧洲，没有非洲人和印第安人。唯有在这里；唯有在这里。⑤

她的名字"凯特·奈尔森·说话树"无疑彰显其文化身份的混杂性，

---

① Alice Walker, *Absolute Trust in the Goodness of the Earth*. New York: Random House, 2003, pp. 222–225.
② Ibid., p. 193.
③ Alice Walker, *Now Is the Time to Open Your Heart: A Novel*. New York: Random House, 2004, p. 192.
④ Ibid., p. 194.
⑤ Ibid., p. 53.

该名真正呼应了印第安萨满教的祷辞——"敞开心扉",对自然,对大地祖母,更对自己的全部传统言说真实,实现更为完整的自我。

在小说的开端,凯特曾拆除了自己禅室的供龛,其中包括耶稣神像。她意识到自己的生活正在失去意义,精神信仰也存在危机。而经历了科罗拉多大峡谷漂流和亚马孙"仙草"之旅后,凯特又恢复了禅室中尘封已久的摆设,不仅挪回耶稣神像,还在供龛上添放了祖母神药,摆上一株枝繁叶茂的盆栽,寓意名字中的 talkingtree。这一做法无疑标志凯特真正敞开心扉,欣然接纳全部自我的回归。在这一回归过程中,凯特复杂的哲学、政治、宗教思想和对世界、生态以及人类所表现出的深层思索与关怀,折射少数族裔女性在更迭变幻的历史中的精神生存[1]。在此意义上,小说所关注的正是主人公跨越历史与现实、时间与空间边界的精神成长,实现与祖先进行有关前世/今生、人类/自然等亲密对话所承载的深层寓意。可以说,这是祖母留给认同自己美国黑人-印第安身份的主人公,或者说留给沃克本人的精神遗产。它使凯特,当然也包括沃克在内,重新收回真实完整的自我,坦然接纳自己被否定和"边缘化"的文化与身份。

沃克在一次访谈中曾言:

> 凯特去了亚马孙,经历了萨满的启发并发生转变,了解了印第安人关于地球的理解。她看到,或是被传授了萨满教,分享了打开人类心扉的共同目标。因为只有我们在敞开心扉之际,才能像感到整个世界处于被战争毁灭的危险时一样感知彼此。[2]

这是沃克对凯特精神之旅的总结,也是沃克对自己宗教信仰的全面梳理。

沃克没有为我们描述独具特色的印第安文化与人物,而是以一种"泛印第安性"的萨满教,宣扬人类与大地友好共存的理念。这种对印第安性的问题化表述招致了部分评论者对沃克作品的批评,如卡库塔尼(Michiko Kakutani)在《纽约时报》中评价沃克的《现在是敞开心扉之际》是一部"令人乏味的新世纪训诫文集"[3],该评论不乏说服力,但沃克强调与认同"印第安性"的目的并非旨在凸显美国印第安文化身份的

---

[1] Gerri Bates, *Alice Walker: A Critical Companion*. Westport, Connecticut: Greenwood Press, 2005, p. 12.
[2] 王卓:《共生的精神传记》,《济南大学学报》2008 年第 3 期。
[3] Michiko Kakutani, "If the River Is Dry, Can You Be All Wet? Review of Now Is the Time to Open Your Heart." *New York Times*. 20 (2004): 2.

别具一格，而是将其作为实现思想与精神去殖民化的工具。准确地说，沃克试图通过印第安信仰中对自然万物的敬畏和尊重，促使小说人物摒弃破坏自然的生存思维方式，发扬非主流文化信仰中的人性光辉。沃克将美国黑人和印第安民族的宗教信仰，尤其是印第安民族敬畏自然、与自然平衡相处的生存方式作为小说人物摆脱西方主流文化束缚的有效途径，激发他们健康的环境意识和关注自然万物的生存权利。在沃克看来，"没有人像印第安人这样更欣赏与感激大地"[1]。沃克继而引用黑麋鹿之言，企盼与黑麋鹿一样"被赋予轻踏大地的力量，成为万物的一名亲戚"[2]。尽管沃克在文本中对"印第安性"的展现存在某种程度的片面性，她将美国印第安民族的文化，尤其那些与美国黑人民俗文化密切相关的方面纳入自己的文化视野，作为质疑主流文化的差异性工具，或者将之视为对美国黑人思维定式去殖民化的工具。这是一种促使人类生活与自然保持共同完整的努力，正如唐纳·温切尔指出的那样，"沃克的追求不再只为给予个体追求者以精神健康的完整，同时也是为人与人、人与民族之间的融合，最终达成人与宇宙本身的完整"[3]。沃克将完整的概念拓宽，表明每个人只有将自己看作与他人和周围世界息息相关，并成为其中一分子时才会真正获得身心完整，而通往完整的路是一条相互尊重、和平共存之路，也是一条具有深刻精神性的互利之路，"因为认知来自灵魂"[4]。在铺筑这条精神之路时，沃克试图将"印第安性"作为自己有关环境哲学的支撑，表现印第安民族中所倡导的人与自然的和谐、男女之间的平等以及精神性的完整，批判和挑战主流白人强势话语，将自我实现作为接纳自身的混杂性和跨越文化与时空边界的一个过程，同小说中由不同肤色的成员所组建的寻药团体一样，最终将所有不同民族的同胞联系起来，实现共同的精神去殖民。

沃克在文学中再现的信仰令一些主流基督教信徒不悦，但正如亨利·西蒙斯（Henry Simmons）之所见，沃克拓展了上帝的形象，"讲述上帝新的生活故事"，"想出了关于上帝的语言"，表达出"历史与宗教中上帝的众多神圣在场"[5]。在面对基督教神圣的约束感和质疑其对宇宙之爱的教

---

[1] Alice Walker, *Living by the Word*. New York: Harcourt Brace Jovanovich, 1988, p. 150.
[2] Ibid., p. 151.
[3] Donna Haisty Winchell, *Alice Walker*. New York: Twayne Publishers, 1992, p. 100.
[4] Karla Simcikova, *To Live Fully, Here and Now*. Lanham: Lexington Book, 2007, p. 22.
[5] Henry C. Simmons, "Reflections on *The Color Purple*: Losing, and Finding God in Nomale Images." *Living Light*. 25 (1986): 358.

谕是否真实时,沃克的宗教观变更了现实的精神与道德观,亦提供一种可能性,那就是,如果基督教没有代表全面的正义和包容一切的爱,我们传递给人们的便是一个垂死之神和一个行将灭亡的地球。

在沃克的宗教体系中,西方的基督教上帝被脱掉了种族主义、殖民主义和男权主义的外衣,进行着一种自然超验的身心体验和跨越人类与自然边界的对话。对美国黑人-印第安人凯特而言,这种认知帮助她克服了恐惧和迷失,实现了对自身中那份"印第安性"的超越性认知。对沃克而言,通过赋予凯特以传统的信仰维度,沃克实现其对所有宗教传统的客观认同与积极弘扬,并在主流基督教占主导地位的空间边缘为那些"异教"发出异质之声。巴巴认为,从边缘处发声是一个更为对话性的过程,它建构一种差异而混杂的第三空间,这一空间并非"简单地修订或逆转二重性,而是重新评价和分割与其差异的意识形态基础"[1]。沃克从边缘处发出的差异之声撼动了主流基督教的至高主体,也消解了将文明化使命捆绑于种族起源的历史主义模式,削弱了欧洲中心论的宏大叙事。沃克使我们认识到西方宗教思想对当今世界的危机所应承担的责任,也使我们意识到少数族传统信仰中灼灼闪耀的人性光辉。

列宁有句名言,"宗教是麻醉人民的鸦片"。然而,对于一个曾在非洲与美洲大陆创造过辉煌文明的美国黑人和印第安民族而言,西方白人强制性的麻醉政策并不能扼杀两族人民对传统文化的诉求,更无法使他们世代深陷于失语之境。当西方白人怀着"教化"这些异教徒的目的而将《圣经》递到他们的手中时,一方面,这部用于同质边缘文化的书本为生活在美利坚国土上的"荒蛮"人群打开了一扇掌握英语、了解美洲白人文化的大门;另一方面,他们又因内化这种异域信仰而造成自我异化和迷失,但最终将基督教与民族信仰传统的积极因素融汇,建构一种信仰"新质"——"在日常生活中将大地敬为上帝——自然为其神灵"[2],获得自我实现与完整的智慧。

沃克颇具混杂性特质的文化信仰体现了美国黑人、印第安民族等多元文化相互混合的独特魅力,赋予美国的精神文化以新的生机和活力。沃克没有将宗教经验看作孤立于人生、历史和文化的经验,相反,她对"异教"信仰的文学显化反映出沃克对"父母们被教育去鄙视,至今仍为之

---

[1] Homi Bhabha, "Postcolonial Authority and Postmodern Guilt." *Cultural Studies*. eds. Lawrence Grossberg, Cary Belson, and Paula Treichler. New York: Routledge, Chapman And Hall, 1992, p. 568.

[2] Alice Walker, *Anything We Love Can Be Saved*. New York: Random House, 1998, p. 9.

不安的信仰"的重新认识①。在沃克看来,这种信仰适合美国少数族裔的基督教环境,是文化与历史的根源所在。因此,沃克认为:"上帝就是万物……是完整的东西,不是在上或在下,不是与自己孤立开来的某物。"②

沃克在小说中将这种颇具混杂性的美国黑人和印第安文化信仰置于主流基督教的对立面,又置于基督教传统之中,在美国文化的"大家庭里"播下异质文化、异质传统和异质生活方式的种子,形成异化的第三空间。严格地说,这一空间不属于任何一种文化传统和民族传统,它们是在全球性接触与交流中不断被转换的社会价值场域。当我们尊重那些差异性文化和社群的叙述权时,我们就能够将家园与世界真正连接起来。沃克所展现的美国黑人、美国印第安精神文化与基督教信仰共存于沃克的精神空间,这种边缘文化与中心文化在第三空间的碰撞与交流,改变了边缘文化的绝对劣势地位,将弱势的美国黑人和印第安民族的边缘文明提升至较高之位,肯定了边缘文化的价值存在,同时也反映了沃克的大同共生思想。可以说,沃克于此不仅将传统宗教文化作为实现这种理想的一种主要策略,还在文化和民族交界的第三空间为颇富差异性的美国黑人与美国印第安传统精神文化呼唤认可与尊重,并向主流群体表明自己对混杂性身份的深切认同。

正是通过这种混杂性的宗教呈现,沃克为其多元的族裔身份创造出一个文化语境,其中文本的叙事、人物的发展、意象的内涵相互融合,使文本显化出混杂性宗教意识,成为印证其文学混杂性身份的有效手段。正如沃克倡导的正义与宽恕,沃克的作品客观地批驳基督教思想中的缺陷性,但并未倡导对少数族裔文化传统的全面回归,对于那些违逆人性的部族文化,如非洲的割礼习俗,沃克仍置以尖刻的批评。沃克的真正目的是希望在以主流白人文化占主导地位的第三空间内为其真实的混杂性自我尊重开辟一片新天地。

归根结底,就宗教信仰语境而言,沃克的作品超越了美国主流文学和美国黑人文学的常规样式,洋溢着美国主流文化、美国黑人文化与美国印第安文化水乳交融的混杂性特色,形成独特的文学新质。沃克不仅在她的作品中运用宗教传统,还把宗教传统与小说融为一体,建立一个被改变的世界,因为沃克"相信变化,个人的变化,社会的变化"③。她利用种族

---

① Alice Walker, *Anything We Love Can Be Saved*. New York: Random House, 1998, p. 17.
② Alice Walker, *The Same River Twice*. New York: Scribner, 1996, p. 25.
③ Alice Walker, *In Search of Our Mothers' Garden: Womanist Prose*. New York: Harcourt Brace Jovanovich, 1983, p. 35.

信仰传统来推动社会变革,将文学本身作为宗教和政治行为进行重构。因此,通过再现自己多元的宗教传统,沃克挑战了已经在很大程度上失去精神性的美国文化,质疑主流群体对其界定的美国黑人身份,其"不确定性"与"动态性"本身印证了"变化"之质,表现沃克对强势种族、政治和宗教话语的消解。

第四章　混杂性身份：美国黑人－
　　　　印第安身份认同

　　混杂性身份不仅指生理意义上的身份，还包括更多的文化重叠现象及其形成的复杂文化心理，因为一切文化的界线都在变化中，都在与其他文化相互影响。巴巴对混杂性文化身份现象给予积极的肯定："混杂是通过差异性的重复认证来重估对殖民身份的认识，它展示了对所有文化歧视和文化压制场所进行扭曲和置换的现象。"①

　　就美国黑人和美国印第安人之间的种族和文化的混杂性身份而言，历史学家福布斯（Jack D. Forbes）在《非洲人与本土美国人》（*Africans and Native Americans*）中提到，"尽管当代美国黑人和印第安人有着复杂血统……但由于种族主义强行将其进行种族划分，使原本复杂的族裔属性变得简单化"②。由于共同遭受压迫的经历，美国黑人和美国印第安人的自由运动鼓励人民寻求共同身份，抵制主流话语对边缘群体的歧视和他者化，新出现的身份概念成为挑战原来单一性政治身份的有力工具。沃克的小说恰恰反映这种身份属类的问题性，她的作品不仅触及白人与黑人之间复杂的跨种族、跨文化关系，更关注美国历史和社会中的美国黑人和美国印第安人之间的盘根错节，展现美国黑人和美国印第安人民共同的历史境遇及其为实现平等权利而付出的不懈努力。

　　沃克亦多次阐明自己的跨界性身份：

　　　　我们是混血儿……我们是非洲人和商人。我们是印第安人和定居者。……我们是剥削者和被剥削者……那些祖先，无论黑人还是白人，我相信，都经受了奴隶制的痛苦。……他们为此付出了代价。确

---

① Homi Bhabha, *The Location of Culture*. London and New York：Routledge, 1994, p. 112.
② Jack D. Forbes, *Africans and Native Americans：The Language of Race and the Evolution of red-Black People*. Urbana：University of Illinois Press, 1993, p. 271.

实，他们用自己的痛苦换取我们彼此的亲善。①

沃克自述的混杂性身份跨越了种族与政治边界，反映美国历史与现实的混杂性之根。沃克认为，只有承认自己的多元身份才能揭开全部的自我与历史真貌。这种混杂性身份具有动态性，压迫者和被压迫者双方都受到某种制度的影响。沃克旨在表明，主流社会的那种单一、本质化的身份概念已经无法阐明群体内部的异质性与多元性。

沃克的作品探讨身份的复杂性，包括民族身份、性别身份、种族身份以及文化身份。主流文化和美国黑人、印第安文化的边界和边界跨越使边缘族群联合起来，从中找到解脱卑屈、顺从、失语地位的良策。当小说中的人物在集体的文化传统中发现自己的身份"记忆"并讲述给其他同胞时，他们同时找到了主张自己身份的出口，建构出混杂性种族或文化身份，不仅提升了人们对社会规范和环境责任的情感意识，还实现了巴巴的"文化定位"，有助于"抵制主流文化将种族/文化群体等二元对立作为同质、极化的政治意识"②，并推进文学研究的"转向"。

第一节 双重的自我：黑白种族、文化边界的对抗与协商

杜波伊斯在《黑人的灵魂》一书中曾言："20 世纪的问题是个肤色界线的问题。"③ 杜波伊斯所说的肤色问题指的是种族问题。同杜波伊斯类似，其他学者也指出："美国黑人的混杂性身份源于其双重意识。"④ 这种双重意识，即杜波伊斯所谓的二重性（two-ness），意为两种不同或对立的身份竭力共存于一身。杜波伊斯就此指明美国黑人的身份困境体现为一种"双重意识，一种奇特的感受……感觉有两个自我：一个美国人、一个黑人。两种彼此不能调和的斗争、两种并存于一个黑色躯体内的敌对

---

① Alice Walker, *Living by the Word*. New York: Harcourt Brace Jovanovich, 1988, p. 89.
② Homi Bhabha, *The Location of Culture*. London and New York: Routledge, 1994, p. 207.
③ W. E. B. Du Bois, *The Souls of Black Folk*. Rockville Maryland: Arc Manor Publishers, 2008, p. 10.
④ E. Kdri, Iyall Smith and Patricia Leavy, eds., *Hybrid Identities: Theoretical and Empirical Examinations*. Boston: Brill, 2008, p. 7.

意识"①。这是在对立的文化世界观中表现出的矛盾心态,以巴巴之见,这种矛盾状态体展示一种潜在的危机:"当两种不同的文化相遇时,危机随之产生。"② 的确,在白人构建的种族文化中,黑人因其双重意识而感到自我存在的危机,他们摇摆于黑白两种文化之间,试图将其分裂的两个自我融合成"一个更好、更真实的自我"③,不希望丧失两个旧我中的任何一个,白人文化和黑人文化在美国黑人的自我定义中缺一不可。美国黑人不愿使美国非洲化,因为美国具有值得其他地域或非洲学习的积极因素;他们也不愿使其"黑人的灵魂"被"白色的美国精神漂白"④,因为黑人的精神是其黑人身份之根,是历史传统的继承。他们希望自己既是黑人又是美国人,不受黑人同胞的排斥,也不会在美国永远被关闭机会之门⑤。可见,这一"更好、更真实的自我"是介于黑人和白人之间的自我,是黑人认同混杂性身份的关键。

保尔·吉尔罗伊(Paul Gilroy)指出,双重意识不再是黑人文化被异化的消极体验,而是不同政治理想和族裔散居体验所形成的黑色大西洋情感结构,是"思想、存在和体验三种模式构成的不快乐共生现象"⑥,体现族裔散居文化身份的特征——"克里奥耳化、异体合成、混合的和在漫长的岁月中逐渐形成的不纯的文化形式"⑦。巴巴认为,正是这种"不纯的"种族文化身份瓦解了黑/白种族文化的二元边界,促使相互冲突的两者不断进行融合与协商。

一 非洲人/美国人双重自我的对抗与协商

双重自我的形成与人物的生存环境和生存经验密切相关,政治上的动荡、文化上的融合和互相影响都会形成被边缘人物复杂的生存体验,导致双重意识和混杂性文化身份的产生。它本质上表现为一种心理、社会和文

---

① W. E. B. Du Bois, *The Souls of Black Folk*. Rockville Maryland: Arc Manor Publishers, 2008, p. 5.
② Homi Bhabha, *The Location of Culture*. London and New York: Routledge, 1994, p. 207.
③ W. E. B. Du Bois, *The Souls of Black Folk*. Rockville Maryland: Arc Manor Publishers, 2008, p. 2.
④ Ibid., p. 3.
⑤ Ibid., pp. 3 - 5.
⑥ Paul Gilroy, *The Black Atlantic: Modernity and Double-Consciousness*. London: Verso, 1993, p. 12.
⑦ Paul Gilroy, "Diaspora and the Detours of Identity." *Identity and Difference*. Ed. K. Woodwood. London: Sage Publication, 1997, p. 335.

化上的既分裂又融合的含混状态。沃克的多部小说均书写人物的双重意识，《拥有快乐的秘密》更突出这一主题，描述双重意识（或双重自我）对小说的主要人物，尤其是主人公塔茜精神发展的影响。

塔茜是非洲本土人，嫁给了美国黑人牧师亚当，随亚当一家移居美国。塔茜深受非洲与西方两种相互对立的文化与思想观念的影响，形成双重人格，既经受自我迷失与分裂的煎熬，又力求将分裂的自我彼此融合，表现出心理和行为上的矛盾性。可以说，塔茜的生存境遇影射了美国非洲人或黑人散居者的生存群像，她的困境不仅质疑"流行的非洲神话"[1]，还揭示（黑人）女性所受压迫的跨文化性。

（一）非洲自我的迷失

《拥有快乐的秘密》的人物是《紫颜色》中几个人物的复现，其中包括茜丽的一双儿女美国黑人亚当和奥利维娅，还有亚当的非洲妻子塔茜。小说的人物表现出沃克探讨黑人群体在非洲和美国散居的现实：亚当和奥利维娅一家从美国来到非洲奥林卡传教，婚后的塔茜离开本土非洲移居到美国，成为美国公民。这种跨越地域和文化边界的交融必然使他们具有双重意识。亚当和奥利维娅虽然也是黑人，他们却成长于美国，深受西方思想意识的浸染，将非洲视为"未被开化"的"黑暗大陆"，试图帮助这些"愚昧"的非洲同胞走向文明。沃克将二人的思想与塔茜形成对比：作为美国黑人传教士，亚当和奥利维娅外向好奇，善于表达爱慕之情；塔茜矜持沉静，竭力恪守民族文化传统。对非洲人而言，听奥利维娅讲述有关非洲的故事令其困惑。奥利维娅对所遇到的非洲人及非洲经历的描述与祖母茜丽的所述大相径庭。她如此描述与塔茜的初次见面：

> 塔茜站在她母亲身后。她的母亲矮小驼背，在其布满皱纹的黑色脸上露出一种冷酷的表情。一开始只有塔茜，小黑手和胳膊——猴子的四肢……我记得当时抬头看了看父亲，心想，我们多么神奇啊，穿越丛林、草地、河流和野兽遍布的整个国家，来到父亲说过多次的奥林卡村庄。[2]

奥利维娅所专注的代表整个非洲形象的塔茜之"黑"和被喻为劣等物种

---

[1] Ellison Butler Evans, *Race, Gender, and Desire: Narrative Strategies in the Fiction of Toni Cade Bambara, Toni Morrison, Alice Walker*. Philadelphia: Temple University Press, 1989, p. 170.

[2] Alice Walker, *Possessing the Secret of Joy*. New York: Harcourt, 1992, pp. 6–7.

的"猴子"无形中强化自己美国身份的优越感。此时的奥利维娅置身于两种世界中,承认自己是非洲人,却否认同胞塔茜与自己的平等,换言之,否定自我意识中那部分非洲自我。这一被否定的非洲部分以戴勒斯基(H. Daleski)之见,就是主体的"更阴暗部分"[1],也是罗杰斯(R. A. Rogers)所言的"对立的自我"[2]。杜波伊斯认为,这种彼此对抗的双重自我是使有色人种变成隐形人的"面纱",也是杜波伊斯自己竭力克服的问题:"我清楚记得……一个新来的小女孩拒收我的卡……我忽然意识到自己与他人的不同,或许在心灵、生活和期望中的不同,但却被巨大的面纱隔离于他们的世界之外。"[3] 与杜波伊斯一样,奥利维娅对自己的"家园"——非洲的认知同样因西方文化的影响而被一层"面纱"遮蔽,造成她非洲自我的残损和迷失。

对非洲本土人塔茜而言,亚当一家在奥林卡的传教虽未对奥林卡的整体命运有所改观,但其西方价值观却影响了塔茜和母亲,她们渐渐疏离自己的传统文化,转向以基督教为代表的西方文化思想:塔茜的母亲放弃她的非洲名字,改成西方人常用的凯瑟琳(Catherine);塔茜脱掉奥林卡部落的传统服装,穿上了西方女子的高领宽大罩衫,并与奥利维娅成为教会学校仅有的两位女生。塔茜甚至打破奥林卡民族的信仰禁忌,与亚当在庄稼地里幽会,享受偷食禁果的欢愉,没有为此感到本族人所谓的龌龊可耻。塔茜生活方式与思想的"西方化"使其非洲自我渐渐缺失,自己也因对民族文化的"离经叛道"而遭到同胞们的鄙夷。

随着西方对非洲影响的日益深入,塔茜所在的整个村庄开始遭受西方文明带来的恶果,曾经拥有村庄与土地的奥林卡人"沦为了乞丐"[4],"除了黑皮肤以外被盘剥得一无所有"[5]。塔茜的描述揭露西方殖民主义的直接后果——奥林卡"长期处于殖民主义的现实与欧洲人对民族文化的践踏中"[6],不仅导致奥林卡人民的身心崩溃,还最终摧毁了奥林卡的传统文化。

---

[1] H. Daleski, *The Divided Heroine: A Recurrent Pattern in Six English Novels*. New York: Holmes & Meier, 1984, p. 18.
[2] R. A. Rogers, *A Psychoanalytic Study of the Double in Literature*. Detroit: Wayne State University Press, 1970, p. 62.
[3] W. E. B. Du Bois, *The Souls of Black Folk*. Rockville Maryland: Arc Manor Publishers, 2008, p. 2.
[4] Alice Walker, *Possessing the Secret of Joy*. New York: Harcourt, 1992, p. 22.
[5] Ibid., pp. 23 - 24.
[6] Alice Walker, "Interview with Bravo, Arlington." *South Bank*. November, 1993.

沃克在访谈中曾说道："如果你的文化被彻底破坏，你还存有什么？……要保留你所知的东西。"① 塔茜因本民族文化传统的遗失而痛苦，在小说中践行了沃克的自问自答，然而塔茜的所知和用来维系自己非洲自我的方式只是一个非洲风俗——女性割礼。为了消弭同胞对自己的讥讽之声，塔茜虽然错过了割礼的最佳年龄，仍决定奉行这一仪式，企图以此保持与部族的永久联系。在塔茜看来，奥林卡的女性割礼仪式具有反抗殖民统治的特殊意义，因为除了身体，非洲的一切已被西方殖民者盘剥殆尽，女性的身体成为对抗殖民主义的唯一场域。塔茜也希望借助割礼收回自己因西方影响而失却的非洲自我，重获"纯正"的非洲文化身份——"这些标志赋予我勇气。我为自己索要了这个标志。"② 女性割礼由此被塔茜视为"唯一保留奥林卡传统的印章……这一手术……使她认为能够加入到坚强不屈的女性群体中，成为完整的女人、完整的非洲人、完整的奥林卡人"③。

然而，尽管塔茜力求回归民族文化的纯粹性，她却"无法再像祖先们那样言听计从"④，西方文化的熏陶令塔茜对非洲这一文化习俗产生怀疑，为自己的非洲自我认同打上双重印记，即黑皮肤/白面具，深陷于对白人他者的肯定和对黑人"他者"的否定并存之困境，造成自我认同的双重异化。割礼非但未使塔茜恢复自己的非洲自我，反而更加疏离部族群体，背负永久的身心伤痛。她对非洲自我的追寻与其说是情感的转变，毋宁说是身体的碎变。可以说，塔茜经历了分裂主义模式的主要阶段：发现自己深受西方文化的"漂白"而迷失了非洲自我；试图通过部族割礼重收失去的一切，却因西方文化影响至深而与本民族文化永久性割裂。对塔茜而言，部族"洗礼"并非恢复自我和重获奥林卡女性身份的良策，也不是表征非洲文化纯粹性的真正符号，而是父权机制对女性规训的痛苦烙印。

此外，塔茜所求助的精神导师——割礼实施者莉萨并不具备帮助塔茜实现愿望的能力。莉萨因为"她在解放战争时的地位……以及她对奥林卡古老习俗的恪守"而被视为非洲国家的活纪念碑⑤，然而莉萨本人也毫无例外地成为这一习俗的受害者。她因多年为非洲女性实施她所诟病的割

---

① Alice Walker, "Interview with Bravo, Arlington." *South Bank*. November, 1993.
② Alice Walker, *Possessing the Secret of Joy*. New York: Harcourt, 1992, p. 24.
③ Ibid., p. 64.
④ Ibid., p. 117.
⑤ Ibid., p. 147.

礼而痛苦，早已失去非洲精神的"纯粹性"，对"我们的领袖"和女性的脆弱憎恶有加：

> 难道我们的领袖没有生殖器吗？有证据证明他割掉过一个睾丸吗？这个男人有三个妻子，生了11个孩子。我想这意味着这个家伙的私处保留完好……但女人，（莉萨嘲笑起来），女人过于懦弱，不能看到笑容背后的诡计。一个男人笑着告诉女人，她们哭的时候看上去很美，女人便会派人取刀。①

不难推断，莉萨只是个名过其实，甚至助纣为虐的"精神导师"。可以预见，塔茜在这一力求摆脱西方认同、重塑非洲自我的工程中注定会以失败告终。

塔茜原本是个身心完整的快乐女人，但在小说的后续章节中，割礼破坏了塔茜与亚当本应幸福的婚姻，二人均失去了爱的快乐；割礼还造成塔茜生产艰难，儿子因头部受压而记忆迟缓；塔茜因惧怕再次生产的剧痛而堕胎。这些遭遇带给塔茜巨大伤痛，最终令其行为疯癫，只能通过幻想维系些微的理智。弗洛伊德认为，人们喜欢倚靠幻想寄托自己未实现但却有可能实现的前景②，然而曾经完整的非洲女人塔茜此时看不到未来，自觉"已经死了很久"③。作为小说的主要叙事者，塔茜所指的死亡意味着非洲自我的迷失。她在艰难的生存状态中绝望地自我追问："我是谁？"④

（二）双（多）重自我的对抗与协商

杜波伊斯曾如此描述过黑人在美国的生活经验："在美国社会……黑人被赋予了超人的洞察力。这个社会没有给他真正的自我意识，而是让他通过另一个社会的展现看到自己。这是一种没有真正自我的意识，是一种总要通过他人的眼光来审视自己，用另一世界的尺度衡量自己灵魂的感觉。"⑤ 就塔茜而言，这种双重意识正是她在对抗与认同自己的非洲人和美国人双重文化身份时的真实写照。

---

① Alice Walker, *Possessing the Secret of Joy*. New York: Harcourt, 1992, p. 238.
② S. Freud, "The Uncanny." *Fantastic Literature: A Critical Reader*. Ed. D. Sandner. Westport: Praeger, 2004, p. 86.
③ Alice Walker, *Possessing the Secret of Joy*. New York: Harcourt, 1992, p. 3.
④ Ibid., p. 36.
⑤ W. E. B. Du Bois, *The Souls of Black Folk*. Rockville Maryland: Arc Manor Publishers, 2008, p. 2.

第四章　混杂性身份：美国黑人-印第安身份认同　167

　　为了获得心灵平静，塔茜与亚当婚后移居美国。在美国，塔茜不仅学会欣赏美国文化，也获得了"超凡的洞察力"，发现了美国的缺陷和不足：她无法获得所欲求的自我完整，却从白人的眼神中体验种族歧视。塔茜开始相信，白人的冷漠残酷"不是由于她是黑人，而是因为他们是白人"[1]。但不可否认，塔茜本人亦充满种族歧视思想，她经常贬斥美国黑人与非洲人之间的差异。以塔茜之见，美国黑人妇女具有"她毫不喜欢"的特性[2]，并逐渐将生活在美国视为"一种折磨"[3]。由此可知，塔茜不仅深受美国种族主义的伤害，自身无形中也助推了美国的种族歧视。沃克似乎要通过塔茜的经历使种族主义全球化：美国黑人受到美国白人的压迫，而本土非洲人同样未被美国白人和美国黑人等同视之。反之，本土非洲人也排斥美国黑人。按照鹤田町（Randall Tsuruta）所言，"一个黑人对另一个黑人的鄙视是一种扼杀分歧的疾病"[4]，沃克于此似乎在质疑："美国黑人的家在何方？"被殖民的非洲和文明发达的美国皆非归宿，两者都给人一种无家可归和精神游离之感。尤其对黑人女性塔茜而言，她无法在美国种族与性别歧视下获得自我认同，在非洲俗劣的环境中又无从发展，何况非洲同胞早已否认塔茜的非洲身份。于是，塔茜在这二者之间的缝隙中滑移，以一个中间人的身份在文化的夹缝中苦寻自我。莎皮罗（Lavura Shapiro）认为，塔茜奋斗一生，只为"在其家园语境下和在西方的家庭中实现一个非洲身份"[5]。令人遗憾的是，塔茜在作为家园的非洲和作为家庭宿主国的美国均未遂愿，变成文化的"无家者"，一个"文化的孤儿"，处于悬置的无根状态。沃克于此将塔茜所面临的种族主义和无家可归普遍化："如果你摒弃或否定一种文化，你又属于何种文化？如果你回归非洲，你所回归的非洲又是怎样的非洲？"[6]尽管沃克未曾就上述问题明确作答，她仍关注重新发现自我与追溯自己血脉之根的过程。

　　塔茜一直在非洲与美国两种文化中痛苦挣扎，认为能够获得完整的唯一方式就是杀死"恶魔"莉萨。她毅然返回非洲，以美国人的装束和非洲人的乡音去"拜望"莉萨，并结束莉萨的生命。结果，非洲和美国皆

---

[1] Alice Walker, *Possessing the Secret of Joy*. New York: Harcourt, 1992, p. 38.
[2] Ibid., p. 119.
[3] Ibid., p. 167.
[4] Randall Tsuruta, "Review of *Possessing the Secret of Joy*." *The Black Scholar*. 22.3 (1992): 87.
[5] Lavura Shapiro, "Review of *Possessing of the Secret of Joy*." *Newweek*. 8 (1992): 57.
[6] Leslie Ann Snow, *Searching for Black Spirituality in A White World*. New York: Simon and Schuster, 1994, p. 77.

判塔茜死刑,两个国家均拒绝承认塔茜的身份:美国任由塔茜死亡是因为没有认同她是美国公民;非洲判处塔茜死刑则因其背叛了自己的民族和文化①。塔茜对两国的权力机制充满憎恨与绝望:受西方思想的影响,塔茜失去自己的非洲自我,不能再称非洲为自己的家园,或者说不能完全认同被自己抛弃并抛弃自己的非洲;她也无法接受西方文化或被西方文化接受。塔茜如此描述自己深陷"夹缝"的挣扎:"我的稍大的一半试图杀死稍小的另一半。"②

然而,沃克并未使塔茜永远处于双重自我彼此"争斗"的尴尬之境,沃克通过塔茜多次变换名字令读者看到塔茜从双重自我的分裂逐渐走向融合的过程,尽管这一过程漫长而曲折。作为对自我和身份认知的媒介,塔茜共变过六次名字:塔茜、伊芙琳、伊芙琳-塔茜、塔茜-伊芙琳、塔茜-伊芙琳-约翰逊夫人,直至最后没有连字符的塔茜伊芙琳约翰逊精神(Tashi Evelyn Johson Soul)。这些不同的名字展示出她对自我认同的演进过程。在小说的稍前部分,主人公名叫"塔茜",具有非洲身份的塔茜为了保持非洲特性而接受女性割礼。然而,貌似收回这一身份的塔茜恰恰因此失去了非洲自我和本性存在,每当塔茜难以承受生活现实时,便会隐退于她的"虚幻生活",诉诸讲故事来"掩饰自己无法面对的真相"③。在美国,认同自己美国黑人"伊芙琳"的身份标志着塔茜对其美国自我的接纳,她期望埋葬令其痛苦不堪的非洲过去。遗憾的是,她围绕自己所创造的美国想象并未持久:当"伊芙琳"听到美国白人女性艾梅在美国也同样经历过阴蒂切除术时,"伊芙琳"被理想化的美国形象击成碎片④。因此,"伊芙琳"击破了美国"善待"女性的神话,借此影射女性遭遇的跨文化性。当她重返非洲"拜望"莉萨时,其名字改为"伊芙琳-塔茜",此时的她已不再轻信、天真,当她回答莉萨关于美国人"究竟什么样"时,塔茜意识到自己对宿主国——美国的爱,"美国人看上去像个对他人,有时甚至对自己都隐瞒伤痛的病人。美国人有些像我"⑤。此刻,塔茜在同界定"她是谁"的文化和一个已经属于她并感觉自己正融入其

---

① 塔茜本来打算用刀杀死莉萨,但最终按照莉萨的"旨意",用枕头捂住莉萨的头部,令其窒息而死,然后放火焚尸。莉萨告诉塔茜,能够被自己施行割礼的女人杀死并被焚烧是她这种人的最高荣誉。因此,颇具讽刺意味的是,塔茜对自己民族传统的背叛同时又是对民族传统的维护。

② Alice Walker, *Possessing the Secret of Joy*. New York: Harcourt, 1992, p. 74.

③ Ibid., p. 130.

④ Ibid., p. 177.

⑤ Ibid., p. 204.

中的社会进行协商。塔茜发现,美国象征着一个场域,于此,自己可以同时是"塔茜"和"伊芙琳",兼非洲身份与美国身份于一身,"将对非洲的记忆融入对美国现实的意识中"①。

在生儿子本尼的过程中,塔茜目睹了美国医生惊愕的反应和亚当尴尬的表情,她因此以"塔茜-伊芙琳"表现产房中自己的反抗性沉默。医生们无法想象塔茜在如此的身体状况(女性割礼)下尚能进行夫妻生活,甚至怀孕生子!由"伊芙琳-塔茜"变成"塔茜-伊芙琳",这一逆转标志塔茜先退回非洲身份、继而恢复其美国身份的心理斗争,通过他人的反应和自身的创伤,她使自己的非洲/他者自我置于一个晦涩的美国名字之前。当她后来了解到非洲的女神崇拜传统和象征女性神圣爱欲的玩偶时②,"塔茜-伊芙琳"这一名字再次出现,暗示对非洲文化的认可与欣赏。重新拥有快乐的秘密使主人公将非洲名字"塔茜"前置,将美国名字"伊芙琳"置于次位,但无论何者居先,两个名字的相伴出现说明,塔茜已经将其非洲和美国身份融合,契合沃克企望表达的信息,即某种形式的性别割礼到处存在,即便在美国同样如此。因而,沃克的这一思想使塔茜浓缩了所有女性的生存境遇。

不可否认,塔茜的命名过程是她对自我身份的认知过程。在此后的叙事中,塔茜的名字,或者说对自我的认同不断转换,时而单独运用,时而以连字符的形式出现。当她感到自己更接近她的非洲或美国身份时,就以"塔茜"或"伊芙琳"分别自称。这种看似怪异的命名次序暗示主人公复杂的逻辑:不同的名字表明主人公身份中的非洲与美国成分由初始的相互对立到逐渐融合,最终形成一个相对和谐的一体。

在小说的最后两部分,塔茜将"约翰逊(亚当的姓)夫人"字样加在带有连字符的"塔茜-伊芙琳"后,即"塔茜-伊芙琳-约翰逊夫人",但她不是在承认自己的婚姻身份,而是昭示其对婚姻的绝望。她以"塔茜-伊芙琳-约翰逊夫人"的身份给丈夫死去的白人情人莉塞特写信,表述自己对丈夫亚当的失望:他拒绝为有着她这样经历的女性布道,因为他"为此感到耻辱"③。这是一个跨越生/死与黑/白边界的时刻:莉塞特已经撒手人寰,塔茜亦将赶赴黄泉,但她仍试图交流,消解自己昔日对这位白人情敌曾经的嫉恨,拆除种族和社会壁垒,这一超越阴阳和黑白

---

① Alice Walker, *Possessing the Secret of Joy*. New York: Harcourt, 1992, p.200.
② Ibid., p.256.
③ Ibid., p.274.

边界的信件反映塔茜重建自己种族与性别身份的信心。在给莉塞特写信的这一时刻,塔茜真正意识到自我命名在自我身份认同中的积极意义。于是,塔茜在临终时将名字中的连字符全部删除,变成"塔茜伊芙琳约翰逊灵魂"。这一发自"灵魂"深处的彻悟不仅使塔茜拥有了自己的"灵魂",还以所有名字混合并置的方式对自己非洲、美国、妻子(和母亲)的混杂性身份进行了明确的认同,达成灵魂上的和解。

沃克在《以文为生》中写道:"无论谁接不接受我们,包括我们'既定'的自我,我们必须是完全、真实的自己。随着年纪渐老以及更多地聆听发自灵魂的痛苦心音,对我们来说,我们是谁已经清晰可见。"[1] 虽然塔茜多半人生中未曾获得自我接纳,她在生命将尽之际却对真实全部的自己明确认知,并"获得满足"[2]。她以一位美国女性的视角对自己的非洲文化进行一种"他者性"认同,那就是,塔茜用奥林卡旗帜的颜色制作一种令所有非洲同胞为之震惊的对抗女性割礼的标牌,希望引发他们对真实自我的认知:"如果你对自己的痛苦说谎,你就会被那些声称你喜欢它的人们杀害。"[3]

邦妮·布兰德林(Bonnie Hoover Braendlin)曾言,"沃克小说中的黑人女性实现了一个'动态'、'存在'的目的……她们通过做出与社会规约和期望相悖的痛苦选择来发现自己的身份"[4]。诚如布兰德林所言,塔茜为了"发现"和认同"完整"的自我身份,经历了漫长而痛苦的历程——迷失、挣扎、疯癫、梦醒、杀人、圆融,最终"满意地"死于极刑,塔茜以此升华为一个颇具启发意义的象征,呼吁人们反抗任何形式的统治。作为少数族裔女性,塔茜在充满伤疤的历史与日常生存的奋争中找寻自我和快乐,发现"真正快乐的秘密就是反抗"[5]。

艾里森认为,双重自我和双重意识是美国黑人对体制化种族主义和剥削的一种健康的自我保护性反应。换言之,它是美国黑人根据非洲人的文化原则重新阐释白人的文化模式,以调和、修改和重建个人文化传统[6]。塔茜则反其道而为之,她以一种西方白人的文化模式重新审视自己的非洲

---

[1] Alice Walker, *Living by the Word*. New York: Harcourt Brace Jovanovich, 1988, p. 82.
[2] Ibid., p. 281.
[3] Alice Walker, *Possessing the Secret of Joy*. New York: Harcourt, 1992, p. 106.
[4] Bonnie Braendlin, "Bildung in Ethnic Women Writers." *Denver Quarterly*. 17.4 (1983): 83.
[5] Alice Walker, *Possessing the Secret of Joy*. New York: Harcourt, 1992, p. 281.
[6] [美]伯纳德·贝尔:《非洲裔美国黑人小说及其传统》,刘捷等译,四川大学出版社2000年版,第419—420页。

文化传统，这种修正后的传统有利于美国黑人对抗美国白人和非洲人的种族与文化分离主义，是较为具有实效的生存策略。塔茜是所有黑人，尤其是黑人女性境遇的缩影，她如一粒飘落异域的种子，在无数灾难中磨炼自己的韧性，最终找到一套抵御痛苦、实现自我和快乐的生存法则。这套法则如杜波伊斯所言，"将两个对立的自我合二为一"，在新的环境下形成变异、全新的完整自己。

二 跨越白/黑边界的协商与希望

当沃克在探讨西方影响与分裂主义议题时，她亦提供了黑白两个种族成为和谐一家的未来图景。更准确地说，沃克看到了黑人与白人、非洲人与欧洲人以及男人与女人之间相互和解的可能性。沃克在作品中描述欧洲白人与非洲民族文化的认同、白人与非洲本土人联姻而成为"白黑人"，使其"白色"身份变得不纯，还塑造出积极睿智的黑白混血儿，表达白人与黑人能够融洽相处的美好愿景，这种混杂性身份是跨越黑白种族、文化边界的协商与希望。

（一）白人女子对非洲的认同

沃克在《宠灵的殿堂》中为我们塑造了被白人主流群体视为叛逆、激进的白人女性玛丽·安·哈弗斯托克（Mary Ann Haverstock）[1]。作为白人女性，玛丽·安·哈弗斯托克跨越了种族与文化边界，思想解放。她出生于白人上层世家，因被父母认为思想反叛而被剥夺了财产继承权，并被送往遥远偏僻的中美洲一家精神病院"医治"，以免玷污家族声誉。在那里，玛丽·安·哈弗斯托克遇到了于此避难的美国黑人-印第安女性泽德和她的女儿卡洛塔。这对母女在玛丽·安·哈弗斯托克精心策划和帮助下成功获救。她们与玛丽·安·哈弗斯托克一起偷乘游艇逃离，然而游艇在途中沉没，唯有泽德母女生还。

泽德在回忆这段经历时表达了对玛丽·安·哈弗斯托克的感激之情："作为一名激进分子，她似乎桀骜不驯，但她力图帮助与其毫不相识的劣等人，帮助那些深陷苦难的人们。"这些人未能看到，也无法相信玛丽·安·哈弗斯托克本人其实同样充满痛苦，"玛丽·安·哈弗斯托克说她爱我，因为只有我看出了这一切"[2]。沃克于此旨在表明，白人女性在致力于少数族裔的自由事业时能够得到族裔群体的接纳与尊重。尽管作为女性

---

[1] 此名被全部拼出，因为本书后面仍会涉及此名内容。
[2] Alice Walker, *The Temple of My Familiar*. New York: Pocket Books, 1989, p.80.

的玛丽·安·哈弗斯托克处于白人社会秩序的边缘,而被种族压迫的女性泽德则处于边缘之边缘——"双重边缘"。杰伊克雷坦(Jay Clayton)认为,"从边缘处言说会使听者与来自主流文化的人建立一种不同的社会关系"①。泽德正是通过这种"不同的社会关系"与玛丽·安·哈弗斯托克建立了联系,她感激玛丽·安·哈弗斯托克能够对比其更痛苦之人施以同情。若非如此,玛丽·安·哈弗斯托克的白人性会使她成为泽德思想中大写的"他者"(Other),将无法跨越横亘在黑白种族之间的沟壑。

随着小说的情节发展,本以为在沉船中已经丧生的玛丽·安·哈弗斯托克再次出场。此时的她斗志渐消,对人类关系的思考却更加深刻。她的名字"玛丽·安·哈弗斯托克"已被改为"玛丽·珍妮·布力登"(Mary Jane Briden),理由是她从未喜欢过"安",而"哈弗斯托克"(Haverstock)"貌似是'现金'的化名"②。名字的改变暗示出珍妮对自己家族身份和拜金观念的全盘摒弃。在小说中,沃克以倒叙策略提供了玛丽·珍妮·布力登沉船后的经历,使我们了解这位白人女性思想转化的原因,从中看到欧洲白人女性对与非洲"同源"的认同。原来,沉船事件是玛丽·珍妮·布力登的蓄意而为,是她故意使自己名为"铭记"③的游艇沉没,成功制造出自己"死亡"的消息,从此与父母和家族彻底脱离关系。当地报纸在她的卜告声明中谴责这位"年幼误入歧途,试图推进种族融合的狂妄自由主义者之劣行"④。玛丽·珍妮·布力登然后乘坐一艘被命名为"未来时代"的新船起航,周游世界,最后来到英国看望她的曾姨母伊莱诺拉·布海姆。玛丽·珍妮·布力登有幸看到了伊莱诺拉·布海姆书写的有关非洲之行的日记。后来,她又发现了在非洲工作多年的曾-曾姨母伊莱朵·布海姆·孔雀(Peacock)⑤的日记,令玛丽·珍妮·布力登了解到女性前辈的非洲情结及其与非洲的历史关联。

玛丽·珍妮·布力登在伊莱朵的日记中发现,仅管伊莱朵对非洲不乏

---

① Jay Clayton, "The Narrative Turn in Minority Fiction." *Narrative and Culture*, eds. Janice Carlisle and Daniel R. Schwarz. Athens: University of Georgia Press, 1994, pp. 72 – 73.
② Alice Walker, *The Temple of My Familiar*. New York: Pocket Books, 1989, p. 207.
③ 这一名字在小说原文中以西班牙文出现,而这个西班牙语的"铭记"一词是沃克在其收藏的印第安女性手工织品上发现的单词。这一织品因年代久远而陈旧,但正是这种历史感和"铭记"一词勾起沃克对印第安祖先与传统文化和艺术的"记忆",对印第安祖先深表怀念。这也是沃克创作《宠灵的殿堂》的缘起。参见 Alice Walker, *Anything We Love Can Be Saved*. New York: Random House, 1998, pp. 115 – 116.
④ Alice Walker, *The Temple of My Familiar*. New York: Pocket Books, 1989, p. 206.
⑤ 此后笔者略称为伊莱朵。这一名字也是经过改动的名字。

第四章 混杂性身份:美国黑人－印第安身份认同   173

"臭虫、水蛭和黑鬼"等轻蔑之词,字里行间却透射着她对非洲的眷恋与深爱。玛丽·珍妮·布力登又于资料中发现几张令其惊叹的美国黑人照片,它们与爱德华·柯蒂斯 (Edward Curtis)① 的美国印第安人的照片极为相似:"女人的发型,装饰有子安贝和羽毛,异常美丽,使她们看上去沉静、高贵、狂野。"② 这些照片促使玛丽·珍妮·布力登仔细查阅伊莱朵所有的海外经历,她能感到伊莱朵在逐渐超越其欧洲偏见,对非洲开始进行客观公正的评价,玛丽·珍妮·布力登也随之对世界有了深刻的理解。

玛丽·珍妮·布力登在伊莱朵资料中还发现有关伊莱朵发现英国博物馆中的"展物"——非洲女性苏克塔之事。苏克塔在"为魔鬼建造的"、"漏风且潮湿"的展室里被"监禁"十年。被一起带来"充当"其伴侣的男孩早已死亡,她则"被日夜参观,如同一头生病的大象"③。同其他照片中的人物一样,苏克塔与美国印第安人穿着相似:饰有鲜艳珠子的软皮拖鞋、色彩艳丽的服装,上面饰有类似于泥屋墙壁图案的象征物。伊莱朵感到苏克塔对人类的恐惧,继而进行反思:"动物园的动物害怕我仅仅因为又一个人类来盯看它们。如果她也害怕我,那肯定是我的存在出了'毛病'。"④ 的确,苏克塔在被白人游客"观看"的过程中体会到观者眼中带来的权力压力,被圈进由白人编织的传说、故事、历史和人种框架中,其黑色的躯体因白人的"凝视"而被排斥于白人的世界之外,降格为景观化的动物,揭示观者与被观者的矛盾与失衡关系。而作为观者的"我"——伊莱朵,却如拉康所言,从不具有统一的主体性,其"自我"具有"对象—他人"之影⑤,这种意识令伊莱朵心生恐惧:"她(苏克塔)到底生活在哪里?我发疯地寻找答案,感到自己的存在亦融入其中"⑥,因为在伊莱朵所受教育的"真相"中,"我所知道的历史不属于苏克塔;我所学的地理知识表明,她的村庄是大象的领地"⑦,换言之苏克塔及其同胞被白人归为与大象等同的类属。于是,伊莱朵将苏克塔从博物馆"释放"出来,并与她一起返回非洲。两位女人"在多年交往后开

---

① 爱德华·柯蒂斯是19世纪美国著名摄影家,他在美国印第安部落拍摄了大量摄影作品。
② Alice Walker, *The Temple of My Familiar*. New York: Pocket Books, 1989, p. 217.
③ Ibid., p. 251.
④ Ibid., p. 250.
⑤ Jacques Lacan, *Ecrits*. Atlan Shridian. Trans. Norton, 1977, p. 4.
⑥ Alice Walker, *The Temple of My Familiar*. New York: Pocket Books, 1989, p. 251.
⑦ Ibid., p. 229.

始断断续续地交谈"①。根据苏克塔的理解,"是苏克塔的语言使伊莱朵在非洲坚持下来,这些语言正是她们共同的祖先送给伊莱朵的礼物"②。苏克塔认为,伊莱朵与自己有着同一祖先和本应同一的语言。伊莱朵的白人性自此被涂上非洲的他者性。

根据伊莱朵的日记,她起初并未与苏克塔认同,但通过直面自己的无知和回忆美国印第安传统使她获得了与苏克塔以及与其他非洲人的认同。这一意识使伊莱朵对自己的社会,尤其是对白人"淑女"充满反感。伊莱朵认为:"做淑女具有某种虚伪性,与他人和世界隔离。人们看到淑女穿着高跟鞋在路上被绊倒,大大的羽毛礼帽在头上摇摆。她们在商店的橱窗中自我欣赏。"③ 因此,虽然苏克塔已成为部落文化的唯一幸存者,伊莱朵仍继续留在非洲,认同那里的人民与文化,并嫁给了非洲本地人,被封为"伊莱朵·布海姆·孔雀"的称号——"她的衣服全是孔雀绿、孔雀黑、孔雀蓝和紫色……她是一只孔雀。"④ 她与后来的黑白混血儿女生活和工作在非洲,与非洲人共同抵制白人殖民者的压迫,形成跨文化联盟。伊莱朵俨然成了一位黑人,准确地说,一位白黑人。她从白人女性伊莱朵·布海姆到白黑人伊莱朵·布海姆·孔雀这一名字(身份)的转变表明,伊莱朵在与苏克塔的交流和与非洲男人的跨种族联姻中重建了被19世纪殖民者遗弃的黑白种族之间的联系。

伊莱朵的日记为玛丽·珍妮·布力登提供了了解非洲和欧洲"历史"的机会。玛丽·珍妮·布力登将这些日记讲述给自己的学生或朋友,当诸如苏克塔的故事和伊莱朵自己的非洲生活被记录下来时,"他们使世界秩序可能变得更加合理"⑤。对玛丽·珍妮·布力登而言,这些日记也与自己密切相关,因为日记中的这些女性先辈同她一样充满勇气和叛逆精神。可以说,玛丽·珍妮·布力登起初通过阅读这些日记"寻找自己母亲的花园"——世代传承的创造灵光。这些创造灵光随着女性逐渐获得解放、教育和自我意识而表现为不同的形式。玛丽·珍妮·布力登在这些日记中找到了"母亲的花园",她的女性先辈为她提供了创造力所需的资源和知识给养,唤起玛丽·珍妮·布力登的自我意识,换言之,唤起格力·格林

---

① Alice Walker, *The Temple of My Familiar*. New York: Pocket Books, 1989, p. 257.
② Ibid.
③ Ibid., p. 254.
④ Ibid., p. 236.
⑤ Jack Goody, *The Interface between the Written and Oral*. Cambridge: Cambridge University Press, 1987, p. 187.

第四章　混杂性身份:美国黑人－印第安身份认同　175

(Gayle Greene) 所谓的"被压抑的自我和经验"①。不足为奇,曾身为当代白人女性的玛丽·珍妮·布力登在阅读先辈的日记后亦步其后尘,去非洲实现自我的"认祖归宗"之旅,并毅然定居非洲,为非洲儿童创建一所艺术学校,也与非洲本土人——范妮的父亲奥拉步入跨越黑白种族的婚姻。玛丽·珍妮·布力登由此与自己的先辈同样拥有了美国、非洲两种身份,也变成一位"白黑人"。玛丽·珍妮·布力登通过对祖辈们的记忆,以自己的教师、故事讲述者和艺术家的多元职责影响学生和他人,使他们对欧洲与非洲、黑人与白人的联系重新思考,领悟"现在的历史使原本一体的部分彼此分裂这一深层内涵"②。

无疑,玛丽·珍妮·布力登与自己女性先辈们的叛逆思想及其跨越黑白种族的婚姻挑战了白人的常规思想观念,揭穿了美国文化和种族政治的缺陷和偏见。同时,她们创造了一种不同文化背景下的文化与身份之间的融合与协商,将主流文化与边缘文化、白人与黑人以及男人与女人并置于同一空间。曾经的白人女性伊莱朵·布海姆和玛丽·安·哈弗斯托克犹如那艘被蓄意沉没的游艇,早已不被白人父母、家族和社会"铭记",而定居非洲并成为白黑人的伊莱朵·布海姆·孔雀和玛丽·珍妮·布力登则喻示一个相对光明的"未来时代"。这两位白人女性不仅在非洲为自己和混血子女们创造了一个"未来时代",她们对非洲的认同亦演现了沃克的白人能够超越种族优越感,能够与其他种族人民和谐共处的美好愿景。

(二) 黑白种族文化混血儿昭示的希望

德里克·沃尔科特 (Derek Walcott) 认为,混血儿的混杂性种族身份既是一种不幸也是一种幸运:"作为一个混血儿,两个身份分别与祖父的根相连,两者都无法给这个混血儿带来骄傲或清洗耻辱。"③ 沃尔克所言具有说服力,正因为混血儿没有一个可以线性追溯的谱系,反而使他获得更广阔的生存与发展空间,"整个世界都是他的家"④。混血儿可以自由往来于多元祖先的语言、文化与生活经验之间,具有更多元、更深邃的思想洞见。在《拥有快乐的秘密》中,沃克对白人与黑人能够友好相处的想象更加深入,为我们塑造出一个黑白混血儿男人皮尔瑞。读者从皮尔瑞身上可以直观他的睿智、热情和种族与性别的公正视野,看到黑白种族能够

---

① Gayle Greene, "Feminist Fiction and the Uses of Memory." *Signs*. Vol. 16 (1991): 30.
② Raphael Samuel and Paul Thompson, eds., *The Myths We Live By*. London: Routledge, 1990. p. xi.
③ Derek Walcott, *What the Twilight Says*. New York: Farrat, Saraus & Girous, 1998, p. 9.
④ 张德明:《多元文化杂交时代的民族文化记忆问题》,《外国文学评论》2001 年第 3 期。

彼此亲如一家的未来。

皮尔瑞是美国黑人亚当与法国白人女性莉塞特的私生子。他之所以能够突破种族和男权话语局限，成长为对种族、性别无所偏见的男性学者，在很大程度上源于母亲莉塞特的言传身教。皮尔瑞与母亲一起生活了17年，且大多时间居住在法国，与父亲亚当的团聚次数屈指可数。莉塞特深受法国女权主义思想的影响，拒绝走入婚姻，"只是在不需要男人的情况下生个自己的孩子"①。莉塞特的生活充实美好，在诸多方面非塔茜所及：莉塞特的生产经历是对女性的选择进行庆祝——"生孩子首先应感到性感"②，而塔茜的生产则痛不欲生。然而莉塞特不是美国黑人女性，她是白人，她的行为表现出挑战社会固有观念的能力。莉塞特意识到割礼对女性造成的身心伤害，将此种意识传递给皮尔瑞，鼓励他接受优秀的高等教育。这一切为皮尔瑞质疑陈腐的父权思想，创造一个相对健康、平衡的生存秩序提供优越的条件。沃克在《拥有快乐的秘密》中突破种族偏见，呈现一个富于活力与思想的白人女性形象，并由她诞生了这位同样预示希望的黑白混血儿，其中的深意不言自明。

皮尔瑞是富于思想的人类学专业的学生，持有平等的价值观，不以伤害女性的肉体与精神作为获得男性气质的方式。他渴望生活在父亲身边，17岁时来到美国。为了了解美国，尤其是自己另一半身份的文化——美国黑人文化，皮尔瑞阅读了赖特和鲍德温等美国黑人作家的大量著作，极力通过所发现的知识来改变周围的世界。皮尔瑞的积极热诚与父亲亚当形成鲜明对比，亚当本人也意识到自己与儿子的不同，那就是亚当所谓的一丝"陌生感"："这个头发卷曲、皮肤柚木色的人是我的儿子！尽管他有着有色人种的声音，在他身上我仍看到了莉塞特的影子，但有时由于他的口音，听起来仍觉得有些陌生。"③ 或许，这种"陌生感"不仅源于皮尔瑞与亚当似是而非的口音，更由于亚当不具备皮尔瑞的那份激情与慈悲，那份对女性境遇的同情和关切。作为塔茜的丈夫，一个播撒文明与博爱的基督教牧师，亚当没有给予塔茜所企望的帮助，他不愿为所谓的"私事"令自己"尴尬"④。而皮尔瑞与亚当不同，尽管他自幼遭到塔茜的憎恨和人身攻击，却从未终止对塔茜痛苦和病情的关注，帮助塔茜寻找"深陷黑暗之塔"梦境的破解之法。亚当对皮尔瑞的执着如此描述："皮尔瑞还

---

① Alice Walker, *Possessing the Secret of Joy*. New York: Harcourt, 1992, p. 97.
② Ibid., p. 98.
③ Ibid., p. 174.
④ Ibid., p. 274.

是孩子时就听说了塔茜梦中的黑暗之塔和她对该塔的恐惧，他从未忘记。他所了解的一切，无论多么微不足道，无论在怎样的环境下获得的知识，他都能与塔茜的处境联系起来。"① 当亚当伤感于皮尔瑞不愿结婚、忘我工作时，不免失落："你的工作又不能生出孩子。"皮尔瑞回答："我的工作将会生出孩子！起码帮助弄明白孩子为何恐惧。如果她害怕，一个孩子又怎能是个孩子?!"②

克里斯多佛·本斐（Christopher Benfey）指出："具有混血种族的人具有一种言说种族问题的特权。帝国强调血统的纯正，对混杂性充满恐惧，而混杂是对种族分类的解构是对界线的逾越。"③ 在《拥有快乐的秘密》中，正是皮尔瑞这位有着非洲与欧洲血统的黑白混血儿，凭借多年的努力成果为塔茜破解梦境，使她的梦中形象与非洲神话知识建立联系。塔茜对皮尔瑞讲述自己的梦境："我被监禁在高大、阴冷、黑暗的塔中，自己似乎是一只蚁后……感到数以百万的东西进入身体的一端，又有一些东西被从身体的另一端拖出。"④ 皮尔瑞解释如下："非洲人认同白蚁。白蚁在它的社会中为雄性白蚁设有专位。"⑤ 作为梦中被去除性欲的蚁后，塔茜这一被监禁者的"身体一端被塞满食物，令其产卵，数以百万的蚁卵接连不断地从身体的另一端排出。……之后，她注定以死告终"⑥。皮尔瑞的阐释为塔茜解开谜团：非洲女性在父权制和一夫多妻制社会中的遭遇与梦中的"蚁后"——"被牺牲的繁殖者"别无二致⑦。非洲历代领袖将割礼变成能令女人对丈夫和婚姻意义重大的"神圣"仪式，因为他们坚信，"没有男人愿意娶一个'松弛'或未接受割礼的女人"⑧。皮尔瑞将白蚁窠的形状与塔茜梦中的塔进行类比，认为两者皆为女性的阴蒂象征，这为塔茜打开了文化记忆之门。根据非洲神话：

> 双重灵魂是危险的，男人就应是男人，女人就应是女人。以白蚁窠为象征的阴蒂中心是区别男女的关键：阴蒂凸出时，上帝认为它看上去是男性。既然阴蒂凸出为男性气质，就应谅解上帝将（女性的）

---

① Alice Walker, *Possessing the Secret of Joy*. New York: Harcourt, 1992, p. 175.
② Ibid., pp. 174–175.
③ Christopher Benfey, "Coming Home." *Contemporary Literary Criticism*. 160 (1991): 296.
④ Alice Walker, *Possessing the Secret of Joy*. New York: Harcourt, 1992, pp. 26–27.
⑤ Ibid., p. 233.
⑥ Ibid.
⑦ Ibid.
⑧ Ibid., p. 235.

阴蒂割除。割礼……是一种治疗和补救。[1]

性别差异与精神差异由此因强行的一刀而产生。皮尔瑞为塔茜揭开了非洲实施割礼的真正动因，那就是，割礼实质是非洲父权社会对女性身心的规训机制。皮尔瑞最终为塔茜解码了粉饰女性割礼的神话，破除了导致她身心创伤的信仰禁忌，而与塔茜境遇相同的众多女性对此风俗已缄默数百年。

皮尔瑞，这个被塔茜描述为"全新的、彻底的混血儿"[2]成为弥合伤痛的"未来的希望"[3]。皮尔瑞身份的混杂性的确极具优势，他运用欧洲的成长环境（法国女权主义）、美国的高等教育、黑人的祖先传统来认同他与塔茜共同的非洲之根，揭开伤害女性的男权面纱。作为学者的皮尔瑞不仅具有西方启蒙者的优越地位，他对白蚁窠神话的知识源自一位法国人类学家的著作《与奥格特穆力的对话》（Conversations with Ogotemmeli），信息的提供者奥格特穆力却是多贡部落的长老之一，任命自己为发言人。皮尔瑞寻找女性割礼文化动机的"侦探"工作被他的美国人类学教育和法国人的著作带回到知识的发源地——非洲。正如美国人艾梅的阴蒂割除手术被美国医生视为对"受奴役、割礼的女性身体的复制"[4]，皮尔瑞的知识同样被预设为对非洲文化的西方式解读。因此，女性割礼和对割礼的批判式理解因皮尔瑞这个系结非洲、欧洲、美国三者关系的种族、文化混血儿而并置，彰显其混杂性身份的能动性。

此外，皮尔瑞的名字同样富意深长，该名意为"小石头"，在《拥有快乐的秘密》中绝非偶然，即便在《宠灵的殿堂》中亦是如此：泽德的印第安人丈夫"耶稣"坚信，只要保护好村庄的"三块小石头"，他就能使整个村庄和人民免于外国人的奴役[5]。非洲母系部落的唯一幸存者苏克塔曾被称为"非洲的罗塞塔石（the African Rosetta Stone）"[6][7]。在《拥有

---

[1] Alice Walker, *Possessing the Secret of Joy*. New York: Harcourt, 1992, p. 167.
[2] Ibid., p. 174.
[3] Lorona Sage, "Initiated into Pain: *Possessing the Secret of Joy*." *Times Literary Supplement*. 9 (1992): 22.
[4] Alice Walker, *Possessing the Secret of Joy*. New York: Harcourt, 1992, p. 178.
[5] Alice Walker, *The Temple of My Familiar*. New York: Pocket Books, 1989, p. 72.
[6] 罗塞塔石制作于公元前196年，上面刻有埃及国王托勒密五世的诏书。石碑上用希腊文字、古埃及文字和当地的通俗文字刻下同样的内容，解读出已经失传千年的埃及象形文字的意义和结构，成为今日研究古埃及历史的重要里程碑。
[7] Alice Walker, *The Temple of My Familiar*. New York: Pocket Books, 1989, p. 233.

第四章 混杂性身份：美国黑人－印第安身份认同

《快乐的秘密》中，如前文所述，塔茜起初一直仇视皮尔瑞，"经常向他抛石头"①。对痊愈后的塔茜而言，皮尔瑞这块"小石头"如今已经变成一块神圣的"角石"②。

荣格在他的苏黎世花园中同样有一块石头：形状方正，上面刻有碑文，这块"哲学家之石"表征自我，象征着人类终极的自我实现③。可以说，在《拥有快乐的秘密》中，正是皮尔瑞这块"小石头"帮助塔茜疗愈了自我，提升自我意识，也正是皮尔瑞这块"小石头"在"支撑"着塔茜与亚当的弱智儿子——美国黑人本尼这堵"墙壁"，使之不致"倒塌"。两人亲密无间，互为挚友。塔茜在给莉塞特的信中如此写道：

> 皮尔瑞已经教会本尼很多知识，这些知识超出本尼所有老师之想象……这就是你的儿子，莉塞特。他虽身材矮小，却具有伟大的思想。……他说他要为那些女人和她们的男人摧毁……黑暗之塔的恐惧。皮尔瑞是你给我的奇妙礼物，你应为他感到自豪。④

沃克正是通过皮尔瑞这块"小石头"来喻指荣格理论中"完整"的象征，这块石头为他人实现完整自我甘愿为之"奠基"，为跨越黑白种族之间的沟壑努力铺路。

吉尔罗伊认为，黑人与白人、欧洲与非洲等传统文化差异性范式如今不是被摒弃，而是起码在三个大陆——非洲、美洲和欧洲的往来中错误地表征着文化混杂的现实：

> 无论他们在左、在右还是在中间，他们诉诸文化民族主义的观念，转向过去统一的文化观念。这些观念将不可更变的族性差异表征为对"黑人"和"白人"历史的彻底颠覆。而与此选择对立的则是

---

① Alice Walker, *The Temple of My Familiar*. New York: Pocket Books, 1989, p. 144.
② 角石（基石）（Corner-Stone）是建筑物十分重要的部分，它不但使两个墙壁互联结，而且支持墙壁，使之不致倒塌，是整个建筑物的基础。因此，在《旧约》中，安放角石要进行庆祝。古时以民的首领亦被称为角石；耶稣亦将《圣经》上"匠人所弃的石头，已成了房角的头块石头"（《诗篇》118：2）的训诫贴在自己的身上。按照信使保罗的教旨，世间一切的人都被天主召叫，分享教会的恩泽，而这个教会是建立在使徒和先知们的基础之上，耶稣基督就是这座大建筑物的角石（《以弗所书》2：20）。
③ Carl Jung, *Man and His Symbols*. New York: Dell, 1968, p. 225.
④ Alice Walker, *Possessing the Secret of Joy*. New York: Harcourt, 1992, p. 227.

一个更为艰难的选择：对克里奥耳化、混血儿、混杂性的理论化。①

吉尔罗伊深度剖析了西方文化和非洲及其散居文化之间的联系与差异，而"混杂性"的现实无疑打破了黑/白二元对立的概念以及与之相关的文化分界的简单化。

沃克的文学创作呼应着吉尔罗伊的论断。她在《父亲的微笑之光》中也曾以白人和黑人原本一家的"亲戚"之说来表达种族之间的边界跨越与和谐共存的可能性：

> 苏珊娜写了一部名为《回家》的小说，讲述一家金发碧眼、白皮肤人家的故事。一天这个家庭坐上他们的轿车，开始向南出发。他们穿越欧洲——荷兰、德国、法国和西班牙，进入北非。他们一边行驶一边注意到，越往南，人们的肤色越深，风景也越多变。最后他们到达中非，驱车进入一块雨林地区的中央地带，或是一片沙漠的中央。他们下了车，这儿有一群皮肤黝黑的亲戚围火而坐，这些亲戚起身迎接他们。白人一家告诉这些亲戚，他们愿意重新开始生活。②

显然，在《拥有快乐的秘密》中，沃克再次通过非洲黑人女性塔茜、白人女性莉塞特、伊莱朵·布海姆·孔雀、玛丽·珍妮·布力登以及黑白混血儿皮尔瑞向读者表明，黑人与白人之间原本是亲戚，终有一天，白人愿意同黑人共同"回家"。

综上可知，虽然有些人物的故事（以塔茜为代表）弥漫着一种悲怆与无奈，沃克还是为我们提供了解决这一普世性种族歧视和身份困惑的可能性方案，那就是，尊重种族认同，但更强调借助共同的人性实现种族间的平等共存。沃克以开放性视野拓宽黑人的眼界，调和黑白对立的两个世界，并大胆提出"黑白一家"的思想。在此构想中，皮尔瑞——这位被建构为跨越黑白种族壁垒与性别差异的混杂性个体，一块甘为他人奠基的"神圣角石"，为读者预示了一个相对美好的未来，成为一个因差异而获启发，而非因差异而彼此分裂的未来一代的希望。

---

① Paul Gilroy, *The Black Atlantic: Modernity and Double-Consciousness*. London: Verso, 1993, p. 2.
② Alice Walker, *By the Light of My Father's Smile*. New York: Ballantine, 1998, p. 72.

第二节　多元的混杂：对美国黑人-印第安身份的认同

詹姆斯·穆尼（James Mooney）指出："就美国黑人和印第安两族交往而言，很少有人知道……大部分南方黑人都有印第安血统。"[①] 尽管学界关于美国黑人和美国印第安群体之间的相互联系鲜有关注，它却是沃克作品的重心。沃克笔下的诸多人物呼应了穆尼的论述，凸显美国黑人和印第安两族人民在种族和文化上的混杂性。

沃克以自己的作品为媒介，明确表达出自己对美国黑人和美国印第安祖先的认同与尊重。这一认同，以贝尔·胡克斯之见，是一种反抗行为。在胡克斯看来，能够承认美国黑人-印第安身份，即"革命的变节者"，便是行为上的一种抵制与反抗：

> 对于美国印第安人民、非洲黑人以及那些美国黑人来说，它是一种对主流文化有关历史、身份和群体的思考方式进行抵制的姿态。我们要进行思想上的去殖民，收回我们祖先所讲述的历史语言，而不是通过殖民者诠释的历史语言。[②]

由于美国黑人与美国印第安人特殊的历史遭遇，为了寻找自我身份，他们必须与过去保持联系。而自我身份的确认事实上需要某种形式的个人和/或种族传统的认同。种族历史包含于个体人物为确认自我而进行的斗争之中。沃克的《宠灵的殿堂》正是将种族过去的概念拓展至人类集体过去的概念，令众多被边缘化的美国黑人和美国印第安人作为历史的见证人，以其真实的经历再现两族人民在文化与生活方面的相互融合，揭示两族人民的历史原貌，勾画出这些在边缘处混杂的个体对多元身份进行确认的艰辛历程，最终修正白人（殖民者）所诠释的历史谬误。

《宠灵的殿堂》将自我确认视为获得自我完整与认同的关键，而主流文化片面的种族分界（类属）在真实的历史寻根、历史记忆与自我认同

[①] James Mooney, *Myths of the Cherokee and Saced Formulas of the Cherokee*. Nashville: Charles and Randy Elder, 1982, p. 273.

[②] Bell Hooks, *Black Looks: Race and Representation*. Boston: South End Press, 1992, p. 184.

中受到挑战和质疑。但为了自我确认，每个人物必须与个体的种族和历史的过去重建联系，对充满压迫的过去予以宽恕而非憎恨和痛苦。此外，他们必须为创造性的自我找到积极有效的出路，以疗愈将外在的自我（殿堂）和精神自我（灵物）彼此对立所致的自我失衡和自我崩溃。

一 美国黑人–印第安"文化混血儿"的自我确认

作为美国社会的边缘群体，美国黑人和美国印第安人有着民族传统意识和被主流文化同化的双重体验，他们没有整体历史和阶级话语意识，只能从审美、幻想和多元身份认同等诸多方面言说自我主体的欲求，如巴巴所言，"在'异己'文化的边缘聚集……在关于贫困与过去生活世界的记忆中聚集，以再生仪式聚集过去、聚集现在"①。于是，这两个失却生命之根的边缘群体在主流文化的边缘处建构文化身份的"想象共同体"，"对现代性进行对抗性补充"②。

沃克在《宠灵的殿堂》再现美国黑人和美国印第安人民的文化融合，讲述他们的边缘历史经验，表现边缘文化在边缘群体的自我确认中所发挥的独特作用。小说的人物虽是美国黑人或美国黑人与非洲人的混血儿，他们的精神自我却携带印第安民族文化因子，可谓"文化混血儿"。他们为了恢复自我确认与种族和历史的联系，借助寻根溯源的"归家"之旅，或对悠远的历史进行一次灵魂深处的回望，收回某种形式的个人和/或文化传统，对充满压迫的过去予以宽恕，从而实现自我身份的认同。沃克的人物将协同作用作为多元文化的整合，昭示文化边界的跨越，文化混杂因而助推了反抗，使众多身心伤痛的人物获得疗愈。

（一）寻找"家园"的旅者

斯特劳斯在《忧郁的热带》中有句发人深省的表述："每人身上都拖带着一个世界，由他所见过、爱过的一切所组成的世界。即使他看起来像是在另外一个不同的世界里旅行、生活，他仍然不停地回到其身上所拖带着的那个世界中去。"③ 在《宠灵的殿堂》中，黑人女性范妮身上所"拖带着的世界"来自她在婚姻和美国社会中感受的边缘之境，这使她彷徨困惑，自我迷失。她对婚姻产生厌倦，对白人充满憎恨，甚至有一种想要杀人的欲望。为了实现自我确认，范妮意识到需要寻找自己真实的身份之

---

① Homi Bhabha, *The Location of Culture*. London and New York: Routledge, 1994, p. 199.
② Ibid., p. 330.
③ [法] 克洛德·列维–斯特劳斯：《忧郁的热带》，王志明译，生活·读书·新知三联书店 2000 年版，第 39 页。

第四章 混杂性身份:美国黑人-印第安身份认同

根——家园。

范妮是美国黑人和非洲本土人的混血儿,母亲奥利维娅是美国黑人传教士,父亲奥拉是非洲著名的剧作家,她自幼与茜丽、莎格和母亲一起生活。然而,对父亲的一无所知阻碍了范妮获取自由和自我的确认。母亲奥利维娅的回忆使范妮的复杂身世展露于读者面前:"范妮"的这个名字由外婆茜丽所取,对茜丽而言,"范妮"具有"自由"之义。奥利维娅如此描述:

> "小范妮!"茜丽甚至还不知道这个孩子是个女孩。她情不自禁地喊出"范妮",这一表面上代表自由的名字是茜丽自己一直渴望拥有的名字。……即使如此,正当孩子吮吸奶水之际,我喊出了一个疲惫虚弱的"恩井哈"(范妮的父姓——引者注)。[1]

为了找到这一美国和非洲名字所蕴含的自由和自我身份,范妮渴望与自己的历史建立联系,这种欲求源于她自觉身陷困境。她的美国黑人丈夫苏维洛充满大男子主义,对女性不乏歧视,崇尚白人的思想与文化理念,如莉茜所言:"苏维洛,你在我的梦中是个白人。"[2] 范妮对苏维洛说:"我在自己的生活中从未感到自由,但我渴望自由。"[3]

为了寻找自由,揭开过去的面纱,范妮与母亲奥利维娅远赴非洲,开启寻根之旅。在非洲与父亲刚一见面,奥拉便把自己的戒指送给范妮:"他给我一个快速、有力且略含羞涩的拥抱……并给我的拇指带上了一枚戒指,这个戒指是他的,我注意到它曾戴在他的手指上。"[4] 这枚戒指标志着范妮与父亲和自己真实历史的联系。与父亲的会面使范妮了解隐性的自我,而父亲对过去的讲述则使范妮获得一种在别处无法达到的自我认知。范妮写信给苏维洛:"我与他一起大笑……就好像听到我自己在笑。我完全知道发出笑声的心灵之所。"[5] 在非洲,范妮似乎找到了心灵的依托。

范妮还遇到了同父异母的妹妹,并从妹妹身上看到另一面的自己:"我牵着她的手,她牵着我的手,就像我在照镜子,而镜中人却只是个非

---

[1] Alice Walker, *The Temple of My Familiar*. New York: Pocket Books, 1989, p. 151.
[2] Ibid., p. 118.
[3] Ibid., p. 138.
[4] Ibid., p. 159.
[5] Ibid., p. 160.

洲人。"① 在非洲，范妮似乎找到了自我归属，镜像中非洲的灵魂与非洲的自己。然而，妹妹讲述的非洲女性所遭受的压迫抹杀了范妮回归非洲的浪漫色彩：妹妹的母亲是一个积极的非洲革命战士，革命结束后，父亲奥拉却抛弃了她，原因非常简单，她的爱国主义和"乡土气息"令奥拉尴尬无趣，奥拉带着女儿离开了妻子，妻子因此孤独而死。非洲妹妹的陈述暗示世界上所有女性的普遍性困境，它跨越地域与种族边界，成为所有女性的共同命运。这一有关非洲女性，尤其存在于自己家庭的阶级与性别歧视使范妮确信，自由并非是外在的逃离，而是内在的释放。

评论家特里·德哈利（Terry Dehary）认为：

> 范妮对非洲自我以及非洲社会、政治本质的发现令其整合了自我的分裂部分，重构自己与所处文化之间的关系。……她通过返回代表她一半文化传统的非洲来反抗自己对白人社会的愤怒。在非洲，她了解到自己的愤怒是真实的，但在将愤怒指向白人的过程中，她错失真正的"靶子"——压迫人们的任何社会，无论是否是有色人种。②

德哈利意在表明，充满压迫的社会都是人类的敌人。范妮在非洲发现，非洲的政府与统治阶层像白人社会那样压迫少数族人民，压制像父亲奥拉那样的持不同政见者。因此，对有着一半非洲血统的美国黑人范妮而言，非洲并不是她"真实"自我"回归"的家园。

范妮与父亲的相识使范妮越发省察自己的生活，母亲奥利维娅在旅途中的谈话也使范妮了解更多有关祖先的历史：

> 我与母亲的亲生父亲——我的外祖父西蒙联系起来。外祖父在母亲还是婴儿时被白人私刑处死。他勤劳睿智，是位成功的商人，这是白人杀死他的真正原因。他们杀死了许多上进的黑人男人，因为黑人男人的成功比失败更令白人难堪。如果失败了，白人可以令黑人重新成为奴隶，重新成为他们的娱乐品或宠物。③

---

① Alice Walker, *The Temple of My Familiar*. New York: Pocket Books, 1989, pp. 152–153.
② Terry Dehary, "Narrating Memory." *Memory, Narrative, and Identity: New Essays in Ethnic American Literature*. Eds. Annritjit Singh, Joseph T. Skerrett Jr, and Robert E. Hogan. London: Northeastern University Press, 1996, p. 33.
③ Alice Walker, *The Temple of My Familiar*. New York: Pocket Books, 1989, p. 172.

第四章　混杂性身份:美国黑人－印第安身份认同

通过了解祖辈们不同的过去,范妮明白了自我认知与自由实为一体,意识到自己寻找自由的非洲之行并非由于自己的特立独行,而是在践行一种祖先的传统。苏珊·威利斯(Susan Willis)认为,"黑人女性小说家所写的旅行……与历史的展现和个人意识的发展连在一起。……它就是一个女人走向自我认知的过程。正是通过那一经验,这个主体才体现历史的自我"[1]。对范妮而言,她的自我由诸多部分构成,美国与非洲不过是其中的两个部分,她的非洲之旅只是回归真实或想象自我的旅程之一。不同于其他黑人,范妮通过玄妙的记忆进入一个更深远的过去,那就是范妮拥有美国印第安历史人物的精神性。沃克在《以文为生》中写道:"取材于现实生活的故事书写就像活生生的人在为我们提供参照。"[2] 沃克在文章中描述历史人物如何在生活中帮助人们:"我们助手的精神在我们身上显化,通过自我拓展和自我超越使我们成为更真实的自己。"[3] 于此,充当沃克精神助手的是美国印第安人,同样,范妮正是在其人生与身份追寻时获得了印第安历史人物的精神帮助,他引领范妮最终跨越种族、性别和时空的藩篱,承认自己更富动态性和复杂性的美国人、美国黑人和美国印第安人三重精神交汇的混杂性自我。

范妮是在所阅读的书中遇到了自己的"精神助手",意识到这些助手在其个人成长中所发挥的作用,他们融入范妮与苏维洛的婚姻生活中。在范妮的生活中,她同时与无数历史人物进行精神交流,或者说进行着精神之恋。这种与逝者联系的能力令苏维洛充满紧张和怨诉:"范妮发现自身存在的精神,然后发现具有该种精神的历史人物。它赋予了范妮混杂的三位一体——范妮、精神、历史人物,三者同时与你对面而坐。"[4] 最令苏维洛困惑的是,范妮对印第安历史人物约翰·霍斯(John Horse)酋长深度认同,他在范妮的心中远远超苏维洛的位置。出于嫉妒,苏维洛对霍斯进行了研究,阅读威廉·凯兹(William Loren Katz)的《黑人印第安人》(*Black Indians*),并将其送给范妮做生日礼物。

令范妮"神迷"的霍斯是塞米诺尔(Seminole)部落的著名领袖。塞米诺尔部落较其他部落更愿意创造一种独特的黑人－印第安文化,为其他部落树立了文化与种族混杂的典范:"于此,非洲人和印第安人之间的分

---

[1] 转引自张岩冰《女权主义文论》,山东教育出版社1998年版,第164页。
[2] Alice Walker, *Living by the Word*. New York: Harcourt Brace Jovanovich, 1988, p. 90.
[3] Ibid., p. 98.
[4] Alice Walker, *The Temple of My Familiar*. New York: Pocket Books, 1989, p. 186.

界开始消解"①。与南方部落不同,塞米诺尔人反对实施奴隶制,接纳美国印第安人和非洲人群体,允许他们在部落内部建立独立的村庄,用塞拉利昂和塞加尔冈比亚的农作物种植方式来发展农业。作为富于传奇性的塞米诺尔部落领袖之一,霍斯曾率领民众抵制美国在其部落推行奴隶制和将他们迁到印第安保留地的企图。霍斯的立场对于黑人-印第安人而言至关重要,他们混杂的种族身份从本质上颠覆了西方人单一的种族建构和政治预谋。

针对霍斯这一人物,苏维洛曾问及范妮为之痴迷的原因,范妮如此作答:

> 他在我的内心打开了一扇门,好像听到门后传来哼唱声。我用古人给我的钥匙打开房门,进入房间。当在黑暗中踉跄行走时,我开始感到内心的激动,听到屋中的哼唱。我内心生出一种勇敢,或者说是爱、豪气或忠诚等感觉,该种感觉不断扩散。它变成了一束光,进入我的身体。从前的那部分模糊不清的自我变得通体透明,我浑身上下散射着璀璨的光芒。幸福。②

苏维洛从范妮的情感描述中感到一种被喻为"热恋"的感觉,范妮则从霍斯酋长以及塞米诺尔部落文化中对自我和爱的意义有了更深的认知。玛丽·埃里森(Mary Ellison)将这种美国黑人和美国印第安人民之间的文化混杂性表述为"亲和大于疏离"③。类似于美洲人泽德拥有的非洲鹦鹉羽毛,霍斯酋长代表了美国黑人和美国印第安人民共同反抗西方殖民者的同盟,是一种反抗的象征。通过霍斯这一人物,范妮自身的混杂性同样令自己从思想到精神均进行了去殖民。

关于范妮持有的印第安情结,作为剧作家的父亲奥拉对此颇有见地,其观点源自奥拉的下一部剧作中的主要人物猫王埃维斯·普里斯利(El-

---

① Brennan Jonathan, ed., *When Brer Rabbit Meets Coyote*. Chicago: University of Illinois Press, 2003, p. 7.
② Alice Walker, *The Temple of My Familiar*. New York: Pocket Books, 1989, p. 186.
③ Mary Ellison, "Black Perceptions and Red Images: Indian and Black literary Links." *Phylon*. 44. 1 (1983): 44.

vis Aron Presley)①。以奥拉之见，酷爱鹿皮装、流苏和银饰的普雷斯利十分可能具有印第安血统，而他的音乐才能在诸多方面也体现美国黑人和美国印第安民族的文化元素。然而，由于普里斯利看上去很白，即使他的音乐兼具美国黑人和印第安民族音乐的特质，美国白人认为普里斯利的音乐对他们威胁不大。奥拉相信，在普里斯利的身上，"美国白人发现了承认和欣赏自身中被压制的那部分黑人性和印第安性的理由。那部分非西方性的特质一直存在于他们的自身或周围，他们却自幼被告知予以否定"②。在奥拉看来，普里斯利与素有"黑暗王子"之称的美国黑人音乐家戴维斯不同，普里斯利外貌的"白人性"能使白人心安理得地拥有自己对内在的、被压抑的那部分"黑人性"和"印第安性"的欲求③。奥拉认为，"数百万被杀害、被奴役和被镇压的美国黑人和印第安人仍在为遗失的黑人性和印第安性哭泣"④。莎伦·霍兰德（Sharon Holland）认为主流群体在族裔归属中否定其非洲、印第安祖先，反而却推行黑/白二元划分，"这些法规不为建构、赋权、维系群体的差异发声，而是力图对群体施加掌控"⑤。由此可见，普雷斯利的白人性只是被用作白人自我优越性的一种面具而已。范妮在给苏维洛的信中写道：

  假设我父亲所言正确，那么埃维斯的如此"成功"意味着什么？假设在那些碧眼丰唇的（白人）背后，在那些浓密黝黑的印第安人头发下还有另一个古老的印第安；如果埃维斯是印第安人，他十分可能是乔克托族（Choctaw），因为只有这个部落迄今仍在，在他的密西西比部分中存在。假设他的祖先隐藏在黑人和白人之间。……假设他声嘶力竭般的歌唱风格曾是战争的呐喊，或是印第安人充满慈爱的呼唤。⑥

---

① 普里斯利（Elvis Aron Presley, 1935 – 1977）是 20 世纪美国流行音乐历史上最重要的人物之一，是最著名的美国摇滚乐歌手和演员。他出生于密西西比州珀洛（Tupelo, Mississippi, U. S.），曾经在德国美军基地服役。他的昵称"The Hillbilly Cat"由美国南方歌迷所取，原意为"来自乡村的野猫"，华人则喜欢称他为"猫王"。普里斯利是流行音乐历史上最杰出和最性感的歌手，也是唱片销量最高的歌手之一。
② Alice Walker, *The Temple of My Familiar*. New York: Pocket Books, 1989, p. 188.
③ Ibid., p. 377.
④ Ibid., p. 189.
⑤ Sharon Holland, "If You Know I have History, You'll Respect Me." *Gallaloo*. 17 (1994): 334.
⑥ Alice Walker, *The Temple of My Familiar*. New York: Pocket Books, 1989, pp. 188 – 189.

范妮一连串的假设涵盖了美国黑人和美国印第安人在主流社会中被边缘、被消声或被"漂白"的生存困境，同时又揭示出那些边缘种族的混血儿对自己真实身份的茫然无知或刻意伪饰。针对此种现状，范妮的无奈与遗憾可想而知。

范妮的"寻家"之旅跨越了历史长空与种族边界，她在精神世界爱上了印第安酋长霍斯，在现实生活中又不由自主地爱上了同样具有印第安血统的阿维达，他是"像祈祷那样全神贯注地演奏音乐"的美国黑人－印第安摇滚明星。正是由于阿维达本人及其音乐中所蕴含的印第安精神性，以及他与范妮享有"共同的秘密——与其他世界的联系"[1]，范妮对阿维达的音乐如醉如痴——"有种飞的感觉"[2]。在范妮的思想中，阿维达就是一个神，她相信他的富于力量的音乐一定来自神灵。范妮对霍斯酋长的精神之爱和现实生活中与阿维达的倾心之爱促使范妮真正放弃了种族偏见，在与阿维达共享健康、和谐、完美的快乐中最终找到了自己的精神"家园"。范妮因此将种族的黑人性与精神的印第安性完美融合，实现其多元自我的完整确认，坦然面对一个融双重"边缘性"于一身的混杂性自我。

（二）讲述记忆的"所有人"

珀尔曼（Michael Perlman）强调，"记忆的源处是身份、连续性和关系的存在基础"[3]。巴巴对"记忆"持有类似观点，认为记忆从来不是沉默的内省和回顾，而是一种力量的记忆，"它重新整合支离破碎的过去，将过去与现在接壤，以诠释现时的创伤"[4]。沃克在《宠灵的殿堂》中为我们塑造了一位言说记忆的美国黑人女性莉茜，其名字"Lissie"的寓意便是"记住一切的人"[5]，她一直在向她的听众讲述记忆中自己变幻莫测的人生经历和多重身份。莉茜经历过与动物和谐共生的史前时代，遭受过奴隶制度下的奴役和剥削，体验过美国现代生活中的种族和性别歧视。她的人生穿越50万年历史，最终与现实对接，演绎了少数族裔女性风云变幻的历史境遇。现实中的莉茜上了年纪，"长着坚定如鹰"的眼睛，梳着

---

[1] Alice Walker, *The Temple of My Familiar*. New York: Pocket Books, 1989, p. 389.
[2] Ibid., p. 396.
[3] Michael Perlman, *Memory and the Place of Hiroshima*. Albany: State University of New York Press, 1988, p. 34.
[4] Homi Bhabha, *The Location of Culture*. London and New York: Routledge, 1994, p. 63.
[5] Alice Walker, *The Temple of My Familiar*. New York: Pocket Books, 1989, p. 52.

一个银白色的发髻,"看上去像怪异的古生物,即便休息时也在成长"①。莉茜与两个丈夫——海尔先生和拉夫共同生活多年。海尔先生称莉茜为"众多女人……浓缩的女人",拉夫则称其为"所有人"②。无论何种称呼,在两位男人的眼中,莉茜无疑是混杂性身份的象征。以莉茜之见,她"不是通过大脑本身来记忆,而是通过记忆,自己与其分离但又融入其中,感觉自己的大脑受记忆支配,就像电池那样"③。莉茜正是通过向他人讲述对祖先和过去的记忆来诠释自己的诸多创伤、诸多身份,在现在的自己和祖先的过去之间架构起联系的桥梁,使那些被淡忘、被遮蔽的自我整合为一,重构或复原一个貌似破碎实则完整的多元自我。

莉茜曾经身为白种男人、白种女人、黑奴、牧师甚至狮子等复杂越界的前世今生,是一个颇具魔幻色彩的"千面人物",这与美国印第安神话思想不谋而合。在印第安民族思想意识中,人的生命是个循环,可以是人,也可以是动物,没有物种边界的局限。而沃克笔下的莉茜,其多元存在跨越了物种、种族和性别边界,在各种生命存在中穿越,记录了一种身份多元的"共同体"存在方式。作为"记忆"的承载者,莉茜的当世身份是美国黑人女性,与两个丈夫共同生活在巴尔的摩。这种有悖世俗的"三人一体"式生活方式影射莉茜不拘规约的叛逆性。

莉茜对其前世身份的记忆由她的照片引发出来。在长达30多年的照片中,莉茜"困惑于自己与他人的不同"④。经过挖掘多年有关前世和相关照片的"记忆",莉茜对拉夫的侄子——美国黑人历史学教授苏维洛感叹:"原来那些被封存于记忆中的自我仍在那里!没想到竟被拍摄出来!"⑤ 卡罗林·罗蒂(Caroline Rody)认为,"莉茜对历史的重新记忆使其获得一种对历史与现实局限的胜利感……这些特殊的人生使这一永恒女性实现并言说自己的多元身份"⑥。的确,莉茜对这些照片的保存和记忆使她拥有了讲述自己多重自我的机会。在莉茜看来,她对每一身份的记忆都成为特定时空的历史再现和现实人生的组成部分。而莉茜对自己多元身份的言说则成为挑战既定历史与世俗观念的异质之声。

---

① Alice Walker, *The Temple of My Familiar*. New York: Pocket Books, 1989, pp. 52 – 53.
② Ibid., p. 44.
③ Ibid., p. 52.
④ Ibid., p. 93.
⑤ Ibid.
⑥ Caroline Rody, *The Daughter's Return: African-American and Caribbean Women's Fictions of History*. Oxford: Oxford University Press, 2001, p. 86.

莉茜曾经是个非洲女性，父亲去世后，她与母亲一起被叔叔卖给美国白人为奴，对"中途"（the Middle Passage）所经历的一切刻骨铭心。莉茜所在的贩奴船上还有许多因拒绝放弃"母亲崇拜"信仰而被卖身为奴的黑人。莉茜对这一身世的讲述"回放"了数百年前跨越大西洋的奴隶贸易以及许多"母亲崇拜者"被抓捕后与妇女儿童一起被驱入"以男人占统治地位的部落"的历史。在那个时代，男人们决定成为"创造者"，取代母系制度，而"这些母亲崇拜者是最难对付的非洲人，他们机动灵活，但最终还是被击溃。这也是对非洲母亲/女神的贬义词'motherfucker'仍存于语汇中的原因"①。虽然许多非洲本土人已经淡忘了母亲崇拜的传统习俗，这些背井离乡的奴隶及其后裔却对女神崇拜深信不疑。在"中途"中，所有被卖身为奴的人们遭受饥饿、疾病和折磨的痛苦，尤其是那些被剥夺母爱的孩童，是"那些哺乳期女人的乳汁成为小孩们的天堂……否则一些受到恐惧和伤痛的孩童必死无疑"②。莉茜对苏维洛讲述的"中途"厘清非洲黑人被贩为奴的历史原貌，还颂扬了有关"母亲"的特质与巨大能量。莉茜对这一身份的记忆令苏维洛重新审视女人的力量，懂得女人如何为了整个民族的幸存和完整而无私奉献的精神与斗志。

　　莉茜还曾是一位黑人女同性恋，名为鲁拉。在这一世中，鲁拉（莉茜）与其女性恋人法德帕和她们的男性伴侣阉人哈比苏共同生活。哈比苏死后，鲁拉和法德帕在 96 岁和 103 岁时被主人的孙女赋予自由，从此生活在男人群体之中，以为男人算命为生。她们在男人的掌心上"看到了战乱纷争的未来"③，而在此前她们从未目睹过暴力冲突。这一世的身份和生活经历与莉茜现实的生活状态呼应，只不过当代的莉茜有两个丈夫，其中海尔先生因为惧怕莉茜生产时的痛苦而失去性能力。但莉茜知道"海尔仍在爱她"④，因此，莉茜理解海尔，她与海尔和拉夫三人幸福地生活了多年。"身体是一种历史存在，取决于特定姿态和动作的重复表演和生产。身体行为本身赋予个体的身份认同，这种认同包括性别、种族及其他各方面。"⑤ 可以说，莉茜过去的同性恋身份与现实生活中正实践的"一妻双夫"式生活正是对自己身份的重复性"表演"，背离了以男权统治和异性婚姻为主导的社会秩序。

---

① Alice Walker, *The Temple of My Familiar*. New York: Pocket Books, 1989, p. 64.
② Ibid., p. 68.
③ Ibid., p. 106.
④ Ibid., p. 111.
⑤ 何成洲:《巴特勒与表演性理论》,《外国文学评论》2010 年第 3 期。

莉茜还对苏维洛说过自己黑人女性的前世:"我希望谈及此事时自己不是自鸣得意,因为我知道这纯粹是幸运使然。我称之为幸运是因为看到他人的挣扎:他们为了发现自己是谁和应该做些什么而不断奋斗,却由于他们必须聆听所有不同的声音而难以实现。"[1] 莉茜的陈述听起来颇觉怪异,毕竟,从历史上看,黑人女性由于身处黑人和女性的双重边缘而遭受种族、阶级、性别的重重压迫。然而,正如莎格在其《莎格福音》中所言,"帮助那些知道的人",莉茜"知道"一个女性曾受到尊重和敬畏的历史过去,她不仅亲历历史,也超越了历史,但在现实的正史中却没有发现由女性撰写的历史文案。沃克借助莉茜的身世轮回旨在表明,黑人女性是人类、动物和自然之间相互关联的纽带。

后来,苏维洛在莉茜临终前为他录制的磁带中了解到,莉茜以前对他讲述的"记忆"并非完全可信。莉茜在磁带中坦言,她的前世还多次是白人女性和白人男性。莉茜对苏维洛隐瞒自己的白人身份并非缘于她对这些身份的厌憎,而是对过去的"自己"感到尴尬,尤其是对"白人女性"的身份心里不安:"她们只关注从丈夫买来的那些丑陋的黑种人、棕种人或红种人妇女中挑选扫地板的人,这也是白人女士的职责。"[2] 现实中的莉茜意识到,那些曾经的"自己"——白人女性尚未知晓自己到底是谁,只是固守男权社会为其设定的性别角色,无法"知道"自己作为女人的内在力量。莉茜似乎不希望苏维洛了解她对白人女性处境的同情,但其白人女性的身份揭示历史上白人女性对白人男性的唯命是从,甚至与白人男性同谋,成为对其他女性同胞的压迫帮凶。

此外,莉茜的前世"还曾是狮子,至少一次"[3]。莉茜解释说,海尔先生最怕两类东西,一种是白人,尤其是白种男人;另一类就是猫。他如此怕猫,"只要你让海尔抱一下猫,他就会逃之夭夭"[4]。为此,海尔的生活中只会偶遇白人或猫,这是海尔和莉茜特意设计的生活。莉茜为自己曾经的"谎言"作出解释:"你怎能告诉他我是谁?海尔,我曾经是白种男人,不止一次。他们可能还在那里的某个地方;海尔,我也不止一次是过硕大的猫。"[5] 莉茜不愿带给海尔任何恐惧的记忆,无论这些记忆对她而言多么重要。在身为狮子那一世中,莉茜与一个女人和她的孩子一起生

---

[1] Alice Walker, *The Temple of My Familiar*. New York: Pocket Books, 1989, p. 53.
[2] Ibid., p. 354.
[3] Ibid., p. 364.
[4] Ibid., p. 367.
[5] Ibid.

活,但最终被男人驱走。叙事者莉茜(狮子)表明:"我知道,在这个地球生活的结构中,我们在经历着一种巨大的改变。它使我无比伤痛……很快,我们将……忘记(女人的)语言……这种友谊将荡然无存。可怜的女人将只能和男人在一起,与那个一直杀害她朋友的男人在一起,为他做饭、向他讨好。"① 在现实生活中,莉茜再次见证了权势的威力。她与拉夫带着一面大镜子参观动物园里的狮子,希望那里的狮子能从镜子中获得自我认同,但结果令莉茜沮丧:"其中的一两个狮子看出了什么,它们很伤感,害怕地溜回笼子的一角,将头缩进爪子中。"② 莉茜在讲述这一特殊身份时提到了《圣经》:"在《圣经》中,我记得有一行关于未来的文字,是说某个时候,地球将会和平,狮子也会和羔羊并卧一处。但那种事早就发生了,只不过狮子是受害者。"③ 于此,莉茜通过对自己狮子身份的陈述挑战西方世界人与动物之间的物种与伦理边界,站在动物的立场进行言说:"动物会记忆……记忆在每次出生时得以更新。但它们将永不言说我们的语言,不是因为缺乏智慧,而是由于言说机制不同而已。在人类世界中,得有人为动物言说。"④ 莉茜承认曾经"为了自己的价值而压制那个记忆,但不管怎样,它仍与我同在,因为同其他记忆一样,那是我"⑤。这种对狮子身份的认同凸显当代黑人女性莉茜的客观与胆量。

莉茜记忆中的自己还曾是黑人小矮人,这是莉茜所经历的一段人与动物和谐相处的美好人生。她和丈夫、孩子与表亲猩猩共同生活,得到猩猩们的真诚帮助和保护。在猩猩的树林中,雌雄猩猩一起生活,共同照顾他们的孩子:"他们无法理解分离,他们与整个家庭、部族、树林同甘共苦。"⑥ 莉茜因此向苏维洛坦言,"在所有记忆的身份中,与表亲猩猩一起的生活是我最幸福的人生"⑦。黑猩猩群体被描述为"平静祥和"的部落,他们使"树林周围具有安全感",帮助"笨拙"的人们挖掘树根。那份祥和宁静令当代的莉茜慨叹:"我希望如今的世界能够看到我们那个世界的实况,看到整个部落的造物爬上一棵巨大的李子树。"⑧ 由此,沃克借助

---

① Alice Walker, *The Temple of My Familiar*. New York: Pocket Books, 1989, p. 403.
② Ibid., pp. 408 – 409.
③ Ibid., p. 393.
④ Ibid., p. 226.
⑤ Ibid., p. 392.
⑥ Ibid., p. 86.
⑦ Ibid., p. 88.
⑧ Ibid., p. 395.

第四章 混杂性身份：美国黑人-印第安身份认同 193

莉茜记忆中的身份为我们"找回同属于人类与非人类自然的共同语言"①，呼应了《父亲的微笑之光》中孟多部落的《瓦多之歌》。然而"高大的人类"再次成为这种宁静生活的威胁，他们强迫矮人们"用带毒的弹弓射杀黑猩猩"，最终破坏了矮人与黑猩猩亲如一家的关系。这段人生使莉茜/苏维洛明白，在某种程度上，动物比人类更睿智，因为他们知道如何与其他动物和自然保持平衡的共生关系，它们不会以贪欲和权势打破所有生物平衡的生存状态。

莉茜的记忆关涉种族、性别、自然与人类演进的曲折轨迹，从"民间"与"口述"历史的视角展现历史原貌，挖掘影响众多人物生活的种族与性别歧视之根。莉茜"是过113个不同的人"②，亲历各个时代的压迫，来自父母、兄妹、亲戚、政府、国家、大洲以及自己身体与思想的压迫。可见，莉茜的记忆是对迷失的自我重新定位的修辞策略，一种寻找和揭开自我身份的修辞策略，不只出于心理认同，而是包括外在环境——社会、种族、政治以及个人等环境在内的全面认同，这一切因素构成其复杂多面的人类自我。巴巴认为，"我们正是从那些被历史宣判的人——被征服、被统治、被流散、被位移的人那里学到了最持久的生活教训"③。的确，在《宠灵的殿堂》中，莉茜以混合的方式——讲故事、写信、录制磁带、绘画等方式演现自己被剥削、被统治、被杀害、被流散和被位移等诸多人生经历，为她的听众苏维洛勾画出人类演变史的整个过程。苏维洛在聆听这些"记忆"的过程中亦反思自身对动物、自然和女性所持的"非人性"因子，将其转为再教育的丰富资源。由于莉茜本人就是"故事"的践行者，因此可以说，她为苏维洛"重写"了一部人类发展史，一部以女性为中心的人类史。作为美国历史学教授，苏维洛在莉茜那里"聆听"到被西方主流话语所遮蔽和扭曲的真实历史之音。

莉茜记忆中的多重自我貌似寓意西方后现代思想中自我的碎片化，实则不然，沃克为莉茜提供了自我完整定义的空间——具有印第安建筑风格的殿堂。沃克解释殿堂的寓意："这个殿堂是我的伟大灵视。……在某一时刻，你在生活中开始感到并看到你是如何穿越时间和物质，并被联系起来。"④ 在小说中，沃克正是在殿堂这个印第安人的文化空间中令莉茜像

---

① Alice Walker, *Anything We Love Can Be Saved*. New York: Random House, 1998, p.124.
② Alice Walker, *The Temple of My Familiar*. New York: Pocket Books, 1989, p.82.
③ Homi Bhabha, *The Location of Culture*. London and New York: Routledge, 1994, p.78.
④ Tilde A. Sankovintch, *French Women Writers and the Book: Myth of Access and Desire*. Syracuse: Syracllse Umiversity Press, 1988, p.22.

古代黑人和印第安人那样，拥有一个图腾的多元自我——灵物①：

> 它很小，却非常漂亮，……是一只美得令人难以置信的生灵。它部分是鸟，因为有羽毛；部分是鱼，因为它会游动；部分像爬虫，因为它能像壁虎那样溜走……它具有某种鱼/鸟/虫的形状，它的行动优雅、灵活；它的表达幽默、俏皮。它还活着。②

可以说，莉茜的灵物是其心理发展的隐喻。她的复杂与充满创伤的自我试图通过这个混杂且和谐的灵物融入自我疗愈的整体中，最终达成身心统一。

这个美国印第安风格的殿堂则犹如一个圆环，帮助莉茜将内在的自我在潜意识世界和现实世界交汇，将女性/感知者转变成一个自我/性别/种族身份并存的世界。这样，沃克通过黑人和印第安民俗传统中这个混杂优美的灵物和具有印第安文化特色的神圣殿堂，使莉茜记忆中多元的身份整合为一。简言之，殿堂相当于内在空间，而内在空间的意象是统一完整的象征，代表"女性意识的完整性"③。灵物正是莉茜混杂性身份的完美再现，正如莉茜当世的两位丈夫眼中的自己："海尔对我的爱是那种对姐姐/神秘/勇士/女人/母亲的爱，但那只是部分的我；拉夫知道我是所有的人和物，他全身心地将我当作女神去爱。"④

作为《宠灵的殿堂》中最为多面化的人物形象，莉茜多元的身份跨越了种族、性别、物种、时空边界，对性别、种族甚至人类等固有观念进行了革命性挑战。通过莉茜，沃克喻指了个体自由和人类与他者（集体）彼此联系的可能性："我们必须反对那些横亘在我们与他人、生者和逝者之间的障碍。"⑤ 莉茜的多元身份使我们通过与他人、祖先、同代人以及与过去和现实事物之间的关系重新认知自我，坦然接受全部的自己，其颇具魔幻色彩的多元存在反映美国印第安民族的传统观念，那就是，人类与万物属于同一生命，人们在这同一生命中过着连续的生活，循环往复，相

---

① 小说中的灵物（familiar）被现代人称为宠物（pet）。以沃克（和小说人物莉茜）之见，灵物与宠物不同，它具有自主与自由意识，不甘于受到人类意志的操控。每个本土黑人或印第安人都会拥有自己的灵物。
② Alice Walker, *The Temple of My Familiar*. New York: Pocket Books, 1989, p. 118.
③ Juliann E. Fleenor, *The Female Gothic*. Montreal: Eden, 1983, p. 15.
④ Ibid., p. 370.
⑤ Alice Walker, *The Temple of My Familiar*. New York: Pocket Books, 1989, p. 355.

互影响①。

　　毋庸置疑，社会文化体系犹如一张巨网，在每一个历史文化语境中，个人会与世界和他人建立认同关系。沃克认为，融合所有不同部分的文化传统就是与所有祖先重新建立联系："如果我们消除祖先的声音，我们的主要部分——过去、历史和人类则会遗失，我们会在历史与精神上变得浅薄、狭隘。"②沃克通过将范妮和莉茜这两位美国黑人女性赋予印第安人的精神性元素，塑造出具有自我意识的美国黑人-印第安"文化混血儿"形象，建构成一种有关自我身份的"想象的共同体"。范妮通过认同被遗忘、被抛弃和被压制的美国多元文化传统的过去，尤其是认同美国印第安文化，使自己原本充满愤怒与怨诉的狭隘自己变成具有包容和完整自我的自由女性。莉茜颇具魔幻色彩的复杂人生则再现美国印第安民族文化的循环和万物同源思想，表征一种永恒的精神，正如苏维洛所言："你是有着众多身份的神灵，你就那样穿越时空。"③她代表边界的打破与跨越，在印第安文化思想的视域下，她的混杂性身份使其与一切——黑人与白人、男人与女人、人类与动物、生者与逝者、过去与现实联系起来，使女性个体的自我身份强化为集体的凝聚力，最终为世人展现和谐大同的社会图景，一个更为宏大包容的生存"共同体"。

二　美国黑人-印第安种族混血儿的身份认同

　　美国的种族包容来自不同种族与文化背景的民族，还包括众多具有混杂性身份的人们。就少数族裔，尤其是美国黑人和美国印第安人而言，他们的身份问题经常与种族问题纠合一处，并以肤色的不同进行归类。在《宠灵的殿堂》中，范妮的父亲奥拉曾言："白人自出生时起就开始学习否认……自身或周围的非西方特性，尤其是他们的美国黑人和印第安部分。"④

　　关于美国黑人和美国印第安两个民族之间的混杂现象，罗恩·威尔本（Ron Welburn）承认：

　　　　生活在美国黑人-印第安人的有色边界上，我们中的大多数人带

---

① Arthur Versluis, *Sacred Earth: The Spiritual Landscape of Native America*. New York: Women Make Movies, 1989, p.25.
② Alice Walker, *Living by the Word*. New York: Harcourt Brace Jovanovich, 1988, p.62.
③ Alice Walker, *The Temple of My Familiar*. New York: Pocket Books, 1989, p.243.
④ Ibid., p.188.

着混杂的标签和被编码的信息成长起来。我的长辈已学会保护我们不再经受他们作为印第安人所遭受的压榨和嘲讽，或者保护我们不再遭受他们的父母所遭受的一切。他们向我们灌输"与同辈人不同"的意识。我们是印第安人或印第安人的后裔，这一事实是个隐秘而敏感的话题。我们为何带着这样的隐秘身份生活？很少人为此进行解释。①

沃克在《我们所爱的一切皆能得到拯救》中同样哀叹："没有人提醒我们帕克斯②（Rosa Parks）是一个非洲人，同时也是个印第安人。"③ 对沃克而言，这一议题不是关于对"印第安性"的否认是否出自情愿，而是"在审视与被建构的形象相对立的真实自己时，我们无法摆脱禁锢自己的一切"④。《宠灵的殿堂》中的泽德同样痛苦地承认这一现象，而情况更令人悲观："即便是黑人，也为自身中的印第安部分感到耻辱。"⑤

沃克由此指出该现象的消极意义："如果我们不知道真实的自己、我们在哪里、我们去哪里，那么没有人会对自己感觉良好。……美国人一直不愿承认自己真正是谁。在美国几乎没有'白人'……甚至没有'黑人'。由于我们具有混杂性，我们已经成为一个民族。"⑥ 德里克·贝尔（Derrick Bell）对沃克认同印第安身份的行为给予客观评价，认为沃克作品表现出诸多精神性主题，"主要归功于她的美国印第安哲学思想和理念。她对美国印第安人的兴趣不只是研究"⑦。诚如贝尔所言，沃克对美国印第安文化的兴趣不局限于研究，更源于沃克对其文化传统的认同，如其所言，"印第安文化艺术如地心引力一般吸引着她"⑧，"印第安"成了

---

① Ron Welburn, "A Most Secret Identity: Native American Assimilation and Identity Resistance in African America." *Confounding the Color Line*. Eds. James Brooks. Lincoln: University of Nebraska Press, 2002, p. 292.
② 帕克斯（1913—2005）是美国20世纪50—60年代的黑人民权运动引导者，她在1955年12月因拒绝在巴士上为白人让座遭到拘捕，当地的黑人民众团结一致支持她的行为。帕克斯被誉为"民权运动之母"。
③ Alice Walker, *Anything We Love Can Be Saved*. New York: Random House, 1998, p. 54.
④ Ibid.
⑤ Alice Walker, *The Temple of My Familiar*. New York: Pocket Books, 1989, p. 72.
⑥ Alice Walker, *Living by the Word*. New York: Harcourt Brace Jovanovich, 1988, p. 128.
⑦ Derrick Bell, "The Word from Alice Walker: Review of Living by the Word." *The Los Angeles Times*, May 21, 1988, p. 11.
⑧ Alice Walker, *Living by the Word*. New York: Harcourt Brace Jovanovich, 1988, p. 43.

沃克生命中难以割舍的情结,"它如同我的剑羽,没有它我无法飞翔"①。温切尔如此论说:"沃克个人和事业上所要面对的是一个全部的她。最近数年,沃克在自身中发现印第安和白人的自己。"② 这是一个被胡克斯称为"恢复我们自己记忆"的过程③,也是沃克在以"一位成年美国黑人-印第安女性作家的责任意识"创作小说的实践④,是认同美国黑人和印第安祖先的必然结果。因此,不足为奇,沃克的笔下除了一些跨越黑白种族文化边界的鲜活人物外,还不乏兼具美国黑人和美国印第安民族文化特质的"文化混血儿"和种族混血儿,展现当代美国乃至整个世界中人们身份的复杂性与动态性。

在《宠灵的殿堂》中,沃克毫无例外地塑造了几位具有美国黑人和美国印第安混合血统的美国公民,成为美国黑人和美国印第安人关联的纽带,弥合固有的黑/白种族划分中存在的罅隙。如《拥有快乐的秘密》中的黑白混血儿皮尔瑞,在《宠灵的殿堂》中,沃克同样将这些美国黑人-印第安种族混血儿视为人类社会美好生活的象征,对种族、性别等压迫势力进行抵制。这几位美国黑人-印第安人物不仅欣然接受自己多元的族裔身份,并将父母的历史与祖先的文化传统融入自己的生活中,进行言说与传承,影响并帮助他人实现自我完整与确认。

(一) 民族历史文化的言说者

每个民族文化内部既有官方和民间的分层、主流和支流的交叉,也有边缘和中心的区别。它是长期以来特定民族内部各个社会阶层、各种社会能量之间相互激荡、冲突和妥协的结果。一个民族的文化记忆不是单一的,而是多元的,涉及复杂的文化权力分配和意义的操作机制。在多元文化的混杂时代,人们更应关注民间、支流、边缘的民族文化记忆,因为官方、中心、主流的民族文化记忆经过精英阶层的精心修饰,迎合某个特定时代和特定利益集团的愿望和要求。民间的,或边缘群体的文化记忆虽然是"非系统的、感伤的、怀旧的、零星的文化记忆"⑤,但由于尚未经过精英化、理性化的矫饰,还保持着比较纯粹的地方性文化身份印迹,能够

---

① Alice Walker, *Living by the Word*. New York: Harcourt Brace Jovanovich, 1988, p. 43.
② Donna Haisty Winchell, *Alice Walker*. New York: Twayne Publishers, 1992, p. 101.
③ Bell Hooks, *Sisters of the Yam: Black Women and Self-Recovery*. Boston: South End Press, 1993, p. 193.
④ Alice Walker, *The Warrior Marks: Female Genital Mutilation and the Sexual Blinding of Women*. New York: Harcourt, 1993, p. 25.
⑤ 张德明:《多元文化杂交时代的民族文化记忆问题》,《外国文学评论》2001年第3期。

投射出较为真实的民族文化影像。

沃克在《宠灵的殿堂》中将美国黑人－印第安女性泽德塑造为民族文化的"记忆者"和"讲故事者"，赋予其保存、言说民族中那些被扭曲，甚至被灭绝的"民间、支流、边缘的文化"的责任与义务。然而泽德起初并未具有言说的能力，因为她深受创伤，挣扎于对过去"故事"的痛苦中，身心几近崩溃，只有在获得疗愈和自我完整后，泽德才可能拥有言说的力量。

泽德是美国黑人－印第安人，来自有着母系传统色彩的中美洲之家。在那里，几代中美洲人——母亲老泽德、作为女儿的泽德以及泽德的女儿美国黑人－印第安混血儿卡洛塔均在寻求保存"祖国"的文化传统之法。老泽德所制作的羽毛披风数百年来被视为村庄仪式的重要组成部分；泽德负责为老泽德收集披风所用的羽毛。起初，泽德收集非洲鹦鹉和孔雀身上的羽毛，但拔毛时它们"犹如从心灵深处发出极度痛苦的声音"[1]，从此泽德只接受一位面容平静的妇女提供给她的羽毛。泽德相信，每只羽毛皆是上帝赐予的礼物，都在向精神典仪传送特殊的力量。这种田园式的生存方式很快因白人香蕉种植园的出现而受到威胁。在文本的描述中，当地的传统节日很快被白人殖民者取缔，致使部族的牧师们无所事事，人们因种植木瓜被惩处，被驱逐到一个印第安人的村庄。在白人的监狱中，泽德与印第安人"耶稣"的女儿卡洛塔出生。与前面章节中所提到的非洲女性苏克塔类似，泽德的人民几乎被白人殖民者赶尽杀绝，泽德与女儿成为民族文化的最后保存者。在白人女性的帮助下，泽德与卡洛塔逃离白人殖民地，流散到美国的加利福尼亚，从此彻底脱离祖国，寄生于异域的陌生世界。

在小说中，卡洛塔对母亲泽德与自己因何来到美国、父亲到底是谁、父母的过去如何等诸多事情一无所知，她比母亲更快地适应了美国这个全新世界，练就纯熟的标准英语，并成为一名教师。与女儿不同，泽德虽身居美国多年，但仍难以用英语顺畅交流，生活在与外界隔绝的自我封闭中。泽德的身心创伤源于自己和丈夫的遭遇：她深爱的"耶稣"因被发现与自己做爱而被白人以惨不忍睹的方式处死，泽德自己也被一群白人轮奸，几尽丧命。泽德无法将这些经历告诉自己和"耶稣"所生的女儿卡洛塔，唯有卡洛塔的美国黑人－印第安丈夫阿维达能够从泽德的脸上读到悲凉和渴望，并回赠了她被剥夺的一切：泽德的爱与被爱的权力。泽德与

---

[1] Alice Walker, *The Temple of My Familiar*. New York: Pocket Books, 1989, p. 3.

第四章 混杂性身份:美国黑人-印第安身份认同 199

正和卡洛塔相爱的阿维达"一见钟情",她从阿维达的身上看到他与"耶稣"的酷似。泽德对卡洛塔说:"就好像你出去,把你的父亲带回了家……他是印第安人。……阿维达爱你,你必须相信。但他与我也彼此相爱,从第一次见面时开始。"① 显然,阿维达与泽德的关系有悖伦理,但沃克旨在将这种关系作为疗愈泽德创伤的有效方式。他们的爱不是出于身体的相互吸引,而是彼此间对印第安性的承认与交融,彼此为对方打开了过去的记忆之门。阿维达对泽德的爱使泽德从过去的痛苦与现实的自我禁锢中解放出来,使这位"驼背、矮小、满脸焦虑的冷漠女人"恢复了女性的活力②:"她的脸……年轻了许多,那双眼睛不再游移,脸上的犹豫亦不复存在,唯有被剥夺爱的那份伤感犹存。"③ 通过他们身心的"神圣邂逅",泽德再次感知一个完整的自己:"现在,她似乎拥有了一个新的身体……感觉自己融化在一片光里。"④

以前,身心俱痛的泽德从未对任何人讲述过悲惨的过去,如今重获自我的她开始敢于面对苦难的自己,对阿维达讲述悲苦的丈夫与过去,与阿维达进行了归国之旅。对泽德而言,这是与自己的民族和文化重建联系,是被流放异国后的家园回归。阿维达的爱与他们的"归家"之旅使泽德最终找回原来的自我。两者回归过去的旅行是对民间的或本土文化有关的承认,同时也是拥有现在和未来的运动——"通过这种运动,我们才成为我们自己,真正成为我们自己的创造者,为对象找到词语,为词语找到意象。"⑤ 泽德正是在与阿维达回归家园的腹地之旅中获得了言说民族文化的力量,她的"曾经断断续续的语言表述达到了前所未有的流畅"⑥。

作为口头传统的基础表达方式,言说在印第安文化中极为重要,它涉及民族文化的传承与个人文化身份的确认。对一个视语言为神圣的民族而言,生存有赖于言说和表达自我的能力,一旦被剥夺这种权利,就等于自我和族群的毁灭。因此,言语对泽德的个人生存与身份建构至关重要。恢复了自我的泽德也恢复了对民族文化的记忆,更拥有了言说与传承民族文化的条件。她用记忆和言说定义她的经历,因而讲述成为泽德的一种

---

① Alice Walker, *The Temple of My Familiar*. New York: Pocket Books, 1989, p. 19.
② Ibid., p. 6.
③ Ibid., p. 23.
④ Ibid.
⑤ R. Con. Davis, *Contemporary Literary Criticism*, Vol. 66. Detroit: Gale Research Co., 1991, p. 231.
⑥ Alice Walker, *The Temple of My Familiar*. New York: Pocket Books, 1989, p. 76.

"赋权"行为，成为抵抗历史或主流文化加诸的"宏大叙事"的有效方式，在与听众阿维达的互动中与之结合为紧密的一体。于是，在阿维达这位"能使她与自己的世界重建联系的听众"①，这位以音乐进行言说的艺术家面前，泽德开始以讲故事的形式向阿维达口述民族母系文化对女性的尊重与敬畏，回溯了人类社会初始的原貌。

泽德成长的小村庄曾保留母系氏族的习俗，具有魔幻色彩的瀑布洗浴仪式便是其一："那里有个神奇的地方。月经过后，许多母亲和女儿们总是在圆月高悬的夜晚去那里洗澡。"② 在泽德的本民族语言中，瀑布被称为"Lxtaphtaphahex"，意为"女神"③。正是在这个瀑布的旁边，女人们以讲故事的方式将文化传承："我们的母亲告诉我们，很久以前，在她们还是祖母，而祖母的祖母年逾古稀时，只有女人才能做牧师。……在母系氏族时代，男人崇拜并敬畏女人。男人收集羽毛、骨头、动物的牙齿和脚爪，带着这些礼物跪拜在女人面前。"④ 泽德口述的部族母辈历史与莉茜记忆中的母系传统如出一辙，再次突出美国黑人与美国印第安民族文化的共通性。

沃克通过泽德向阿维达（和读者）讲述这些曾经由母亲口口相传给女儿们的故事，揭示诸多关涉母系文化的历史真相，再现人类社会的初始风貌与历史演进的过程。根据泽德的讲述，男人的起源发生在女人形成之后：

> 有个女人创造了一个有点不像她的人。女人很吃惊，把所创造的人一直带在身边。有一天，这个被创造的人好奇于是否有与他相像的别人存在，于是四处寻找，终于找到了长得像他的男人。他再也没有回到女人身边，他决定和与他相似的那些男人一起生活。⑤

泽德的部族人民相信，起初是男人使女人成了牧师，因为那时男人将牧师与女人制作时尚饰物和创造生命的能力联系一起。但随着时间的推移，男人产生了要成为牧师的欲望，并不惜阉割自己，夺回其做牧师的权利。

泽德所述的"边缘""民间"的母系社会历史并非天方夜谭，诸多学

---

① Alice Walker, *The Temple of My Familiar*. New York: Pocket Books, 1989, p. 45.
② Ibid., p. 46.
③ Ibid., p. 46.
④ Ibid., pp. 48–50.
⑤ Ibid., p. 48.

者也在对此进行研究和证实。学者斯多尼（Merlin Stonee）认为，人类社会发端于母系制度、女酋长制度或一妻多夫制，这些体制是人类进化发展过程中的特殊阶段："所有社会必须先经历母系阶段，然后再进入所谓的文明进步的父系制和一夫一妻制。"① 斯多尼虽然承认母系文化存在的真实不虚，但同时暗示学术未必是真实客观的学识生产，而是一种注入了某种意识形态的文化实践，那种意识形态往往会关注当时主流群体利益的合法性与实效性。泽德对民族文化的言说成为一次意义非凡的历史话语实践，为读者重现美国黑人和美国印第安民族文化的本源，质疑主流文化因其主体意识形态的影响而对历史真相的扭曲，从而揭示主流意识中文明、优越的理念性缺陷。

沃克通过泽德这一具有印第安血统的混杂性人物讲述有关民族母系文化的历史，证实了美国少数族裔女性曾经拥有特权的历史现实，阐释性别歧视与压迫的起源，令读者反思人类建立权力机制的深层原因与发展进程。沃克借助源自美国黑人和印第安历史文化背景的女性对个人经验的言说，"抵抗历史或主流文化加诸的'宏大叙事'"②，最终将这一"传说故事"归原为历史，将世界重新概念化。

泽德讲述的"故事"不仅关于祖辈的传统过去，她借助言说弥合架构祖先的过去与自己的现实之间的断裂。这种言说使泽德渐渐复苏了自我意识与身份认同，重新找到自己在民族空间中的位置。她的自我存在并非孤立于外部世界，而是与民族群体紧密系结，是依托于群体的"我"之存在。恩斯特·卡西尔（Ernst Cassirer）指出，在美国印第安文化中，"语言使一个人在群体中的存在变成可能。只有在社会中，在与'你'这个词的关系中，一个人的主体性才能称之为'我'"③。泽德在对阿维达的言说中找到了作为民族成员和作为女性的自我，并真正回归自己远离多年的中美洲之"家"。她更加坦率地倾诉记忆中的文化传统，尤为重要的是，泽德对其丈夫"耶稣"被俘及其死亡过程的言说更道出民族命运与其个人生存之间的关系，也揭示她制作披风时配用羽毛的真正含义。

"耶稣"是印第安村庄的最后守护者，他为了保护象征村庄存在的三块圣石而拒绝逃离村庄。在他看来，圣石在，村庄在，民族则在。然而"耶稣"最终在保护圣石时被白人殖民者抓获，又因被发现与泽德做爱而

---

① Merlin Stonee, *When God Was A Woman*. London: Harcoult Brace Jovanovich, 1976, p. 33.
② Jay Clayton, "The Narrative Turn in Minority Fiction." *Narrative and Culture*. Eds. Janice Carlisle and Daniel R. Schwarz. Athens: University of Georgia Press, 1994, p. 383.
③ Ernst Cassirer, *Language and Myth*. New York: Dover Publications, Inc., 1953, p. 61.

遭到白人殖民者的残酷杀害。泽德被"耶稣"的同胞救出时,他们送给泽德代表民族的象征物,泽德的生存及命运由此与其民族命运牵固:

> 我只知道他们("耶稣"的同胞——引者注)给了我在世界上最后能证明他们是谁的象征物——为我的耳朵插上非洲红鹦鹉的羽毛,这种鹦鹉是由长着粗硬头发的男人从被他们称为祖玛或太阳的大陆带回自己村庄的。他们给卡洛塔(由我代管)三块鹰卵大小的石头。①

由此可见,泽德(与卡洛塔)承载着黑人和美国印第安民族相互融合的传统,携带着村庄双重混杂的文化图腾——非洲羽毛与印第安的圣石。石头的重要性表现在它的象征意:拥有这三块石头并了解与其相关的故事就是铭记自己的民族和自我身份。

泽德一家的命运呼应了美国印第安民族注重群体观念的家园理念。美国印第安民族文化提倡个体的存在以家庭、部落为基础,部落意味着家庭,不只是血亲,也指大家庭、氏族和族群,它意味着人类群体共有的基本存在,是创造共同抵御痛苦的纽带,因此,"身份并不是寻找自我,而是寻找人际关系中的自我"②。对泽德而言,当她远离家乡并客居美国时,与人际关系中的时间和空间隔离就等于失去自我身份,她是在"回家"之途以言说的方式获得了自我认知,她不仅回到自己的家乡,更隐喻了精神上的传统回归,最终选择了永远留在祖国,留在群体之中,通过留下确认自己的身份。

印第安作家纳瓦拉·斯科特·莫马戴(Navarre N Scot Momaday)认为,"人在语言中,也只有在此中才能达到圆满。人的存在状态是一种思想,是人对于自己的想法。而只有当这种想法由语言表达出来时,他才能掌控自我"③。沃克通过泽德有关民族文化的叙说令其实现了自我圆满和自我掌控。泽德开始充实地生活,找到了自己失散多年的母亲老泽德(Zede the elder),成为一位萨满医师,并爱上了一位可以与之共度余生的印第安男人。苏维洛以看似老套但不失准确的话语总结了泽德的人生转

---

① Alice Walker, *The Temple of My Familiar*. New York: Pocket Books, 1989, p.76.
② William Bevis, "Native American Novels: Homing in." *Critical Perspectives on Native American Fiction*. Ed. Richard Fleck. Washington: Three Continents, 1993, p.19.
③ Navarre N. Scott Momaday, "The Man Made of Words." *The Remembered Earth*. Geary Hobson. Ed. Mbuauerque: Red Earth Press, 1979: 168.

变——"幸福结局"①。然而，泽德的命运并非止于"幸福结局"，沃克借此表明，人类能够超越激情与迷失，具有自我疗愈并重新去爱和言说的潜力，超越时常由我们自己设定的桎梏。作为一个民族文化的代言人，泽德勾画出一个始于母系文化的人类历史的演化过程，她没有改变历史，却改变了人们诠释历史的方式。借助泽德表征并讲述的有关女性赋权的故事，沃克建构了一个真实的母系历史，改写了以男人为主导，以欧洲中心主义文化压制其他文化的等级制度和观念。泽德讲述的文化与政治传统的混杂性使我们有必要重新审视"正史"，如马丁·博纳尔（Martin Bernal）所言，"重新审视西方文明"②。沃克相信，如果美国黑人和美国印第安人民保持自己的话语，他们就能获得重新生成民族历史的方式，自由也随之成为可能。

对于这种源于历史的"民间"记忆与"故事"讲述，胡克斯指出，"记忆具有一种反抗精神。太多美国黑人和印第安人生活在失忆之中，具有被殖民思想，以致被白人世界彻底同化"③。令人欣慰的是，生活在美国多年的泽德尚未被西方思想同化，她不仅铭记历史的创伤，还以言说自己对美国黑人和美国印第安人混杂性的历史和身份记忆，证实女性乃至整个民族真实的历史存在。虽然历史可能令人伤痛，她却通过言说记忆中的民族文化解构殖民与被殖民历史的虚假表征，她对民族文化的言说因此变成抵抗压迫的催化剂。因此，言说民族文化记忆的艺术实质上成为言说者重新定位自我，重新寻找和揭开自我身份的修辞策略。

（二）传递"信使"的艺术家

艺术的意义何在？沃克就此曾经提出疑问："如果我们不能拯救我们的生活，作为艺术家的意义何在？"④ 沃克一直坚信艺术对人类生存的救赎潜力，所以她本人也将自己的艺术创作视为一种责任。不足为奇，沃克的作品中不乏各个领域的艺术家形象。在《宠灵的殿堂》如此一个充满轮回转世、风云更变的多元世界，其主要人物便构成了一个庞大的艺术家群体——剧作家、画家、历史学家、摄影家、裁缝大师等，其中音乐家尤为突出。沃克一直崇尚音乐，承认其具有"整合为一"的凝聚力。作为

---

① Alice Walker, *The Temple of My Familiar*. New York: Pocket Books, 1989, p. 400.
② Martin Bernal, *Black Athena: The Afroasiatic Roots of Classic Civilization*. Volume 1. *The Fabrication of Ancient Greece 1785–1985*. London: Vintage, 1991, p. 2.
③ bell hooks, *Sisters of the Yam: Black Women and Self-Recovery*. Boston: South End Press, 1993. p. 191.
④ Alice Walker, *Horses Make A Landscape More Beautiful*. San Diego: Harvest, 1985, p. 27.

未被言说的语言,范妮的剧作家父亲奥拉不乏对音乐的评判,他认为,"就黑人性和印第安性,即非白人性而言,崇尚音乐喻示着爱欲、乐趣、沉静、精神性以及非暴力性"[①]。这些音乐家一方面被赋予音乐、爱欲的独特力量,同时又具有较强的精神性,成为与他人进行心灵交流的"信使"。

有着美国黑人和印第安混合血统的混血儿阿维达便是这种音乐艺术家的典型。为了凸显其困扰主流白人文化的恶魔和巫师形象,阿维达经常佩戴头箍和泽德缝制的羽毛披风。阿维达对使之"看上去像只鸟儿"的羽毛情有独钟,并因此与卡洛塔和泽德母女相知相爱。他们从彼此身上看到了"印第安性":卡洛塔从阿维达的身上看到"'印第安性'……萨满的沉静和超然的专注"[②]。而阿维达从这对母女身上不仅看到了"印第安性",还看到"被压迫、逃亡和挣扎"的余痕,从中看到她们与自己历史的联系,其共同的标志就是迷失。此外,阿维达还看到一种创造力和生命力,会使他联想到自己的印第安同胞。卡洛塔使阿维达从卡洛塔身上联想到黄色,喻示秋天的花朵和树叶所具有的坚忍与乐观,从泽德处想到"桃色、粉色和子宫的颜色"[③]。他从两位女性的文化特质中获得音乐的灵感,并通过卓越的吉他演奏将自己的多元传统演绎出来。

阿维达(Arveyeda)这个名字在美国印第安语中意为"健康",他人如其名,其文化情感促使泽德母女的人生发生了巨大转变:他带给卡洛塔健康的生活方式:健康的中美洲饮食习惯和规律的运动,并在跑步时为卡洛塔指出那些"具有异域风情的少数族群——美国印第安人"[④]。如前文所述,阿维达对泽德的爱使她获得身心疗愈和健康的自我,回归了属于她的现实与精神家园。然而,卡洛塔自幼从拉美洲村庄流亡,成长于与父母的过去相隔甚远的环境中。在母亲泽德与自己的丈夫阿维达发生恋情后,卡洛塔又与母亲和丈夫疏离,"此时,她无法知道母亲伤害自己的程度"[⑤]。卡洛塔试图通过与苏维洛的婚外情寻找慰藉,却被崇尚白人思想的苏维洛视为"没内涵、无实质的女人"[⑥],"只不过是个肉体而已"[⑦]。

---

① Alice Walker, *The Temple of My Familiar*. New York: Pocket Books, 1989, p. 378.
② Ibid., p. 7.
③ Ibid., p. 24.
④ Ibid., p. 10.
⑤ Ibid., p. 20.
⑥ Ibid., p. 239.
⑦ Ibid., p. 249.

这种来自母亲和男人的多重伤害令卡洛塔否定自己的身体与女性气质,因而以"女演员"的身份自嘲①,将身体视为自己的一副面具。对卡洛塔而言,"它已经没有了生命"②。

然而,在卡洛塔陷入自我迷失和异化之时,帮助她走出精神低谷的仍是阿维达。同于《拥有快乐的秘密》中以自己的专业疗愈了塔茜创伤的混血儿皮尔瑞,阿维达以其音乐的神秘方式引领卡洛塔走入自己父母的过去世界,充当了卡洛塔开启认知过去和自我之门的信使:

> 这是一首关于民族传说的歌,一首国家之歌。它以绿色为华衣;……他歌唱他的人民:很久以前,他们从被称作太阳的地方来到这里……他歌唱耳边的红鹦鹉羽毛……他歌唱殖民者的到来以及被奴役者们的悲惨命运。他歌唱曾经深爱的两个人,其中一个死了,以令人恐怖的方式,除了一个秘密,那就是孩子,还有一些红鹦鹉羽毛耳环和三块貌似平凡的石头。③

在吟唱的过程中,阿维达意识到自己的使命——"艺术家只不过是个信使,他们肩负统一世界的重任——令人敬畏的责任。他坚信他带给他人和自己的痛苦……不是损毁他们,而是转变。"④

阿维达借助音乐艺术为卡洛塔揭开被封存的历史,帮助她获知有关父母的过去及其民族生活的母系传统,成为卡洛塔与父母以及卡洛塔与自己有关的过去之间传递信息的"信使",最终帮助卡洛塔掌握自己种族的历史。通过阿维达这一具有特殊意义的艺术家信使,泽德得以回归真正的"家园",卡洛塔也因为泽德的记忆和阿维达的信使传递,"将这一被记忆的身份融入自己作为生活在美国的拉丁美洲后裔的自我意识中"⑤。

在阿维达这位"信使"的影响下,卡洛塔最终发现了自身的音乐天赋,辞掉教师工作,与阿维达一样步入音乐的殿堂,成为一位钟琴手。她将印第安人用作饰物的钟琴和贝壳当作乐器,"与这些钟琴进行呼应"⑥,

---

① Alice Walker, *The Temple of My Familiar*. New York: Pocket Books, 1989, p. 385.
② Ibid., p. 386.
③ Ibid., p. 126.
④ Ibid., p. 123.
⑤ Terry Dehary, "Narrating Memory." *Memory, Narrative, and Identity: New Essays in Ethnic American Literature*. Eds. Annritjit Singh, Joseph T. Skerrett Jr, and Robert E. Hogan. London: Northeastern University Press, 1996, p. 31.
⑥ Alice Walker, *The Temple of My Familiar*. New York: Pocket Books, 1989, p. 372.

因此逃脱了"'学术'的种植园"①,沉浸于音乐和钟琴的美妙之声中,好像在"聆听"祖母老泽德每次缝制新羽毛披风前敲击铃铛时所发出的神圣之音。卡洛塔在音乐的声音中发现了自我身份、自我实现以及自己的文化之根,这种包含着祖先之爱的乐声带给卡洛塔极大的归属感与幸福感。苏维洛"惊愕"于卡洛塔的转变:"她的头发剪短了……她如此清瘦……但她很幸福。这是最令人吃惊不过的事。他记忆中的那个哭哭啼啼的女人哪里去了?"②

《宠灵的殿堂》多次提到旧金山屠杀纪念馆的碑文:"记忆是救赎的关键。"③ 在泽德、卡洛塔与阿维达所构成的家庭中,她们之所以能够"记忆",并从"记忆"中获得救赎,阿维达的"信使"角色功不可没。泽德对自己的家史、部落历史和民族历史文化铭记于心,却在阿维达的影响下得以言说,从而成功地"救赎"了自己;卡洛塔也是经由阿维达了解了自己的、种族的和人类的过去,在对父母和祖先的"记忆"中拥有了一颗宽恕之心,得以释放生活之痛,并将这种新释放的能量注入创造性的音乐中;阿维达本人同样在与这对母女的交往中重温自己对印第安同胞以及对美国黑人和印第安父母的"记忆"。犹如泽德母女的鹦鹉羽毛和石头,音乐艺术成为阿维达维系自己身份的媒介:"他为死去的母亲和几乎不认识的父亲演奏,他对父母的渴望从音乐中倾泻而出,如泣如诉。每当想念他们时,阿维达演奏的音乐就会洋溢一丝忧郁的韵味。"④ 因此,阿维达这位"信使"通过自己的音乐艺术将原本与过去、与自己疏离的泽德、卡洛塔和阿维达重新凝聚成相互关怀的和谐一家,在民族、文化、性、家庭以及种族的边界处达成自我与家庭整体的身份认同。

然而,"家"对印第安人来说意义多元,"部落就意味着家,不只是血亲,也指大家庭、氏族、族群……它意味着人类群体共有的基本东西,不管是什么,都是创造共同抵御痛苦的纽带和催化剂"⑤。阿维达这位艺术家"信使"通过自己的音乐与"健康"精神将原本孤独且本无血亲的美国黑人、印第安人苏维洛/范妮和卡洛塔/阿维达两对夫妇聚合一处,形成了"关联感"和"抵御痛苦的纽带",虽然周围世界喧嚣如故,但他们

---

① Alice Walker, *The Temple of My Familiar*. New York: Pocket Books, 1989, p. 378.
② Ibid., p. 378.
③ Ibid., p. 335.
④ Ibid., p. 24.
⑤ Kenneth Lincoln, *Native American Renaissance*. Berkeley: University of California Press, 1983, p. 8.

"按照古老母系传统的思维方式设计",共同建造了"具有史前礼仪家庭模式的房子"①,组成一个更大的"家",建构成一个"小共同体"。在这里,阿维达成为凝聚大家的媒介与核心,热诚地为大家奉献爱与真诚,为他们提供了一种方向感、归属感和生存的快乐感。事实上,正是这种方向感与归属感决定了人物身份的认同感。范妮发现,"与阿维达谈话非常容易,就像与一位闺蜜交谈。他总是在那儿,在场且富于情感"②。而苏维洛则意识到阿维达对自己的影响:"我们孜孜不倦所学的知识早已被你谙熟于心"③,而且"阿维达还给予他人以快乐"④。阿维达世俗与精神的整体性对自我异化的苏维洛而言,"犹如一次洗礼"⑤。可见,苏维洛在对多元文化和历史的了解与学习中深受阿维达这位"信使"的影响,并逐渐学会积极地面对现实,最终与现实和解。在这个"大家"中,两对夫妇共同培养卡洛塔和阿维达的两个美国黑人-印第安混血孩子。作为女人的卡洛塔和范妮在富于生活和精神认知的阿维达和观念已然改变的苏维洛的陪伴下不再是婚姻的囚徒,她们均通过接纳和认知自己的过去去除了身心的伤痛,在对他人的宽恕中获得自我完整,并从家庭、集体中找到自己的身份定位。这种自我认知的方式与西方小说中的家庭模式迥然不同,"对印第安人而言……与人际关系中的时间和空间隔离等于失去自我身份"⑥,个人可以从家庭和集体的纽带中获得自我建构的力量,"回家"不仅指主人公回到家乡,更隐喻精神上回归传统。这一跨越家庭边界、充满互爱、宽容、自我肯定与集体身份认同的神圣之"家"赋予这些家庭成员以抵制消极权势的力量,尤其抵制生活中那些由白人男权社会所施加的压迫。

有鉴于此,沃克在作品中所塑造的具有美国黑人-印第安种族和文化身份的人物及人物集体,从某种意义上成为一种更为复杂的文化隐喻。它以种族文化身份的混杂性为基本特征,"生产出一个全新的身份符号,成为一个创新性的协商和争论之所"⑦。他们对混杂性的美国黑人-印第安种族和文化身份的个体确认与群体认同凸显了美国身份的多元性,消解了主流群体文化与种族的分界,强化重新评价混杂性种族和文化身份的积极

---

① Alice Walker, *The Temple of My Familiar*. New York: Pocket Books, 1989, p. 396.
② Ibid., p. 338.
③ Ibid., p. 379.
④ Ibid., p. 380.
⑤ Ibid., p. 398.
⑥ William Bevis, "Native American Novels: Homing in." *Critical Perspectives on Native American Fiction*. Ed. Richard Fleck. Washington: Three Continents, 1993, p. 9.
⑦ Homi Bhabha, *The Location of Culture*. London and New York: Routledge, 1994, p. 2.

意义。

与沃克相似,哲学家凯姆·阿瑟尼·阿皮亚(kwame Anthony Appiah)在其著作《在我父亲的家屋》(*In My Father's House*)中同样描述其家庭成员混杂性身份的普遍性与能到性:

> 此书谨献给9个孩子:一个生于波茨坦,父母为挪威人和盎格鲁-加纳人的男孩;他的出生于挪威和加纳的弟弟们;他们的四个表亲——其中三个男孩的父母是尼日利亚人,出生在拉各斯;一个女孩,出生在加纳;还有两个女孩出生在美国的纽黑文和康涅狄格州,父亲为美国黑人,母亲为美国白人。这些孩子——我的侄子和教子们,从肤色到头发都遗传了我父亲和我妻弟祖先的基因。他们的名字取自约鲁巴、阿散蒂(非洲)、美国、挪威和英国。看着他们在一起嬉戏,彼此说着不同的语言,我感到人类未来的某种希望。①

纵观沃克的作品,她笔下的人物身份也与阿皮亚的孩子们同样具有混杂性,体现美国人、美国黑人和美国印第安人民的历史复杂性以及地域、家庭和文化边界的调和性,即吉尔罗伊所谓的"黑色大西洋"(the Black Atlantic)。这些家庭和人物源自中美洲、美国、非洲和欧洲等地,他们并非虚构的产物,类似的家庭与人物于现实世界真实可寻,数量正呈上升趋势。迁移无论对于穷人还是富人皆是后现代社会的特征之一,与此并存的还有不同种族文化间的混杂。

沃克笔下的人物为了寻根和自我确认而不断迁移,无论他们去往何处,正如卡勒所言,"他们真正的家园是他们共同的历史,是莉茜所呈献的充满人性的历史"②。沃克使这些人物成为具有多元文化与多元族裔的世界公民,于此,回"家"意味着进入一个全新的关系。卡勒对以人道主义历史为家的观察以及阿皮亚对多元种族之未来的希望等文学想象均使我们联想起沃克有关"未来文学"的观念,那就是,文学的未来是"从

---

① Kwame Anthony Appiah, *In My Father's House*. Oxford: Oxford University Press, 1992. pp. vi – ii.

② Wolfgang Karrer, "Nostalgia, Amnesia, and Grandmothers: The Use of Memory in Albert Murray, Sabine Ulibarri, Paula Gunn Allen, and Alice Walker." *Memory, Narrative, and Identity*. Eds. Amnitjit Singh, Joseph T. Skerrett, and Robert E. Hogan. Boston: Northeastern, 1996, p. 142.

多元不同的视角所讲述的同一个大故事"①,在这个"大故事"中,沃克讲述着被主流作家,抑或被美国黑人作家所遗失的部分,即美国黑人和美国印第安种族文化的混杂性以及那些被边缘化的混血儿们所处的生存状态,表达他们对种族与文化身份认同的个体和集体欲求。沃克与阿皮亚一样,满怀着人类未来的某种希望,憧憬着人类跨越种族和文化边界的平等和谐。

---

① Alice Walker, *In Search of Our Mothers' Garden: Womanist Prose*. New York: Harcourt Brace Jovanovich, 1983, p. 5.

结　　论

　　自苏格拉底主张的"认识你自己"起始，文学创作便与自我身份探寻相伴而行，如安德鲁·本尼特所言："文学领域就是人的身份问题能得到最具启发性揭示的空间。"① 就美国文学与美国身份认同之间的关系，江宁康教授在其著作《美国当代文学与美利坚民族认同》中写道："只要美国还是一个移民国家，那么，'我是谁？'这个问题似乎永远没有终结的答案。"② 审视美国少数族裔，尤其审视美国黑人和美国印第安人的境况时，我们自然不能忽视西方人与他们人民之间在种族、宗教、文化等诸多因素上的协商与融合，不能忽略"大部分南方黑人都有印第安血统"这一事实③。显然，此种复杂环境下的美国黑人与美国印第安人超出杜波伊斯所提出的双重意识，其三元或多元的混杂性身份成为美国大熔炉式混杂性存在的典型特征。

　　被公认为美国黑人著名作家的吉思·图默在1933年曾拒绝被简单界定为美国黑人身份，专门写信宣告"我不是黑人"④。以图默之见，"他是美国黑人，也是欧裔美国人，同时还是美国印第安人"⑤。图默的主张无疑将美国文明的三元世界——印第安世界、欧洲世界、黑人世界融为一体，投射美国这一移民大国的混杂性特质。无独有偶，半个世纪后的沃克亦步图默之后尘，同样主张自己的美国人、美国黑人和美国印第安等多元种族文化身份，在50岁时（1994年）特意将自己的切诺基祖母的切诺基名字Tallulah加入自己的名字中，全名变成包括黑人祖母Kate和印第安祖

---

① ［英］安德鲁·本尼特主编：《关键词：文学、批评与理论导论》，汪正龙等译，广西师范大学出版社2007年版，第121页。
② 江宁康：《美国当代文学与美利坚民族认同》，南京大学出版社2008年版，第171页。
③ James Mooney, *Myths of the Cherokee and Saced Formulas of the Cherokee*. Nashville: Charles and Randy Elder, 1982, p. 294.
④ Jonathan Brennan, ed., *Mixed Race Literature*. California: Stanford University Press, 2002, p. 205.
⑤ Ibid., p. 1.

母 Tallulah 两者名字皆在其中的 Alice Tallulah Kate Walker。在切诺基民族语言中，Tallulah 意为"编筐者"（basket maker），创作中的沃克亦将自己视为故事的"编织者"，以笔为藤，将具有美国黑人和印第安混合血统的母辈故事编进自己的文学"箩筐"，再现自己真实的家族和社会史，令读者"听到"发自这些具有混杂性种族、文化身份的边缘人之柔弱而坚定的声音。沃克深知，"生活在故事的文化氛围中，记忆绵长而丰富。……我的责任就是将这些故事叙述出来，予以呈现。不是因为我知道，而是她们使我知道"[①]。沃克坚信，否定"我是谁"中的任一部分都具有伤害性，因为"压制个性中的任意一部分都会伤害灵魂"[②]。沃克从个人与专业层面所确认的"我是谁"，是她的混杂而完整的美国黑人和印第安身份，同时亦是沃克混杂性文学书写的终极指归。评论家亨利·西蒙斯（Henry C. Simmons）由此指出："当你听到艾丽丝·沃克的话语时，你就会看到影射其生活中，为成为'真正的自己'而进行的超乎常人的斗争。"[③] 事实证明，沃克对故事的叙说承载着多元文化与认同的深层内涵，她将这种内涵融入文学创作的各个层面，书写作为具有多元身份的故事"编织者"所特有的责任意识。

由此，沃克利用自己的混杂性身份，借助文学对个人、群体和民族身份的建构功能，将过去与现在、男人与女人、民族文化与主流文化等彼此对立的多维边界含混不清，注入叙事、神话、宗教、人物等以混杂性所特有的能动性与变革力量，编码重新协商和文本想象性建构的方式符号，开创一个将时间、空间、人物、种族、性别、宗教、神化、叙事等诸多因素圆融一体的第三空间。在这一空间建构中，沃克作为故事"编织者"——这个在美国黑人与美国印第安文化中举足轻重的角色实至名归。沃克没有摒弃任何文化传统，而是穿越不同的文化界限，变换使用多元文化元素并将其改写或修正，生产出一种全新的内涵。于此，所有文学元素均以混杂性威力对抗各种西方固有模式或意识形态的束缚，使一度被视为异质、边缘的文化成为身份确认与完整生存的基石。巴巴认为，唯有混杂状态才能使能动性成为可能，文化上的差异正是在这种阈限空间内实现了某种融合，所产生的新体便是对文化和民族身份的"想象性"建构。沃克也正是在"美国文学"的歧义性场域对美国黑人文学、美国印第安文

[①] Alice Walker, "I Know What the Earth Says." *Southern Cultures*. 10.1 (2004): 14.
[②] Alice Walker, *Living by the Word*. New York: Harcourt Brace Jovanovich, 1988, p.85.
[③] Henry Simmons, "Reflections on The Color Purple: Losing, nd Finding God in Nomale Images." *Living Light*. 25 (1986): 354-358.

学以及美国文学进行混杂性建构,既沿袭主流文学的某些框架,又跳出黑人文学的传统规约,将美国黑人和印第安人的传统理念混杂其中,使其在叙事策略、文化语境、人物塑造等方面实现了文学艺术与精神发展的跨文化整合。沃克对主流文学和美国黑人文学似是而非的混杂性策略超越了大多数美国黑人作家只展现黑人文化传统的常规模式,也挑战了西方主流文学的权威形态,为言说美国文学中貌似属于某一族裔,实则适于所有当代美国人意识中的异化与融合观念提供了独特性书写参照。雅基尼·肯普(Yakini Kemp)由此论断:"沃克为了新的世界秩序而对人类进行无休无止的巧妙创造。"[1] 可以说,沃克的文学创作生动表现了文学、文化和身份之间的一种复杂的互动关系,显示文学对文化身份的建构功能。

乔治·拉伦认为,"文化身份总是在可能的实践、关系及现有的符号和观念中被塑造和重新塑造着"[2]。沃克的混杂性书写可谓一种变革性实践,她拒绝否定民族文化与身份的西方建构,将定义的权力中心转变为曾经的边缘,打破了有关美国身份的传统想象。她不仅为读者重构了一个真实且多元的历史与文化空间,还重塑了个性化书写多元文化传统的另类模式。对沃克而言,混杂不是"分割",而是阐明过去,并将所有"断裂"弥合[3]。沃克未将混杂血统作为潜伏于美国社会边缘处的鬼影,而是作为确认跨越多重边界的少数族裔之"我是谁"的神魂。

沃克的混杂性书写,如巴巴所言,"构成一种主体感,一种文本感和社会感"[4],她为作品中人物的生存策略和沃克本人的创作理念有效构建了文本的主体性和独立性,创造出一个融美国人、美国黑人、美国印第安人等多元混杂性主体的文本机制,将与边缘女性断裂的文化和过去的记忆作为自己的文本中心,彰显在主流文学,抑或黑人文学遗产表征中所缺失的主体意识,呼吁少数族裔群体对自己真实的种族与文化身份重新认知。如此的混杂性书写使沃克在美国黑人、美国印第安人和主流文化中开辟了自己的文学天地,形成美国黑人文学、美国印第安文学和主流文学三种文学的混杂体——美国黑人-印第安文学范式。有鉴于此,沃克是美国作家,是美国黑人作家,还是美国黑人-印第安作家,她将混杂性文学范式拓展至文化的主题与隐喻中,蔓延至不同文化境地的读者群。沃克的混杂

---

[1] Yakini Kemp, "Review of *Possessing the Secrete of Joy.*" *Belles Lettres.* 8 (1992): 57.
[2] [英] 乔治·拉伦:《意识形态与文化身份:现代性和第三世界的在场》,戴从容译,上海教育出版社 2005 年版,第 22 页。
[3] Robert J. C. Young, *Colonial Desire.* London: London Routledge, 1995, p. 5.
[4] [美] 霍米·巴巴:《黑人学者与印度公主》,生安锋译,《文学评论》2002 年第 5 期。

性书写可被视为跨越此种边界的努力,不仅助推了双方的发展,也标志后殖民语境中新的文学创作风格和技巧的生成。沃克所体现的文化混杂性并非完全使美国黑人和美国印第安文化变成强势文化,而是希望通过相互的对话与交流,消除现实世界的种族隔阂,如帕特里夏·力雷(Patric Riley)所言,在美国文化中"对抗主流社会加之于她的单一种族身份,彰显自己的美国黑人-印第安主体性"[①]。

由此,通过创造性想象力和文学艺术表现力,沃克将其美国黑人与美国印第安民族的历史过去生动再现,投射现实空间的多元社会与莫测人生,使之成为现代性存在的一部分。沃克的创作没有将生活、文化与历史和文学割裂,相反,她一直以对那些文学的挪用或混杂作为主要书写策略,为文化的相互融合创造契机。在沃克看来,少数族裔的生存,尤其是美国黑人与美国印第安人民的生存,正如沃克在文学创作所表现的那样,经常取决于他们是否能够将现行的社会秩序和二元对立转化为模糊不清的混杂性场域,是否能够挑战主流社会的压迫性机制。这种生存同样取决于创造独特的民族视角,既独立于美国主流神话,又与其进行对话。由此,沃克基于多元民族生存经验的混杂性书写是她对多元文化传统的继承,是对文学创作艺术和民族身份认同的有机架构,从而为后人留下文化传承和民族教化之书。

[①] Patricia Riley, "Wrapped in the Serpent's Tail." *When Brer Rabbit Meets Coyote*. Ed. Jonathan Brennan. University of Illinois Press, 2003, p. 141.

参考文献

一 英文文献

Abbandonato, Linda. "A View form 'Elsewhere: Subversive Sexuality and the Rewriting of the Heroine's Story in *The Color Purple*.'" *Publications of the Modern Language Association of America*. 106.5 (October 1991): 1106 –1115.

Adell, Sandra. *Literary Masters: Toni Morrison*. Detroit: Thomson Cake, 2002.

Ahokas, Pirijo. "Constructing Hybrid Ethnic Female Identities: Alice Walker's *Meridian* and Louise Erdrich's *Love Medicine*." *Literature on the Move: Comparing Diasporic Ethnicities in Europe and the Americas*. Eds. Dominique Marcais, Mark Niemeyer, Bermard Vincent, and Cathy Vaegner. Heidelberg, Germany: Carl Uinter Universitatsverlag, 2002: 199 –207.

Aitken, Larry P. *Two Cultures Meet: Pathways from American Indians to Medicine*. Duluth: University of Minnesota Press, 1990.

Allan, Tuzyline Jita. *Womanist and Feminist Aesthetics*. Athens: Ohio University Press, 1995.

Allen, Paula Gunn. *The Sacred Hoop: Recovering the Feminine in American Indian Traditions*. Boston: Beacon Press, 1992.

Appiah, Kwame Anthony. *In My Father's House*. Oxford: Oxford University Press, 1992.

Aptheker, Bettina. *Women's Legacy: Essays on Race, Sex and Class in American History*. Amberst: University of Massachusetts Press, 1982.

Arderson, Victor. *Beyond Ontological Blackness: An Essay on African American Religion and Cultural Criticism*. New York: Continuum, 1995.

Ashcroft, Bill, Gareth Griffiths, and Helen Tiffinis. Eds. *The Post-Colonial Studies Reader*. London: Routledge, 1995.

Babb, Valerie. "*The Color Purple*: Writing to Undo What Writing. Has

Done." *Phylon.* 47. 2（1986）: 107 – 116.

Baer, Hans A., and Merrill Singer. *African-American Religion in the Twentieth Century: Varieties of Protest and Accommodation.* Knoxville: University of Tennesse Press, 1992.

Baker, Houston A. Jr. *Blues, Ideology, and Afro-American Literature: A Vernacular Theory.* Chicago: University of Chicago Press, 1984.

Bakhtin, Mikhail. *The Dialogic Imagination.* Trans. Caryl Emerson & Michael Holquist. Austin: University of Texas Press, 1981.

Baringer, Sandra K. "Brer Rabbit and His Cherokee Cousin: Moving Beyond the Appropriation Paradigm." *When Brer Rabbit Meets Coyote.* Ed. Jonathan Brennan. Chicago: University of Illinois Press, 2003: 114 – 140.

Bates, Gerri. *Alice Walker: A Critical Companion.* Westport, Connecticut: Greenwood Press, 2005.

Beck, Peggy V. and Anna L. Walters. *The Sacred: Ways of Knowledge, Sources of Life.* Tsaile, Zriz: Navajo Community College Press, 1997.

Beebee, Thomas O. *The Ideology of Genre: A Comparative Study of Genre Instability.* Pennsylvania: Pensylvania State University, 1994.

Bell, Derrick. "The Word from Alice Walker: Review of *Living by the Word.*" *The Los Angeles Times*, May 21, 1988.

Benevol, Dinal. *Excel Studies in Literature: Alice Walker's The Color Purple.* Glebe: Pascal Press, 1994.

Benfey, Christopher. "Coming Home." *Contemporary Literary Criticism.* Vol. 160, 1991.

Bennett, Lerone, Jr. *Before the Mayflower: A History of Black America.* London: Penguin Books, 1982.

Berlant, Laure. "Race, Gender, and Nation in *The Color Purple.*" *Critical Inquiry.* 14. 4（Summer 1988）: 831 – 859.

Bernal, Martin. *Black Athena: The Afroasiatic Roots of Classic Civilization.* Volume 1. *The Fabrication of Ancient Greece 1785 – 1985.* London: Vintage, 1991.

Berner, En Robert L. *Defining American Indian Literature: One Nation Divisible.* Lewiston: E. Mellen Press, 1999.

Bevis, William. "Native American Novels: Homing in." *Critical Perspectives on Native American Fiction.* Ed. Richard Fleck. Washington: Three Continents, 1993.

Bhabha, Homi. "Postcolonial Authority and Postmodern Guilt." *Cultural Studies*. Eds. Lawrence Grossberg, Cary Belson, and Paula Treichler. New York: Routledge, Chapman And Hall, 1992.

——. *The Location of Culture*. London and New York: Routledge, 1994.

Bloom, Harold. Ed. *Alice Walker*. New York: Chelsea House Publishers, 1989.

Braendlin, Bonnie. "Alice Walker's *The Temple of My Familiar* as Pastiche." *American Literature*. 68.1 (March 1996): 47-67.

——. "Bildung in Ethnic Women Writers." *Denver Quarterly*. 17.4 (1983): 75-87.

Braidotti, Rosi. *Nomadic Subjects: Embodiment and Sexual Difference in Contemporary Feminist Theory*. New York: Columbia University Press, 1994.

——. Ed. *Mixed Race Literature*. California: Stanford University Press, 2002.

Buell, Lawrence. *The Environmental Imagination: Thoreau, Nature Writing, and the Formation of American Culture*. Cambridge: Harward University Press, 1995.

Butler, Judith. *Bodies That Matter*. New York: Routledge, 1993.

——. *Gender Trouble: Feminism and the Subversion of Identity*, 2nd edition. New York and London: Routledge, 1999.

Carby, Hazel V. *Reconstructing Womanhood: The Emergence of the Afro-American Woman Novelist*. Australia: Oxford University Press, 1989.

Cassirer, Ernst. *Language and Myth*. New York: Dover Publications, Inc., 1953.

Cheatwood, Kiarri T-H. *To save the blood of Black babies: The D. C. and New York dialogues*. Richmood: Native Sun Publishers, 1995.

Cheney, Jim. "Nature/Theory/Discourse: Ecofeminism and the Reconstruction of Environmental Ethics." *Ecology Feminism*. Ed. Karen Warren. London: Routledge, 1994.

Christian, Barbara. *Black Women Novelist: The Development of a Tradition, 1892-1976*. California: Greenwood Press, 1980.

Clair, Robert St. "The Sentimentation Theory of Cultural Time and Space." In *CIRCULO de Linguistica Aplicada a La Communication* (Clac), 31 (2007): 52-90.

Clayton, Jay. "The Narrative Turn in Minority Fiction." *Narrative and Cul-*

ture. Eds. Janice Carlisle and Daniel R. Schwarz. Athens: University of Georgia Press, 1994.

Clifford, James. *The Predicament Culture*. London: Harvard University Press, 1988.

Cone, James H. *A Black Theology of Liberation*. New York: Orbis, 1990.

Cook, Michael G. *Afro-American Literature in the Twentieth Century: The Achievement of Intimacy*. New Haven and London: Yale University Press, 1984.

Cotton, Angela L. and Crista Davis Acampora. Eds. *Cultural Sites of Critical Insight*. New York: State University of New York Press, 2007.

Cristian, Barbara. *Black Feminist Criticism: Perspectives on Black Women Writers*. New York: Pergamon Press, 1985.

——. "The Black Woman Artist as Wayward." *Alice Walker*. Ed. Harold Bloom. New York: Chelsea House Publishers, 1989.

Daleski, H. *The Divided Heroine: A Recurrent Pattern in Six English Novels*. New York: Holmes & Meier, 1984.

Davis, R. Con. *Contemporary Literary Criticism*, Vol. 66. Detroit: Gale Research Co., 1991.

Deer, John Lame, Richard Erdoes. *Lame Deer: Seeker of Visions*. New York: Pocket Books, 1976.

Dehary, Terry. "Narrating Memory." *Memory, Narrative, and Identity: New Essays in Ethnic American Literature*. Eds. Annritjit Singh, Joseph T. Skerrett Jr, and Robert E. Hogan. London: Northeastern University Press, 1996.

Deleuze, Gilles. *Logique du sense*. Les Edition de Minuit, 1969.

Dieke, Ikenna, "Introduction: Alice Walker, A Woman Walking into Peril." *Critical Essays on Alice Walker*. Ed. Ikenna Dieke. Westport: Krenwood Press, 1999.

Du Bois, W. E. B. *The Souls of Black. Folk*. Rockville Maryland: Arc Manor Publishers, 2008.

Duplessis, Rachel Blau. *Writing beyond the Ending: Narrative Strategies of Twentieth-Century Women Writers*. Bloomingten: Indian University Press, 1985.

Ellison, Mary. "Black Perceptions and Red Images: Indian and Black literary Links." *Phylon*. 44.1 (1983): 44–55.

Ellison, Ralph. *Shadow and Act*. New York: Vintage International, 1995.

Evans, Ellison Butler. *Race, Gender, and Desire: Narrative Strategies in the Fiction of Toni Cade Bambara, Toni Morrison, Alice Walker*. Philadelphia: Temple University Press, 1989.

Fannon, Frantz. *Black Skin, White Masks*. Manchester: Manchester University Press, 2005.

——. *The Wretched of the Earth*. Trans. Richard Philcox. New York: Grove Press, 2004.

Ferguson, Diana. *Native American Myths*. London: Collins & Brown Limited, 2001.

Fisher, Charles J. *Garvanza*, South Carolina: Arcadia Publishing, 2010.

Fleenor, Juliann E. ed. *The Female Gothic*. Montreal: Eden, 1983.

Fontenot, Chester J. "Alice Walker: The Diary of An African Nun's and Du Bois' Consciousness." *Studying Black Bridge*. Eds. Parker Bell and Cuy Sheftall. New York: Anchor Press, 1979.

Forbes, Jack D. *Africans and Native Americans: the Language of Race and the Evolution of red-Black People*. Urbana: University of Illinois Press, 1993.

Ford, Nick Aaron. "A Study in Race Relations: A Meeting with Zora Neale Hurston." *Modern Critical Views: Zora Neale Hurston*. Ed. Harold Bloom. New York: Chelsea House, 1986.

Fox, Karen. "Leisure: Celebration and Resistance in the Ecofeminist Quilt." *Ecofemism: Women, Culture, and Nature*. Ed. Karen J. Warren. Indiana: Indian University Press, 1997.

Frankenberry, Nancy. *Religion and Radical Empiricism*. New York: State University of New York Press, 1987.

Freud, S. "The Uncanny." *Fantastic Literature: A Critical Reader*. Ed. D. Sandner. Westport: Praeger, 2004.

Garrect, Jimmy. "We Own the Night." *Black Fire: An Anthology of Afro-American Writing*. Eds. Letoi Jones and Larry. Neal. New York: William Morrow, 1968.

Gates, Henry Louis, Jr. *Figures in Black*. New York: Oxford University Press, 1989.

——. *Loose Canons: Notes on the Culture Wars*. New York: Oxford University Press, 1992.

——. *The Signifying Monkey: A Theory of Afro-American Literary Criticism*. New

York: Oxford University Press, 1988.
Gates, Henry Louis, Jr. and K. A. Appiah. Eds. *Alice Walker: Critical Perspectives Past and Present*. New York: Amistad, 1993.
Gates, Henry Louis, Jr. and Nellie Y. McKay. *The Norton Anthology of African American Literature*. New York: WW. Norton & Co Inc, 1996.
Gay, David Elton. "On the Interaction of Traditions: Southeastern Rabbit Tales as African-Native American Folklore." *When Brer Rabbit Meets Coyote*. Ed. Jonathan Brennan. Chicago: University of Illinois Press, 2003.
Gerhardt, Christine. "The Greaming of African-American Landscapes: Where Ecocriticism Meets Post-Colonial Theory." *The Mississippi Quarterly*. 55.4 (2002): 515 – 533.
Gilroy, Paul. *The Black Atlantic: Modernity and Double-Consciousness*. London: Verso, 1993.
———. "Diaspora and the Detours of Identity." *Identity and Difference*. Ed. K. Woodwood. London: Sage Publication, 1997: 299 – 346.
Goody, Jack. *The Interface between the Written and Oral*. Cambridge: Cambridge University Press, 1987.
Greene, Gayle. "Feminist Fiction and the Uses of Memory." *Signs*. 16 (1991): 290 – 322.
Grice, Helem. *Beginning Ethnic American Literatures*. New York: Manchester University Press, 2001.
Griffin, Catherine Carrie. "Joined Together in History: Politics and Place in African American and American Indian Women's writing." *Diss*. University of Minnesota, 2000.
Gunn, David M., and Danna Nolan Fewel. *Narrative in the Hebrew Bible*. New York: Oxford University Press, 1993.
Hankinson, Stacie Lynn. "From Monotheism to Pantheism." *The Midwest Quarterly*. 38.3 (1997): 320 – 328.
Harbermas, Jurgen. "Modernity versus Postmoderrity." *New German Critique*. (Winter 1981): 5.
Hall, Stuart, ed. *Representation: Cultural Representation and Signifying Practice*. Trans. Xu Liang et al. Beijing: Commercial, 2003.
Harris, Trudier. "From Victimization to Free Enterprise: Alice Walker's *The Color Purple*." *Studies in American Fiction*. 14.1 (1986): 1 – 18.

——. "On *The Color Purple*, Stereotype, and Silence." *Black American Literature Forum*. 18 (1984): 155 - 161.

Harrison, Daphne Duval. *Black Pearls: Blues Queens of the 1920s.* New Brunswick: Rutgers University Press, 1988.

Hartz, Paula R., ed. *Native American Religions*, 3rd edtions. New York: Infobase Publishing, 2009.

Hassan, Ihab. "Pluralism in Postmodern Perspective." *Exploring Postmodernism*. Eds. Matei Callnescu and Douwe Fokkema. John Benjamins: Amsterdam, 1987: 17 - 45.

Henderson, Stephen. *Understanding the New Black Poetry: Black Speech and Black Music as Poetic References.* New York: Morrow, 1972.

Hernton, Calvin. *The Sexual Mountain and Black Women.* New York: Anchor Press, 1987.

Hogan, Patrick Colm. *Colonialism and Cultural Identity: Crises of Tradition in the Anglophone Literatures of India, Africa, and the Caribbean.* New York: State University of New York Press, 2002.

Holland, Sharon. "If You Know I have History, You'll Respect Me." *Gallaloo*. 17 (1994): 334 - 350.

Holman. C. Hugh, et al., *A Handbook to Literature.* Macmillan Publishing Company, 1992.

hooks, bell. *Feminist Theory from Margin to Center.* Boston: South End Press, 1984.

——. *Black Looks: Race and Representation.* Boston: South End Press, 1992.

——. *Sisters of the Yam: Black Women and Self-Recovery.* Boston: South End Press, 1993.

——. "Touching the Earth." *At Home on the Earth: Becoming Native to Our Place. A multicultural Anthology.* Ed. David Landis Barnhill. Berkeley: University of California Press, 1999: 51 - 56.

Hudson, Charles M. *The Southeastern Indians.* Knoxville: University of Tennessee Preess, 1987.

Hunter, Patricia L. "Women's Power: Women's Passion and God Said, That's Good." *A Troubling in My Sound: Womanist Perspectives of Evil and Suffering*. Ed. Emilie M. Townes. MaryKnoll: Orbis Books, 1993.

Hull, Akasha Gloria. *Soul Talk: The New Spirituality of African American*

Women. Rochester: Inner Tradition, 2001.

Hull, Gloria. "Introduction to All the Women Are White, All the Black Are Men, But Some of Us Are Brave." *Black Women's Studies*. Eds. Gloria T. Hull, Patricia Bell Scot, and Barbara Smith. New York: The Feminist Press, 1982.

Jackson, Blyden and Louis D. Rubin, Jr. Eds. *Black Poetry in America: Two Essays in Historical Interpretations*. Boston, Rouge: Louisiana State University Press, 1974.

Jacobs, Connie A. *The Novels of Louise Erdrich: Stories of Her People*. New York: Peter Lang, 2001.

Jeff, Reinking. "Alice Walker." *Critical Survey of long Fiction*. Ed. Frank Northen Magill. Pasadena, California: Salem Press, 1983.

Johnson, Maria V. "You Just Can't keeps a Good Woman Down: Alice Walker Sings the Blues." *African American Review*. 30.2 (Summer 1996): 221–236.

Jones, Le Roi. *Blues People: Negro Music in White America*. New York: William Morrow Co., 1963.

Jung, Carl. *Man and His Symbols*. New York: Dell, 1968.

——. *Symbols of Transformation: An Analysis of the Prelude to A Case of Schizophrenia*. Trans. R. H. Hull. Princeton: Princeton University Press, 1956.

Kakutani, Michiko. "If the River Is Dry, Can You Be All Wet? Review of *Now Is the Time to Open Your Heart*." *New York Times*. 20 (2004): E4.

Kapchan, Deborah A. and Pauline Turner Strong. "Theorizing the Hybrid." *The Journal of American Folklore*. 112.445 (1999): 239–253.

Karrer, Wolfgang. "Nostalgia, Amnesia, and Grandmothers: The Use of Memory in Albert Murray, Sabine Ulibarri, Paula Gunn Allen, and Alice Walker." *Memory, Narrative, and Identity*. Eds. Amnitjit Singh, Joseph T. Skerrett, and Robert E. Hogan. Boston: Northeastern, 1996.

Katz, William Loren. *Black Indians: A Hidden Heritage*. New York: Atheneum, 1998.

Kdri, E., Iyall Smith and Patricia leavy. Eds. *Hybrid Identities: Theoretical and Empirical Examinations*. Boston: Brill, 2008.

Keating Analoise. *Women Reading Women Writing*. Philadelphia: Temple University Press. 1996.

Kemp, Yakini. "Review of *Possessing the Secrete of Joy.*" *Belles Lettres*. Vol. 8, 1992.

Krupat, Arnold. *Turn to the Native: Studies in Criticism and Culture.* London: University of Nebraska Press, 1996.

Lacan, Jacques. *Ecrits*. Atlan Shridian. Trans. Norton, 1977.

Lamming, George. "Section of George Lamming." *Contemporary Literary Criticism*. Vol. 66. Thomson Gale, 1991.

Lauret, Maria. *Alice Walker.* New York: Palgrave Publishers, 2000.

Lauter, Paul. "The Literature of America: A Comparative Discipline." *Redefining American Literary History*. Eds. A. Lavonne Brown Ruoff and Jerry W. Ward. New York: The Modern Language Association, 1990: 195 – 206.

Levine, Lawrence. *Black Culture and Black Consciousness: Afro-American Folk Thought from Slavery to Freedom.* New York: Oxford University Press, 1977.

Lewis, T. S. "Moral' Mapping and Spiritual Guidance in *The Color Purple.*" *Soundings: An Interdisciplinary Journals.* 73 (1990): 483 – 491.

Lincoln, Kenneth. *Native American Renaissance.* Berkeley: University of California Press, 1983.

Lorde, Audre. *Sister Outsiders, Freedom.* California: The Crossing Press, 1996.

——. "The Master's Tools Will Never Dismantle the Master's House." *The Bridge Called My Back*. Eds. Cherrie Moraga and Gloria Arzaldua. New York: Kitchen Table, 1981.

Mainimo, Wirba Ibrahim. "'Black Female Writers' Perspective on Religion: Alice Walker and Calixthe Beyala." *Journal of Thirdworld Studies*. 19. 1 (2002): 117 – 136.

Masnick, George S., and Mary Jo Bane. Eds. *The Nation's Families, 1960 – 1990*. Boston: Auburn House Pub. Co., 1980.

Miles, Tiya. *Ties That Bind: The Story of An Afro-Cherokee Family in Slavery and Freedom.* Berkeley: University of California Press, 2005.

Mills, Julie. "Walker Shares Personal Moments." *Daily Beacon*. March 29, 1996.

Mitchel-Kernan, Claudia. "Signifying." *Mother Wit from the Laughing Barrel*. Eds. Alan Dundee and Englewood Cliffs. New Jersey: Prentice-Hall, 1973: 310 – 328.

Mobley, Mobley Sanders. *Folk Roots and Mythic Wings in Sarah Orne Jewet and*

Toni Morrison: *The Culture Function of Narrative*. Louisiana Rouge: Louisiana State University Press, 1991.

Momaday, N. Scott. "The Man Made of Words." *The Remembered Earth*. Geary Hobson. Ed. Albuquerque: Red Earth Press, 1979.

Mooney, James. *Myths of the Cherokee and Saced Formulas of the Cherokee*. Nashville: Charles and Randy Elder, 1982.

Morrison, Tony. *Playing in the Dark*. Cambridge: Harvard University Press, 1992.

Nash, Catherine. "Remapping and Renaming: New Cartographies of Identity, Gender and Landscape in Ireland." *Feminist Review*. 44 (1993): 39 –57.

Neihardt, John G. Ed. *Black Elk Speaks*. New York: Simon and Schuster, 1972.

Nicholson, David. "Alice Walker Trips." *The Washington Post*. May, 7, 1989.

O'Brien, John. Ed. *Interviews with Black Writers*. New York: Liveright, 1973.

Ortiz, Simon. "Always the Stories: A Brief History and Thoughts on My Writing." *Coyote Was Here: Essays on Contemporary Native American Literary and Political Mobilization*. Ed. Bo Aarhus Scholer. Denmark: Seklos University of Aarhus, 1984.

Pearson, Carol. *The Female Hero*. New York: Bowker, 1981.

Pemberton, Gayle. "Fantasy Lives." *Women's Review Books*. 16 (Dec, 1998): 20 –22.

Perlman, Michael. *Memory and the Place of Hiroshima*. Albany: State University of New York Press, 1988.

Plant, Judrlb. Ed. *Healing the Wounds: The Promise of Ecofeminism*. Philadelphia: New Society, 1989.

Powers, Peter Kerry. *Recalling Religions*. Knoxgille: The University of Tennessee Press, 2001.

Prince, Gerald. *A Dictionary of Narratology*. Lincoln: University of Nebraska Press, 1987.

Radin, Paul. *The Trickerster: A Study in American Indian Mythology*. London: Routledge and Kegan Paul, 1956.

Riley, Ratricia. "Wrapped in the Serpent's Tail." *When Brer Rabbit Meets Coyote*. Ed. Jonathan Brennan. Chicago: University of Illinois Press, 2003: 241 –256.

Rody, Caroline. *The Daughter's Return*: *African-American and Caribbean Women's Fictions of History*. Oxford: Oxford University Press, 2001.

Rogers, R. *A Psychoanalytic Study of the Double in Literature*. Detroit: Wayne State University Press, 1970.

Ross, Daniel W. "Celie in the Looking Glass." *Modern Fiction Studies*. 34 (1989): 69 – 84.

Royster, Philip M. "In Search of Our Father's Arms: Alice Walker's Persona of the Alienated Darling." *Black American Literature Forum*. 20. 4 (1986): 347 – 370.

Ruoff, A. La Vonne Brown. *American Native Literatures*: *An Introduction, Biographic Review, and Selected Biography*. New York: The Modern Language Association of America, 1990.

Saadi, A. Simawe, "Shamans of Song: Music and the Politics of Culture in Alice Walker's Early Fiction." *Black Orpheus*: *Music in African American Fiction from the Harlem Renaissance to Toni Morrison*. New York: Garland, 2000.

Sage, Lorona. "Initiated into Pain: *Possessing the Secret of Joy*." *Times Literary Supplement*. Vol. 9 (October 1992): 5 – 7.

Salaam, Kaluma Ya. *What Is Life? Reclaiming the Black Blues Self*. Chicago: Third World Press, 1994.

Samuel, Raphael and Paul Thompson. Eds. *The Myths We Live By*. London: Routledge, 1990.

Sankovintch, Tilde A. *French Women Writers and the Book*: *Myth of Access and Desire*. Syracuse: Syracuse University Press, 1988.

Saussure, Ferdin de. *Course in General Linguistics*. Beijing: Beijing Foreign Language Teaching and Research Press, 2001.

Scarberry, Susan J. "Grander Mother Spider's Lifeline." *Studies in American Indian Literature*: *Critical Essays and Course Design*. Ed. Paula Gunn Allen. New York: Modern Language Assn, 1983: 91 – 97.

Schechner, Richard. *Performance Studies*: *An Introduction*. London and New York: Routledge, 2002.

Shapiro, Lavura. "Review of *Possessing of the Secret of Joy*." *Newweek*. 8 (1992): 56 – 57.

Silcox, Travis S. *Reading Politicality*: *U. S. Women Writers and Reconfigurations of Political Fiction.* University of California, Santa Crus, 1994. http：// pqdt. bjzhongke. com. cn/SearchResults. aspx? pm =0&q = Alice + Walker.

Silko, Leslie Marmon. "Here's an Odd Artifact for the Fairy-Tale Shelf." *Studies in American Indian Literature.* 10 (1986)：11.

Simcikkova, Karla. *To Live Fully, Here and New.* Lanham：Lexington Book, 2007.

Simmons, Henry C. "Reflections on *The Color Purple*：Losing, and Finding God in Nomale Images." *Living Light.* 25 (1986)：354 – 358

Singer, Godfrey Frank. *The Epistolary Novel：Its Origin, Development, Decline and Residuary Influence.* New York：Russell & Russell, Inc. , 1963.

Skafidas, Michael. "Turkey's Divided Character." *New Perspectives Quarterly.* 17. 2 (2000) .

Smith, Barbara. "The Souls of Black Women." *Ms. Ms*, Magazine Corporation, 1974.

Smith, Jeanne Rosier. *Writing Tricksters：Mythic Gambols in American Ethnic Literature.* Berkeley and Los Angeles：University of California Press, 1997.

Smitherman, Geneva. *Black Talk：Words and Phrases from the Hood to the A-men Corner.* Boston：Houghton Mifflin Co. , 1994.

Snow, Dean. *The Archaeology of North America.* New York：Viking Press, 1976.

Snow, Leslie Ann. *Searching for Black Spirituality in A White World.* New York：Simon and Schuster, 1994.

Spillers, Hortens. "Chosen Place, Timeless People：Some Figuration's on the New World." *Conjuring：Black Women, Fiction, and literary Tradition.* Eds. Marjorie Pryse and Hortens J. Spillers. Bloomington：Indian University Press, 1985.

Spivak, Gayatri Chakravorty. "Can the Subaltern Speak?" *The Post-Colonial Studies Reader.* Eds. Bill Ashcroft, Gareth Griffiths, and Helen Tiffin. London：Routledge, 1995.

Stepto, Robert. *From Behind the Veil：A Study of Afro-American Narrative.* Chicago：University of Illinois Press, 1991.

Stonee, Merlin. *When God Was A Woman.* London：Harcoult Brace Jovanovich, 1976.

Tate, Claudia. *Black women Writers at Work.* Washington D. C. ：Howard University Press, 1982.

Tate, J. O. "Smiley Face with Dreadlocks." *National Review*. 41 (June 1989): 1.

Tateled, Claudia. Ed. *Black Women Writers at Work*. Harpenden: Oldcastle Books, 1983.

Tedlock, Barbara. "The Clown's Way." *Teachings from the American Earth*. Eds. Tedlock and Tedlock. Liveright, 1992.

Toelken, Darre. *The Dynamics of Folklore*. Boston: Houghton Miffline, 1979.

Tracy, Barbara S. "The Red-Black Center of Alice Walker's *Merician*." *Cultural Sites of Critical Insight*. Eds. Angela L Cotton and Crista Davis Acampora. New York: State University of New York Press, 2007: 105 - 120.

Tsuruta, Randall. "Review of *Possessing the Secret of Joy*." *The Black Scholar*. 22. 3 (1992): 85 - 86.

Tuker, Lindsey. "Alice Walker's *The Color Purple*: Emergent Woman, Emergent Text." *Black American Literature Forum*. 22. 1 (1988): 81 - 95.

——. "Walking the Red Road: Mobility, Maternity, and Native Ameirican Myth in Alice Walker's *Meridian*." *Women's Studies*. 19 (1991): 1 - 17.

Turner, Daniel E. "Cherokee and Afro-American Interbreeding in *The Color Purple*." *Contemporary Literature*. 21. 5 (1991).

Versluis, Arthur. *Sacred Earth: The Spiritual Landscape of Native America*. New York: Women Make Movies, 1989.

Walcott, Derek. *What the Twilight Says*. New York: Farrat, Saraus & Girous, 1998.

Walker, Alice. "Am I Blue?" *Living by the Word: Selected Writings, 1973 - 1987*. New York: Harcourt Brace, 1988.

——. *Absolute Trust in the Goodness of the Earth*. New York: Random House, 2003.

——. *Anything We Love Can Be Saved*. New York: Random House, 1998.

——. *A Poem Traveled Down My Arms: Poems and Drawings*. New York: Random House, 2003.

——. *By the Light of My Father's Smile*. New York: Ballantine, 1998.

——. *Her Blue Body Everything We Know: Earthling Poems*. New York: Harvest, 1993.

——. "Gardening the Soul." Interview by Michael Toms. Ukiah, California: *New Dimensions*, 2000.

——. *Horses Make A Landscape More Beautiful*. San Diego: Harvest, 1985.

——. "I Know What the Earth Says." *Southern Cultures*. 10.1 (Spring 2004): 5-24.

——. *I Love Myself When I Am Laughing: A Zora Neale Hurston Reader*. New York: Feminist Press, 1979.

——. *In Search of Our Mothers' Garden: Womanist Prose*. New York: Harcourt Brace Jovanovich, 1983.

——. "Interview with Bravo, Arlington." *South Bank*. November, 1993.

——. "Interview with O'Brien." *Alice Walker: Critical Perspective Past and Present*. Eds. Henry Louis Gates, Jr. and K. A. Appiah. New York: Amistad, 1993.

——. "Interview with Paula Giddings." *Essence*. July, 1992.

——. *Living by the Word*. New York: Harcourt Brace Jovanovich, 1988.

——. *Meridian*. New York: Simon and Schuster, 1976.

——. *Now Is the Time to Open Your Heart: A Novel*. New York: Random House, 2004.

——. *Possessing the Secret of Joy*. New York: Harcourt, 1992.

——. *Revolutionary Petunias & Other Poems*. New York: Harcourt, 2001-2002.

——. "Saving the Life that Is Your Own: The Importance of Model in the Artist's Life." *In Search of Our Mothers' Garden: Womanist Prose*. New York: Harcourt Brace Jovanovich, 1983.

——. *In Love & Trouble*. New York: Harcourt, 1973.

——. *Sent by Earth: A Message from the Grandmother Spirit After the Attacks the World Trade Center and the Pentagon*. New York: Seven Stories, 2001.

——. *The Color Purple*. New York: Washington Square Press, 1983.

——. "The Diary of An African Nun." *In Love & Trouble*. New York: Harcourt, 1973: 113-118.

——. "The Only Reason You Want to Go to Heaven Is That You Have Been Driven out of Your Mind." *On the Issues*. 6.2 (April 1997): 16-34.

——. *The Same River Twice*. New York: Scribner, 1996.

——. *The Temple of My Familiar*. New York: Pocket Books, 1989.

——. *The Third Life of Grange Copeland*. San Diego: Harcourt Brace Jovanovich Publishing House, 1970.

——. "The World Is Made of Stories." *Interview by Justine Toms and Michael*

Toms. Audiocassette. Ukiah, California: *New Dimensions*, 1996.

——. *The Warrior Marks*: *Female Genital Mutilation and the Sexual Blinding of Women*. New York: Harcourt, 1993.

——. *When I Am Laughing I Love My Self*. New York: The Feminist Press, 1979.

Walker, Charlotte Zoo. "A Aaintly Reading of Nature's Text: Alice Walker's *Meridian*." *Buclcnell Review*. 44. 1 (2000): 43 –55.

Walsh, Margret. "The Enchanted World of *The Color Purple*." *The Southern Quarterly*: *A Journal of the Arts of the South*. 25 (1987): 89 –101.

Warhol, Robyn and Diane Price Herndl. Eds. *Feminisms*: *An Anthology of Literary Theory and Criticism*. Rutgers: Rutgers University Press, 1997.

Warren, Karen. *Ecofeminism*: *Women, Culture, Nature*. Indiana: Indiana University Press, 1997.

Washington, Mary Helen. "An Essay on Alice Walker." *Alice Walker*: *Critical Perspectives Past and Present*. Eds. Henry Louis Gates Jr., and K. A. Appiah. New York: Amistad, 1993.

Watts, Alan W. *Myth and Ritual in Christianity*. Boston: Beacon, 1968.

Weems, R. "Gomer: Victim of Violence or Victim of Metaphor." *Semeia*. 477 (1989): 87.

Welburn, Ron. "A Most Secret Identity: Native American Assimilation and Identity Resistance in African America." *Confounding the Color Line*. Eds. James Brooks. Lincoln: University of Nebraska Press, 2002: 292 –320.

White, Evelyn C. *Alice Walker*: *A Life*. New York: W. W. Norton, 2004.

——. "Alice Walker on Finding Your Bliss." *Ms*. 9. 2 (1998): 42 –50.

White, John. "The Planter's Plea." *Pruitanism and Wilderness*. Ed. Peter Carroll. New York: Columbia University Press, 1969.

Whitmont, Edward C. *The Return of Goddess*. London: Continuum Intenational Publishing Group, 1997.

Williams, Sherley Anne. "The Blues Roots of Contemporary Afro-American Property." *Afro-American Literature*. New York: Modern Language Association of America, 1979.

Willis, Susan. *Specifying*: *Black Women Writing the American Experience*. Madison: University of Wisconsin Press, 1987.

Wilmore, Gayraud. *Black Religion and Black Radicalism*. New York: Orbis, 1983.

Wilson, Sharon. "A Conversation with Alice Walker." *Kalliope: A Journal of Women's Art*. 6. 2 (1984): 37 – 45.

Winchell, Donna Haisty. *Alice Walker*. New York: Twayne Publishers, 1992.

Wright, Richard. *Black Boy*. New York: Harper Collin Publishers Inc., 1993.

Young, Eliza Marcella. *The African-American Oral Tradition in Selected Writing of Zora Neale Hurston, Toni Merrison, and Alice Walker*. Diss,. Michigan State University, 1999.

Young, Robert J. C. *Colonial Desire*. London: Routledge, 1995.

Ywahoo, Dhyani. *Voices of Our Ancestors: Teachings from the Wisdom Fire*. Boston: Shambala, 1987.

二 中文文献

［英］艾勒克·博埃默：《殖民与后殖民文学》，盛宁、韩敏中译，辽宁教育出版社1998年版。

［美］艾丽丝·沃克：《紫颜色》，陶洁译，译林出版社1998年版。

［英］安德鲁·本尼特主编：《关键词：文学、批评与理论导论》，汪正龙等译，广西师范大学出版社2007年版。

［英］奥斯卡·王尔德：《道连·格雷的画像》，荣如德译，上海译文出版社2009年版。

［美］伯纳德·贝尔：《非洲裔美国黑人小说及其传统》，刘捷等译，四川大学出版社2000年版。

程锡麟、王晓路：《当代美国小说理论》，外语教学与研究出版社2001年版。

［法］蒂费纳·萨莫瓦约：《互文性研究》，邵炜译，天津人民出版社2003年版。

尔龄：《论美国的黑人文学——兼评路易斯·盖茨的〈意指的猴子〉》，载《当代文坛》1995年第6期。

［法］弗朗茨·法农：《黑皮肤，白面具》，万冰译，译林出版社2005年版。

［美］弗雷德里克·杰姆逊：《后现代主义与文化理论》，唐小兵译，北京大学出版社1997年版。

韩子满：《文学翻译与杂合》，《中国翻译》2002年第2期。

何成洲：《巴特勒与表演性理论》，《外国文学评论》2010年第3期。

［美］亨廷顿·塞缪尔：《我们是谁：美国国家特性面临的挑战》，程克雄

译，新华出版社 2005 年版。

［美］霍米·巴巴：《献身理论》，罗钢、刘象愚主编《后殖民主义文化理论》，中国社会科学出版社 1999 年版。

［美］霍米·巴巴：《黑人学者与印度公主》，生安锋译，《文学评论》2002 年第 5 期。

江宁康：《美国当代文学与美利坚民族认同》，南京大学出版社 2008 年版。

靳妹、何文辉：《解析艾丽丝·沃克的精神世界——以其小说代表作〈紫颜色〉为例》，《西南科技大学学报》2012 年第 5 期。

［瑞］卡尔·荣格等：《人类及其象征》，张举文、荣文库译，辽宁教育出版社 1988 年版。

［美］凯特·米利特：《性的政治》，钟良明译，社会科学文献出版社 1999 年版。

［美］克利福德·格尔兹：《文化的解释》，韩莉译，译林出版社 1999 年版。

［法］克洛德·列维-斯特劳斯：《忧郁的热带》，王志明译，生活·读书·新知三联书店 2000 年版。

廖炳惠：《回顾现代：后现代与后殖民论文集》，台北：麦田出版社 1994 年版。

刘建军：《基督教文化与西方文学传统》，北京大学出版社 2005 年版。

卢敏：《当代美国文学研究"混杂"视角的运用与特征》，《当代外国文学》2008 年第 4 期。

罗钢、刘象愚等主编：《后殖民主义文化理论》，中国社会科学出版社 1999 年版。

［美］罗伯特·E. 斯皮勒：《美国文学的周期》，王长荣译，上海外语教育出版 1990 年版。

［德］马克思、恩格斯：《马克思恩格斯选集》第 1 卷，人民出版社 1995 年版。

［俄］米哈伊尔·巴赫金：《小说理论》，白春仁、晓河译，河北教育出版社 1998 年版。

［荷］米克·巴尔：《叙述学：叙述理论导论》，谭君强译，中国社会科学出版社 1995 年版。

乔国强：《艾丽丝·沃克和她的〈紫色〉》，《妇女学苑》1990 年第 1 期。

［英］乔治·拉伦：《意识形态与文化身份：现代性和第三世界的在场》，

戴从容译,上海教育出版社2005年版。

单德兴:《追寻认同》,台北:麦田出版社2000年版。

生安锋:《后殖民性、全球化和文学的表述——霍米·巴巴访谈录》,《南方文坛》2002年第6期。

生安锋:《霍米·巴巴的后殖民理论研究》,北京大学出版社2011年版。

[英]斯图亚特·霍尔编:《表征:文化表征与意指实践》,徐亮等译,商务印书馆2003年版。

唐红梅:《性别、种族、身份认同——美国黑人女作家爱丽丝·沃克、托尼·莫里森小说创作研究》,民族出版社2006年版。

陶家俊:《理论转向的征兆:论霍米·巴巴的后殖民主体建构》,《外国文学》2006年第5期。

[英]托马斯·斯特恩斯·艾略特:《艾略特文学论文集》,李赋宁译,百花洲文艺出版社2010年版。

王逢振:《访艾丽丝·沃克》,《读书》1984年第4期。

王建刚:《狂欢诗学:巴赫金文学思想研究》,学林出版社2001年版。

王宁:《后现代主义之后》,中国文学出版社1998年版。

王守仁:《新编美国文学史》第四卷,上海外语教育出版社2002年版。

王守仁、吴新云:《性别·种族·文化——托妮·莫里森与二十世纪美国黑人文学》,北京大学出版社1999年版。

王晓路、石坚:《文学观念与研究范式——美国少数族裔批评理论建构的启示》,《当代外国文学》2004年第2期。

王晓英:《走向完整生存的追寻》,苏州大学出版社2008年版。

王岳川:《后殖民主义与新历史主义文论》,山东教育出版社1999年版。

王卓:《共生的精神传记——解读沃克新作〈现在是你敞开心扉之际〉》,《济南大学学报》(哲学社会科学版)2008年第3期。

吴奕锜:《差异·冲突·融合——论"新移民文学"中的文化冲突》,《湖北大学学报》(哲学社会科学版)2000年第5期。

[奥]西格蒙德·弗洛伊德:《精神分析引论》,彭舜译,陕西人民出版社2000年版。

[美]小亨利·路易斯·盖茨:《意指的猴子:一个非裔美国文学批评理论》,王元陆译,北京大学出版社2011年版。

杨金才:《焕发黑人女权主义思想光辉的杰作——试评艾丽丝·沃克的〈紫色〉》,《镇江师专学报》1993年第1期。

杨仁敬:《美国黑人文学的新突破——评艾丽斯·沃克的〈紫色〉》,《外国文学研究》1989 年第 1 期。

于婷婷：《试析宗教与文学的关系——T. S. 艾略特的〈宗教和文学〉》，《文学评论》2012 年第 11 期。

张朝柯：《圣经与希伯来民间文学》，东方出版社 2004 年版。

张德明：《多元文化杂交时代的民族文化记忆问题》，《外国文学评论》2001 年第 3 期。

张德明：《流散族群的身份建构：当代加勒比英语文学研究》，浙江大学出版社 2007 年版。

章国锋、王逢振：《二十世纪欧美文论名著博览》，中国社会科学出版社 1998 年版。

张武：《双重灵魂的变奏曲——〈父亲的微笑之光〉中的"鞭打"意象谈起》，《河北经贸大学学报》2010 年第 1 期。

张燕、杜志卿：《寻归自然，呼唤和谐人性——艾丽丝·沃克小说的生态女性主义思想刍议》，《当代外国文学》2009 年第 3 期。

张岩冰：《女权主义文论》，山东教育出版社 1998 年版。

朱刚：《二十世纪西方文艺批评理论》，上海外语教育出版社 2001 年版。

朱维之：《基督教与文学》，吉林出版集团有限责任公司 2010 年版。

后　　记

改完此稿已是杭州盛夏的深夜。窗外仍传来阵阵蝉鸣，灯火阑珊处，钱塘江已然入梦。调皮的儿子沉浸梦乡，稚气的脸上泛着笑容。掩卷沉思，回首此稿自开题框架到博士学位论文的完成，再到后来的反复斟酌与修改，悠悠数载，但总有那么多熟悉的身影，那么多意义非凡的时刻仍清晰在目，鲜明如昨。

沃克在写完《紫颜色》之际感谢出现在其笔端的各位人物。在我，对南京大学、南京大学外国语学院、南京大学外语学院的各位老师，尤其是对恩师王守仁教授，感激之情无以言表。

在南京大学读博的三年间，较大的学习压力和因环境不适而经常生病的儿子令自己无暇光顾金陵美景，甚至南京大学校园的古朴建筑都是课间时的匆匆一瞥。然而恩师曾在鼓楼校区的那栋幽静的办公小楼、恩师在南京大学仙林校区外国语学院的407办公室、恩师溢满书香与温馨的家却成为自己在金陵最为熟悉之所。已经记不清多少次，自己在鼓楼校区的那栋办公小楼中聆听恩师的谆谆教诲，感动于恩师对自己生活与学习的关切。也记不清多少次，在仙林校区外国语学院的407室，恩师对我的论文不厌其烦地反复修改与指教。恩师的那种开阔的学术视野、缜密的逻辑思维、深刻的思想洞见为我突破了论文撰写过程中一个又一个令我苦恼，甚至恐惧绝望的难关。每一次，经过恩师的指导后，我都会有一种醍醐灌顶的顿悟感。三年来，正是由于恩师平日对我的严格专业训练和理论灌输、开题前的深度指导和商讨、论文撰写过程中的时时"监督、鼓励"，以及大到文章框架、小到字词句读的反复修改，我的博士学位论文才得以完成。更令自己感动的是，即便毕业后，恩师仍然对我和其他同门悉心"管教"，对我们撰写的科研论文、课题申请书、课题结题报告等无不一一过目，密密麻麻的文字修改中蕴含着恩师对学生所倾注的心血与期望。可以说，没有恩师的付出与掌舵，我不会相对顺利地完成博士学位毕业论文，更不会有幸获批国家社科基金后期资助项目。深知自己在今生，抑或在数生都难以企及恩师的学术高度，只能高山仰止，但恩师严谨的治学态度、对学生高度的责任感和低调的为人处事方式将成为我人生的标杆。

  恩师的家是我永远美好的记忆。在那里，当恩师指导我们同门论文写作时，师母为我们端来飘香的热茶。在我们沮丧之时，师母给予贴心的鼓励。还记得师母在中秋节为我们分发的月饼，为保持我们学习的体力而特意订制的骨头肉，还有初冬时节热气腾腾的火锅……师母以其优雅、贤惠与关爱为我们诠释一位女性润物无声的娴静与柔美。对于同为人妻、人母的我，师母是永远的旗帜。

  每当走向南京大学外国语学院的途中，我都会油然生出一份崇敬之心，因为那里有我敬爱的恩师，还有令我钦慕的其他师者。感谢南京大学外国语学院的刘海平老师、朱刚老师、杨金才老师、何成洲老师、江宁康老师、程爱民老师等师者，他们别开生面的授课令我们丰富了学识，开拓了学术眼界。还要特别感谢陈爱华老师。当我因个人问题向其咨询时，陈老师不但耐心解答，还热心帮助。从陈老师身上，我体味到一位师者的责任感和她对同学们姐妹般的深情厚谊。感谢朱刚老师、杨金才老师、何成洲老师、江宁康老师、何宁老师在开题报告会上提出的建议和鼓励。感谢方杰老师、姚君伟老师、杨金才老师、陈兵老师、赵文书老师、徐蕾老师，他们对我的论文认真评阅、充分肯定并提出宝贵意见，使我在后来的博士学位论文修改中进一步深化其议题，最终完善论文写作。感谢国家社科基金后期资助项目的各位评审专家和前辈，他们深刻且翔实的修改意见令我见证了学者的博学睿思与严谨有致的学术风范，使我在文稿修改中有了更明晰的方向。

  行文至此，内心依然暖流涌动，似钱塘江荡漾的一江碧水。感谢杭州电子科技大学外国语学院的前任院长陈许教授。蒙陈院长不弃，热诚将我迎入外院大家庭，并在学术、工作及生活中给予极大帮助和提携，使我很快融入并拥有了"家"的归属感。现任院长郭继东教授的不断鼓励与全力支持，化作我继续前行的绵绵动力！感谢学院其他领导及各位同仁，温暖和谐的工作氛围与人性关怀温养我作为外院人的责任与激情。感谢我的研究生孙宇晴对本文稿体例的认真修正。

  脑海中又浮现出另外几张亲切的面孔。一直感动于姐姐给予我的无私之爱。对我而言，她们的爱具有双重内涵，那就是母爱般的无私与无微不至和姐妹间的理解与深情。作为家中最小的我，两个姐姐一直是我生活中的榜样和依赖。她们为了我们曾历经坎坷和风雨的家付出太多，为我这个胆怯柔弱的小妹在物质和精神上减轻了诸多负担和痛苦。没有两位姐姐长期的关爱与扶持，无法想象自己的生活将会怎样的不易。感谢两位姐夫，他们虽为"外姓人"，却一直以王家家庭成员的责任感支持并与姐姐们一起包容和爱护着这个家，为家人无私奉献。

感谢我的爱人，是他二十多年来对我始终如一的呵护、鼓励、支持和包容，使我能够一直保持令他人羡慕的"神仙眷侣"的幸福心态。是他以其全部的付出和一路相守助我实现一个个梦想。还有一份感动源于我的宝贝儿子。为了我的学业，当初两岁半的儿子进入幼儿园，与大班的孩子一起摸爬滚打，学会自己处理问题。多少次，儿子悄悄为我抱来垫背、端来茶水、穿上拖鞋，尽量忍住不让我给他讲个故事……"妈妈，是不是我打扰了你学习？""妈妈，咱家就我假期多，谢谢你把我生出来。"……天真、稚嫩却又令我内疚的童言使我泪流满面。如今，即将五年级的儿子已能与我高谈阔论，谈论美国内战，谈论美国大熔炉国情，谈论沃克，甚至阐释其对"混杂"的理解，课题、科研、论文等话题对小学生的他已不陌生。

停笔，我来到阳台，仰望夜空，仔细找寻天空中的点点星光。是否它们就是远在天堂的爸爸、妈妈和哥哥的眼睛？！在读博的三年间，至亲们的相继离世曾令我痛不欲生，真切感悟到人生的苦短与人世的无常。他们在人世间的沉沉浮浮仍历历在目……曾经，爸爸对我的嘱托与男儿般的期望、妈妈对我归家的热盼与离别的不舍、哥哥给我买的人生中那第一条花裙……

谨以此文稿献给他们。

2018 年 7 月 30 日深夜 于杭州